글
누
림
한
국
소
설
전
집

태평천하

채만식 장·단편선

책임편집·해설 ─ 문흥술

문학평론가. 서울여자대학교 국어국문학과 교수.
저서로는 『모더니즘 문학과 욕망의 언어』, 『한국 모더니즘 소설』, 『존재의 집에 이르는 지도』,
『형식의 운명, 운명의 형식』, 『문학의 본향과 지평』 등이 있음.
1993년 조선일보 신춘문예로 등단. 김달진문학상 수상.

일러스트 ─ 김주희

문예지 동화 일러스트 연재, 튤립 생태, 역사와 전통에 관한 다수의 작품 발표.
문화진흥회주최 전래놀이, 남이섬 책 읽는 즐거움, 동식물 세밀화 전시에 참여.
전국미전 특선, 출판미전 순수부문 금상 수상. 현재 그림책 작업 다수 진행.

글누림한국소설전집 5

태평천하 채만식 장·단편선

초판발행 2007년 12월 3일

지 은 이 채만식
펴 낸 이 최종숙
펴 낸 곳 글누림출판사

편집기획 홍동선
진   행 이태곤
본문편집 김주헌 김지향
편   집 권분옥 이소희 양지숙 허윤희
마 케 팅 안현진 나현명 정태윤

주   소 서울시 서초구 반포4동 577-25 문창빌딩 2층(137-807)
전   화 02-3409-2055(대표), 2058(영업), 2060(편집)
팩   스 02-3409-2059
전자메일 nurim3888@hanmail.net
등록번호 제303-2005-000038호(2005. 10. 5)

값 12,900원
ISBN 978-89-91990-72-2-04810
ISBN 978-89-91990-67-8(세트)

출력·안문화사 **스캔**·삼평프로세스 **용지**·화인페이퍼 **인쇄**·서정인쇄 **제책**·동신제책

글누림한국 소설전집
⑤

태평천하

채만식 장·단편선

韓國現代小說

'글누림한국소설전집'을 새롭게 간행하며

디지털 환경에 익숙해진 문학 독자들을 위해 '글누림한국소설전집'을 새롭게 간행한다.

세계의 유수한 고전적 저작들의 목록 절반 이상이 소설이라는 것은 놀라운 일도 이상한 일도 아니다. 잘 짜인 한 편의 이야기인 소설은 사회가 지향하는 꿈과 소망을 고스란히 담고 있다. 소설을 언어로 직조한 시대의 세밀한 풍경화라고 하는 말은 그래서 가능하다. 소설이 그 짧은 역사에도 불구하고 인류 문화의 벗으로 자리 잡을 수 있었던 것도 이러한 특성과 무관하지 않다.

시대의 격랑 속에 한치 앞도 전망할 수 없는 오늘날의 개인은 소설 속에 담긴 과거의 시공간과 만나면서 인간의 보편성을 확인하고 자신의 개별성을 확장하는 정서적 체험을 하게 된다. 소설과의 만남은 단지 즐거운 독서 체험에 그치는 것이 아니라, 가치의 기준과 삶의 저변을 확장하는 문화의 실천인 것이다.

오늘날의 문학 환경은 과거에 비해 많이 변화되었다. 신세대를 위한 '글누림한국소설전집'은 시대의 디지털적 진화(?)를 고려하여 기획되었다. 무엇보다도 새로운 문화적 감수성으로 무장한 독자들에게 문자로 읽는 텍스트에 그치지 않고, 텍스트가 생산된 시대를 짐작하고 음미하며 즐길 수 있도록 배려한 것이 이 전집의 특징이다. 그 배려는 문학이 우리 삶에 기여하는 정서적 · 교육적 효과를 깊게 고려한 것이고, 동시에 역사가 주는 교훈과 달리 우리의 삶을 되비추는 거울과도 같은 성찰의 효과를 전제한 것이다.

'글누림한국소설전집'이 지향하는 기획 의도는 다음과 같다.

첫째, 이 기획은 문학교육 전문가들과 대학에서 문학을 강의하는 전공 교수들의 조언을 받아 이루어졌으며, 근대 초기로부터 한국전쟁 이전의 소설 중에서 특히 문학적 검증이 끝난, 이른바 정전(cannon)에 해당하는 작품들을 중심으로 구성되었다. 정전이란 한 시대의 표준적 규범을 뜻하는 말로, 문학 정전이란 현대문학사에서 누구나 인정하는 성과와 질을 담보한 불후의 명작들을 의미한다. 이 전집을 통해서 근대 초기 이후 지금까지 삶의 이면을 관류하는 문학의 근원적 가치와 이념을 확인할 수 있을 것이다.

둘째, 이 전집은 디지털 환경에 익숙한 젊은 독자들의 취향을 고려한 편의성을 최대한 제고하고자 하였다. 이를 위해서 어려운 낱말에는 상세한 단어풀이를 붙여 이해를 돕고자 했고, 동시에 작품 속에 등장하는 인물들의 갈등과 내면세계를 삽화로 제시하는 한편 작품과 관계되는 당대의 풍속, 생활, 풍물 등의 사진을 본문과 함께 배치하여 다양한 볼거리를 제공하고자 했다. 아울러 작가의 산실이 된 생가와 집필 장소, 유품 등을 사진으로 수록하여 작가의 삶과 작품에 대한 총체적인 이해를 돕고자 했다.

셋째, 이 기획은 교양과목을 수강하는 대학생과 시험을 앞둔 수험생, 풍요로운 삶을 소망하는 일반 독자들에게 작가와 작품, 작품의 배경이 된 당대 현실에 대한 이해를 돕는 교양서로 기능하도록 배려하였다. 수록 작품들은 본래의 의미를 최대한 존중하면서 다양한 이본들을 발표 원문과 일일이 대조하면서 현대식으로 표기하였고, 박사과정 재학 이상의 국문학 전공자의 교정 및 교열 작업을 거쳐 모범적인 판본을 만들었다.

현재 우리 소설의 역사는 1백 년을 넘어서 새로운 전통을 쌓아가고 있다. 우리 소설들에는 우리의 선조들이 고심했던 역사와 풍속, 삶의 내밀한 관심과 즐거움이 한데 녹아 있다. 독자들은 소설과의 만남을 통해 우리의 문화가 이룩해온 정체성을 확인하고 상상하는 즐거움을 만끽할 수 있을 것이다.

'글누림한국소설전집'이 디지털 시대를 살아가는 21세기의 젊은 독자들에게 새로운 독서 체험을 제공해 주고 동시에 삶의 풍부한 자양분 역할을 하기를 희망한다.

글누림한국소설전집 간행위원회

목차

태평천하

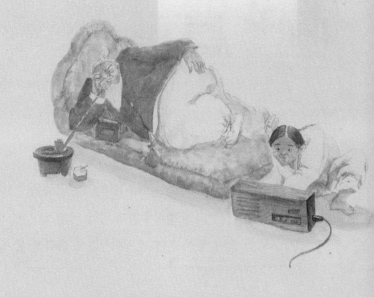

1. 윤직원(尹直員) 영감 귀택지도(歸宅之圖)

추석을 지나 이윽고, 짙어 가는 가을 해가 저물기 쉬운 어느 날 석양.
저 계동(桂洞)의 이름 난 장자[富者] 윤직원(尹直員) 영감이 마침 어
디 출입을 했다가 방금 인력거를 처억 잡숫고 돌아와 마악
댁의 대문 앞에서 내리는 참입니다.

인력거와 인력거꾼

빗밋이
비스듬히.

몸메
돈쭝. 무게의 단위.

　간밤에 꿈을 잘못 꾸었던지, 오늘 아침에 마누라하고 다
툼질을 하고 나왔던지, 아무튼 엔간히 일수 좋지 못한 인
력거꾼입니다.

여느 평탄한 길로 끌고 오기도 무던히 힘이 들었는데 골목쟁이로 들
어서서는 *빗밋이 경사가 진 이십여 칸을 끌어올리기야, 엄살이 아니
라 정말 혀가 나올 뻔했습니다.

이십팔 관, 하고도 육백 *몸메……!

윤직원 영감의 이 체중은, 그저께 춘심이년을 데리고 진고개로 산보
를 갔다가 경성우편국 바로 뒷문 맞은편, 아따 무어라더냐 그 양약국
앞에 놓아 둔 앉은뱅이저울에 올라서 본 결과, 춘심이년이 발견을 했
던 것입니다.

이 이십팔 관 육백 몸메를, 그런데, 좁쌀 계급인 인력거꾼은 그래도
직업적 단련이란 위대한 것이어서, 젖 먹던 힘까지 아끼잖고 겨우겨우
끌어올려 마침내 남대문보다 조금만 작은 솟을대문 앞에 채장을 내려
놓곤, 무릎에 드렸던 담요를 걷기까지에 성공을 했습니다.

윤직원 영감은 옹색한 좌판에서 가까스로 뒤를 쳐들고, 자칫하면 넘
어 박힐 듯싶게 휘뚝휘뚝하는 인력거에서 내려오자니 여간만 옹색하

고 조심이 되는 게 아닙니다.

"야, 이 사람아······!"

윤직원 영감은 혼자서 내리다 못해 필경 인력거꾼더러 걱정을 합니다.

"······좀 부축을 히여 줄 것이지. 그냥 그러구 뻐언허니 섰어야 옳담 말잉가?"

실상인즉 뻔히 섰던 것이 아니라, 가쁜 숨을 돌리면서 땀을 씻고 있었던 것이나, 인력거꾼은 책망을 듣고 보니 *미상불 일이 좀 죄송하게 되어, 그래 얼핏 팔을 붙들어 부축을 해드립니다.

내려선 것을 보니, 진실로 *거판진 체집입니다.

허리를 안아 본다면, 아마 모르면 몰라도 한 아름하고도 반은 실히 될까 봅니다. 그런데다가 키도 알맞게 다섯 자 아홉 치는 넉넉합니다. 얼핏 알아듣기 쉽게 빗대면, 지금 그가 타고 온 인력거가 장난감 같고, 그 큰 대문간이 들어서기도 전에 사뭇 그들먹합니다.

미상불
아닌 게 아니라 과연.

거판지다
'거방지다'의 방언. 몸집이 크다.

용
녹용.

저혈
돼지의 피.

장혈
노루의 피.

**수부귀다남자
(壽富貴多男子)**
오래 살고, 부자이며, 신
분이나 지위가 높고, 아
들이 많음. 오복 가운
데 네 가지임.

시삐
별로 대수롭지 않은 듯
하게.

여대치다
뺨치게 낫다. 능가하다.

탕건
갓 아래 받쳐 쓰던 관.

조마맞다
꽤 조그맞다.

합죽선

대판(大阪)
'오사카'를 우리 한자음
으로 읽은 이름.

얼굴도 좋습니다.

거금 삼십여 년 전에 몇 해를 두고 부안(扶安), 변산(邊山)을 드나들면서 많이 먹은 *용(茸)이며 *저혈(猪血)이며 *장혈(獐血)이며, 또 요새도 장복을 하는 인삼 등속의 약효로 해서 얼굴은 불콰하니 동안(童顔)이요, 게다가 많지도 적지도 않게 꼬옥 알맞은 수염은 눈같이 희어, 과시 홍안백발의 좋은 풍신입니다.

초리가 길게 째져 올라간 봉의 눈, 준수하니 복이 들어 보이는 코, 부리가 추욱 처진 귀와 큼직한 입모, 다아 *수부귀다남자(壽富貴多男子)의 상입니다.

나이……? 올해 일흔두 살입니다. 그러나 *시삐 여기진 마시오. 심장 비대증으로 천식(喘息.)기가 좀 있어 망정이지, 정정한 품이 서른 살 먹은 장정 *여대친답니다. 무얼 가지고 겨루든지 말이지요.

그 차림새가 또한 혼란스럽습니다. 옷은 안팎으로 윤이 지르르 흐르는 모시 진솔 것이요, 머리에는 *탕건에 받쳐 죽영(竹纓) 달린 통영 갓(統營笠)이 날아갈 듯 올라앉았습니다.

발에는 크막하니 솜을 한 근씩은 두었음직한 흰 버선에, 운두 새까만 마른신을 *조마맞게 신고, 바른손에는 은으로 개대가리를 만들어 붙인 화류 개화장이요, 왼손에는 서른네 살배기 묵직한 합죽선입니다.

이 풍신이야말로 아까울사, 옛날 세상이었더면 일도(一道) 방백(方伯)일시 분명합니다. 그런 것을 간혹 입이 비뚤어진 친구는 광대로 인식 착오를 일으키고 동경, *대판의 사탕장수들은 캐러멜 대장감으로 침을 삼키니 통탄할 일입니다.

인력거에서 내려 선 윤직원 영감은, 저절로 떠억 벌어지는 두루마기 앞섶을 여미려고 하다가 도로 걷어 젖히고서, 간드러지게 허리띠에 가 매달린 새파란 *염낭끈을 풉니다.

"인력거 쌕이(삯이) 몇 푼이당가?"

이 이야기를 쓰고 있는 당자 역시 전라도 태생이기는 하지만, 그 전라도 말이라는 게 좀 경망스럽습니다.

"그저 처분해 줍사요!"

인력거꾼은 담요로 팔짱낀 허리를 굽신합니다. 좀 점잖다는 손님한테는 항투로 쓰는 말이지만, 이 풍신 좋은 어른께는 진심으로 하는 소립니다. 후히 생각해 달란 뜻이지요.

"으응! 그리여잉? 그럼, 그냥 가소!"

윤직원 영감은 인력거꾼을 짯짯이 바라다보다가 고개를 돌리더니, 풀었던 염낭끈을 도로 비끄러맵니다.

인력거꾼은 어쩐 영문인지를 몰라 뚜렛뚜렛하다가, 혹시 외상인가 하고 뒤통수를 긁적긁적하면서,

"그럼, 내일 오랍쇼니까?"

"내일? 내일 무엇 하러 올랑가?"

윤직원 영감은 지금 심정이 약간 좋지 못한 일이 있는데, 가뜩이나 긴찮이 잔말을 씹힌대서 적이 안색이 변합니다.

그러나 이편 인력거꾼으로 당하고 보면, 무엇 하러 오다니, 외상 준 인력거 삯 받으러 오지요라는 것이지만, 어디 무엄스럽게 그런 말을 똑바로 대고 하는 수야 있나요. 그러니 말은 바른 대로 하지 못하고, 그래 자못 난처한 판인데, 남의 그런 속도 몰라주고 윤직원 영감은 인제는 내 할 말 다아 했다는 듯이 천천히 돌아서 버리자고 합니다.

인력거꾼은, 이러다가는 여느 때도 아니요, 허파가 터질 뻔한 오늘 벌이가 눈 멀뚱멀뚱 뜨고 그만 허사가 되지 싶어, 대체 이 어른이 어째

두루마기

염낭
허리에 차는 작은 주머니.

서 이러는지는 모르겠어도, 그건 어찌 되었든지 간에 좌우간 이렇게 병신스럽게 우물쭈물하고만 있을 일이 아니라고 크게 과단을 내지 않을 수가 없습니다.

"저어, 삯 말씀이올습니다. 헤……."

크게 과단을 낸다는 게 결국은 크게 조심을 하는 것뿐입니다.

"싻?"

"네에!"

"아—니 여보소, 이 사람……."

윤직원 영감은 더러 역정을 내어 하마 삿대질이라도 할 듯이 한 걸음 나섭니다.

"……자네가 아까 날더러 처분대루 허라구 허잖있넝가?"

"네에!"

"그렇지……? 그런디 거, 처분대루 허람 말은 맘대루 허람 말이 아닝가?"

인력거꾼은 비로소 속을 알았습니다.

알고 보니 참 기가 막힙니다. 농도 할 사람이 따로 있지요. 웬만하면, 허허! 하고 한바탕 웃어 젖힐 노릇이겠지만 점잖은 어른 앞에서 그럴 수는 없고, 그래 히죽이 웃기만 합니다.

"……그리서 나넌 그렇기 처분대루, 응……? 맘대루 말이네. 맘대루 허라구 허길래, 아 인력거 삯 안 주어도 갱기찮헌 종 알구서, 그냥 가라구 히였지!"

인력거꾼은 이 어른이 끝끝내 농을 하느라고 이러는가 했지만, 윤직원 영감의 안색이며 말씨며 조금도 그런 내색이 보이지 않습니다.

"……거 참……! 나는 벨 신통헌 인력거꾼도 다아 있다구, 퍽 얌전허게 부았지! 늙은 사람이 욕본다구, 공으루 인력거 태다 주구 허넝 게 쟁히 기특허다구. 이 사람아, 사내대장부가 그렇기 그짓말을 식은 죽 먹듯 헌담 말잉가? *일구이언은 이부지자(一口二言 二父之子)라네. 암만히여두 자네 어매(어머니)가 행실이 좀 궂었덩개비네!"

인력거꾼쯤이니 일구이언은 이부지자라는 공자님식의 욕이야 알아 듣지 못했겠지만, 자네 어매가 행실이 궂었덩개비네 하는 데는 슬며시 비위가 상하지 않을 수가 없습니다. 실상 그렇지 않아도 인력거 삯을 주지 않으려고 농인지 진정인지는 모르겠으되, 쓸데없는 승강을 하려 드는 게 심정이 좋지 않은 참인데 게다가 한술 더 떠서, 이건 한다는 소리가 거짓말을 한다는 둥, 또 *죽은 부모를 편삿놈이 널[棺]머리 들 먹거리듯 들먹거리는 데야 누군들 좋아할 이치가 있다구요.

사실 웬만한 내기가 인력거를 타고 와설랑, 납작한 초가집 앞에서 그따위 수작을 했다가는 인력거꾼한테 되잡혀 가지곤 뺨따구니나 한 대 넙죽하니 얻어맞기가 십상이지요.

"점잖은 어른께서 괜히 쇤네 같은 걸 데리구 그러십니다……! 어서 *돈짱이나 주어 보냅사요! 헤……."

인력거꾼은 상하는 심정을 눅이고 종시 공순합니다. 그러나 그 돈짱 이란 말이 윤직원 영감한테는 저 히틀러라든지 하는 *덕국 *파락호(破落號)의 폭탄선언이라는 것만큼이나 놀라운 말입니다.

"머어? 돈짱……? 돈짱이 무어당가? 대체……."

"일 환 한 장 말씀입죠! 헤……."

남은 기가 막혀서 하는 말을, 속없는 인력거꾼은 고지식하게 언해 (諺解)를 달고 있습니다.

"헤헤, 나 참, 세상으 났다가 벨일 다아 보겠네……! 아—니 글씨,

일구이언 이부지자
(一口二言 二父之子)
한 입으로 두 말 하면
두 아버지를 둔 자식과
같다는 말.

죽은 부모를 편삿놈이
널머리 들먹거리다
당치 않은 것을 들추어
내어 말썽을 부리다.

돈짱
종이돈 몇 장.

덕국
예전에, '독일'을 이르
던 말.

파락호(破落號)
재산이나 세력이 있는
집안의 자손으로서 집
안의 재산을 몽땅 털어
먹는 난봉꾼.

용천배기
문둥이.

칙살스럽다
하는 짓이나 말 따위가
잘고 더러운 데가 있다.

안 받어두 졸 드키 처분대루 허라던 사람이, 인제넌 마구 그냥 일 원을 달래여? 참 기가 맥히서 죽겄네…… 그만두소. *용천배기 콧구녕으루 마널씨를 뽑아 먹구 말지, 내가 *칙살시럽게 인력거 공짜루 타겄넝가……! 을매 받을랑가? 바른 대루 말허소!"

인력거꾼은 괜히 돈 몇십 전 더 얻어먹으려다가 짜장 얻어먹지도 못하고 다른 데 벌이까지 놓치기 싫어, 할 수 없이 오십 전을 불렀습니다. 그러나, 윤직원 영감은 여전합니다.

"아—니, 이 사람이 시방, 나허구 실갱이를 허자구 이러넝가? 권연시리 자꾸 쓸디읎넌 소리를 허구 있어……! 아, 이 사람아, 돈 오십 전이 뉘 애기 이름인 종 아넝가?"

"많이 여쭙잖습니다. 부민관서 예꺼정 모시구 왔는뎁쇼!"

"그러닝개 말이네. 고까짓것 엎어지면 코 달 년의 디를 태다 주구서 오십 전씩이나 달라구 허닝개 말이여!"

"과하게 여쭙잖었습니다. 그리구 점잖은 어른께서 막걸릿값이나 *나우 주서야 허잖겠사와요?"

나우
조금 많이.

윤직원 영감은 못 들은 체하고 모로 비스듬히 돌아서서 아까 풀렀다가 도로 비끄러맨 염낭끈을 다시 풀더니, 이윽고 십 전박이 두 푼을 꺼내 가지고 그것을 손톱으로 싸악싹 가를 긁어 봅니다. 노상 사람이란 실수를 하지 말란 법이 없는 법이라, 좀 일은 되더라도 이렇게 다시 한번 손질을 해보면, 가사 십 전짜린 줄 알고 오십 전짜리를 잘못 꺼냈더라도, 톱날이 있고 없는 것으로 아주 적실하게 분별을 할 수가 있는 것이니까요.

당시 사용되던 화폐

"옛네…… 꼭 십오 전만 줄 것이지만, 자네가 하두 그리싸닝개 이십 전을 주넝 것이니, 오 전을랑 자네 말대루 막걸리를 받어 먹든지, 탁배기를 사먹든지 맘대루 허소. 나넌 모르네!"

"건 너무 적습니다!"

"즉다니? 돈 이십 전이 즉담 말인가? 이 사람아 촌으 가면 땅이 열 평이네, 땅이 열 평이여!"

인력거꾼은, 그렇거들랑 그거 이십 전 가지고 촌으로 가서 땅 열 평 사놓고서 삼대 사대 빌어먹으라고 쏘아던지고서 홱 돌아서고 싶은 것을, 그러나 겨우 참습니다.

"십 전 한 푼만 더 줍사요. 그리구 체두 퍽 무거우시구 허셨으니깐, 헤……."

"아―니, 이 사람이 인재넌 벨 트집을 다아 잡을라구 허네! 이 사람아, 그럴 티면 나넌 이 큰 몸집으루 자네 그 쬐외깐헌 인력거 타니라구 더 욕을 부았다네. 자동차나 기차나, 몸 무겁다구 돈 더 받넌 디 부았넝가?"

"헤헤, 그렇지만……."

"어쩔 티여? 이것 받어 갈랑가? 안 받어 갈랑가? 안 받어 간다면 나 이놈으루 괴기 사다가 야긋야긋 다져서 저녁 반찬이나 히여 먹을라네."

"거저 십 전 한 푼만 더 쓰시면 허실 걸 점잖어신 터에 그러십니다!"

"즘잖? 이 사람아, 그렇기 즘잖을라다가넌 논 팔어 먹겄네!…… 에 잉 그거 참! 그런 인력거꾼 두 번만 만났다가넌 마구 감수(減壽)허겄다……!"

이 말에 인력거꾼이 바른 대로 대답을 하자면, 그런 손님 두 번만 만났다가는 기절하겠다고 하겠지요.

윤직원 영감은 맸던 염낭끈을 또 도로 풀더니, 오 전박이 한 푼을 더 꺼냅니다. 이 오 전은 무단스레 더 주는 것이거니 생각하면 다시금 역정이 나고 돈이 아까웠지만, 인력거꾼이 부둥부둥 떼를 쓰는 데는 배겨 낼 수가 없다고, 진실로 단념을 한 것입니다.

"……거 참……! 옜네! 도통 이십오 전이네. 이제넌 자네가 내 허리띠에다가 목을 매달어두 쇠천 한푼 막무가낼세!"

인력거꾼은 윤직원 영감이 말도 다 하기 전에 딸그랑하는 대소 백통화 서 푼을 그 육중한 손바닥에다가 받아 쥐고는, 고맙다고 하는지 무어라고 하는지 분명찮게 입 안의 소리로 두런거리면서, 놓았던 인력거채장을 집어 들고 씽하니 가버립니다.

"에잉! 권연시리 그년의 디를 갔다가 그놈의 인력거꾼을 잘못 만나서 실갱이를 허구, 애맨 돈 오 전을 더 쓰구 히였구나! 고년 춘심이년이 방정맞게 와서넌 명창대횐(名唱大會)지 급살인지 헌다구, 쏘사악쏘삭허기 때미 그년의 디를 갔다가……."

윤직원 영감은 역정 끝에 춘심이더러 귀먹은 욕을 하던 것이나, 그렇지만 그건 애먼 탓입니다. 왜, *부민관의 명창대회를 무슨 춘심이가 가자고 해서 갔나요? 춘심이는 그저 부민관에서 명창대회를 하는데,

부민관
1936년 서울 시민들의 예술적 욕구 충족을 위해 만들어진 극장.

제 형 운심이도 연주에 나간다고 자랑삼아 재잘거리는 것을, 윤직원 영감 자기가 깜짝 반겨선, 되레 춘심이더러 가자가자 해서 꾀어 가지고 갔으면서…….

사실 말이지, 춘심이가 그런 귀띔을 안 해주었으면 윤직원 영감은 오늘 명창대회는 영영 못 가고 말았을 것이고, 그래서 다음날이라도 그걸 알았으면 냅다 발을 굴렀을 것입니다.

2. 무임승차 기술

윤직원 영감은 명창대회를 무척 좋아합니다. 아마 이 세상에 돈만 빼놓고는 둘째 가게 그 명창대회란 것을 좋아할 것입니다.

윤직원 영감은 본이 전라도 태생인 관계도 있겠지만, 그는 워낙 남도 소리며 음률 같은 것을 이만저만찮게 좋아합니다.

그렇게 좋아하는 깐으로는, 일 년 삼백예순 날을 밤낮으로라도 기생이며 광대며를 사랑으로 불러다가 듣고 놀고 하고는 싶지만, 그렇게 하자면 일왈 돈이 여간만 많이 드나요!

아마 일 년을 붙박이로 그렇게 하기로 하고, 어느 권번이나 조선음악연구회 같은 데 교섭을 해서 특별 할인을 한다더라도 하루에 *소불하 십 원쯤은 쳐주어야 할 테니, 하루에 십 원이면 한 달이면 삼백 원이라, 그리고 일 년이면 삼천……, 아유! 그건 윤직원 영감으로 앉아서는 도무지 생각할 수도 없게시리 큰 돈입니다. 천문학적 숫자란 건 아마 이런 경우에 써야 할 문잘걸요.

소불하(小不下)
적게 잡아도.

한즉, 도저히 그건 아주 생심도 못 할 일입니다.

그런데 그거야말로 사람 살 곳은 골골마다 있다든지, 윤직원 영감의 그다지도 뜻 두고 이루지 못하는 *대원을 적이나마 풀어 주는 게 있으니, 라디오와 명창대회가 바로 그것입니다. 이완(李浣)이 대장으로 치면 군산(群山)을 죄꼼은 깎고, 계수를 몇 가지 벤 만큼이나 하다 할는지요. 윤직원 영감은 그래서 바로 머리맡 *연상(硯床) 위에 삼구(三球)짜리 라디오 한 세트를 매두고, 그걸 금이야 옥이야 하면서 방송국의 마이크를 통해 오는 남도 소리며 음률 가사 같은 것을 듣고는 합니다.

대원(大願)
큰 바램.

연상(硯床)
문방제구를 놓아두는 작은 책상.

장죽을 기다랗게 물고는 보료 위에 편안히 드러누워 좋다! 소리를 연해 쳐가면서 즐거운 그 음악 소리를 듣노라면, 고년들의 이쁘게 생긴 얼굴이나 광대들의 거동이 눈에 보이지 않아서 유감은 유감이지만, 그래도 좋기야 참 좋습니다.

라디오를 프로그램대로 음악을 조종하는 소임은 윤직원 영감의 *차인 겸 비서 겸 무엇 겸 직함이 수두룩한 대복(大福)이가 맡아 합니다.

혹시 남도 소리나 음률 가사 같은 것이 없는 날일라치면 대복이가 생으로 벼락을 맞아야 합니다.

"게, 밥은 남같이 하루에 시 그릇썩 먹으면서, 그래, 어떻기 사람이 멍청허먼, 날마당 나오던 소리를 느닷없이 못 나오게 헌담 말잉가?"

이러한 *무정지책에 대복이는 유구무언, 머리만 긁적긁적합니다. 하기야 대복이도 처음 몇 번은 방송국에서 프로그램을 그렇게 정했으니까, 집에 앉아서야 라디오를 아무리 주물러도 남도 소리는 나오지 않는 법이라고 변명을 했더랍니다.

한다 치면, 윤직원 영감은 더럭,

"법이라니께? 그런 개× 같은 놈의 법이 어딨당가……? 권연시리 시방

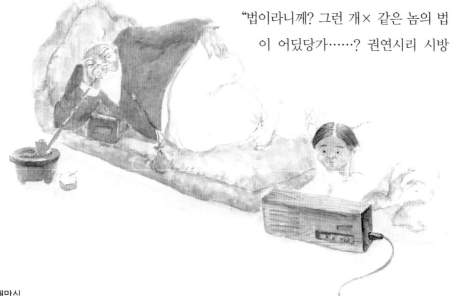

멍청허다구 그러닝개, 그 말은 그리두 고까워서 남한티다가 둘러씌우니라구?…… 글씨 어떤 놈의 소리가 금방 엊저녁까지 들리던 소리가 오널사 말구 시급스럽게 안 들리닝고? 지상(기생)이랑 재인광대가 다아 급살맞어 죽었다덩가?"

이렇게 반찬 먹은 고양이 잡도리하듯 *지청구를 하니, 실로 죽어나는 건 대복입니다. 방송국에서 한동안, 꼭 같은 글씨로, 남도 소리를 매일 빼지 말고 방송해 달라는 투서를 수십 장 받은 일이 있습니다.

그게 뉘 짓인고 하니, 대복이가 윤직원네 영감한테 지청구를 먹고는 홧김에 써보고, 핀잔을 듣고는 폭폭하여 써보내고 하던, 그야말로 눈물의 투서였던 것입니다.

윤직원 영감의 불평은 그러나 비단 그뿐이 아닙니다. 소리를 기왕 할 테거든 두어 시간이고 서너 시간이고 붙박이로 하지를 않고서, 고까짓 것 삼십 분, 눈 깜짝할 새 감질만 내다가 그만둔다고, 그래서 또 성홥니다.

물론 투정이요, 실상인즉 혼자 속으로는, 그놈의 것 돈 십칠 원 들여서 사놓고 한 달에 일 원씩 내면서 그 재미를 다 보니, 미상불 헐키는 헐타고 은근히 좋아하지 않는 것은 아닙니다.

그렇지만 또 막상 청취료 일 원야라를 현금으로 내주는 마당에 당해서는 라디오에 대한 불평 겸 돈 일 원이 못내 아까워서,

"그까짓 놈의 것이 무엇이라구 다달이 돈을 일 원씩이나 또박또박 받어 간다냐?"

"그럴 티거든 새달버텀은 그만두래라!"

이렇게 *꽁짜를 하기를 마지않습니다.

라디오는 그리하여 아무튼 그러하고, 그 다음이 명창대횝니다.

지청구
꾸지람.

꽁짜
'강짜'의 잘못.

태평천하 21

기생이며 광대가 가지각색이요, 그래서 노래도 여러 가지려니와 직접 눈으로 보면서 오래오래 들을 수가 있기 때문에, 감질나는 라디오보다는 그것이 늘 있는 게 아니어서 흠은 흠이지만, 그때그때만은 퍽 *생광스럽습니다. 딱히 윤직원 영감의 소원 같아서는, 그런즉슨 명창대회를 일년 두고 삼백예순 날 날마다 했으면 좋을 판입니다.

이렇듯 천하에 달가운 명창대횐지라, 서울 장안에서 언제고 명창대회를 하게 되면 윤직원 영감은 세상 없어도 참례를 합니다. 만일 어느 명창대회에 윤직원 영감이 참례를 못 한 적이 있다면 그것은 대복이의 태만입니다.

대복이는 멀리 타관에를 심부름 가고 있지 않는 이상 매일같이 골목 밖 이발소에 나가서 라디오의 프로그램과 명창대회나 조선음악연구회 주최의 공연이 있는지를 신문에서 찾아내야 합니다.

대복이가 만일 실수를 해서 윤직원 영감한테 그것을 알려 드리지 못한 결과, 혹시 한 번이라도 그 끔찍한 굿(구경)에 참례를 못 하고서 *궐을 했다는 사실을 윤직원 영감이 추후라도 알게 되는 날이면, 그때에는 대복이가 집안 가용을 지출하는 데 있어서(가령 두 모만 사야 할 두부를 세 모를 사기 때문에) 돈을 오 전 가량 *요외로 더 지출했을 때만큼이나 벼락 같은 꾸중을 듣게 됩니다.

명창대회(춘향제)

아무튼 그만큼이나 좋아하는 명창대회요, 그래 오늘만 하더라도 낮에는 한 시부터 시작을 한다는 걸 윤직원 영감이 춘심이를 앞세우고 댁에서 나선 것이 열한 시 반이 채 못 되어섭니다.

"글쎄 이렇게 일찍 가서 무얼 해요? 구경터에 일찍 가서 우두커니 앉었는 것두 꼴불견인데……."

앞서 가던 춘심이가 일껏 잘 가다가 말고 히뜩 돌아서더니, 한참 까부느라고 이렇게 쫑알거리던 것입니다.

윤직원 영감은 허—연 수염을 한번 쓰다듬으면서 헤벌쭉 웃습니다.

"저년이 또 *초라니치름 까분다!…… 그러지 말구, 어서 가자, 가아!"

윤직원 영감이 살살 달래니까 춘심이는 다시 돌아서서 아장아장 걸어갑니다.

아이가 얼굴이 남방 태생답잖게 갸로옴한 게, 또 토끼 화상이 아니라도 두 눈은 또렷, 코는 오똑, 입술은 오뭇, 다 이렇게 생겨 놔서 대단히 야무집니다. 그렇게 야무지게 생긴 제값을 하느라고 아이가 착실히 좀 까불구요.

나이가 아직 열다섯 살이라, 얼굴이 피지는 않았어도 보고 듣는 게 그런 탓으로, 몸매하며 제법 계집애 꼴이 박였습니다.

머리를 늘쩡늘쩡 땋아 내려 자주 댕기를 드린 머리채가 방둥이에서 유난히 치렁치렁합니다. 그러나 이 머리는 알고 보면 중동을 몽땅 자른 단발머리에다가 *다래를 드린 거랍니다.

앞머리는 좀 자르기도 하고 지져서 오그려 붙이기도 하고 군데군데 핀을 꽂았습니다.

빨아서 분홍물을 들인 *흘게 빠진 *생수 *깨끼적삼에, 얼숭덜숭한 주릿대 치마를 휘걷어 넥타이로 질끈 동인 게 또한 제격입니다.

살결보다는 버짐이 더 많이 피고, 배내털이 숭얼숭얼해서 분을 발랐다는 게 고루 먹지를 않고 어루러기가 진 것 같습니다.

이만하면 어디다가 내놓아도, 대광교 천변가로 숱해 많이 지나다니는 그런 모습의 동기(童妓)지, 갈데없습니다. (그러나 그렇다고 깔보지는 마십시오. 그래 보여도 그 애가 요새 그 연애를 한답쭈.)

초라니
하회 별신굿 탈놀이에 등장하는 인물의 하나. 양반의 하인으로 가볍고 방정맞은 성격을 지닌다.

다래
'다리'의 방언. 예전에, 여자들의 머리숱이 많아 보이라고 덧넣었던 딴 머리.

흘게
매듭·사개·고동·사복 따위를 단단하게 조인 정도나, 어떤 것을 맞추어서 짠 자리.

생수
생소(生素). 갑사의 하나. 천을 짠 후에 삶아서 뽀얗게 처리하지 아니한 갑사.

깨끼적삼
안팎 솔기를 발이 얇고 성긴 깁을 써서 곱솔로 박아 지은 적삼.

춘심이는 윤직원 영감이 달래는 대로 한동안 앞을 서서 찰래찰래 가
고 있다가, 무슨 생각이 났는지 또 해뜩 돌려다보면서,

"영감님!"

하고 뱅글뱅글 웃습니다. 이 애는 잠시라도 까불지 못하면 정말 좀이
쑤십니다.

"무어라구 또 촐랑거리구 싶어서 그러냐?"

"이렇게 일찍 가는 대신 자동차나 타고 갑시다, 네?"

"자—동차?"

"내애."

"그리라, 젠장맞일……."

춘심이는 윤직원 영감이 섬뻑 그러라고 하는 게 *되레 못 미더
워서, *짯짯이 얼굴을 올려다봅니다. 아닌 게 아니라, 히물히물
웃는 게 장히 미심쩍습니다.

"정말 타구 가세요?"

"그리어! 이년아."

"그럼, 전화 빌려서 자동차 불러예죠?"

"일부러 안 불러두 죄꼼만 더 가면 저기 있단다."

"어디가 있어요! 안국동 네거리까지 가야
있는걸."

"게까지 안 가두 있어!"

"없어요!"

"있다……! 뻔쩍뻔쩍허게 은칠
헌 놈, 크—다란 자동차……."

"어이구 참! 누가 빠스 말인가,

뭐……."

춘심이는 고만 속은 것이 분해서 뾰롱해 가지고 쫑알댑니다.

"빠쓸 가지구, 아―주 자동차래요!"

"자동차라두 그놈이 여니 자동차보담 더 비싸다, 이년아!"

"오 전씩인데 비싸요!"

"타는 찻값 말이간디? 그놈 사올 때 값 말이지……."

윤직원 영감은 재동 네거리 버스 정류장에서 춘심이와 같이 버스를 기다립니다. 때가 아침저녁의 러시아워도 아닌데 웬일인지 만원 된 차가 두 대나 그냥 지나가 버립니다. 그러더니 세 대째 만에, 그것도 여간 붐비지 않는 걸, 들이 떠밀고 올라타니까 버스걸이 마구 울상을 합니다.

윤직원 영감은 자기 혼자서 탔으면 꼬옥 알맞을 버스 한 채를 만원 이상의 승객과 같이 탔으니 남이야 어찌 되었든 간에 윤직원 영감 당자도 무척 고생입니다. 그럴 뿐 아니라, 갓을 버스 천장에다가 치받치지 않으려고 허리를 꾸부정하고 섰자니, 공간을 더 많이 차지해야 됩니다. 그 대신 춘심이는 윤직원 영감의 겨드랑 밑에 가 박혀 있어 만약 두루마기 자락으로 가리기만 하면 찻삯은 안 물어도 될 성싶습니다.

겨우겨우 총독부 앞 종점에 당도하여 다들 내리는 데 섞여 윤직원 영감도 춘심이로 더불어 내리는데, 버스에 탔던 사람들은 기념이라도 하고 싶은 듯이 제가끔 한 번씩 쳐다보고 갑니다.

조선총독부

윤직원 영감은 버스에서 내려서 대견하게 숨을 돌린 뒤에, 비로소 염낭끈을 풀어 천천히 돈을 꺼낸다는 것이 십 원짜리 지전입니다.

"그걸 어떡허라구 내놓으세요? 거스를 돈 없어요!"

여차장은 그만 소갈머리가 나서 *보풀떨이를 합니다.

"그럼 어떡허넝가? 이것두 돈은 돈인디……."

"누가 돈 아니래요? 잔돈 내세요!"

"잔돈 읎어!"

"지끔 주머니 속에서 잘랑잘랑 소리가 나든데 그러세요? 괜히……."

"으응, 이거?"

윤직원 영감은 염낭을 흔들어 그 잘랑잘랑 소리를 들려 주면서,

"……이건 못 쓰넌 돈이여, 사전이여…… 정, 그렇다면 못 쓰넌 돈이라두 그냥 받을 티여?"

하고 방금 끈을 풀려고 하는 것을, 여차장은 오만상을 찡그리고는,

"몰라요! 속상해 죽겠네……! 어디꺼정 가세요?"

하면서 참으로 구박이 자심합니다.

"정거장."

"그럼, 전차에 가서 바꾸세요!"

"그러까?"

잔돈을 두어 두고도 십 원짜리를 낸 것이며, 부청 앞에서 내릴 테면서 정거장까지 간다고 한 것이며가 모두 요량이 있어서 한 짓입니다.

무사히 공차를 탄 윤직원 영감은 총독부 앞에서부터는 춘심이를 앞세우고 부민관까지 천천히 걸어서 갑니다.

"좁은 뽀수 타니라구 고생헌 값을 이렇기 도루 찾는 법이다."

그는 이윽고 공차 타는 기술을 춘심이한테도 깨우쳐 주던 것인데, 그런 걸 보면 아마 *청기와장수는 아닌 모양입니다.

3. 서양국(西洋國) 명창대회(名唱大會)

중로에서 그렇듯 많이 *충그리고 길이 터지고 했어도, 회장에 당도했을 때에는 부민관 꼭대기의 큰 시계가 열두 시밖에는 더 되지 않았습니다.

입장권을 사기 전에 윤직원 영감과 춘심이 사이에는 또 한바탕 *상지가 생겼습니다.

윤직원 영감은 춘심이더러, 네 형이 출연을 한다면서, 무대 뒷문으로 제 형을 찾아 들어가 공짜로 구경을 하라고 시키던 것입니다. 그러나 춘심이는, 암만 그렇더라도 저도 윤직원 영감을 따라왔고, 그래서 버젓한 손님이니까 버젓하게 표를 사가지고 들어가야 말이지, 누가 치사하게 공구경을 하느냐고 우깁니다.

그래 한참이나 서로 고집을 세우고 양보를 않던 끝에, 윤직원 영감은 슬며시 십 전박이 두 푼을 꺼내서 춘심이 손에 쥐어 주면서 살살 달랩니다.

"옜다. 이놈으루 군밤이나 사먹구, 귀경(구경)은 공으루 들여 달라구 히여, 응……? 그렇게 허먼 너두 좋구 나두 좋구 허지?"

한여름에도 아이들한테 돈을 주려면 군밤값이라는 게 윤직원 영감의 버캐뷸러리입니다.

춘심이는 군밤값 이십 전에 할 수 없이 매수가 되어 마침내 타협을 하고, 먼저 무대 뒤로 해서 들어갔습니다.

윤직원 영감은 넌지시 오십 전을 내고 하등표를 달라고 해서, 홍권(紅券)을 한 장 샀습니다. 그래 가지고는 아래층 맨 앞자리의 맨 앞줄

충그리다
머물러서 웅크리고 있거나 머뭇거리다라는 뜻의 방언.

상지
서로 자기의 의견만을 고집하고 양보하지 않음.

에 가서 처억 앉으니까, 미상불 아무도 아직 들어오지 않았고, 갈데없이 첫쨉니다.

조금 앉았노라니까, 아마 윤직원 영감의 다음은 가게 날쌘 사람이었던지, 한 사십이나 되어 보이는 양복신사 하나가 비로소 들어오더니, 역시 맨 앞줄을 골라 앉습니다.

그 양복신사는 웬일인지 처음 들어오면서부터 윤직원 영감을 연해 흥미있게 보고 또 보고 해쌓더니, 차차로 호기심이 더하는 모양, 필경은 자리를 옮아 옆으로 바싹 와서 앉습니다. 그러고는 잠시 앉아서 윤직원 영감에게 말없는 경의를 표한다고 할까, 아무튼 몹시 이야기를 붙여 보고 싶어하는 눈치더니 마침내,

"이번에 인기가 굉장헌 모양이지요?"

하고 은근공손히 말을 청합니다. 그러나 윤직원 영감으로 보면 인기란 말이 무슨 뜻인지도 모르거니와, 또 낯모를 사람과 쓰잘데없이 이야기를 할 맛도 또한 없는 것이라 거저,

"예에!"

하고 건성으로 대답을 할 뿐입니다.

양복신사씨는 좀 싱거웠던지 잠깐 덤덤하더니 한참 만에 또,

"거 소릴 얼마나 공불 허면 그렇게 명창이 되시나요?"

하고 묻는 것입니다. 윤직원 영감은 별 쑥스런 사람도 다 보겠다고 귀찮게 여기며 아무렇게나,

"글씨…… 나두 몰루."

"헤헤엣다, 괜히 그러십니다!"

"무얼 궈녀언이 그런다구 그러우……? 나넌 소리를 좋아넌 히여두 소리를 헐 종은 모르넌 사램이요!"

"괘애니 그러세요! *명창 이동백(李東伯) 씨가 노래헐 줄 모르신다면 누가 압니까?"

원 이럴 데가 있습니까! 어쩌면 윤직원 영감더러 광대 이동백이라고 하다니요!

윤직원 영감은 단박, 분하고 괘씸하고 창피하고 뭐, 도무지 어떻다고 형언할 수가 없습니다. 아무리 예법이 없어진 오늘이라 하더라도, 만일 그 자리가 그 자리가 아니고 계동 자기네 댁만 같았어도 이놈 당장 잡아 내리라고 호령을 한바탕 했을 겝니다.

그러나 산전수전 다 겪고 칼날 밑에서와 총부리 앞에서 목숨을 내걸어 보기 수없던 윤직원 영감입니다. 또 *시속이 어떻다는 것이며, 그래 아무 데서고 함부로 잘못 호령깨나 하는 체하다가는 괜히 되잡혀서 망신을 하는 수가 있다는 것도 잘 알고 있습니다.

시속
그 시대의 풍속.

윤직원 영감은 속을 폭신 삭여 가지고, 자기 손에 쥔 표를 내보이면서 나도 이렇게 구경을 왔노라고 점잖이 깨우쳐 주었습니다. 그랬더니 양복신사씨는 윤직원 영감이 생각한 바와는 딴판으로 백배사죄도 않고 그저 아 그러냐고, 실례했다고, 고개만 한 번 까닥 합니다. 윤직원 영감은 그게 다시 괘씸했으나 참은 길이라 그냥 눌러 참았습니다.

그럴 때에 마침 또 다른 양복쟁이 하나가 나타났습니다. 윤직원 영감한테는 *갖추 불길한 날입니다.

갖추
고루 있는 대로.

그 양복쟁이는 옷깃에다가 가화(假花)를 꽂은 양이, 오늘 여기서 일 *서두리를 하는 사람인가 본데, 우연히 지나가다가 윤직원 영감이 홍권을 사가지고 어엿하게 백권석에 앉아 있는 것을 발견했던 것입니다. 그는 그 붉은 입장권을 보지 못했었다면 설마 이 풍신 좋은 양반이 홍권을 가지고 백권석에 들어앉았으랴는 의심이야 내지도 않았겠지요.

서두리
일을 거들어주는 사람. 또는 그 일.

"저어, 여긴 백권석입니다. 저 위칭으루 가시지요!"

양복쟁이는 좋은 말로 이렇게 간섭을 합니다. 그러나 윤직원 영감은 백권석이란 신식 문자는 모르되 이층으로 가라는 데는 자못 의외였습니다.

"왜 날더러 그리 가라구 허우?"

"여긴 백권석인데요, 노인은 홍권을 사셨으니깐 저 위칭 홍권석으루 가셔야 합니다."

"아—니…… 이건 하등표요! 나넌 돈 오십 전 주구 하등표 이놈 샀어! 자, 보시오!"

"그러니깐 말씀입니다. 노인 말씀대루 하면 여긴 상등이거든요. 그런데 노인께선 하등표 사가지구 이 상등에 앉었으니깐, 저 하등석으루 올라가시란 말씀입니다."

"예가 상등이라? 그러구 저 높은 디 이칭이 하등이라?"

"네에."

"아—니, 여보? 그래, 그런 법이 어디가 있담 말이오? 높은 디가 하등이구 나찬 디가 상등이라니! 나넌 칠십 평생으 그런 말은 츰 듣겄소!"

"그래두 그렇잖습니다. 여기선 예가 상등이구 저 이칭이 하등입니다."

"거 참! 그럼, 예는 우리 죄선(朝鮮) 아니구, 저어 서양국이오? 그렇길래 이렇기 모다 꺼꾸루 되지?"

"허허허허, 그렇지만 신식은 다아 그렇답니다. 그러니 정녕 이 자리에서 구경을 허시겄거던 돈을 일 원 더 내시구 백권을 사시지요?"

"나넌 그럴 수 없소! 암만 그래두, 나넌 예가 하등이닝개루, 예서 귀경헐라우!"

우람스러운 몸집과 신선 같은 차림을 하고서, 애기처럼 응석을 부리는 데는, 서두리꾼도 어리광을 받아 주는 양 짐짓 지고 말아, 윤직원 영감은 마침내 홍권으로 백권석에서 구경을 했습니다.

실상 윤직원 영감은 위정 그런 어거지를 쓴 것은 아닙니다. 꼭 극장만 여겨서 아래층이 하등인 줄 알았던 것입니다.

윤직원 영감의 처음 몇 번의 경험에 의하면, 명창대회는 아래층(그러니까 하등이지요) 맨 앞자리의 맨 앞줄이 제일 좋은 자리였습니다. 기생과 광대들의 일동일정이 바로 앞에서 잘 보이고, 노래가 가까이 들리고, 그리고 하등이라 값이 헐하고.

이러한 묘리를 터득한 윤직원 영감이라, 오늘도 하등표를 산다고 사가지고 하등을 간다고 간 것이 삼곱이나 더 하는 백권석이었던 것입니다.

그러나 뱃심이라고 할지 생억지라고 할지, 아무튼 서두리꾼을 이겨

내고 필경은 그대로 백권석에서 구경을 했습니다.

더욱 좋은 것은, 여느 극장 같으면 하등인 맨 앞자리는 고놈 깍정이 같은 조무래기 패가 옴닥옴닥 들어박혀 윤직원 영감의 육중한 체구가 처억 그 틈에 끼여 있을라치면, 들이 놀림감이 되고, 그래 좀 창피했는데, 오늘은 이 상등스러운 하등이 모두 점잖은 어른들이나 이쁜 기생들뿐이요, 그따위 조무래기 떼가 없어서 실로 금상첨화라 할 수 있었습니다.

전차

구경을 아주 원만히 마치고 난 윤직원 영감은, 춘심이는 제 집이 청진동이니까 걸어가라고 보내고, 자기 혼자만 전차 정류장까지 나왔습니다. 그러나 숱해 몰려 나온 구경꾼들과 같이서 전차를 탈 일이며, 또 버스를 탈 일이며, 그뿐 아니라 재동서 내려 경사진 계동 길을 걸어 올라가자면 숨이 찰 일이며, 모두 생각만 해도 대견했습니다. 십 원짜리를 가지고 하면 또 공차를 탈 수도 있을 테지만, 에라 내가 돈을 아껴서는 무얼 하겠느냐고 실로 하늘이 알까 무서운 변심을 먹고, 마침 지나가는 인력거를 불러 탔던 것이고, 결과는 돈 오 전을 *가외에 더 뺏겼고, 해서 정히 역정이 났었고, 그리고 또, 대문이 말입니다.

가외
일정한 기준이나 정도의 밖.

대문은 언제든지 꽉 잠가 두거니와, 옆으로 난 쪽문도 안으로 잠겼어야 할 것이거늘 그것이 훤하게 열려 있었던 것입니다.

윤직원 영감은 큰대문을 열어 놓고 있노라면 어쩐지 집안엣 것이 *형적 없이 자꾸만 대문으로 해서 빠져나가는 것만 같고, 그 대신 상서롭지 못한 것이 자꾸만 술술 들어오는 것만 같고 하여, 간혹 장작바리나 큰 짐이 들어올 때가 아니면 큰대문은 결단코 열어 놓는 법이 없습니다. 이 것은 아주 이 집의 엄한 가헌(?)입니다.

형적(形跡)
사물의 형상과 자취를 아울러 이르는 말.

큰대문은 그래서 항상 봉해 두고, 출입은 어른 아이 상전 하인 할 것 없이 한옆으로 뚫어 놓은 쪽문으로 드나듭니다. 그거나마 꼭꼭 지쳐 두어야지, 만일 오늘처럼 이렇게 열어 놓곤 하면 거지 등속의 반갑잖은 손님이 들어올 위험이 다분히 있습니다.

물론 아무리 *밑질긴 거지가 들어와서 목을 매고 늘어진댔자 동전 한 푼 동냥을 주는 법은 없지만, 그러자니 졸리고 악다구니를 하고 하기가 성가신 노릇이니까요. 그러므로 만일 쪽문을 열어 놓는 것이 윤직원 영감의 눈에 뜨이고 보면, 기어코 한바탕 성화가 나고라야 마는데, 대체 식구 중에 누가 *갈충머리없이 이런 *해망을 부렸는지 참말 딱한 노릇입니다.

역정이 난 윤직원 영감이, 낙타가 바늘 구멍으로 나가는 만큼이나 애를 써서 좁다란 그 쪽문으로 겨우겨우 비비 뚫고 들어서면서 꽝 소리가 나게 문을 닫는데, 마침 상노아이놈 삼남이가 그제야 뽀르르 달려 나옵니다.

이놈이 썩 묘하게 생겼습니다. 우선 *부룩송아지 대가리같이 머리가 곱슬곱슬하고 노랗기까지 한 게 장관이요, 그런 대가리가 어쩌면 그렇게도 큰지 남의 것 같습니다. 눈은 사팔이어서 얼굴을 모로 돌려야 똑바로 보이고, 코는 비가 오면 고개를 숙여야 합니다.

나이는 스무 살인데 그것은 이 애한테만 세월이 특별히 빨리 갔는지, 열 살은 에누리 없이 모자랍니다.

그러나 이 애야말로 윤직원 영감한테는 대단히 보배스러운 도구입니다. 윤직원 영감은 상노아이놈을, 똑똑한 놈을 두는 법이 없습니다. 똑똑한 놈이면 으레 훔치훔치, 즉 태을도(太乙道: 도적질)를 한대서 그러는 것입니다.

밑질기다
눌어붙어서 떠날 줄 모르다.

갈충머리없다
진득함이 없이 촐랑거리다.

해망
행동이 해괴하고 요망스러움.

부룩송아지
아직 길들지 아니한 송아지.

실상 전에 시골서 살 때에는 똑똑한 상노놈을 더러 두어 본 적도 있었으나, 했다가 번번이 그 태을도를 하는 바람에 뜨거운 *영금을 보았었습니다.

이 삼남이는 시골 있는 산지기 자식으로, 못난 이름이 근동에 널리 떨친 것을 시험 삼아 데려다가 두고 보았더니 미상불 천하일품이었습니다.

너무 멍청해서 데리고 부리기가 매우 갑갑한 때도 있기는 하지만, 그 대신 일년 삼백예순날을 가도 동전 한푼은커녕 성냥 한 개비, 몰래 축내는 법이 없습니다. 또 산지기의 자식이니, 시속 아이놈들처럼 월급이니 무엇이니 하는 그런 아니꼬운 것도 달라고 않습니다. 해서 참말 둘도 구하기 어려운 보물인 것입니다.

그런지라 윤직원 영감은 여느 때 같으면 삼남이가 나와서 그렇게 허리를 굽신하면, 그저 오—냐 하고 좋게 대답을 했을 것이지만, 오늘은 그래저래 역정이 난 판이라 누구든지 맨 처음에 눈에 띄는 대로 소리를 우선 버럭 질러 주어야 할 판입니다.

"야 이놈아! 어떤 손모가지가 문은 그렇기 훠어언허게 열어 누왔냐? 응?"

"저는 안 그맀어라우! 아마 중마내님이 금방 들어오싰넌디, 그렇게 열어 누왔넝개비라우?"

중마나님이라는 건 윤직원 영감의 며느리로 지금 이 집의 형식상 주부(主婦)입니다.

"그맀으리라! 짝 찢을 년!"

윤직원 영감은 며느리더러 이렇게 욕을 하던 것입니다. 그는 며느리뿐만 아니라, 딸이고 손자며느리고, 또 지금은 죽고 없지만 자기 부인이고, 전에 데리고 살던 첩이고, 누구한테든지 욕을 하려면 우선 그 '짝 찢을 년'이라는 서양말의 관사(冠詞) 같은 것을 붙입니다. 남잘 것 같으면 '잡어 뽑을 놈'을 붙이고…….

"짝 찢을 년……! 아, 그년은 글씨 무엇 허러 밤낮 그렇기 싸댕긴다냐?"

"모올라우!"

"옳다, 내가 모르넌디 늬가 알 것이냐……! 짝 찢을 년! 그년이 서방이 안 돌아부아 주닝개 *오두가 나서 그러지, 오두가 나서 그리여!"

"아마 그렁개비라우!"

관중이 없어서 웃어 주질 않으니 좀 섭섭한 장면입니다.

윤직원 영감이 그렇게 쌍소리로 며느리며 누구 할 것 없이 아무한테고 욕을 하는 것은, 그의 입이 험한 탓도 있겠지만 그의 *근지(根地)가 인조견이나 도금비녀처럼 허울뿐이라 그렇다고도 하겠습니다.

윤직원 영감의 근지야 참 보잘 게 별양 없습니다.

오두
'오두발광'의 준말. 몹시 흥분하여 미친 듯이 날뛰는 짓.

근지
서울의 본바탕. 자라온 환경과 경력.

4. 우리만 빼놓고 어서 망(亡)해라

얼굴이 말[馬面]처럼 길대서 말대가리라는 별명을 듣던 윤직원 영감의 선친 윤용규는 본이 시골 토반(土班)이더냐 하면 그렇지도 못하고, 그렇다고 아전(衙前)이더냐 하면 실상은 아전질도 제법 해먹지 못했습니다.

아전질을 못 해먹은 것이 시방 와서는 되레 자랑거리가 되었지만, 그때 당년에야 흔한 도서원(道書院)이나마 한 자리 얻어 하고 싶은 생각이 꿀안 같았어도, *도시에 그만한 밑천이며 문필이며가 없었더랍니다.

말대가리 윤용규 그는, 삼십이 넘도록 *탈망 바람으로 삿갓 하나를 의관삼아 촌 노름방으로 으실으실 돌아다니면서 개평푼이나 뜯으면 그걸로 되돌아앉아 투전장이나 뽑기, *방통이질이나 하기, 또 그도 저도 못 하면 가난한 아내가 주린 배를 틀어쥐고서 바느질품을 팔아 어린 자식과(이 어린 자식이라는 게 그러니까 지금의 윤직원 영감입니다) 입에 풀칠을 하는 것을 얻어먹고는, 밤이나 낮이나 질펀히 드러누워 *소대성(蘇大成)이 여대치게 낮잠이나 자기…… 이 지경으로 반생을 살았습니다. 좀 *호협한 구석이 있고 담보가 클 뿐, 물론 판무식꾼이구요.

그런데, 그런 게 다 운수라고 하는 건지, 어느 해 연분인가는 난데없는 돈 이백 냥이 생겼더랍니다. 시골돈 이백 냥이면 서울 돈으로 이천 냥이요, 그때만 해도 웬만한 새끼부자 하나가 왔다갔다 할 큰 돈입니다.

노름을 해서 딴 돈이라고 하기도 하고, 혹은 그 아내가 친정의 머언 일갓집 백부한테 *분재를 타온 돈이라고 하기도 하고, 또 누구는 도깨비가 져다 준 돈이라고 하기도 하고 하여 자못 출처가 모호했습니다.

시방이야 가난하던 사람이 불시로 큰돈이 생기면 경찰서 양반들이 우선 그 내력을 밝히려 들지만, 그때만 해도 육십 년 저짝 일이니 누가 지날 말로라도 시비 한마딘들 하나요. 그저 그야말로 도깨비가 져다 주었나 보다 하고 한갓 부러워하기나 했지요.

아무튼 그래 말대가리 윤용규는 그날부터 칼로 벤 듯 노름방 발을 끊고, 그 돈 이백 냥을 들여 논을 산다, *대푼변 돈놀이를 한다, *곱장리를 놓는다 해가면서 일조에 착실한 살림꾼이 되었습니다. 그러노라니까, 정말 인도깨비를 사귄 것처럼 살림이 불 일듯 늘어서, 마침내 그의 당대에 삼천 석을 넘겨 받게 되었던 것입니다.

윤직원 영감(그때 당시는 두꺼비같이 생겼대서 윤두꺼비로 불리어지던 윤두섭) 그는 어려서부터 *취리에 눈이 밝았고, 약관에는 벌써 그의 선친을 도와 가며 그 큰 살림을 곧잘 휘어 나갔습니다. 그리고 1903년 계묘년(癸卯年)부터는 고스란히 물려받은 삼천 석거리를 가지고, 이래 삼십여 년 동안 착실히 가산을 늘려 왔습니다.

그래서 지금으로부터 십여 년 전, 가권을 거느리고 서울로 이사를 해오던 그때의 집계(集計)를 보면, 벼를 실 만 석을 받았고, 요즘 와서는 현금이 십만 원 가까이 은행에 예금되어 있었습니다.

이런 걸 미루어 보면, 그는 과시 *승어부(勝於父)라 할 것입니다.

하기야 그 양대(兩代)가, 그 어둔 시절에 그처럼 치산을 하느라고(시절이 어두우니까 *체계변이며 장리변의 이문이 숫지고, 또 공문서(空文書: 空土地)가 수두룩해서 가산 늘리기가 좋았던 한편으로 말입니다) 욕심 사나운 수령(守令)한테 걸려들어 명색 없이 잡혀 갇혀서는, 형장(刑杖)을 맞아 가며 *토색질을 당한 것도 한두 번이 아니요, 화적(火賊)의 총부리 앞에 목숨을 내걸고 서서 재물을 약탈당하기도 부지기수요, 그러다가 말대가리 윤용규는 마침내 한 패의 화적의 손에 비명의 죽음까지 한 것인즉슨, 일변 생각하면 피로 낙관(落款)을 친 치산이지, 녹록한 재물이라고 할 수는 없을 것입니다.

윤직원 영감은 그때 일을 생각하면 시방도 가슴이 뭉클하고, 그의 선친이 무참히 죽어 넘어진 시체 하며, 곡식이 들이 쌓인 *노적과 곡간이 불에 활활 타던 광경이 눈앞에 선연히 밟히곤 합니다.

잊히지도 않는 계묘년 삼월 보름날입니다. 이 삼월 보름날이 말대가리 윤용규의 바로 제삿날이니까요.

온종일 체계돈 받고 내주고 하기야, 춘궁에 모여드는 작인(소작인)들한테 장릿벼 내주기야, 몸져 누운 부친 윤용규의 병시중 들기야 하느라고 큰살림을 맡아 처리하는 사람의 일례로, 두꺼비 윤두섭, 즉 젊은 날의 윤직원 영감은 밤늦게야 혼곤히 들었던 잠이 옆에서 아내의 흔들며 깨우는 촉급한 속삭임 소리에 놀라 후닥닥 몸을 일으켰습니다.

한두 번도 아니요, 화적을 치르기 이미 수십 차라, 그는 잠결에도 정신이 들기 전에 육체가 먼저 위급함을 직각했던 것입니다. 장수가 전장에 나가면, 진중에서는 정신은 잠을 자도 몸은 깨서 있다는 것이나 마찬가지 이치라고 할는지요.

실로 그때 당시 윤씨네 집안은 자나깨나 전전긍긍, 불안과 긴장과 경계 속에서 일시라도 몸과 마음을 늦추지 못하고, 마치 살얼음을 건너가는 것처럼 위태위태 지내던 판입니다.

젊은 윤두꺼비는 깜깜 어둔 방 안이라도, 바깥의 달빛이 희유끄름한 옆문을 향해 뛰쳐나갈 자세로 고의춤을 걷어 잡으면서 몸을 엉거주춤 일으켰습니다. 보이지는 않으나 아내의 황급한 숨길이 *바투 들리고, 더듬어 들어오는 손끝이 바르르 떨리면서 팔에 닿습니다.

"어서! 얼른!"

아내의 쥐어짜는 재촉 소리는, 마침 대문을 총개머린지 몽둥인지로 들이 쾅쾅 찧는 소리에 삼켜져 버립니다.

"아버님은?"

윤두꺼비는 뛰쳐나가려고 꼬느었던 자세와 호흡을 잠깐 멈추고서 아내더러 물어 보던 것입니다.

"몰라요…… 그렇지만…… 아이구 어서, 얼른!"

바투
시간이나 거리가 아주 가깝게.

아내가 기색할 듯이 초초한 소리로 팔을 잡아 훑는 힘이 아니라도, 윤두꺼비는 벌써 몸을 날려 옆문을 박차고 나갑니다.

신발 여부도 없고 버선도 없는 맨발로, 과녁 반 바탕은 될 타작마당을 단숨에 달려, 두 길이나 높은 울타리를 문턱 넘듯 뛰어넘어, 길같이 솟은 보리밭 고랑으로 몸을 착 엎드리고 꿩 기듯 기기 시작하는 그 동안이, 아내가 흔들어 깨울 때부터 쳐서 겨우 오 분도 못 되는 순간입니다.

이렇게 윤두꺼비가 울타리를 넘어, 그러느라고 허리띠를 매지 않은 *고의를 건사하지 못해서 홀라당 벗어 떨어뜨린 알몸뚱이로 보리밭 고랑에서 엎드려 기기 시작을 하자, 그제야 방금 저편 모퉁이로부터 두 그림자가 하나는 담총을 하고 하나는 몽둥이를 끌고 마침 돌아왔습니다.

고의
남자의 여름 홑바지.

뒤 울타리로 해서 도망가는 사람을 잡으려는 파순데, 윤두꺼비한테는 아슬아슬한 순간의 찰나라 하겠습니다.

그들도 도망가는 윤두꺼비를 못 보았거니와 윤두꺼비도 물론 그러한 *위경이던 줄은 모르고 기기만 하던 것입니다.

위경
위태로운 처지.

만약 그들의 눈에 띄기만 했더라면 처음에는 쫓아갈 것이고, 그러다가 못 잡으면 대고 불질을 했을 겝니다. 부지깽이 같은 그 *화승총을 가지고, 더구나 호미와 쇠스랑을 다루던 솜씨로, 으심치무레한 달밤에 보리밭 사이로 죽자살자 내빼는 사람을 쏜다고 쏘았댔자 제법 똑바로 가서 맞을 이치도 없기도 하지만.

화승총
화승의 불로 터지게 만든 구식 총.

그래 아무튼, 발가벗은 윤두꺼비는 무사히 보리밭을 서넛이나 지나, 다시 솔숲을 빠져나와 나직한 비탈에 왜송이 둘러선 산허리에까지 단숨에 달려와서야 비로소 안심과 숨찬 걸 못 견디어 펄썬 주저앉았습니다.

화적이 드는 눈치를 채면, 여느 일 젖혀 놓고 집안 돌아볼 것 없이 몸을 빼쳐 피하는 게 제일 상책입니다.

화적이 인가를 쳐들어와서, 잡아 족치는 건 그 집 대주(戶主)와 *셈든 남자들입니다. 그래서 그들의 손에 붙잡히기만 하고 보면 우선……(원문 1행 반 삭제)…… 반죽음은 되게 매를 맞아야 합니다.

셈들다
사물을 분별하는 판단력이 생기다.

그렇게 얻어맞고도, 마침내는 재물은 재물대로 뺏겨야 하고, 그 서슬에 자칫 잘못하면 목숨이 왔다갔다 합니다. 둘이 잡히면 둘이 다, 셋이 잡히면 셋이 다 그 지경을 당합니다.

기수
낌새.

그러므로 제가끔 먼저 *기수를 채는 당장으로, 아비를 염려해서 주춤거리거나 자식을 생각하여 머뭇거리거나 할 것이 없이, 그저 먼저 몸을 피해 놓고 보는 게 당연한 일로 되어 있었습니다. 그럴 것이, 가령 자식이 아비의 위태로움을 알고 그냥 버틴다거나 덤벼든다거나 했자, 저편은 수효가 많은 데다가 병장기를 가진, 그리고 사람의 목숨쯤 파리 한 마리만큼도 여기잖는 패들이니까요.

이날 밤 윤두꺼비도 그리하여 일변 몸져 누운 부친이 마음에 걸려, 선뜻 망설이기는 하면서도 사리가 그러했기 때문에, 이내 제 몸을 우선 피해 놓고 보던 것입니다.

볼기 맞는 장면

말대가리 윤용규는 나이 이미 육십에, 또 어제까지 등이며 볼기며에 모진 매를 맞다가 겨우 옥에서 놓여 나온 몸이라 도저히 피할 생각은 내지도 못하고, 그 대신 침착하게 일어나 앉아 등잔에 불까지 켰습니다.

담보
겁이 없고 용감한 마음보.

기위 당하는 일이라서, 또 있는 *담보겠다, 악으로 한바탕 싸워 보자는 것입니다.

화적패들은 이윽고 하나가 울타리를 넘어 들어와 빗장을 벗기는 대문으로 우―몰려들었습니다.

"개미 새끼 하나라도 놓치지 말렷다!"

그 중 두목이, 대문 지키는 두 자와 옆으로 비어져 가는 파수 둘더러 호령을 하는 것입니다.

"영 놓치겠거던 대구 쏘아라!"

재우쳐 이른 뒤에 두목이 앞장을 서서 사랑채로 가고, 한패는 안으로 갈려 들어갑니다. 그렇게도 사납고 짖기를 극성으로 하는 이 집 개들이 처음부터 찍소리도 못 내고 낑낑거리면서 도리어 주인네의 보호를 청하는 걸 보면, 당시 화적들의 기세가 얼마나 기승스러웠음을 족히 알 수가 있는 것입니다.

"기집이나 어린 것들은 손 대지 말렷다!"

두목이 잠깐 돌아다보면서 *신칙을 하는 데 응하여 안으로 들어가던 패가 몇이,

신칙(申飭)
단단히 타일러서 경계함.

"예―이!"

하고 한꺼번에 대답을 합니다.

이것은 참으로 이상스러운 그네들의 엄한 풍도입니다. 이 밤에 이 집을 쳐들어온 이 패들만 보아도, *패랭이 쓴 놈, 테머리 한 놈, 머리 땋은 총각, 늙은이 해서 차림새나 생김새가 가지각색이듯이, 모두 무질서하고 무지한 잡색 인물들이기는 하나, 일반으로 그들은 어느 때 어디를 쳐서 갖은 참상을 다 저지르곤 할 값에, 좀체로 부녀와 어린아이들한테만은 손을 대는 법이 없습니다.

만일 그걸 범했다가는, 그는 당장에 두목 앞에서 목이 달아나고라야 맙니다.

패랭이
댓개비로 엮어 만든 갓. 조선 시대에는 역졸, 보부상 같은 신분이 낮은 사람이나 상제(喪制)가 썼다.

양연하다
마음에 차지 않거나 야
속하게 여기다.

사랑채로 들어간 두목이, 한 수하를 시켜 옷미닫이를 열어 젖히고서 성큼 마루로 올라설 때에, 그는 뜻밖에도 이편을 *양연히 노려보고 있는 말대가리 윤용규와 눈이 딱 마주쳤습니다.

두목은 주춤하지 않지 못했습니다. 그는 윤용규가 이 위급한 판에 한 발자국이라도 도망질을 치려고 서둘렀지, 이다지도 대담하게, 오냐 어서 오란 듯이 버티고 있을 줄은 천만 생각 밖이었던 것입니다.

세다
머리카락이나 수염 따
위의 털이 희어지다.

더욱, 핏기 없이 수척한 얼굴에 병색을 띠고서도, 일변 악이 잔뜩 올라 이편을 무섭게 노려보는 그 머리 *센 늙은이의 살기스런 양자가 희미한 쇠기름불에 어른거리는 양이라니, 무슨 원귀와도 같았습니다.

두목은 만약 제 등뒤에 수하들이 겨누고 있는 십여 대의 총부리와 녹슬었으나마 칼들과 몽둥이들과 도끼들이 없었으면, 그는 가슴이 서늘한 대로 물심물심 뒤로 물러섰을는지도 모릅니다.

"으응, 너 잘 기대리구 있다!"

두목은 하마 꺾이려던 기운을 돋우어 한마디 으릅니다. 실상 이 두목(그러니까 오늘 밤의 이 패들)과 말대가리 윤용규와는 처음 만나는 게 아니고 바로 구면입니다. 달포 전에 쳐들어와서 돈 삼백 냥을 빼앗고, 그 밖에 소 한 마리와 패물과 어음 몇 쪽을 털어 간 그 패들입니다. 그래서 화적패들도 주인을 잘 알려니와 주인 되는 윤용규도 두목의 얼굴만은 익히 알고 있고, 그리고도 또 달리 뼈에 사무치는 *원혐이 한

원혐(怨嫌)
못마땅하게 여겨 싫어
하고 미워함.

가지 있는 터라, 윤용규는 무서운 것보다도(이미 피치 못할 살판인지라) 차차로 옳게 뱃속으로부터 분노와 악이 치받쳐 올랐습니다.

"이놈 윤가야, 네 들어 보아라!"

두목은 종시 말이 없이 앙연히 앉아 있는 윤용규를 마주 노려보면서, 그 역시 분이 찬 음성으로 꾸짖는 것입니다.

"……네가 이놈 관가에다가 찔러서 내 수하를 잡히게 했단 말이지……? 이놈, 그러구두 네가 성할 줄 알었드냐……? 이놈 네가 분명코 찔렀지?"

"오냐, 내가 관가에 들어가서 내 입으루 찔렀다. 그래……?"

퀄퀄하게 대답을 하면서 도사리고 앉은 윤용규의 눈에서는 불이 이는 듯합니다.

"……내가 찔렀으니 어쩔 테란 말이냐……? 흥! 이놈들, 멀쩡하게 도당 모아 갖구 댕기면서 양민들 노략질이나 히여 먹구, 네가 그러구두 성할 줄 알았더냐? 이놈아……!"

치받치는 악에 소리를 버럭 높이면서 다시,

"……괴수놈, 너두 오래 안 가서 잽힐 테니 두구 보아라! 네 모가지에 작두날이 내릴 때가 머잖었느니라, 이노옴!"

하고는 부드득 이를 갈아 붙입니다.

목전의 절박한 사실에 대한 일종의 발악임은 틀림이 없을 것입니다. 그러나 그것은 일변 깊이 생각을 하면 하나의 웅장한 선언일 것입니다.

핍박하는 자에게 대한, 일후의 보복과 승리를 보류하는 자신 있는 선언…….

사실로 윤용규는, 무식하고 소박하나마 시대가 차차로 *금권(金權)이 유세해 감을 막연히 인식을 했던 것입니다.

그것은 그러므로, 비단 화적패들에게만 대한 선언인 것이 아니라, 그 야속하고 토색질을 방자히 하는 수령까지도 넣어, 전 압박자에게 대고 부르짖는 선전의 포고이었을 것입니다. 가령 그 자신이 그것을 의식하고 못 하고는 고만 두고라도…… 말입니다.

금권
재력으로 인해서 생기는 권세.

"……이놈들! 밤이 어둡다구, 백년 가두 날이 안 샐 줄 아느냐? 두구 보자, 이놈들!"

윤용규는 연하여 이렇게 살기등등하니 악을 쓰는 것입니다.

"하, 이놈, 희떠운 소리 헌다! 허!"

두목은 서글퍼서 이렇게 헛웃음을 치는데, 마침 윗목에서 이제껏 자고 있던 *차인꾼이, 그제야 잠이 깨어 푸스스 일어나다가 한참 두릿거리더니, 겨우 정신이 나는지 별안간 버얼벌 떨면서 방구석으로 꽁무니걸음을 해 들어갑니다.

그러자 또 안으로 들어갔던 패 중에 하나가 총 끝에 흰 무명고의 하나를 꿰들고 두목 앞으로 나옵니다.

"두령, 자식놈은 풍겼습니다!"

"풍겼다? 그럼, 그건 무어란 말이냐?"

"그놈이 울타리를 뛰어넘어 가다가 벗어 버린 껍데기올시다. 자다가 허리띠두 못 매구서 달아나느라구, 울타리 밑에서 홀라당 벗어졌나 봅니다."

발가벗고 도망질을 치는 광경을 연상함인지 몇이 킥킥 하고 소리를 죽여 웃습니다.

"으젓잖은 놈들! 어쩌다가 놓친단 말이냐!"

두목은 혀를 차다가 방 윗목에서 떨고 있는 차인꾼을 턱으로 가리킵니다.

"……아니 그런 게 아니라 혹시 저놈이 자식놈이 아니냐?"

윤두꺼비는 전번에도 잡히지 않았기 때문에 두목은 그의 얼굴을 몰랐던 것입니다.

두목의 말을 받아 수하 하나가 기웃이 들여다보더니,

차인꾼
남의 장사하는 일에 시중드는 사람. 또는 임시 심부름꾼으로 부리는 사람.

"아니올시다, 저놈은 차인꾼이올시다."

"쯧! 그렇다면 헐 수 없고…… 잘 지키기나 해라. 그리고, 아직 몽당순갈 한 매라도 손대지 말렷다!"

"에—이…… 그런데 술이 좋은 놈 한 독 있습니다, 두목…… 닭 허구, 돼지두 마침 먹을 감이구요……."

전전해 신축(辛丑)년의 큰 흉년이 아니라도, 화적 된 자(者)치고 민가를 털 제, 술이며 고기를 눈여겨보지 않는 법은 없는 법입니다.

"이놈 윤가야, 말 들어라…… 오늘 저녁에 우리가 네 집에를 온 것은……."

두목은 다시 윤용규에게로 얼굴을 돌리고 을러댑니다.

"……네놈의 재물보담두 너를 쓸 디가 있어서 온 것이다…… 허니, 어쩔 테냐? 내 말을 순순히 들을 테냐? 안 들을 테냐?"

윤용규는 두목을 마주 거들떠보고 있다가, 말이 끝나자 고개를 핵 돌려 버립니다.

"어쩔 테냐? 말을 못 듣겠단 말이지?"

"불한당놈의 말 들을 수 없다……! 내가, 생각허면 네놈들을 갈아 먹구 싶은디, 게다가 청을 들어? 홍!"

윤용규는 그새 여러 해 두고 화적을 치러 내던 경험에 비추어 보면, 그들 앞에서 서얼설 기고 네—네 살려 줍시사고 굽신거리나, 마주 대고 네놈 내놈 하면서 악다구니를 하거나, 필경 매를 맞고 재물을 뺏기기는 일반이던 것을 잘 알고 있습니다.

그러니 어차피 당하는 마당에, 그처럼 굽실거릴 생각은 애초부터 없었을 뿐 아니라, 일변 그, 이 패에게 대하여 그야말로 갈아 먹고 싶은 원혐입니다.

달포 전인데 이 패에게 노략질을 당하던 날 밤, 그 중에 한 놈, 잘 알수 있는 자가 섞여 있는 것을 윤용규는 보아 두었었습니다. 그자는 박가라고, 멀지 않은 근동에서 사는 바로 그의 작인이었습니다.

"오! 이놈 네가!"

윤용규는 제 자신, 작인에게 어떠한 원한받을 짓을 해왔다는 것은 *경위에 칠 줄은 모릅니다. 다만 내 땅을 부쳐 먹고 사는 놈이 이 도당에 참예를 하여 내 집을 털러 들어오다니, 눈에서 불이 나고 가슴이 터질 듯 분한 노릇이었습니다.

이튿날 새벽같이 윤용규는 몸소 읍으로 달려 들어가서, 당시 그 고을 원(수령)이요, 수차 토색질을 당한 덕에 안면(!)은 있는 백영규(白永圭)더러, 사분이 이만저만하고 이러저러한데, 그 중에 박아무개라는 놈도 섞여 있었다고, 그러니 그놈만 잡아다가 족치거드면 그 일당을 다 잡을 수가 있으리라고 아뢰어 바쳤습니다.

백영규는 그러나 말대가리 윤용규보다 수가 한길 윗수였습니다.

그는 자초지종 이야기를 다 듣더니, 아 그러냐고, 그러면 박가라는지 그놈을 잡아오기는 올 것으로되, 그러나 화적패에 투신한 놈을 그처럼 잘 알진댄 윤용규 너도 미심쩍어, 그러니 같이 문초를 해야 하겠은즉 그리 알라고, 우선 윤용규부터 때려 가두었습니다.

약은 수령이 백성의 재물을 먹자고 트집을 잡는데 무슨 사리와 경우가 있나요? 루이 14센지 하는 서양 임금은 짐이 바로 국가라고 호통을 했고, 조선서도 어느 종실 세도(宗室勢道) 한 분은 반대파의 죄수를 *국문하는데, 참새가 찍 한다고 해도 죽이고, 쨱 한다고 해도 죽이고, 필경은 찍쨱 합니다 해도 죽였다고 하지 않습니까.

당시 일읍(一邑)의 수령이면 그 고장에서는 왕이요, 그의 덮어놓고 하는 공사는 바로 법과 다를 바 없던 것입니다. 항차 그는 화적을 잡기보다는 부자를 토색하기가 더 긴하고 재미가 있는 데야.

말대가리 윤용규는 혹을 또 한 개 덜렁 붙이고서 옥에 갇히고, 박가도 그날로 잡혀 들어왔습니다.

문초는 그러나 각각 달랐습니다. 박가더러는 그들 일당의 성명과 구혈과 두목을 대라고 족쳤습니다.

박가는 제가 그 도당에 참예한 것은 불었어도, 그윗것은 입을 꽉 다물고서 실토를 안 했습니다. 주리를 틀려 앞정강이의 살이 문드러지고 허연 뼈가 비어져도, 그는 불지를 않았습니다.

일변 윤용규더러는, 네가 그 도당과 기맥을 통하고 있고 그 패들에게 재물과 주식을 대접했다는 걸 자백하라고 문초를 합니다. 박가의 실토를 들으면 과시 네가 적당과 연맥이 있다고 하니, 정 자백을 안하면 않는 대로 그냥 감영으로 넘겨 목을 베게 하겠다는 것이었습니다.

이것이, 좀 먹자는 트집인 것은 두말할 것도 없는 속이었고, 그래 누가 이러라 저러라 시킬 것도 없이 벌써 줄 맞은 병정이 되어서, 젊은 윤두꺼비는 뒷줄로 뇌물을 쓰느라고 침식을 잊고 분주했습니다.

장독(杖毒)
매를 심하게 맞아 생긴 상처의 독.

오백 냥씩 두 번 해서 천 냥은 수령 백영규가 고스란히 먹고, 또 천 냥은 가지고 이방 이하, 호장이야, 형방이야, 옥사정이야, 사령이야, 심지어 통인 급창까지 고루 풀어 먹였습니다.

보교
사람이 메는 가마의 하나.

이천 냥 돈을 그렇게 들이고서야, 어제 아침 달포 만에 말대가리 윤용규는 *장독(杖毒)으로 꼼짝못하는 몸을 *보교에 실려 옥으로부터 집으로 놓여 나왔던 것입니다.

*사맥이 이쯤 되었으니, 윤용규로 앉아서 본다면 수령 백영규한테와 화적패에게 원한이 자못 깊습니다. 그러나 아무리 원한이 깊었자

사맥
일의 내력과 갈피.

저편은 감히 건드리지도 못할 수령이라 그 만만하달까, 화적패에게 잔뜩 보복을 벼르고 있었고, 그런 참인데, 마침 그 도당이 또다시 달려들어서는 이러니저러니 하니 그야말로 갈아 먹고 싶을 것은 인간의 옹색한 속이 아니라도 당연한 *근경이라 하겠지요.

근경
요즘. 요즘의 사정.

일은 그런데 피장파장이어서 화적패도 또한 말대가리 윤용규에게 원한이 있습니다. 동료 박가를 찔러서 잡히게 했다는 것입니다.

박가가 잡혀가서 그 모진 혹형을 당하면서도 구혈이나 두목이나 도당의 성명을 불지 않는 것은 불행 중 다행입니다. 그러니 그런만큼 의리가 가슴에 사무치지 않을 수가 없었던 것입니다.

윤용규한테 대한 원한은 우선 접어 놓고, 어디 일을 좀 무사히 펴이게 하도록 해볼까 하는 것이 그들의 첫 꾀였습니다. 만약 그런 꾀가 아니라면야 들어서던 길로 지딱지딱 해버리고 돌아섰을 것이지요.

두목은 윤용규가 전번과는 달라 악이 바싹 올라 가지고 처음부터 발딱거리면서 뻣뻣이 말을 못 듣겠노라고 버티는 데는 물큰 화가 치밀어 오르지 않을 수가 없었습니다.

"진정이냐?"

그는 눈을 부라리면서 딱 을러댑니다. 그러나 윤용규는 종시 까닥 않고 대답입니다.

"다시 더 물을 것 읎너니라!"

"너, 그리 고집 세지 마라!"

두목은 잠깐 식식거리면서 윤용규를 노리고 보다가, 이윽고 음성을 눅여 타이르듯 합니다.

"……그러다가는 네게 이로울 게 없다. 잔말 말구, 네가 뒤로 나서서 삼천 냥만 뇌물을 써라. 너두 뇌물을 쓰구서 뇌여 나왔지? 그럴 테면

네가 옭아 넣은 내 수하도 풀어 놓아 주어야 옳을 게 아니야……? 허기야 너를 시키느니 내가 내 손으로 함직한 일이기는 하지만, 나는 당장 삼천 냥이 없고, 그걸 장만하자면 너 같은 놈 열 놈의 집은 더 털어야 하니 시급스럽게 안 될 말이고, 또오 내가 나서서 뇌물을 쓰다가는 *됩다 위태할 것이고, 허니 불가불 일은 네가 할 수밖에 없다. 허되 급히 서둘러야지, 며칠 안 있으면 감영으로 넹긴다드구나?"

됩다
'도리어'의 잘못.

두목은 끝에 가서는 거진 사정하듯 목마른 소리로 말을 맺고서 윤용규의 대답을 기다립니다.

윤용규는 그러나 싸늘하게 외면을 하고 앉아서 두목이 하는 소리는 들리지도 않는 체합니다.

"……어쩔 테냐? 한다든 못 한다든, 대답을……."

두목은 맥이 풀리는 대신 다시 울화가 치받쳐 버럭 소리를 지르다 말고 입술을 부르르 떱니다.

"못 한다!"

윤용규도 지지 않고 소리를 지릅니다.

"……네놈들이 죄다 잽혀가서 목이 쓸리기를 축원허구 있는 내가, 됩다 한 놈이라두 뇌어 나오라구, 내 재물을 들여서 뇌물을 써? 흥! 하늘이 무너져두 못 헌다!"

"진정이냐?"

"오—냐!"

윤용규는 아주 각오를 했습니다. *행악은 어차피 당해 둔 것, 또 재물도 약간 뺏기는 둔 것, 그렇다고 저희가 내 땅에다가 네 귀퉁이에 말뚝을 박고 전답을 떠가지는 못할 것, 그러니 저희의 청을 들어 삼천 냥을 들여서 박가를 빼놓아 주느니보다는 월등 낫겠다고, 이렇게 이해까

행악
모질고 나쁜 짓을 행함.

지 따진 끝의 각오이던 것입니다.

"진정?"

두목은 한번 더 힘을 주어 다집니다.

"오—냐, 날 죽이기밖으 더 헐 테야?"

"저놈 잡아 내랏!"

윤용규의 말이 미처 떨어지기 전에 두목이 뒤를 돌려다보면서 호령을 합니다.

등뒤에 모여 섰던 수하 중에 서넛이 나가 우르르 방으로 몰려들어가더니 와진와진 윤용규를 잡아 끕니다. 그러자 마침 안채로 난 뒷문이 와락 열리더니, 흰 머리채를 풀어 헤뜨린 윤용규의 노처가 아이구머니 이 일을 어쩌느냐고 울어 외치면서 달려들어 뒤엎으려져 매달립니다.

화적패들은 윤용규를 앞뒤에서 끌고 떠밀고 하고, 윤용규는 안 나가려고 버둥대면서도 그래도 할 수 없이 문께로 밀려 나옵니다. 그러다가 어찌어찌 부스대는 윤용규의 손에 총대 하나가 잡혔습니다.

고롱거리다
늙거나 오랜 병으로 몸이 약하여져서 자꾸 시름시름 앓다.

으끄러지다
굳은 물건이 눌려서 부스러지다.

상거(相距)
떨어져 있는 두 곳의 거리.

밭다
시간이나 공간이 몹시 가깝다.

총을 훌트려 쥔 그는 장독으로 *고롱거리는 육십객답지 않게, 불끈 기운을 내어, 총대를 가로, 빗장 대듯 문지방에다가 밀어대면서 발로 문턱을 디디고는 꽉 버팅깁니다. 그러고 나니까, 아무리 상투를 잡아 끌고 몽둥이로 직신거리고 해도 으응 소리만 치지, 꿈쩍 않고 그대로 버팁니다. 수령이 그걸 보다 못해 옆에 섰는 수하의 몽둥이를 채어 가지고 윤용규가 총대에다가 버틴 바른편 팔을 겨누어 *으끄러지라고 한번 내리칩니다. 한 것이 *상거는 *밭고 또 문지방이며 수하의 어깨하며 걸리적거리는 것이 많아 겨냥은 삐뚜로 나가고 말았습니다.

"따악!"

빗나간 겨냥이 옆으로 비껴 이마를 바스러지게 얻어맞은 윤용규는,

"어이쿠우!"

소리와 한가지로 피를 좌르르 흘리며 털씬 주저앉았습니다.

동시에 윤용규의 노처가 그만 눈이 뒤집혀,

"아이구우! 인제는 사람까지 죽이는구나아! 나두 죽여라아! 이놈들아!"

하고 외치면서 죽을 동 살 동 어느 겨를에 달려들었는지 두목의 팔을 덥씬 물고 늘어집니다. 윤용규는 주저앉은 채 정신이 아찔하다가 번쩍 깨났습니다. 그는 화적패들이 무슨 *내평으로 밖으로 끌어 내려고 하는지 그건 몰라도, 아무려나 이롭지 못할 것 같아 되나 안 되나 버팅겨 보았던 것인데, 한번 얻어맞고 정신이 오리소리한 판에 마침 그의 아내가 별안간,

"……인제는 사람까지 죽이는구나!"

하고 *왜장치는 이 소리에 정말로 죽음이 박두한 줄로만 알았습니다.

그러면 인제는 옳게 이놈들의 손에 죽는구나, 그렇다면 죽어도 그냥은 안 죽는다. 이렇게 악이 복받치자, 그는 벌떡 일어서면서 눈앞에 보이는 대로 칼 하나를 채어 가지고는 마구 대고 휘저었습니다.

더욱이 눈이 뒤집히기는, 아무리 화적이라도 결단코 하지 않던 짓인데 여인을, 하물며 늙은 여인을 치는 걸 본 것입니다. 그는 그의 아내가 두목의 팔을 물고 늘어진 줄은 몰랐고, 다만 두목이 아내의 머리끄덩이를 잡아 동댕이를 쳐서 물린 팔을 놓치게 하는 그 광경만 보았던 것입니다.

아무리 죽자살자 악이 받쳐 칼을 휘두른다지만 죽어 가는 늙은이걸, 십여 개나 덤비는 총개머리야 몽둥이야 칼이야 도끼야를 당해 낼

내평
'속내평'의 준말. 겉으로 드러나지 않는 사정.

왜장치다
쓸데없이 큰 소리로 마구 떠들다.

수야 없던 것입니다.

　윤용규가 마지막 목덜미에 도끼를 맞고 엎드러지자, 피를 본 두목은 두 눈이 불덩이같이 벌컥 뒤집어졌습니다. 그는 실상 윤용규를 죽일 생각은 없었습니다.

　그렇다고 윤용규 하나쯤 죽이기를 차마 못 해서 그런 것은 아니고, 제 구혈로 잡아가쟀던 것입니다. 한때 만주에서 마적들이 하던 그 짓이지요. 볼모로 잡아다 두고서 가족들로 하여금 이편의 요구를 듣게 하쟀던 것입니다.

　"*노적(露積)허구 곡간에다가 불질러랏!"

　두목은 뒤집힌 눈으로 피투성이가 되어 쓰러진 윤용규를 노려보다가 수하를 사납게 호통하던 것입니다.

　이윽고 노적과 곡간에서 하늘을 찌를 듯 불길이 솟아오르고, 동네 사람들이 그제야 여남은 모여들어 부질없이 물을 끼얹고 하는 판에, 발가벗은 윤두꺼비가 비로소 돌아왔습니다. 화적은 물론 벌써 물러갔고요.

　윤두꺼비는 피에 물들어 참혹히 죽어 넘어진 부친의 시체를 안고 땅을 치면서,

　"이놈의 세상이 어느 날에 망하려느냐!"

노적(露積)
곡식 따위를 한데에 수북이 쌓음. 또는 그런 물건.

고 통곡을 했습니다.

그리고 울음을 진정하고도 불끈 일어서 이를 부드득 갈면서,

"오—냐, 우리만 빼놓고 어서 망해라!"

고 부르짖었습니다. 이 또한 웅장한 절규이었습니다. 아울러, 위대한 선언이었고요.

윤직원 영감이 젊은 윤두꺼비 적에 겪던 *경난의 한 토막이 대개 그러했습니다.

그러니, 그러한 고난과 풍파 속에서 모아 마침내는 피까지 적신 재물이니, 그런 일을 생각해서라도 오늘날 윤직원 영감이 단 한푼을 쓰재도 벌벌 떠는 것도 일변 무리가 아닐 것입니다.

돈을 모으는데 무얼 어떻게 해서 모았다는 거야 윤직원 영감으로는 상관할 바 아닙니다. 사실 착취라는 문자를 가져다가 붙이려고 하면, 윤직원 영감은 거 웬 소리냐고 훌훌 뛸 겁니다.

다 참, 내가 부지런하고 또 시운이 뻗쳐서 부자가 되었지, 작인이며 체계돈 쓴 사람이며 장리벼 얻어다 먹은 사람이며가 무슨 관계가 있느냐서 말입니다.

바스티유 함락과는 항렬이 스스로 다르기는 하지만, 아무튼 윤직원 영감은 그처럼 육친의 피로써 물들인 재산더미 위에 올라앉아 옛날 그다지도 수난 많던 시절과는 딴판이요, 도무지 태평한 이 시절을 생각하면, 안심되고 만족한 웃음이 절로 솟아날 때가 많습니다.

하나, 말을 타면 *견마도 잡히고 싶은 게 인정이라고 합니다.

시대가 바뀌면서 소란한 세상이 지나가고 재산과 몸이 안전한 세태를 당하자, 윤두꺼비는 돈으로는 남부러울 게 없어도, 문벌이 변변찮

경난(經難)
어려운 일을 겪음. 또는 그 어려움.

견마(牽馬)
경마의 옛말.

은 게 섭섭한 걸 비로소 느끼게 되었습니다.

하기야 중년에 또다시 양복청년, 혹은 권총청년이라는 것 때문에 가끔 혼띔이 나곤 하지 않은 것은 아니더랍니다.

이런 일이 있었습니다.

기미(己未) 경신(庚申), 바로 경신년 섣달입니다. 논이 마침 욕심나는 게 한 오천 평 수중에 들어오게 되어서, 그 땅값을 치르려고 사천원을 집에다가 두어두고 땅 팔 사람이 오기를 기다리던 날입니다.

그런데 그게 귀신이 곡을 할 일이라고, 윤두꺼비는 두고두고 기막혀 하였었지마는, 그걸 어떻게 염탐했는지 벌건 대낮에 쏙 빠진 양복쟁이 둘이 들이덤벼 가지고는 그 돈 사천 원을 몽땅 뺏어 가던 것입니다.

뭐, 꿀꺽 소리 못 하고 고스란히 내다가 바쳤지요. 고 싸—늘한 쇠끝에 새까만 구멍이 똑바로 가슴패기를 겨누고서 코앞에다가 들이댄 걸, 그러니 염라대왕이 지켜 선 맥이었지요.

옛날 화적들은 밤중에나 들어와서 대문이나 짓부수고 하지요. 그 덕에 잘 하면 도망이나 할 수 있지요.

한데 이건, 바로 대낮에 귀한 손님 행차하듯이 어엿이 찾아와서는, 한다는 짓이 그 짓이니 꼼짝인들 할 수가 있었나요.

그래, 사천 원을 도무지 허망하게 내주고는, 윤두꺼비는 망연자실해서 우두커니 한 *식경이나 앉았다가, 비로소 방바닥에 떨어진 종잇장으로 눈이 갔습니다. 돈을 받았다는 영수증을 써놓고 갔던 것입니다.

"허! 세상이 개명을 허닝개루 불한당놈들두 개명을 히여서, 영수징 써주구 돈 뺏어 간다?"

윤두꺼비는 뺏앗긴 돈 사천 원이 아까워서 꼬박 이틀 동안, 그리고 세상이 또다시 옛날 화적이 횡행하던 그런 시절이나 되고 보면, 그 일을 장차 어찌하나 하는 걱정으로 꼬박 나흘 동안, 도합 엿새를 두고 밥맛과 단잠을 잃었습니다.

그런 뒤로도 다시 두어 번이나 그런 긴찮은 손님네를 치렀습니다. 돈은 그러나 한 푼도 뺏기지 않았습니다. 처음 겪은 일로 미루어 그 뒤로는 단돈 십 원도 집에다가 두어두지를 않았으니까요.

시골서 돈을 많이 가지고 살면, 여러 가지 공과금이야, 기부금이야, 또 가난한 일가 *푸네기들한테 뜯기는 것이야, 그런 것 때문에 성가시기도 하고, 또 제일 왈, 그 양복 입은 그런 나그네가 종시 마음놓이지 않기도 하고 해서, 윤두꺼비는 마침내 *가권을 거느리고 서울로 이사를 했던 것입니다.

윤두꺼비가 이윽고 세상이 평안한 뒤엔 집안의 문벌 없음을 섭섭히 여겨 가문을 빛나게 할 필생의 사업으로 네 가지 방책을 추렸습니다.

족보

맨 처음은 족보에다가 도금(鍍金)을 했습니다. 그럼직한 일가들을 *추겨 가지고 *보소(譜所)를 내놓고는, 윤두섭의 제 몇 대 윤아무개는 무슨 정승이요, 제 몇 대 윤아무개는 무슨 판서요, 제 몇 대 아무는 효자요, 제 몇 대 아무 부인은 열녀요, 이렇게 그럴싸하니 족보(族譜)를 새로 꾸몄습니다. 땅 짚고 헤엄치기지요.

그러느라고 한 이천 원 돈이 들었습니다. 그렇지만 일이 *수나로운 만큼, 그러한 족보 도금이야 조상 치레나 되었지, 그리 신통할 건 없었습니다.

아무 데 내놓아도 말대가리 윤용규 자식 윤두꺼비요, 노름꾼 윤용규의 자식 윤두섭인걸요. 자연, *허천들린 뱃속처럼 항상 뒤가 헛헛하던 것입니다.

육장
한 번도 빼지 않고 늘.

신씨(申氏) 성 가진 친구를 잔나비라고 *육장 놀려 주면, 그래 그러던 끝에 그 신씨가 동물원엘 가서 잔나비를 보면 어찌 생각이 이상하고, 내가 정말 잔나비거니 여겨지는 수가 있답니다.

사음
지주를 대리하여 소작인을 관리하는 사람.

보비위
남의 비위를 잘 맞춰줌.

그 푼수로, 누구 *사음이나 한 자리 얻어 할 양으로 *보비위나 해주려는 사람이, 윤두꺼비네의 그 신편(新篇) 족보를 외어 가지고 다니면서 매일 몇 번씩 윤정승 아무개 씨의 제 몇 대손 윤두섭 씨, 윤판서 아무개 씨의 제 몇 대손 윤두섭 씨, 이렇게 대고 불러 주었으면, 가족보(假族譜)나마 적이 실감이 나서, 듣는 당자도 좋아하고 하겠지만, 어디 그런 영리하고도 실없는 사람이야 있나요. 혹은 작곡(作曲)을 해가지고 그것을 *시체 유행가수를 시켜 소리판에다가 넣어서 육장 틀어 놓고 듣는다면 모르지요마는,

시체
그 시대의 풍습, 유행을 따르거나 지식 따위를 받음. 또는 그런 풍습이나 유행.

족보는 아무튼 그래서 득실이 상반이었고, 그 다음은 윤두꺼비 자신이 처억 벼슬을 한 자리 했습니다.

향교

시골은 향교(鄕校)라는 게 있어서, 공자님 맹자님을 비롯하여 옛날 여러 성현을 모시는 공청이 있습니다.

춘추로 소를 잡고 돼지를 잡고 해서 제사를 지내고 하지요. 돌이켜서는 그게 바로 학교더랍니다.

이 향교의 맨 우두머리 가는 어른을 직원(直員)이라고 합니다.

직원을, 옛날에는 그 골에서 학문과 덕망이 높은 선비가 여러 사람의 촉망으로 뽑혀서 지내곤 했는데, 근년 향교의 재정이며 모든 *범백을 군청에서 맡아 보게 된 뒤로부터는 전과는 기맥이 좀 달라졌는지, *장의(掌議)라고, 바로 직원의 아랫길 가는 역원들이 있는데 그 사람들한테 사음이며 농토 같은 것을 줄 수 있는 다액 납세자라면 직원 하

범백
갖가지의 모든 것.

장의(掌議)
조선 시대에, 성균관·향교에 머물러 공부하던 유생의 임원 가운데 으뜸 자리.

나쯤 수월한 모양입니다.

윤두꺼비로서야 과거를 보아 벼슬을 해서 양반이 되겠습니까, 능참봉을 하겠습니까. 아쉰 대로 향교의 직원이 만만했겠지요.

그래 그는 직원이 되었습니다. 그래서 윤두섭이란 석 자 위에 무어나 직함이 붙기를 자타가 갈망하던 끝이라 윤두꺼비는 넙죽 뛰어 윤직원 영감이 되었던 것입니다.

그 뒤로 삼 년 동안, 윤두꺼비(가 아니라) 윤직원 영감은 직원으로 지내면서 춘추 두 차례씩 향교에 올라가,

"흥—"

"*바이—"

소리에 맞추어 누가 기운이 더 세었던지 모르는 공자님과 맹자님을 비롯하여 여러 성현께 절을 하는 양반이요, 선비 노릇을 착실히 했습니다.

공자님과 맹자님이 누가 기운이 더 세었던지 모르겠다는 말은, 윤직원 영감이 창조해 낸 억만고의 수수께끼랍니다.

다른 게 아니라, 어느 해 여름인데 윤직원 영감이 향교엘 처억 올라오더니 마침 풍월(風月)을 하느라고 흥얼흥얼하고 앉았는 여러 장의와 선비들더러 밑도 끝도 없이,

"대체 거, *공자님허구 *맹자님허구 팔씨름을 히였으면 누가 이겼으꼬?"

하고 물었더랍니다.

장의와 선비들은 웃어야 할지 울어야 할지 분간 못 해서 입만 떠억 벌렸고, 아무도 윤직원 영감의 궁금증은 풀어 주지는 못했답니다.

삼 년 동안 직원을 지내다가, 서울로 이사를 해오는 계제에 그 직책

바이
전날 의식을 진행할 때 절하는 과정에서 국궁(鞠躬)한 다음 '머리를 땅에 대어 절하고 머리를 들라'는 뜻으로 사회자가 외치던 말.

공자
(孔子, B.C 551~B.C 479)
중국 춘추시대의 사상가·학자.

맹자
(孟子, B.C 372~B.C 289)
중국 전국시대의 사상가.

을 내놓았습니다. 그러나 직원이라는 영광스런 직함은, 공자님과 맹자님이 팔씨름을 했으면 누가 이겼을까? 하는 수수께끼로 더불어 영원히 처졌던 것입니다.

그 다음, 윤직원 영감이 집안 문벌을 닦는 데 또 한 가지의 방책은 무어냐 하면, 양반 혼인이라는 좀더 빛나는 사업이었습니다.

외아들(서자 하나가 있기는 하니까 외아들이랄 수는 없지만 아무튼) 창식은 나이 근 오십 세요, 벌써 옛날에 시골서 아전집과 혼인을 했던 터이라 *치지도외하고, 딸은 서울 어느 양반집으로 시집을 보냈습니다. 오막살이에 가랑이가 찢어지게 가난한 집인데, 그나마 방정맞게시리 혼인한 지 일 년 만에 사위가 전차에 치여 죽고, 딸은 새파란 과부가 되어 지금은 친정살이를 하지만, 아무려나 양반 혼인은 양반 혼인이었습니다.

또 맏손자며느리는 충청도의 박씨네 문중에서 얻어 왔습니다. 역시 친정이 가난은 해도 패를 찬 양반의 씹니다.

둘째손자며느리는 서울 태생인데, *시구문 밖 조씨네 집안이나, 그렇다고 배추장수네 딸은 아니고, *파계를 따지면 조대비(趙大妃)와 서른일곱 촌인지 아홉 촌인지 된다고 합니다.

이렇게 해서 버젓하게 양반 사돈을 세 집이나 두게 된 것은 윤직원 영감으로 가히 한바탕 큰기침을 할 만도 합니다.

그 다음 마지막 또 한 가지가 무엇이냐 하면, 이게 가장 요긴하고 값나가는 품목입니다.

집안에서 정말 권세 있고 실속 있는 양반을 내놓자는 것입니다.

군수 하나와 경찰서장 하나……

게다가 마침맞게 손자가 둘이지요.

치지도외(置之度外)
내버려 두어 문제로 삼지 아니함.

시구문
시체를 내가는 문.

파계
좋은 갈래에서 갈리어 나온 계통.

하기야 군수보다는 도장관(도지사)이 좋겠고, 경찰서장보다는 경찰부장이 좋기는 하겠지만, 그건 너무 첫술에 배불러지라는 욕심이라 해서, 알맞게 우선 군수와 경찰서장을 양성하던 것입니다.

5. 마음의 빈민굴(貧民窟)

윤직원 영감은 그처럼 부민관의 명창대회로부터 돌아와서, 대문 안에 들어서던 길로 이 분풀이, 저 화풀이를 한데 얹어 그 알뜰한 삼남이 녀석을 데리고 며느리 고씨더러, 짝 찢을 년이니 오두가 나서 그러느니, 한바탕 귀먹은 욕을 걸쭉하게 해주고 나서야 적이 직성이 풀려, 마침 또 시장도 한 판이라, 의관을 벗고 안방으로 들어갔습니다.

아랫목으로 펴놓은 돗자리 위에 방 안이 온통 그들먹하게시리 발을 개키고 앉아 있는 윤직원 영감 앞에다가, 올망졸망 사기 반상기가 그득 박힌 저녁상을 조심스레 가져다 놓는 게 둘째손자며느리 조씹니다. 방금, 경찰서장감으로 동경 가서 어느 사립대학의 법과에 다니는 종학(鍾學)의 아낙입니다.

서울 태생이요 조대비의 서른일곱 촌인지 아홉 촌인지 되는 양반집 규수요, 시구문 밖이 친정이기는 하지만 배추장수 딸은 아니라도 학교라곤 근처에도 못 가보았고 얼굴은 얇디얇은 납작바탕에 주근깨가 다닥다닥 박혀서, 그닥 출 수는 없는 인물입니다.

그런 중에도 더욱 안된 건, 잡아 뽑아 놓은 듯이 뚜하니 나온 위아랫입술입니다. 이 쑤욱 나온 입술로, 그 값을 하느라고 그러는지 *새수빠진 소리를 그는 퍽도 잘 합니다. 새서방 종학이한테 눈의 밖에 나

새수빠지다
하는 짓이 줏대가 없고 사리에 온당하지 못하다.

소박
처나 첩을 박대함.

서 *소박을 맞는 것도, 죄의 절반은 그 입술과 새수빠진 소리 잘 하는 것일 겝니다.

종학은 동경으로 유학을 가면서부터는, 아주 털어 내놓고서 이혼을 해달라고 줄창치듯 편지로 집안 어른들을 졸라 대지만, 윤직원 영감으로 앉아서 본다면 천하 불측한 놈의 소리지요.

아무튼 그래서 생과부가 하나……

밥상 뒤를 따라, 쟁반에다가 양은 주전자에 술잔을 받쳐 들고 들어서는 게 맏손자며느리 박씹니다.

이 집안의 업덩어립니다. 얌전하고 바지런해서, 그 크나큰 안살림을 곧잘 휘어 나가고, 게다가 시할아버지의 보비위까지 잘 하니 더할 나위 없습니다.

양은 주전자

인물도 얼굴이 동그름하고 눈이 시원스럽게 생겨서, 올해 나이 서른이로되 도리어 스물다섯 살 먹은 동서보다도 젊어 보입니다.

다만 한 가지, 맏아들 경손(慶孫)이가 금년 열다섯 살인 걸, 아직도 아우를 못 보는 게 흠이라면 흠이라고 하겠지만, 하기야 손(孫)이 귀한 건 이 집안의 내림이니까요.

공방(空房)
오랫동안 남편 없이 아내 혼자서 거처하는 방.

한데, 이 여인 역시 신세가 고단한 편입니다. 무슨 소박이니 *공방이니 하는 문자까지 가져다 붙일 것은 없어도, 남편이요 이 집안의 장손인 종수(鍾秀)가 시골로 내려가서 첩살림을 하기 때문에, 할 수 없이 생과부 축에 끼지 않을 수가 없던 것입니다.

종수는 윤직원 영감의 가문을 빛내기 위한 네 가지 사업 가운데 군수와 경찰서장을 만들어 내려는 품목 중에 편입된, 그 군수 재목입니다. 그래 오륙 년 전부터 고향의 군(郡)에서 군서기〔郡雇員〕 노릇을 하느라고, 서울서 따들인 기생첩을 데리고 *치가를 하는 참이

치가(治家)
집안 일을 보살펴 처리함.

랍니다.

이래서 생과부가 둘…….

맏손자며느리 박씨가 들고 들어오는 술반을 받아 가지고 윗목 화로
옆으로 다가앉아 술을 데우는 게, 윤직원 영감의 딸 서울아씨라는 진
짜 과붑니다. 양반 혼인을 하느라고, 서울 어느 가랑이가 찢어지게 가
난한 집으로 시집을 갔다가, 새서방이 일 년 만에 전차에 치여 죽어서
과부가 된 그 여인입니다.

이마가 좁고 양미간이 넓고 콧잔등은 푹신 가라앉고, 온 얼굴에 검
은 깨를 끼얹어 놓았고 목이 옴츠라지고, 이런 생김새가 아닌 게 아니
라 청승맞게는 생겼습니다.

"네가 소갈머리가 고따우루 생깄으닝개루, 저 나이에 서방을 잡어먹
었지!"

윤직원 영감은 딸더러 이렇게 미운 소리를 곧잘 하곤 합니다. 그러
나 그런 말을 할 때면, 소갈머리뿐 아니라, 생김새도 그렇게 생겨 먹었
느니라고 으레 생각을 합니다.

젊은 과부다운 오뇌는 없지 않지만, 자라기를 호강으로 자랐고, 또
이내 포태(胞胎)도 해보지 못했기 때문에, 스물여덟이라는 제 나이보
다 훨씬 앳되기는 합니다.

이래서 생과부, 통과부 등 합하여 과부가 셋…….

그러나 과부가 셋뿐인 건 아닙니다.

시방 건넌방에서 잔뜩 도사리고 앉아, 무어라고 트집거리가 생기기
만 하면 시아버지 되는 윤직원 영감과 한바탕 *맞다대기를 할 양으로   **맞다대기**
벼르고 있는 이 집의 맏며느리 고씨, 이 여인 또한 생과붑니다.   맞대거리.

그리고 또 아까 안중문께로 나갔다가 마침 윤직원 영감이 삼남이 녀

침모
남의 집에 매여 바느질
을 맡아 하고 일정한
품삯을 받는 여자.

석을 데리고 서서 며느리 고씨더러 군욕질을 하는 걸 듣고 들어와서
는, 그 말을 댓 발이나 더 잡아 늘여 고씨한테 일러 바친 *침모 전주댁,
이 여인이 또 진짜 과붑니다.

이래서 이 집안에 과부가 도합 다섯입니다. 도합이고 무엇이고 명색
여인네 치고는 행랑어멈과 시비 사월이만 빼놓고는 죄다 과부니 계산
이야 순편합니다.

이렇게 생과부, 통과부, 떼과부로 과부 모를 부어 놓았으니 꽃모종
이나 같았으면 춘삼월 제철을 기다려 이웃집에 갈라 주기나 하지요.
이건 모는 부어 놓고도 모종으로 갈라 줄 수도 없는 인간 모종이니 딱
한 노릇입니다.

밥상을 받은 윤직원 영감은 방 안을 한바퀴 휘휘 둘러보더니,

"태식이는 어디 갔느냐?"

**누구한테라 없이 띄워
놓다**
대상을 정하지 않고 던
져두다.

하고 *누구한테라 없이, 띄워놓고 묻습니다. 윤직원 영감이 인간 생긴
것치고 이 세상에서 제일 귀애하는 게 누구냐 하면, 시방 어디 갔느냐
고 찾는 태식입니다.

지금 열다섯 살이고 나이로는 증손자 경손이와 동갑이지만, 아들은
아들입니다. 그러나 본실 소생은 아니고, 시골서 술에미〔酒女〕를 상관
한 것이 그걸 하나 보았던 것입니다.

배야 뉘 배를 빌려 생겨났든 간에 환갑이 가까워서 본 막내둥이니,
아버지로 앉아서야 이뻐할 건 당연한 노릇이겠지요. 하물며 낳은 지
삼칠일 만에 어미한테서 데려다가 유모를 두고 집안의 뭇 눈치 속에서

천덕꾸러기
남의 천대를 받는 사람
이나 물건.

길러 낸 *천덕꾸러기니, 여느 자식보다 불쌍히 여겨서라도 한결 귀애
할 게 아니겠다구요.

윤직원 영감은 밥을 먹어도 꼭 태식이를 데리고 같이 먹곤 하는데,

오늘 저녁에는 마침 눈에 뜨이지 않으니까 숟갈을 들려고 않고서 그애를 먼저 찾던 것입니다.

윗목께로 공순히 서서 있던 두 손자며느리는, 이거 또 걱정을 한바탕 단단히 들어 두었나 보다고 송구해 하는 기색만 얼굴에 드러내고 있고, 그러나 딸 서울아씨는 친정아버지의 성화쯤 그다지 겁나지 않는 터라,

"방금 마당에서 놀았는걸!"

하고 심상히 대답을 하면서 술주전자를 들고 밥상 옆으로 내려옵니다.

"방금 있었넌디 어디루 갔담 말이냐? 눈에 안 뵈거덜랑 늬가 잘 동촉히여서, 찾어보구 좀, 그래야지……."

아니나 다를까, 윤직원 영감은 딸더러 하는 소리는 소리지만, 온 집안 식구들한테다 대고 나무람을 하던 것입니다.

"동촉이구 무엇이구, 제멋대루 나가 돌아다니는 걸 어떻게 일일이 참견허라구 그러시우……? 인전 나이 열다섯 살이나 먹었으니 아버니두 제발 얼뚱애기 *거천허드끼 그러시지 좀 마시우!"

거천하다
어떤 일이나 사람에 관계하기 시작하다.

"흥! 내가 그렇게라두 안 돌아부아 부아라?…… 늬들이 작히 그걸 불쌍히 여겨서 조석이라두 제때 챙겨 멕이구 헐 듯싶으냐?"

"아버니가 너무 역성이나 두시구, 떠받아 주시구 그러시니깐 집안 식구는 다아 믿거라구 모른 체현다우!"

"말은 잘 현다만, 인제 나 하나 발 뻗어 부아라? 그것이 박 박적(바가지) 들구 *고샅담박질헐 티닝개."

고샅
시골 마을의 좁은 골목 길. 또는 골목 사이.

"제 몫으루 천 석거리나 전장해 주실 테믄서 그러시우? 천석꾼이 거지가 되믄 오백 석거리밖엔 못 탄 년은 금시루 기절을 해 죽겠수!"

서자요 병신인 태식이한테는 천 석거리를 못 지어놓고, 서울아씨 저

한테는 오백 석거리밖엔 주지 않았대서, 그걸 물고 뜯는 수작입니다. 서울아씨로는 육장 계제만 있으면 내놓는 불평이지요.

이렇게 부녀가 티격태격하려고 하는 판인데, 방 윗미닫이가 사르르 열리더니 문제의 장본인 태식이가 가만히 고개를 들이밀고는 방 안을 휘휘 둘러봅니다. 그러다가 윤직원 영감의 눈에 띄니까는 들이 천동한 것처럼 우당퉁탕 뛰어들어 윤직원 영감의 커다란 무릎 위에 펄씬 주저앉습니다.

그 서슬에 서울아씨는 손에 들고 있던 술주전자를 채고서 이맛살을 찌푸리고, 윤직원 영감은 턱을 치받쳤으나 헤벌씸 웃으면서,

"허허어 이 자식아, 원!"

하고 귀엽다고 정수리를 만져 줍니다.

아이가 사랑에 있는 상노아이놈 삼남이와 동기간이랬으면 꼭 맞게 생겼습니다.

열다섯 살이라면서, 몸뚱이는 네댓 살배기만큼도 발육이 안 되고, 그렇게 가냘픈 몸 위에 가서 깜짝 놀라게 큰 머리가 올라앉은 게 하릴없이 콩나물 형국입니다.

"이 자식아, 좀 죄용죄용허지 못허구, 그게 무슨 놈의 수선이냐? 응⋯⋯? 이 코! 이 코 좀 보아라⋯⋯."

엿가래 같은 누―런 콧줄기가 들어 가지고는 숨을 쉴 때마다 이건 바로 피스톤처럼 바쁘게 들락날락합니다.

"⋯⋯코가 나오거덜랑 횅 풀던지, 좀 씻어 달라구 허던지 않구서, 이게 무어란 말이냐? 응? 태식아⋯⋯."

윤직원 영감은 힐끔, 딸과 손자며느리들을 건너다보면서, 손수 두 손가락으로 태식의 콧가래를 잡아 뽑아 냅니다. 맏손자며느리가 재치 있게 걸레를 집어 들고 옆으로 대령을 합니다.

"앱배!"

태식은 코를 풀리고 나서 고개를 되들고 앱배를 부릅니다.

"오―냐?"

"나, 된⋯⋯."

돈이란 말인데, 어리광으로 입을 *가래비쌔고 말을 하니까 된이 됩니다.

가래비쌔다
가로로 벌리다.

"돈? 돈은 또 무엇 허게? 아까 즘심때두 주었지? 그놈은 갖다가 무엇 히였간디?"

"아탕 사먹었저."

"밤낮 그렇게 사탕만 사먹어?"

"나, 된 주엉!"

"그리라⋯⋯ 그렇지만 이놈은 잘 두었다가 내일 사먹어라? 응?"

"응."

윤직원 영감이 염낭에서 십 전박이 한 푼을 꺼내 주니까, 아이는 히히 하고 그의 독특한 기성을 지르면서 무릎으로부터 밥상 앞으로 내려

앉습니다.

윤직원 영감은 이렇게 한바탕 막내둥이의 재롱을 보고 나서야, 서울 아씨가 부어 주는 석 잔 반주를 받아 마십니다. 그 동안에 태식은 씨근버근 넘싯거리면서 밥상에 있는 반찬들을 들이 손가락으로 거덤거덤 집어다 먹느라고 정신이 없습니다. 집어다 먹고는 옷에다가 손을 쓱쓱 씻고 집어 오다가 질질 흘리고 해도 서울아씨는 아버지 앞에서라 *지청구는 차마 못 하고 혼자 이맛살만 찌푸립니다.

반주 석 잔이 끝난 뒤에 윤직원 영감은 비로소 금으로 봉을 박은 은 숟갈을 뽑아 들고 마악 밥을 뜨려다가 문득 고개를 쳐들더니 심상찮게 두 손자며느리를 건너다봅니다.

"아—니, 야덜아……."

내는 말조가 과연 졸연찮습니다.

"……늬들, 왜 내가 시키넌 대루 않냐? 응?"

두 손자며느리는 벌써 *거니를 채고서 고개를 떨어뜨립니다.

윤직원 영감은 밥이 새하얀 쌀밥인 걸 보고서, 보리를 두지 않았다고 그걸 탄하던 것입니다.

"……보리, 벌써 다아 먹었냐?"

"안직 있어요!"

맏손자며느리가 겨우 대답을 합니다.

"워너니 아직 있을 티지…… 그런디, 그러면 왜 이렇기 맨 쌀만 히여 먹냐? 응?"

조져도, 아무도 대답이 없습니다.

"……그래, 내가 허넌 말은 동네 개 짖넌 소리만두 못 예기넝구나? 어찌서 보리넌 조깨씩 누아 먹으라닝개 쥑여라구 안 듣구서, 이렇게

지청구
까닭 없이 남을 탓하고 원망함.

거니
어떤 일이나 사태의 미묘한 상황이 진행되어 가는 과정.

허—연 쌀만 삶어 먹으러 드냐?"

"그 궁상스런 소리 작작 허시우, 아버니두……."

서울아씨가 듣다 못해 아버지를 핀잔을 주는 것입니다.

"쌀밥 좀 먹기루서니 만석꾼이 집안이 당장 망헐까 바서 그러시우? 마침 보리쌀을 삶은 게 없어서 그랬대요…… 고만두시구, 어여 진지나 잡수시우!"

"아—니, 보리쌀은 삶잖구 그냥 누아 두면, 머 제절루 삶어진다더냐? 삶은 놈이 읎던 다아 요량을 히여서, 미리미리 조깨씩 삶어 두구 끄니때면 누아 먹어야지……! 그게 늬덜이 모다 호강스러서 보리밥이 멕기 싫으닝개루 핑계대넌 소리다, 핑계대넌 소리여. 공동뫼지를 가부아라? 핑계 읎넌 무덤 하나나 있데야?"

윤직원 영감은 아까운 듯이 밥을 한 술 떠넣고 씹으면서, 씹으면서 생각하니 더욱 아깝던지, 또다시 뇌사립니다. 자기 자신이 부연 쌀밥만 먹기가 아깝거든, 이 아까운 쌀밥을 온 집안 식구와 심지어 종년이며 행랑것들까지 다들 먹을 것이고, *솥글겅이와 밥티가 쌀밥인 채로 수챗구멍으로 흘러 나갈 일을 생각하면, 그야 소중하고 아깝기도 했을 겝니다.

"……글씨 야덜아, 그 보리밥이랑게 사람으 몸에 무척 좋단다. 또오, 먹기루 말허더래두 볼깡볼깡 씹히넝게 맨쌀밥만 먹기보다는 훨씬 입맛이 나구…… 그런디 늬덜은 왜 그걸 안 먹으러 드냐?"

태식이가 밥을 먹느라고 째금째금 시근버근 요란을 떨 뿐이지, 아무도 대답이 없고, 두 손자며느리는 그저 지당하신 말씀이십니다고, 순종하겠다는 빛을 얼굴에 드러내기에 애가 쓰입니다.

"……그러나마 늬덜더러 구찬헌 보리방애를 찌여 먹으랬을세 말이

솥글겅이
눌은 밥. 솥바닥에 눌 어붙은 밥에 물을 부어 불려서 긁은 밥.

대끼다
애벌 찧은 수수나 보리 따위를 물을 조금 쳐가면서 마지막으로 깨끗이 찧다.

지, 아 시골서 작인덜 시키서 *대껴서, 그리서 올려온 것이니, 흔헌 물으다가 북북 씻어서 있는 나무에 푹신 삶어 두구 조깨씩 누아 먹기가 그리 심이 들 게 무어람 말이냐……? 허어, 참 딱헌 노릇이다……!"

말을 잠깐 멈추더니, 그 다음엔 아주 썩 구수하게 음성도 부드럽게,

"……야덜아, 그러구 말이다, 거 보리밥이 그런 성불러두, 그걸 노—상 먹느라면 글씨, 애기 못 낳던 여인네가 포태를 헌단다! 포태를 헌대여! 응?"

공규(空閨)
오랫동안 남편이 없이 아내 혼자서 사는 방.

과부나 생과부가 남편이 없이 *공규는 지켜도 보리밥만 노상 먹노라면 아기를 밴단 말이겠다요.

그러나, 그 말의 반응은 실로 효과 역력했습니다. 한 것이, 맏손자며느리는, 그렇다면 내일 아침부터 꼭꼭 보리밥을 먹어야 하겠다고 좋아했고, 둘째손자며느리는 아무려나 나도 먹어는 보겠다고 유념을 했고, 서울아씨는 나도 먹었으면 좋겠는데, 하는 생각을 했으니 말입니다.

다만, 이편 건넌방에서 시방 싸움을 잔뜩 벼르고 앉아 있는 며느리 고씨만은, 저 영감태기가 또 능청맞게 애들을 속여 먹는다고 안방으로 대고 눈을 흘깁니다.

참말이지, 조금만 무엇 했으면, 우르르 쫓아와서 그 허연 수염을 움켜쥐고 쌀쌀 들이잡아 동댕이를 쳐주고 싶게 하는 짓이 일일이 밉광머리스럽습니다.

이 고씨는, 말하자면 이 세상 며느리의 썩 좋은 견본이라고 하겠습니다.

—암캐 같은 시어머니, 여우나 꽁꽁 물어 가면 안방 차지도 내 차지, 곰방조대도 내 차지.

대체 그 시어머니라는 종족이 며느리라는 종족한테 얼마나 야속스

러운 생물이거드면, 이다지 박절할 속담까지 생겼습니다.

열여섯 살에 시집을 온 고씨는 올해 마흔일곱이니, 작년 정월 시어머니 오씨가 죽는 날까지 꼬박 삼십일 년 동안 단단히 그 시집살이라는 걸 해왔습니다.

사납대서 *살쾡이라는 별명을 듣고, 인색하대서 진지리꼽재기라는 별명을 듣고, 잔말이 많대서 담배씨라는 별명을 듣고 하던 시어머니 오씨(그러니까, 바로 윤직원 영감의 부인이지요), 그 손 밑에서 삼십일 년 동안 설운 눈물 많이 흘리고 고씨는 시집살이를 해오다가, 작년 정월에야 비로소 그 압제 밑에서 해방이 되었습니다. 남의 집 종으로 치면 *속량이나 된 셈이지요. 그러나 막상 이 고씨라는 여인이 하 그리 현부(賢婦)였더냐 하면 그런 것도 아닙니다. 하기야 아무리 흠잡을 데 없이 얌전스럽고 덕이 있고 한 며느리라도, 야속한 시어머니한테 걸리고 보면 반찬 먹은 개요, 고양이 앞에 쥐요 하지 별수가 없는 것이지만, 고씨로 말하면 사람이 몸집 생김새와 같이 둥실둥실한 게 후덕하기는 하나, 대단히 *이퉁이 세어 한번 코를 휘어 붙이면 지렛대로 떠곤질러도 꿈쩍을 않고, 또 몹시 거만진 성품까지 없지 않습니다. 사상의(四象醫)더러 보라면 태음인(太陰人)이라고 하겠지요.

그래 아무튼 고씨는, 그 말썽 많은 시집살이 삼십일 년을 유난히 큰 가대를 휘어잡아 가면서 그래도 쫓겨난다는 큰 파탈은 없이 오늘날까지 살아왔습니다. 그러는 동안에 종수와 종학 두 아들을 낳아서 윤직원 영감으로 하여금 군수와 경찰서장을 양성할 *동량(棟梁)도 제공했고, 그리고 이제는 나이 마흔일곱에 근 오십이요, 머리가 반백에 손자 경손이가 중학교 이년급을 다니게까지 되었던 것입니다.

살쾡이
고양이과의 포유동물.

속량(贖良)
몸 값을 받고 노비의 신문을 풀어 주어서 양민이 되게 하던 일.

이퉁
고집.

동량(棟梁)
기둥과 들보를 아울러 이르는 말.

그러자 *계제에, 작년 정월에는 암캐 같은 시어머니였든지 테리야 같은 시어머니였든지 간에 좌우간, 그 시어머니 오씨가 여우가 꽁꽁 물어간 것은 아니나 당뇨병으로 세상을 떠났고, 그러므로 주부(主婦)의 자리가 비었은즉 제일 첫째로 며느리인 고씨가 곰방조대야 피종을 피우는 터이니 차지를 안 해도 상관 없겠지만, 안방 차지는 응당히 했어야 할 게 아니겠다구요?

장모는 사위가 곰보라도 이뻐하고, 시아버지는 며느리가 뻐드렁이에 애꾸눈이라도 이뻐는 하는 법인데, 윤직원 영감은 어떻게 된 셈인지 며느리 고씨를 미워하기를 그의 부인 오씨 못잖게 미워했습니다.

노마나님 오씨의 *초종범절을 치르고 나서, 서울아씨가 올케 되는 고씨한테 안방을 (섭섭하나마) 내줘야 하게 된 차인데 윤직원 영감이 처억 간섭을 한다는 말이……

"야—야! 너두 아다시피 내가 조석을 꼭꼭 안방으 들와서 먹넌디, 아 늬가 안방을 네 방이라구 이름지어 각구 있으량이면 내가 편찬히여서 어디 쓰겄냐? 그러니 나 죽넌 날까지나 그냥저냥 웃방(건넌방)을 쓰구 지내라."

핑계야 물론 그럴듯합니다. 그래서 안방은 노마나님 오씨의 시체만 나갔을 뿐이지 전대로 서울아씨가 태식을 데리고 거처를 하고, 고씨는 건넌방에 눌러 있게 되었던 것입니다.

"흥! 만만한 년은 제 서방 굿도 못 본다더니, 나는 두 다리 뻗는 날까지 접방살이(곁방살이, 행랑살이) 못 면헐걸!"

고씨는 방 때문에 비위가 상할 때면 으레 이런 *구느름을 잊지 않고 하곤 합니다. 그러나 고씨의 억울한 건 약간 안방 차지를 못 하는 것 따위만이 아닙니다.

시어머니 오씨는 마지막 숨이 지는 그 시각까지도 며느리 고씨를 못 먹어했습니다.

"오—냐, 인재넌 지긋지긋허던 내가 급살맞어 죽으닝개, 시언허구 좋아서 춤출 사람 있을 것이다!"

이건 물론 며느리 고씨를 물고 뜯는 말이요, 이제 자기가 죽고 나면 며느리 고씨가 집안의 안어른이 되어 가지고 마음대로 휘둘러 가면서 지낼 테라서, 그 일을 생각하면 안타깝고 밉고 하여 숨이 넘어가는 마당에서까지 그대도록 야속한 소리를 했던 것입니다.

미상불 고씨는 어머니의 거상을 입으면서부터 기를 탁 폈습니다. 예를 들자면 *드리없지만, 가령 밤늦게까지 건넌방에서 아무리 성냥 긋는 소리가 나도, 이튿날 새벽같이,

"밤새두룩 담배질만 허니라구 성냥 열일곱 번 그신(그은) 년이 어떤 년이냐?"

하고 야단을 치는 사람이 없어, 잠 못 이루는 밤을 담배로 동무삼아 밝히기도 무척 임의로웠습니다.

또, 나들이를 한 사이에 건넌방 문에다가 못질을 해서 철갑을 하는 꼴을 안 당하게 된 것도 다 좋은 일입니다.

그러나 그렇게 기만 조금 펴고 지내게 되었을 뿐이지, 실상 아무 실속도 없고 말았습니다. 시아버지 윤직원 영감이 *처결하기를, 집안의 살림살이 전권(全權)이 마땅히 물려받아야 할 주부 고씨는 젖혀 놓고서, 한 대를 껑충 건너뛰어 손자대(孫子代)로 내려가게 했던 것입니다. 고씨의 며느리 되는 종수의 아낙인 박씨, 즉 윤직원 영감의 맏손자며느리가 시할머니의 뒤를 바로 이어서 집안의 안살림을 도맡아 하게 되었던 것입니다.

드리없다
경우에 따라 변하여 일정하지 않다.

처결(處決)하다
결정하여 조치하다.

그러고 보니, 묻지 않아도 내가 주부로 들어앉아 며느리를 거느리고 집안 살림을 해가는 어른이 되겠거니 했던 고씨는 그만 개밥의 도토리가 되어 버리고, 도리어 시어머니 오씨 대신에 며느리 박씨한테 또다시 시집살이(?)를 하게쯤 된 셈평이었습니다. 선왕(先王)의 뒤를 이어 즉위는 했으나 권력은 왕자가 쥐게 된 그런 판국과 같다고 할는지요.

그런데 다가 시아버지 윤직원 영감은, 죽고 없는 마누라 몫까지 해서 갈수록 더 못 먹어서 으릉으릉 뜯지요. 시뉘 되는 서울아씨는, 내가 주장입네 하는 듯이 안방을 차지하고 누워서 사사이 할퀴려 들지요. 그런데, 또 더 큰 불평과 심홧거리가 있으니…….

고씨는 시방 동경엘 가서 경찰서장감으로 공부를 하고 있는 둘째아들 종학을 낳은 뒤로부터 스물네 해 이짝, 남편 윤주사 창식과 금실이 뚝 끊겨 생과부로 좋은 청춘을 늙혀 버렸습니다.

윤주사는 시골서부터 첩장가를 들어 딴살림을 했었고, 서울로 올라올 때도 그 첩을 데리고 와서 지금 동대문 밖에다가 치가를 하고 있습니다.

그리고 요새는, 그새까지는 별로 않던 짓인데 새 채비로 기생첩 하나를 더 얻어서 관철동에다 살림을 차려 놓고는, 이 집으로 가서 놀다가 저 집으로 가서 누웠다 하며 지냅니다.

그리고는 본집에는 돈이나 쓸 일이 있든지, 또 부친 윤직원 영감이 두 번 세 번 불러야만 마지못해 오곤 하는데, 오기는 와도 사랑방에서 부친이나 만나 보고 그대로 횡허케 돌아가지, 안에는 도무지 발걸음도 않습니다.

이 윤주사라는 사람은 성미가 그의 부친 윤직원 영감과는 딴판이요, 좀 호협한 푼수로는 그의 조부 말대가리 윤용규를 닮았다고나 할는지,

그리고 살쾡이요 진지리꼽재기요 담배씨라던 그의 모친 오씨와는 더욱 딴 세상 사람입니다.

도무지 철을 안 이후로 나이 마흔여섯이 되는 이날 이때까지 남과 언성을 높여 시비 한 번인들 해본 적이 없습니다.

남이 아무리 낮게 해야, 그저 그런가 보다고 모른 체할 따름이지, 마주 대고 궂은 소리라도 하는 법이 없습니다. 본시 사람이 이렇게 용하기 때문에 그를 낮아하는 사람도 별반 없지만……

가산이고 살림 같은 것은 전혀 남의 일같이 *불고하고, 또 거두잡아서 제법 살림살이를 할 줄도 모릅니다.

부친 윤직원 영감의 말대로 하면, 위인이 *농판이요, 오십이 되도록 철이 들지를 않아서 세상 일이 죽이 끓는지 밥이 넘는지 통히 모르고 지내는 사람입니다.

미워서 꼬집자면 그렇게 말도 할 수가 없는 건 아니겠지요. 그러나, 또 좋게 보자면 세상 물욕(物慾)을 초탈한 사람이라고도 하겠지요.

누가 어려운 친척이나 친구가 찾아와서 아쉰 소리를 할라치면, 차마 잡아떼지를 못하고서 있는 대로 털어 줍니다.

남이 빚 얻어 쓰는 데 뒷도장 눌러 주고는 그것이 뒤집혀 집행을 맞기가 일쑵니다.

윤직원 영감은 몇 번 그런 억울한 연대채무란 것에 몇만 원 돈 손을 보던 끝에 이래서는 못쓰겠다고 윤주사를 처억 *준금치산 선고를 시켜 버렸습니다.

그렇지만, 그랬다고 쓸 돈 못 쓸 리는 없는 것이어서, 윤주사는 준금치산 선고를 받은 다음부터는 윤두섭이라는 부친의 도장을 새겨서 쓰곤 합니다.

윤두섭의 아들 윤창식이가 찍은 도장이면 그것이 위조 도장인 줄 알
고서도 몇천 원 몇만 원의 *수형을 받아 주는 사람이 수두룩하고, 차용
증서도 그 도장으로 통용이 되니까요.

나중에 가서 일이 뒤집어지면 윤직원 영감은 그래도 자식을 인장 위
조죄로 징역은 보낼 수가 없으니까, 그런 걸 울며 겨자 먹기라든지, 할
수 없이 그 수형이면 수형, 차용증서면 차용증서를 물어 주곤 합니다.

윤주사 창식 그는 아무튼 그러한 사람으로서, 밤이고 낮이고 하는
일이라고는 쌍스럽지 않은 친구 사귀어 두고 술 먹으러 다니기, 활 쏘
기, 제철 따라 승지(勝地)로 유람 다니기, 옛 한서(漢書) 모아 놓고 뒤
지기, 한시(漢詩) 지어서 신문사에 투고하기, 이 첩의 집에서 술 먹다
가 심심하면 저 첩의 집으로 가서 마작하기, 도무지 유유자적한 게 어
떻게 보면 신선인 것처럼이나 *탈속이 되어 보입니다.

물론 첩질이나 하고, 마작이나 하고, 요정으로 밤을 도와 드나드는
걸 보면 갈데없는 불량자고요.

사람마다 이상한 괴벽은 다 한 가지씩 있게 마련인지, 윤주사 창식
도 야릇한 편성이 하나 있습니다.

그가 마음이 그렇듯 활협하고 남의 청을 거절 못 하는 인정 있는 구
석이 있다는 소문을 듣고서, 어느 교육계의 명망 유지 한 사람이 그의
문을 두드린 일이 있었습니다.

*소간은 그 명망 유지씨가 후원을 하고 있는 사학(私學) 하나가 있
는데, 근자 재정이 어렵게 되어 계제에 돈을 한 이십만 원 내는 특지가
가 있으면 그 나머지는 달리 수합을 해서 재단의 기초를 완성시키겠다
는 것이고, 그러니 윤주사더러 다 좋은 사업인즉 십만 원이고 이십만
원이고 내는 게 어떠냐고, 참 여러 가지 말과 구변을 다해 일장 설파를

수형(手刑)
'어음', '손도장', '증거
문서'를 뜻하는 일본말.

탈속
부나 명예와 같은 현실
적인 이익을 추구하는
마음으로부터 벗어남.

소간
볼일.

했습니다.

윤주사는 자초지종 그러냐고, 아 그러다뿐이겠느냐고, 연해 맞장구를 쳐주어 가면서 듣고 있다가 급기야 대답할 차례에 가서는 한단 소리가,

"학교가 없어서 공부를 못 하기보다는 돈이 없어서 있는 학교도 못 다니는 사람이 많지 않습니까?"

하고 엉뚱한 반문을 하더라나요. 그래 명망 유지씨는 신명이 풀려, 두어 마디 더 이야기를 하다가 돌아갔습니다.

아닌 게 아니라, 윤주사는 남의 사정을 쏠쏠히 보아 주는 사람이면서도 공공사업이나 자선사업 같은 데는 죽어라고 일 전 한푼 쓰지를 않습니다.

부친 윤직원 영감은 그래도 곧잘 기부는 하는 셈이지요. 시골서 살 때엔 경찰서의 *무도장(武道場)을 독담으로 지어 놓았고, 소방대에다가 백 원씩 오십 원씩 두어 번이나 기부를 했고, 보통학교 학급 증설 비용으로 이백 원 내논 일이 있었고, 또 연전 경남 수재 때에는 벙어리를 새로 사다가 동전으로 일 원 칠십이 전을 넣어서 태식이를 주어서 신문사로 보내서 사진까지 신문에 난 일이 있는걸요. 그 위대한 사진 말입니다.

무도장(武道場)
무예 및 무술을 연습하거나 시합을 벌이는 곳

그러나 윤주사 창식은 도무지 그런 법이 없습니다. 영 졸리다 졸리다 못하면, 온 사람을 부친 윤직원 영감한테로 슬그머니 따보내 버릴 망정 기부 같은 건 막무가내로 하지를 않습니다.

속담에, 부자라는 건 한정이 있다고 합니다. 가령 천석꾼이 부자면 천 석까지 먹이 찬 뒤엔, 또 만석꾼이 부자면 만 석까지 먹이 찬 뒤엔,

그런 뒤에는 항상 그 근처에서 오르고 내리고 하지, 껑충 뛰어넘어서 한정없이 불어 나가지는 못한다는 그 뜻입니다.

미상불 그렇습니다. 가령 윤직원 영감만 놓고 보더라도, 일년에 벼로다가 꼭 만 석을 받은 지가 벌써 십 년이 넘습니다. 그러니 그게 매년 십만 원씩 아닙니까?

또 현금을 가지고 수형장수[手形割引業]를 해서, 일 년이면 이삼만 원씩 새끼를 칩니다.

그래서 매년 수입이 십 수만 원이니 그게 어딥니까? 가령, 세납이야 무엇이야 해서 일반 공과금과 가용을 다 쳐도 그 절반 오륙만 원이 다 못 될 겝니다.

그렇다면 그 나머지 오륙만은 해마다 처져서, 십 년 전에 만 석을 받은 백만 원짜리 부자랄 것 같으면, 십 년 후 시방은 백오십만 원의 일만 오천 석짜리 부자가 되었어야 할 게 아니겠습니까?

그런데 글쎄, 그다지도 가산 늘리기에 이골이 난 윤직원 영감이건만 십 년 전에도 만석 십 년 후 시방도 만석…… 그렇습니다그려.

범연하다
차근차근한 맛이 없이
데면데면하다.

그렇다고 윤직원 영감이 무슨 취리에 *범연해서 그랬겠습니까? 결국 아들 창식이 그런 낭비를 하고, 또 맏손자 종수가 난봉을 부리고, 군수를 목표한 관등의 승차에 관한 운동비를 쓰고 그러는 통에 재산이 그 만 석에서 더 붇지를 못하고 답보로—웃을 한 거랍니다.

윤직원 영감은 가끔 창식의 그런 빚을 물어주느라고 사뭇 날뛰면서, 단박 물고라도 낼 듯이 호령 호령, 그를 잡으러 보냅니다. 그러나 창식은 부친이 한 번쯤 불러서는 냉큼 와보는 법이 없고, 세 번 네 번 만에야 겨우 대령을 합니다.

수언
순. 아주. 몹시.

"야, 이 *수언 잡어 뽑을 놈아, 이놈아!"

윤직원 영감은 혼자서 실컷 속을 볶다가 아들이 처억 들어와서 시침을 뚜욱 따고 앉는 양을 보면, 마구 속이 지레 터질 것 같아 냅다 욕이 먼저 쏟아져 나옵니다.

그럴라치면 창식은 아주 점잖게,

"아버니두 무슨 말씀을 그렇게 허십니까!"

하고 되레 부친을 나무랍(?)니다.

"……아, 손자놈들이 다아 장성을 허구, 경손이놈두 전 같으면 벌써 가속을 볼 나인데, 그것들이 번연히 듣구 보구 하는 걸, 아버니는 노오 말씀을 그렇게……."

"아─니, 무엇이 어찌여?"

윤직원 영감은 그만 더 말을 못 합니다. 노상 아들한테 입 더럽게 놀린다고 핀잔을 먹은 그것을 부끄러워할 윤직원 영감이 아니건만, 어쩐 일인지 그는 아들 창식이한테만은 기를 펴지를 못합니다.

혼자서야, 이놈이 오거든 인제 어쩌구저쩌구 단단히 닦달을 하려니 하고 굉장히 벼르지요. 그렇지만 딱 마주쳐서는 첫마디에 기가 죽어 버리고 되레 꼼짝을 못 합니다.

"그놈이 호랭이나 화적보담두 더 무선 놈이라닝개! 천하 무선 놈이여!"

윤직원 영감은 늘 이렇게 아들을 무서운 놈으로 칩니다. 그러니 세상에 겁할 것이 없이 지내는 윤직원 영감을 힘으로도 아니요, *아귓심도 아니요, 총으로 아니면서 다만 압기(壓氣)로다가, 그러나마 극히 유순한 것인데, 그것 하나로다가 그저 꼼짝 못하게 할 수 있는 창식은 미상불 호랑이나 화적보다 더 무서운 사람일밖에 없는 것입니다.

번번이 그렇게 윤직원 영감은 꼼짝도 못 하고서는 할 수 없이 한단

아귓심
손아귀의 힘.

소리가,

"돈 내누아라, 이놈아⋯⋯! 네 빚 물어준 돈 내누아!"

"제게 분재시켜 주실 데서 잡아 까시지요!"

창식은 종시 시치미를 떼고 앉아서 이렇게 대답을 합니다.

윤직원 영감은 그제는 아주 기가 탁 막혀서 씨근버근하다가,

"뵈기 싫다, 이 잡어 뽑을 놈아!"

하고 고함을 치고는 돌아앉아 버립니다.

이래서 결국 윤직원 영감이 지고 마는 싸움은 싸움이라도, 한 달에 많으면 두세 번, 적어서 한 번쯤은 으레껀 싸움을 해야 합니다.

이런 빚 조건으로 생긴 싸움이, 아들 창식하고만이 아니라 맏손자 종수하고도 종종 해야 하니, *엔간히 성가실 노릇이긴 합니다.

엔간하다
'어연간하다(대중으로 보아 정도가 표준에 꽤 가깝다)'의 준말.

또 그런 빚을 물어주는 싸움은 아니라도, 윤직원 영감은 가끔 딸 서울아씨와도 싸움을 해야 합니다. 작은손자며느리와도 싸움을 해야 하고, 방학에 돌아오는 작은손자 종학과도 싸움을 해야 합니다.

며느리 고씨하고는 말할 것도 없고, 사랑방에 있는 대복이나 삼남이와도 싸움을 해야 합니다.

맨 웃어른 되는 윤직원 영감이 그렇게 싸움을 줄창치듯 하는가 하면, 일변 경손이는 태식이와 싸움을 합니다.

서울아씨는 올케 고씨와 싸움을 하고, 친정 조카며느리들과 싸움을 하고, 경손이와 싸움을 하고, 태식이와 싸움을 하고, 친정아버지와 싸움을 합니다.

고씨는 시아버지와 싸움을 하고, 며느리들과 싸움을 하고, 시누이와 싸움을 하고, 다니러 오는 아들과 싸움을 하고, 동대문 밖과 관철동의 시앗집엘 가끔 쫓아가서는 들부수고 싸움을 합니다.

그래서, 싸움, 싸움, 싸움, 사뭇 이 집안은 싸움을 *근저당(根抵當)해 놓고 씁니다. 그리고 그런 숱한 여러 싸움 가운데 오늘은 시아버지 윤 직원 영감과 며느리 고씨와의 싸움이 방금 벌어질 *컷속입니다.

근저당(根抵當)
장래에 생길 채권의 담보로서 저당권을 미리 설정함. 또는 그 저당권.

컷속
일이 되어 가는 속사정.

6. 관전기(觀戰記)

고씨는 그리하여, 그처럼 오랫동안 생수절을 하고 살아오다가 마침내 단산(斷産)할 나이에 이르렀습니다. 여자 아닌 여자로 변하는 때지요.

이때를 당하면 항용의 좋은 부부생활을 해오던 여자라도 히스테리라든지 하는 이상야릇한 병증이 생기는 수가 많답니다. 그런 걸 고씨로 말하면, 이십오 년 청춘을 홀로 늙히다가, 이제 바야흐로 여자로서의 인생을 오늘 내일이면 작별하게 되었은즉, 가령 히스테리를 젖혀 놓고 보더라도 마음이 안존할 리가 없을 건 당연한 노릇이겠지요. 윤 직원 영감의 걸쩍한 *입잣대로 하면, 오두가 나는 것도 그러므로 무리가 아닐 겝니다.

입잣
입짓. 입놀림.

그러한 데다가, 자아, 집안 살림을 맡아서 하니 그 재미를 봅니까. 자식들이래야 다 장성해서 뿔뿔이 흩어져 살고 어미는 생각도 않지요.

손자 경손이놈은 귀엽기는커녕 까불고 *앙똥해서 얄밉지요. 남편이래야 남이 아니면 원수지요. 시아버지라는 영감은 괜히 못 먹어서 으르렁으르렁하고, 걸핏하면 짝 찢을 년이네, 오두가 나서 그러네 하고 군욕질이지요.

그러니 고씨로 앉아서 당하고 보면 심술에다가 악밖에 날 게 더 있

앙똥하다
말하는 것이나 하는 짓이 생각지 아니하게 조금 까다롭고 밉살스럽다.

겠습니까.

그래도 작년 정월 시어머니 오씨가 살아 있을 때까지는 삼십 년 눌려서 살아온 타성으로, 고양이 앞에 쥐같이 찍소리도 못 하고 마음으로만 앓고 살았지만, 이제는 그 폭군이 하루 아침에 없고 보매 기는 탁펴지는데, 그러나 세상은 여전히 뜻과 같지 않으니, 불평은 할 수 없이 악으로 변해 버리게만 되었던 것입니다.

시어머니가 죽고 없은 뒤로는 집안에서 어른이라면 시아버지 윤직원 영감 하나뿐이요, 그 밖에는 죄다 재하자(在下者)들입니다.

한데, 그는 윤직원 영감쯤 망령난 동네 영감태기 푼수로나 보이지, 결단코 시아버지요, 위하고 어려워할 생각은 털끝만큼도 없습니다.

그러니까 그는 집안의 어른이고 아이고 간에 트집거리만 있으면 상관없이 들이대고 싸웁니다.

원혐
못마땅하게 여겨 싫어
하고 미워함.

화룡도
싸움.

우정
'일부러'의 방언.

음충맞다
마음이 음흉하고 불량
한 데가 있다.

시방 오늘 저녁만 하더라도, 아까 쪽대문을 열어 놓았다고 윤직원 영감이 군욕질을 했대서 그 *원혐으로다가 기어코 한바탕 *화룡도를 내고라야 말 작정으로 그렇게 벼르고 있는 참입니다.

하기야 쪽대문을 열어 놓은 것도 실상 알고 보면, *우정 그런 것이지요. 윤직원 영감이 보고서 속 좀 상하라고. 그리고 그 끝에 무어라고 욕이나 하게 되면 싸움거리나 장만할 양으로…… 용 못 된 이무기 심술만 남더라고, 앉아서 심술이나 부려야 속이나 시원하지요.

어쨌든, 그러니 속이 후련하도록 싸움을 대판거리로 한바탕 해대야만 할 텐데, 이건 암만 도사리고 앉아 들어야 영감태기가 *음충맞게시리 어린 손자며느리들더러 보리밥을 먹으면 애기 밴다는 소리나 하고 있지, 종시 이리로 대고는 무어라고 그 더러운 구습(口習)을 놀리는 것 같지가 않습니다.

그렇다고 그냥 참고 말잔즉 더 부아가 나기도 할 뿐더러, 대체 무엇이 *대끼며 뉘 코 무서운 사람이 있다고, 그 부아를 참거나 조심을 할 *며리도 없는 것이고 해서, 시방 두 볼이 아무튼 상말로 오뉴월 무엇처럼 추욱 처져 가지고는 숨길이 씨근버근, 코가 벌씸벌씸, 입이 삐쭉삐쭉, 깍짓손으로 무르팍을 안았다 놓았다, 담배를 비벼 껐다 도로 붙였다, 사뭇 부지를 못 합니다. 미상불 사람이란 건 싸우고 싶은 때 못 싸우면 더 부아가 나는 법이니까요.

집 안은 안방에서 윤직원 영감이 태식을 데리고 앉아서 저녁을 먹으면서 잔소리를 씹느라고 웅얼거리는 소리, 태식이 딸그락딸그락 째금째금 하는 소리, 그 외에는 누구 하나 기침 한 번 크게 하는 사람 없고, 모두 조심을 하느라 죽은 듯 조용합니다.

바깥은 황혼이 또한 소리 없이 짙어 가고, 으슴푸레하던 방 안에는 깜박 생각이 난 듯이 전등이 반짝 커집니다.

마침 이 전등불을 신호 삼듯, 집 안의 조심스런 *침정을 깨뜨리고, 별안간 투덕투덕 구둣발 소리가 안중문께서 요란하더니, 경손이가 안마당으로 들어섭니다.

교복 정모에 책가방을 걸멘 것이, 학교로부터 지금이야 돌아오는 길인가 본데, 이 애가 섬뻑 그렇게 들어서다 말고 대뜰에 저의 증조부의 신발이 놓인 걸 힐끔 넘겨다보더니, 고개를 움칠 혓바닥을 날름하면서 발길을 돌려 살금살금 뒤채께로 피해 가고 있습니다.

눈에 띄었자 상 탈 일 없고, 잘못하면 사날 전에 태식을 골탕먹여 울린 죄상으로 욕이나 먹기 십상일 테라, 아예 몸조심을 하던 것입니다.

저는 아무도 안 보거니 했는데, 그러나 조모 고씨가 빤히 내다보고 있었습니다. 실상 고씨가 본댔자 영감태기한테야 혓바닥을 내미는 것 말

대끼다
두렵고 마음이 불안하다.

며리
까닭.

침정(沈靜)
마음이 차분해질 만큼 조용함. 또는 그런 상태.

고 그보다 더한 주먹질을 해도 상관할 바 아니지만, 그러니까 그걸 가려 어쩌자는 게 아닙니다. 그 애를 통해 생트집을 잡자는 모양이지요.

"네 이놈, 경손아!"

유리쪽으로 내다보고 있던 미닫이를 냅다 벼락치듯 와르르 따악 열어 젖히면서, 집 안이 온통 떠나가게 *왜장을 칩니다. 온 집안이 모두 놀란 건 물론이지만, 경손은 그만 *잘겁을 했습니다. 그 애는, 증조부 윤직원 영감이 아니고 아무 상관도 없는 조모가 그렇게 내닫는 게 뜻밖이어서 더욱 놀랐습니다.

그러나 놀란 것은 순간이요, 이내 침착하여 천천히 돌아서면서,

"네에?"

하고 의젓이 마주 올려다 봅니다.

이편은 살기가 사뭇 뚝뚝 떴는데, 저는 아무렇지도 않은 듯이 시침을 뚜욱 따고 서서 도무지 눈도 한번 깜짝 않는 양이라니, 앙똥하기 아니할 말로 까 죽이고 싶게 밉살머리스럽습니다.

고씨는 영영 시아버지와 싸움거리가 생기지를 않으니까, 아무고 걸리는 대로 붙잡고 큰소리를 내서 시아버지의 비위를 건드려서, 그래서 욕이 나오면 *언덕이야 트집을 잡아 가지고 싸움을 하겠던 것인데, 고 놈 경손이놈이 하는 양이 우선 비위에 거슬리고 본즉, 가뜩이나 부아가 더 치밀고, 그렇지만 이판에 부아를 돋우어 주는 거라면 차라리 해롭잖을 판속입니다.

이편, 경손더러 그러나 바른 대로 말을 하라면, 집안이 제한테는 모두 어른이건만 하나도 사람 같은 건 없고, 그래서 누가 무어라고 하건 죄끔도 무섭지가 않습니다.

증조부 윤직원 영감이 그렇고, 대고모 서울아씨가 그렇고, 대부 태

왜장을 치다
들떼놓고 큰 소리로 마구 떠들다.

잘겁하다
뜻밖의 일에 자지러질 정도로 깜짝 놀라다.

언덕이야
어더고야. '얼씨구나' 정도의 뜻.

식이는 문제도 안 되고, 제 부친 종수나 숙모 조씨가 그렇고, 조부 윤 주사의 첩들이 그렇고, 해서 열이면 아홉은 다 *시쁘고 깔보이기만 합 니다.

그래 시방도 속으로는,

'흥! 누구 말마따나 오두가 났나? 왜 저 모양인구……? 암만 그래 보지? 내가 *애먼 화풀이를 받아 주나…….'
하면서 제 *염량 다 수습하고 있습니다.

고씨는 당장 무슨 *거조를 낼 듯이 연하여 높은 소리로,

"네, 이놈!"
하고 한번 더 을러댑니다. 그러나 이놈 이놈, 두 번이나 고함만 쳤지, 그 다음은 무어라고 나무랄 건덕지가 없습니다.

하기야 시아버지가 진짓상을 받고 계신데, 며느리 된 자 어디라고 무엄스럽게 문소리 목소리를 크게 내서 어른을 불안케 했은즉, 응당 영감태기로부터, 어허 그 며느리 대단 괘씸쿠나! 하여 필연 응전 포고 가 올 것이고, 그 응전 포고만 오고 보면 목적한 바는 올바로 들어맞는 켯속이니 그만일 텝니다. 그러나 지금 당장은 저기 저놈 경손이놈이 사람 여남은 집어삼킨 능청맞은 얼굴을 얄밉살스럽게시리 되들고 서 서, 그래 무엇이 어쨌다고 소리나 꽥꽥 지르고 저 모양인고! 할 말 있 거든 해보아요? 내 참 별꼴 다 보겠네……! 이렇게 속으로 빈정대는 게 아주 번연하니, 썩 발칙스럽기도 하려니와 일변 어째 그랬든 한 번 *개 두를 한 이상 뒷갈무리를 못 해서야 어른의 위신과 체모가 아니던 것 입니다.

"이놈, 너넌 어디 가서 무얼 허니라구 인자사 이러구 오냐?"

고씨는 겨우 꾸짖는다는 게 이겝니다.

시쁘다
마음에 차지 아니하여 시들하다.

애먼
일의 결과가 다른 데로 돌아가 억울하게 느껴 지는.

염량
선악과 시비를 분별하 는 슬기.

거조
큰 일을 저지름.

개두
좋지 않은 속이나 내용 을 가리기 위한 거짓 모습을 비유하는 말.

거상
일상생활에서의 보통 때.

*거상에 손자놈이 학교를 잘 다니건 말건, 공부를 착실히 하건 말건, 통히 알은체도 안 해오던 터에, 오늘 밤이야 말고서 갑작스레 그런 소리를 하는 게 다 속 앗일 짓이기는 하지만, 다급한 판이니 옹색한 대로 둘러댈 수밖에 없던 것입니다.

"전람회 준비 했어요! 그느느라구 학교서 늦었어요!"

경손은 고씨의 말이 떨어지기가 무섭게 다뿍 시쁘하는 소리로 대답을 해줍니다. 그때 마침 그 애의 모친 박씨가 당황히 안방에서 나오더니 조용조용,

해망
행동이 해괴하고 요망스러움. 또는 그런 행동.

"너는 학교서 파하거던 일찍일찍 오지는 않구서 무슨 *해망을 허느라구 이렇게 저물구…… 할머니 걱정허시게 허구, 그래!"
하고 며느리답게 시어머니를 대접하느라 아들놈을 나무랍니다.

"어머닌 또 무얼 안다구 그래요?"

미어다 부듯듯
메어 부딪다.

배가 채이다
약이 올라서 몹시 분하다.

경손은 버럭, *미어다 부듯듯 제 모친을 지천을 하는데, 그야 물론 조모 고씨더러 *배 채이란 속이지요.

"……전람회 준비 때문에 학교서 늦었단밖에 어쩌라구 그래요? 왜 속두 몰라 가지구들 그래요?"

"아, 저놈이!"

"가만있어요, 어머닐랑…… 대체 집에 들앉은 부인네들이 무얼 안다구 그래요……? 내가 이 집에선 제일 어리니깐 만만헌 줄 알구, 그저 속상헌 일만 있으면 내게다가 화풀일 허려 들어! 왜 그래요? 왜……? 괜히 나인 어려두 인제 이 집안에선 매앤 어른 될 사람이라우, 나두…… 왜 걸핏하면 날 잡두리우? 잡두리가…… 어림없이!"

멋스리다
말이나 행동을 아무렇게나 하고 싶은 대로 하다.

한 마디 거칠 것 없이, 굽힐 것 없이, 쾰쾰히 *멋스려 댑니다.

"아, 이 녀석이!"

저의 모친 박씨가 목소리를 짓눌러 가면서 나무라다 못해 때려라도 주려고 달려 내려올 듯이 벼르는 것을, 그러나 경손은 본체만체 쾅당 쾅당 요란스럽게 발을 구르면서 뒤꼍으로 들어갑니다.

"흥! 잘은 되야 먹는다, 이놈의 집구석……."

고씨는 차라리 어처구니가 없다고 혀를 끌끄을 차다가, 미닫이를 도로 타악 닫으면서 구느름이 나오기 시작합니다.

"……잘 되야 먹어! 이마빡으 피두 안 마른 것두 으런이 무어라구 나무래먼 천장만장 떠받구 나서기버텀 허구……! 흥! 뉘 놈의 집구석 씨알머리라구, 워너니 사람 같은 종자가 생길라더냐!"

이 쓸어넣고 들먹거려 하는 욕이 고씨의 입으로부터 떨어지자마자, 마침내 농성(籠城)코 나지 않던 적(敵)은, 드디어 성문을 좌우로 크게 열고(가 아니라) 안방 미닫이를 벼락치듯 열어 젖히고, 일원 대장이 투구 철갑에 장창을 비껴 들고(가 아니라) 성이 치달은 윤직원 영감이, 필경 싸움을 걷어 맡고 나서는 것입니다.

실상 윤직원 영감은 저편이 싸움을 돕는 줄을 몰랐던 건 아닙니다. 다 알고서도, 어디 얼마나 하나 보자고 넌지시 늦추 잡도리를 하느라, 고씨가 처음 꽥 소리를 칠 때도 손자며느리와 딸을 건너다보면서,

"저, 짝 찢을 년은 왜 또 자랄이 나서 저런다냐!"

하고 입만 삐죽거렸습니다.

서울아씨는 친정아버지를 따라 입을 삐죽거리고, 두 손자며느리는 고개를 숙이고 있다가 박씨만 조심조심 경손을 나무라느라고 마루로 나오고, 경손이가 온 줄 안 태식은 미닫이의 유리로 밖을 내다보다가 도로 오더니,

"아빠 아빠, 저 경존이 잉? 깍쟁이 자직야, 잉? 아주 엠병헐 자직이야!"

하고 떠듬떠듬 말재주를 부리고 했습니다.

"아서라! 어디서 그런……."

"잉? 아빠, 경손이 깍쟁이 자직야. 도족놈의 자직야, 잉? 아빠, 그
치?"

"아서어! 그런 욕 허면 못쓴다!"

윤직원 영감은 이 육중한 막내둥이를 나무란다고 하기보다도, 말재
주가 늘어 가는 게 신통하대서 빙그레 웃고 있었습니다.

두 번째 건넌방에서 고씨의 큰소리가 들렸을 때도 윤직원 영감은 딸
과 작은손자며느리를 번갈아 건너다보면서 혼자말을 하듯이, 저년이
또 오두가 나서 저러느니, 서방한테 소박을 맞고 지랄이 나서 저러느
니, 원체 쌍놈 아전의 자식이요, 보고 배운 데가 없어 저러느니 하고,
고씨더러 노상 두고 하는 욕을 강(講)하듯 내씹고 있었습니다.

하다가 필경 *전기(戰機)는 익어, 마침내 고씨의 입으로부터 집안이
어떻다는 둥, 뉘 놈의 씨알머리가 어떻다는 둥, 가로로는 온 집안을,
세로로는 신주 밑구멍까지 들먹거리면서 군욕질이 쏟아져 나왔고, 그
리하여 윤직원 영감은 기왕 받아 주는 싸움에 이런 *고패를 그대로 넘
길 *며리가 없는 것이라, 드디어 결전을 각오했던 것입니다.

"아—니, 야—야?"

미닫이를 타앙 열어 젖히고 다가앉는 윤직원 영감은 그러기 전에 벌
써 밥 먹던 숟갈은 밥상 귀퉁이에다가 내동댕이를 쳤고요.

"……너, 잘 허넝 건 무엇이냐? 너, 잘 허넝 건 대체 무엇이여? 어디 입
이 *꽝지리(꽝우리) 구녁 같거던, 말 좀 히여 부아라? 말 좀 히여 부아?"

집안이 떠나가게 소리가 큽니다. 몸집이 크니까 소리도 클 거야 당
연하지요.

전기(戰機)
전투가 일어나려는 기운.

고패
고비.

며리
까닭이나 필요.

꽝지리(꽝우리)
'광주리'의 잘못.

이렇게 되고 보면 고씨야 기다리고 있던 판이니 어렵하겠습니까.

"나넌 아무껏두 잘못헌 것 읎어라우! 파리 족통만치두 잘못헌 것 읎어라우! 팔자가 기구히여서 이런 징글징글헌 집으루 시집온 죄뱎으넌 아무 죄두 읎어라우! 왜, 걸신허면 날 못 잡어먹어서 응을거리여? 삼십 년 두구 종질히여 준 보갚음으루 그런대여? 머 내가 살이 이렇게 쪘으닝개루, *소징(素症)이 나서 괴기라두 뜯어 먹을라구? 에이! 지긋지긋히라! 에이 숭악히라."

신사(또는 숙녀)적으로 하는 파인 플레이라 그런지 어쩐지 몰라도, 하나가 말을 하는 동안 하나가 나서서 가로막는 법이 없고, 한바탕 끝이 난 뒤라야 하나가 나서곤 합니다.

"옳다! 참 잘 헌다! 참 잘 히여. 워너니 그게 명색 며느리 체껏이 시애비더러 허넌 소리구만? 저두 그래, 메누리 자식을 둘썩이나 은어다 놓고, 손자자식이 쉬엠이 나게 생겼으면서, 그래, 그게 잘 허넌 짓이여?"

"그러닝개루 징손주까지 본 이가 그래, 손자까지 본 메누리년더러 육장 짝 찢을 년이네, 오두가 나서 싸돌아댕기네 허구, 구십을 놀리너만? 그건 잘 허넌 짓이구만? 똥 묻은 개가 저(겨) 묻은 개 나무래지!"

"쌍년이라 헐 수 읎어! 천하 쌍놈, 우리게 판백이 아전 고준평이 딸자식이, 워너니 그렇지 별수 있것냐!"

"아이구! 그, 드럽구 칙살스런 양반! 그런 알량헌 양반허구넌 안 바꾸어…… 양반, 흥……! 양반이 어디 가서 모다 급살 맞어 죽구 읎덩갑만…… 대체 은제 적버텀 그렇게 도도헌 양반인고? 읍내 아전덜한티 잽혀가서 볼기 맞이면서 소인 살려 줍시사 허던 건 누군고? 그게 양반이여? 그 밑구녁 들칠수룩 구린내만 나너만?"

아무리 아귓심이 세다 해도 본시 남자란 여자의 입심을 못 당하는

소증. 푸성귀만 너무 먹어서 고기가 먹고 싶은 증세.

태평천하 **87**

법인데, 가뜩이나 이렇게 맹렬한 육탄(아닌 언탄)을 맞고 보니, 윤직원 영감으로는 총퇴각이 아니면, 달리 기습(奇襲)이나 게릴라 전술을 쓸 수밖엔 별 도리가 없습니다.

사실 오늘의 이 싸움에 있어선, 자기 딴은 입이 광주리 구멍 같아도 고씨가 그쯤들이 폭로를 시키는 데야 꼼짝못하고 되잡히게만 경우가 되어 먹었습니다.

그러니 가장 좋은 도리는, 전자에 그의 부인 오씨가 하던 법식으로 냅다 달려들어 며느리의 머리끄덩이를 잡아 엎지르고, *방치 같은 걸로 *능장질을 했으면야 효과가 훌륭하겠지요.

방치
'다듬잇방망이'의 방언.

능장질
사정없이 몰아치는 매질.

그러나 그 시어머니라는 머자와 시아버니라는 버자가 획 하나 덜하고 더하고 한 걸로, 시아버니는 시어머니처럼 며느리를 때려 주지는 못하게 마련이니, 그 법을 그다지 야속스럽게 구별해 논 자 삼대를 빌어먹을 자라고, 윤직원 영감으로는 저주하지 않을 수가 없습니다.

"야, 이놈 경손아!"

육집이 큰 보람도 없이 뾰족하니 몰린 윤직원 영감은 마침내 마루로 쿵 하고 나서면서 뒤채로 대고 소리를 지릅니다.

경손은 제 방에서 감감하게 대답을 하나, 윤직원 영감은 들었는지 못 들었는지 연해 소리소리 외칩니다.

한참 만에야 경손이가 양복 고의 바람으로 가만가만 나와서 한옆으로 비껴섭니다.

"너 이놈, 시방 당장 가서 네 할애비 불러 오니라. 당장 불러 와!"

"네에."

"요새 시체년 거, 이혼이란 것 잘덜 헌다더라, 이혼…… 이놈, 오널 저녁으루 담박 제 지집을 이혼을 안 히였다 부아라! 이놈을 내가……."

과부댁 종놈은 왕방울로 행세한다더니, 윤직원 영감은 며느리 고씨와 싸우다가 몰리면 이혼하라고 할 테라고, 아들 창식을 불러 오라는 게 *유세통입니다.

그러나 부르러 간 놈한테 미리 소식 다 듣는 윤주사는, 따고 안 오기가 일쑤요, 몇 번 만에 한번 불려 와선, 네에 내일 수속하지요 하고 시원히 대답은 해도, 그 자리만 일어서면 죄다 잊어버려 버립니다. 그래도 좋게시리 윤직원 영감은 그 이튿날이고 이혼 수속 재촉을 하는 법이 없으니까요.

"아 이놈, 넹금 가서 불러 오던 않구, 무얼 뻐언허구 섰어?"

윤직원 영감은 주춤거리고 섰는 경손이더러 호통을 합니다.

경손은 그제서야 대답을 하고 옷을 입으러 가는 체 뒤꼍으로 들어갑니다. 눈치 보아 가면서 밖으로 나갔다가 들어오든지, 무엇하면 그냥 잠자코 있다가 넌지시 입을 씻고 말든지, 없어서 못 데리고 왔다고 하든지 할 요량만 대고 있으니까 별로 힘드잘 것도 없는 노릇입니다.

"두구 보자!"

윤직원 영감은 마루가 꺼져라고 굴러 디디면서 대뜰로 내려섭니다.

"……두구 부아, 어디…… 내가 그새까지넌 말루만 그렸지만, 인지 두구 부아라. 저허구 나허구 애비자식 천륜을 끊든지, 지집을 이혼을 허든지 좌우양단간 오널 저녁 안으루 요정을 내구래야 말 티닝개루…… 두구 부아!"

윤직원 영감은 으르면서 구르면서 사랑으로 나가고, 고씨는 그 뒤꼭지에다 대고 제—발 좀 그럽시사고, 이혼을 한다면 누가 무서워서 서얼설 기고 어엉엉 울 줄 아느냐고 퀼퀼스럽게 받아넘깁니다.

유세통
유세를 부리는 서슬.

이래서 시초 없는 싸움은 또한 끝도 없이 휴전이 되고, 각기 장수가 진지(陣地)로부터 퇴각을 하자, 집안은 다시 평화가 회복되었습니다.

모두들 태평합니다.

계집종인 삼월이는 부엌에서 행랑어멈과 같이서 *얼추 설거지를 하고 있고, 행랑아범은 안팎 아궁이를 찾아다니면서 군불을 조금씩 지피고, 그 나머지 식구들은 고씨만 빼놓고 다 안방으로 모여 저녁밥을 시작합니다.

서울아씨, 두 동서, 경손이, 태식이, 전주댁 이렇습니다. 그들은 아무도 방금 일어났던 풍파를 심려한다든가 윤직원 영감이 저녁밥을 *중판 맨 것을 걱정한다든가, 고씨가 밥상을 도로 쫓은 걸 민망히 여긴다든가 할 사람은 하나도 없고, 따라서 아무도 입맛이 없어 밥 생각이 안 날 사람도 없습니다.

다만, 먼저의 싸움의 입가심같이 그 다음엔 조그마한 싸움 하나가 벌어집니다.

태식이가 구경에 *세마리가 팔렸다가 싸움이 끝이 나니까 다시 밥 시작을 하는데, 마침 경손이가 툭 튀어들더니, 윤직원 영감이 앉았던 자리에 털썩 주저앉아서는, 두말 않고 그 숟갈로 그 밥을 퍼먹습니다.

태식은, 이 깍쟁이요 도적놈인 경손이가 아빠의 숟갈로 아빠의 밥을 먹어대는 게 밉기도 하려니와, 또 맛있는 반찬을 뺏길 테니, 그래저래 심술이 나지 않을 수가 없습니다.

"히잉, 우리 아빠 밥야!"

태식은 밥숟갈을 둘러메는 것이나, 경손은 거듭떠보지도 않고서,

"왜 이 모양야! 밥그릇에다가 문패 써 붙였나?"

하고 놀려 줍니다.

"히잉, 깍쟁이!"

"무어 어째……? 잠자꾸 있어, 괜—히……."

"히잉, 도족놈!"

"아, 요게! 병신이 지랄해요! 대갈쟁이가……."

"깍쟁이! 도족놈!"

"가만 둬 두니깐……! 저거 봐요! 숟갈을 둘러메믄 제가 누굴 때릴 텐가? 요것 하나 먹구퍼? 요것……."

"저애가……! 경손아!"

경손이가 주먹을 쥐어 밥상 너머로 을러대는 걸, 마침 저의 모친 박 씨가 들어서다가 보고 깜짝 놀라던 것입니다.

"병신이 괜히 지랄허니깐, 나두 그리지……! 내 이름이 깍쟁이구 도 독놈이구, 그런가? 머……."

"아따, 그런 소리 좀 들으믄 어떠냐? 잠자꾸 밥이나 먹으려무나."

"이 병신, 다시 그따위 소릴 해봐? 죽여 놀 테니깐……."

"저 녀석이 말래두, 아니 듣구서……! 너 그리다간 큰사랑 할아버지께 또 꾸중 듣는다?"

"피이! 무섭잖아."

"허는 소리마다. 너 그렇게 버릇없이 굴믄 귀양 간다! 귀양……."

"곤충 채집허구, 수영허구, 등산허구 실컷 놀다가 도루 오지, 무슨 걱정이우?"

서울아씨가 손을 씻으면서 방으로 들어오다가 태식이가 여태 밥상을 차고 앉아, 그러나마 먹지도 않고 *이짐이 나서 엿가래 같은 코를 훌쩍거리고 있는 것을 보고는 상을 잔뜩 찌푸립니다.

이짐
고집이나 떼.

"누—나!"

"왜 그래?"

역성이나 들어줄 줄 알고 불러 본 것이, 대고 쏘아 버리니, 이제는 울기라도 해서 아빠를 불러대는 수밖에 없습니다.

과연 태식은 입이 비죽비죽, 얼굴이 움질움질하는 게 방금 아앙 하고 울음이 터질 시초를 잡습니다.

만약 태식을 울려 놓고 보면 큰일입니다. 약간 아까, 고씨와 싸우던 그따위 풍파가 아니고, 온통 집이 한 귀퉁이 *무너나게시리 벼락이 내릴 판이니까요. 윤직원 영감은 다른 잘못도 잘 용서를 않지만, 그 중에도 누구든지 태식을 울린다든가 하는 죄는 단연 용서를 하지 않던 것입니다.

"어서 밥 먹어라. 밥 먹다가 이짐 쓰구 그러면 못써요!"

서울아씨가 할 수 없이 목소리를 눅여 살살 달랩니다. 박씨도 코를 씻어 주면서 경손이더러 눈을 끔적끔적합니다.

"대부 할아버지?"

경손은 눈치를 채고서, 빈들빈들, 버엉떼엥, *엎어삶느라고……

"……어서 진지 잡수! 그리구 대부 덕분에 손자두 이런 존 반찬 좀 얻어 먹어예지, 응? 할아버지…… 우리 대부가 참 착해, 그렇지 대부……."

파계를 따지자면, 열다섯 살 먹은 경손은, 같은 열다섯 살 먹은 태식의 손자요, 태식은 경손의 할아버지가 갈데없습니다. 일가 망한 건 항렬만 높단 말로, *눙치고 넘기자니, 차라리 이 조손관계(祖孫關係)는 비극이라 함이 옳겠습니다.

7. 쇠가 쇠를 낳고

사랑방에는 언제 왔는지 올챙이 석서방이, 과시 올챙이같이 토웅퉁한 배를 안고 윗목께로 오도카니 앉아 있습니다.

시쳇말로는 브로커요, 윤직원 영감 밑에서 *거간을 해먹는 사람입니다.

돈도 잡기 전에 배 먼저 나왔으니 갈데없이 *근천스런 ×배요, 납작한 체격에 형적도 없는 모가지에, 다 올챙이 별명 타자고 나온 배지 별게 아닐 겝니다.

"진지 잡수셨습니까?"

올챙이는 *오꼼 일어서면서 공순히, 그러나 친숙히 인사를 합니다.

윤직원 영감은 속으로야, 이 사람이 저녁에 다시 온 것이 반가울 일이 있어서 느긋하기는 해도, 짐짓,

"안 먹었으면 자네가 설넝탱이라두 한 뚝배기 사줄라간디, 밥 먹었냐구 묻녕가?"

하면서 탐탁찮아하는 낯꽃으로 *전접스런 소리를 합니다.

"아, 잡수시기만 하신다면야, 사드리다뿐이겠습니까?……"

생김새야 아무리 못생겼다 하기로서니, 남의 그런 낯꽃 하나 *여새겨 볼 줄 모르며, 그런 보비위 하나 할 줄 모르고서,

거간
사고파는 사람 사이에 들어 흥정을 붙임.

근천스럽다
보잘 것 없고 초라한 데가 있다.

오꼼
도드라지게 오똑 일어서는 모양.

전접스럽다
보기에 매우 치사스럽고 더럽다.

여새기다
마음에 새겨두다.

몇천 원 더러는 몇만 원 거간을 서 먹노라 할 위인은 아닙니다.

옳지, 방금 큰소리가 들리더니, 정녕 안에서 무슨 일로 역정이 난 끝에 밥도 안 먹고 나오다가, 그 화풀이를 걸리는 대로 나한테 하는 속이로구나, 이렇게 단박 눈치를 채고는 선뜻 *흠선을 피우면서, 마침 윤직원 영감이 발이나 넘는 장죽에 담배를 재어 무니까, 냉큼 성냥을 그어 댑니다.

흠선(欽羨)
우러러 공경하고 부러워함.

"……그렇지만 어디 지가 설마한들 설렁탕이야 사드리겠어요! 참 하다못해 *식교자라두 한 상……."

"체에! 시에미가 오래 살면 구정물통으(개숫물통에) 빠져 죽넌다더니, 내가 오래 사닝개루 벨 일 다아 많얼랑개비네! 인재넌 오래간만으 목구녁의 때 좀 벳기넝개비다!"

식교자
온갖 반찬과 국, 밥 따위를 차려 놓은 상.

윤직원 영감 입에서는 담배 연기가 피어올라 자옥하니 연막을 치고, 올챙이는 팽팽한 양복 가랑이를 펴면서 도사렸던 다리를 *퍼근히 하고 저도 마코를 꺼내서 붙입니다.

퍼근하다
다리를 뻗어 느긋하고 편안하다.

"온 영감두……! 지가 영감 식교자 한상 채려 드리기루서니 그게 그리 대단하다구, 그런 말씀을……."

"글씨 이 사람아, 말만 그렇기, 어따 저어 상말루, 줄 듯 줄 듯허면서 안 주더라구, 말만 그렇기 허지 말구서 한상 처억 좀 시기다 주어 보소? 늙은이 괄세넌 히여두 아딜 괄세넌 않넌다데마넌, 늙은이 대접두 더러 히여야 젊은 사람이 복을 받고 허넌 벱이네. 그렇잖엉가? 이 사람……."

윤직원 영감은 히죽이 웃기까지 하는 것이, 방금, 그다지 등등하던 기승은 그새 죄다 잊어버린 모양으로 아주 태평입니다. 워너니 그도 그래야 할 것이, 만약 그 숱해 많은 싸움을, 싸움하는 족족 오래 두고

화가 풀리지 않을래서야 사람이 지레 늙을 노릇이지요.

"아—니 머, 빈말씀이 아니라……."

올챙이는, 금세 일어서서 밖으로 나갈 듯이 뒤를 들먹들먹합니다.

"……시방이라두 나가서, 무어 약주 안주나 될 걸루 좀 시켜 가지구 오지요. 전화루 시키면 곧 될 테니깐두루…… 정녕 저녁 진질 아니 잡수셨어요? 그러시다면 그 *요량을 해서……."

요량
앞일을 잘 헤아려 생각함. 또는 그런 생각.

"헤헤엣다! 참, 엎질러 절 받기라더니, 야 이 사람, 그런 허넌 쳴랑구만 히여 두소. 자네가 암만히여두 딴 요량장이 있어 각구서 시방 그러넌 속 나두 다아 알구 있네!"

"네? 딴 요량요? 원, 천만에!"

"아까 아참나잘으 와서 이얘기허던 그 *조간 때미 그러지? 응?"

조간
이야기. 말씀.

"아니올시다, 원……! 그건 그거구 이건 이거지, 어쩌면 절 그런 놈으루만 치질 하십니까! 허허허."

"그러구저러구 간으, 그건 아침에 말헌 대루 이화리[二割利]아니구넌 안 되니 그렇게 알소잉?"

윤직원 영감은 정색을 하느라고 담뱃대를 입에서 뽑고, 올챙이도 다가앉을 듯이 앉음새를 도사립니다.

"그리잖어두 허긴 그 사람 강씰 방금 또 만나구 오는 길인데요…… 그래 그 말씀두 *요정을 내구 허기는 해야겠습니다마는……."

요정
결판을 내어 끝마침.

"그럼, 이화리 히여서라두 쓴다구 그러덩가?"

"그런데 거, 이번 일은 제 얼굴을 보시구서라두 좀 생각해 주서야 하겠습니다!"

"생각이라께 별것 있넝가? 돈 취히여 주넝 것이지."

"물론 주시긴 주시는데, 일 할만 해주세요!"

"건, 안 될 말이래두!"

"온, 자꾸만 그러십니다. 칠천 원짜리 삼십 일 수형에 일 할이라두, 자아, 보십시오, *선변을 제하시니깐 육천삼백 원 주시구서 한 달 만에 칠백 원을 얹어서 칠천 원으루 받으시니 그만 해두 그게 어딥니까……? 아무리 급한 돈이래두, 쓰는 사람이 생각하면 하늘이 내려볼까 무섭잖겠어요……? 그런 걸 글쎄, 이 할이나 허자시니!"

"허! 사람두……! 이 사람아, 돈이 급허면 급헐수록 다아 요긴허구, 그만침 갭이 나갈 게 아닌가? 그러닝개루 변두 더 내구서 써야지?"

"그렇더래두 영감 말씀대루 허자면 칠천 원 액면에 오천육백 원을 쓰구서 한 달 만에 일천사백 원 이자를 갚게 되니, 돈 쓰는 사람이 억울하잖겠습니까?"

"억울허거던 안 쓰면 구만이지……? 머, 내가 쓰시요오 쓰시요 허구 쫓아댕김서 억지루 처맽긴다덩가? 그 사람 참!"

윤직원 영감은 이렇게 배부른 흥정으로 비스듬히 드러누우려고는 하지만, 올챙이의 말이 아니라도, 육천삼백 원에 한 달 이자 칠백 원이 어디라고, 이 거리를 놓치고 싶지는 않습니다.

에누리를 하는 셈이지요. 해서 이 할을 뗄 수 있으면 더할 나위 없고, 눈치 보아서 일 할 오 부로 해주어도 괜찮고, 또 저엉 무엇하면 일 할이라도 그리 해롭지는 않고…… 그게 그러나마 달리 융통을 시켜야할 자본일세 말이지, 은행의 예금장에서 녹이 슬고 있는 돈인걸, 두고 놀리느니보담이야 이문이 아니냔 말입니다.

"영감이 무가내루 이 할만 떼신다면, 아마 그 사람두 안 쓰기 쉽습니다……."

올챙이는 역시 윤직원 영감의 배짱을 아는 터라, 마침내 이렇게 슬

그머니 한번 덜미를 눌러 놓습니다. 그리고는 한참 있다가 다시,

"……그러니 자아 영감, 그러구저러구 하실 것 없이, 일 할 오 부만 하시지요…… 일 할 오 부라두 일칠은 칠, 오칠 삼십오허구, 일천오십 원입니다!"

"아―니 이 사람, 자네넌 내 밑으서 거간 서구, 내 덕으 사넌 사람이, 육장 그저 내게다가 해만 뵐라구 드넝가?"

"원 참! 그게 손해 끼쳐 디리는 게 아닙니다! 일을 다아 되두룩 마련하자니깐 그리지요. 상말루, 싸움은 말리구 흥정은 붙이라구 않습니까? 그런데 그게 남의 일이라두 모를 텐데 항차 영감의 일인 걸……"

"아따, 시방 허넌 소리가……! 야 이 사람아, *구문이 안 생겨두 자네가 시방 이러구 댕길 팅가?"

"허허, 그야…… 허허허허, 그런데 참 구문이라니 말씀이지, 저두 구문만 많이 먹기루 들자면 할이가 많은 게 좋답니다. 그렇지만 세상일을 어디 그렇게 제 욕심대루만 할래서야 됩니까?"

"이 사람아, 그런 소리 말소. 욕심 없이 세상 살라다가넌 제 창사구 (창자) 뽑아서 남 주어야 허네!"

"것두 옳은 말씀은 옳은 말씀입니다…… 그런데 자아, 어떡허실렵니까? 제 말씀대루 일 할 오 부만 해서 주시지요? 네?"

"아이, 모르겠네! 자네 쇠견대루 허소!"

"허허허허, 진즉 그리실 걸 가지구…… 그럼 내일 당자 강씰 데리구 올 텐데, 어느만 때가 좋을는지……? 내일 은행 시간까진 돈을 써야 할 테니깐요."

"글씨…… 대복이가 와야 헐 틴디. 오늘 저녁으 온댔으닝개 오기넌 올 것이구, 오머넌 내일 아무 때라두 돈이사 주겠지만…… 자리넌 실

구문
흥정을 붙여주고 그 보수로 받는 돈.

태평천하 **97**

수 없을 자리겄다?"

"그야 지가 범연하겠습니까? 아따, 만창상점이라구, 바루 저 철물교 다리 옆입니다. 머 그 사람이 부랑자루 주색잡기하느라구 쓰는 돈이 아니구, 내일 해 전으루다가 은행에 입금을 시켜야만 부도가 아니 나게 됐다는군요……! 글쎄 은행에서들 돈을 딱 가두어 놓군 돌려주질 않기 때문에, 너나 할 것 없이 모두 죽는 소립니다……! 그러나저러나 간에 이 사람 강씬 아무 염려 없구요. 다 조사해 보시면 아시겠지만……."

"내가 무얼 알겄넝가마는……."

윤직원 영감은 담뱃대를 놓고 일어서더니, 벽장 속에서 조선 백지로 맨 술 두꺼운 장부(?) 한 권을 찾아냅니다.

이것이 대복이의 주변으로, 종로 일대와 창안 배오개 등지와, 그 밖에 서울 장안의 들뭇들뭇한 *상고들을 뽑아 신용 정도를 조사해 둔 블랙리스트입니다.

상고
장수. 장사치.

신용이라도 우리네가 보통 말하는 신용이 아니라, 가산은 통 얼마나 되는데, 갚을 빚은 얼마나 되느냐는 그 신용입니다.

이걸 만들어 놓고, 대복이는 날마다 신문이며 흥신내보(興信內報)며 또는 소식 같은 걸 참고해 가면서, 그들의 신용의 변동에 잔주(註解)를 달아 놓습니다.

그러니까 생기기는 아무렇게나 백지로 맨 한 권의 문서책이지만, 척 한번 떠들어만 보면, 어디서 무슨 장사를 하는 아무개는 암만까지는 돈을 주어도 좋다는 것을 휑하니 알 수가 있는 것입니다.

윤직원 영감은 시골 사람, 그 중에도 부랑자가 돈을 쓴다면 으레 매도 계약까지 첨부한 부동산을 저당 잡고라야 돈을 주지만, 시내에서 장사하는 사람들한테는 대개 수형을 받고서 거래를 합니다. 그는 수형의 효험과 위력을 잘 알고 있으니까, 안심을 합니다.

세상에 수형처럼 빚 쓴 사람한테는 무섭고, 빚 준 사람한테는 편리한 것이 없답니다. 기한이 지나기만 하면 거저 *불문곡직하고 수형 액면에 쓰인 만큼 차압을 해서 집행 딱지를 붙여 놓고는 경매를 한다나요.

가령 그게 사기에 걸린 돈이라고 하더라도, 수형이고 보면 안 갚고는 못 배긴다니, 무섭지 않고 어쩌겠습니까.

윤직원 영감은 이 편리하고도 만능한 수형장사를 해서 *매삭 이삼만 원씩 융통을 시키고, 그 이문이 적어도 삼천 원으로부터 사천 원은 됩니다.

일 할 이상 이 할까지나 새끼를 치는 셈이지요.

송도 말년(松都末年)에는 쇠가 쇠를 먹었다고 합니다. 그러던 게 지금은 다 세태가 바뀌고, 을축 갑자(乙丑甲子)로 되는 세상이라서 그런 것도 아니겠지만, 쇠가 쇠를 낳기로 마련이니 그건 무슨 징조일는지요.

아무튼 그놈 돈이란 물건이 저희끼리 *목족(睦族)은 무섭게 잘 하는 놈인 모양입니다. 그렇길래 자꾸만 있는 데로만 모이지요?

윤직원 영감은 허리에 찬 풍안집에서 *풍안을 꺼내더니, 그걸 코허리에다가 처억 걸치고는 그 육중한 자가용 흥신록을 뒤적거립니다.

올챙이는 이제 일이 거진 성사가 되었대서 엔간히 마음이 뇌는지 담배를 피워 물고 앉아서는 *하회를 기다립니다.

윤직원 영감은 만창상회의 강무엇이를 찾아내어 대강 입구구를 따져 본 결과, 빚이 더러 있기는 해도 아직 칠팔천 원은 말고 이삼만 원쯤은 돌려 주어도 한 달 기간에 낭패가 생기지는 않을 만큼 저엉정한 걸 알았습니다.

"거 원, 우선 내가 뵈기는 괜찮얼 상부르네마는……."

불문곡직(不問曲直)
옳고 그름을 따지지 아니 함.

매삭
매달. 다달이.

목족
동족끼리 화목하게 지냄.

풍안
바람과 티끌을 막으려고 쓰는 안경.

하회(下回)
윗사람이 내리는 회답.

윤직원 영감은 이쯤 반승낙을 하고는, 장부를 도로 벽장에다가 건사하고, 풍안을 코끝에서 떼어 내고, 그러고서 담뱃대를 집어 물면서 자리에 앉습니다. 아까 먼젓번에 한 승낙은, 말은 없어도 신용조사에 낙방이 안 돼야만 돈을 준다는 *얼수락이요, 이번 것이 진짜 승낙한 보람이 날 승낙이던 것입니다.

얼수락
확답은 아니지만 어느 정도 긍정적인 승낙.

그러나 이러이러하네마는 하고, 그 '마는' 이 붙었으니 온승낙이 아니고 반승낙인 것입니다. 대복이가 없으니까 그와 다시 한번 상의를 할 요량이지요. 그래서 혹시 대복이가 불가하다고 한다든지 하면, 말로만 반승낙을 했지 무슨 계약서라도 쓴 게 아니고 한즉, 이편 마음대로 자빠져 버리면 고만일 테니까요.

"그러면……."

올챙이는 윤직원 영감의 그 마는이라는 말끝을 덮어 씌우노라고 다시금 다지려 듭니다.

"……내일 은행 시간 안 으루는 실수 없겠죠?"

"글씨, 우선은 그러기루 히여 두지."

"그래서야 어디 저편이 안심을 하나요? 영감이 주장이시니깐, 영감이 아주 귀정을 지어서 말씀을 해주셔야 저 사람두 맘놓구 있지요!"

"그렇기두 허지만, 실상 이 사람아, 자네두 늘 두구 보지만, 내사 무얼 아넝가……? 대복이가 다아 알어서 이러라구 허면 이러구, 저러라구 허면 저러구 허지. 괜시리 속두 잘 모르구서 돈 그까짓것 일천오십 원 은어 먹을라다가, 웬걸, 일천오십 원이나마 나 혼자 죄다 먹간디? 자네 구문 백오 원 주구 나면, 천 원두 채 못 되넝 것, 그것 먹자구, 잘못허다가 내 생돈 육천 원 업어다 난장맞게?"

"글쎄 영감! 자리가 부실한 자리면 지가 애초에 새에 들질 않는답니다. 그새 사오 년지간이나 두구 보시구서두 그리십니까? 언제 머 지가 천거한 자리루 동전 한푼 허실한 일이 있습니까?"

"아는 질두 물어서 가랬다네. 눈 뜨구서 남의 눈 빼먹넌 세상인 종 자네두 알면서 그러넝가?"

"허허허허, 영감은 참 만년 가두 실수라구는 없으시겠습니다! 다아 그렇게 전후를 꼭꼭 재가면서 일을 하셔야 실수가 없긴 하지요…… 그 럼 아무튼지 대복이가 오늘루 오긴 오죠?"

"늦더래두 올 것이네."

"그럼, 대복이만 가한 양으루 말씀하면 돈은 내일루 실수 없으시죠?"

"그럴 티지."

"그러면 아무려나 내일 오정 때쯤 해서 당자 강씰 데리구 오지 요…… 좌우간 그만해두 한시름 놓았습니다, 허허……."

"자네넌 시언헌가 부네마넌, 나넌 돈 천이나 더 먹을 걸 못 먹은 것 같어서 섭섭허네!"

"허허허허, 그럼 이 댐에나 들무웃한 걸 한 자리 해오지요…… 가만 히 계십시오. 수두룩합니다. 은행에서 돈을 아니 내주기 때문에 *거얼 걸들 합니다. 제일 죽어나는 게 은행돈 빚 얻어다가는 땅장수니 집장 수니 하던 치들인데, 머 일보 사오십 전이라두 못 써서 쩔맵니다!"

"이 판으 누가 일보 오십 전 받구 빚을 준다덩가? *소불하 일 원은 받어야지…… 주넌 놈이 아순가? 쓰넌 놈이 아수닝개로 그거라두 걷어 쓰지……."

윤직원 영감은 요새 새로 발령된 폭리 *취체 속을 도무지 모릅니다. 그러나 안다고 하더라도 이미 십 년 전부터 벌써 법이 금하는 고패를 넘어서 해먹는 돈장사니까, 시방 새삼스럽게 폭리 취체쯤 무서울 것도

거얼걸
음식이나 재물에 욕심을 부려 염치없이 구는 모양.

소불하
적게 잡아도.

취체
규칙·법령·명령 따위를 지키도록 통제함.

없으려니와, 좀 까다롭겠으면 다 달리 이러쿵저러쿵 하는 수가 얼마든지 있은즉 만날 떵그렁입니다.

"그러면 그 일은 그렇게 허기루 허구……."

올챙이는 볼일 다 보았으니 선뜻 일어설 것이로되, 그러나 두고두고 뒷일을 좋도록 하자면, 이런 기회에 듬씬 보비위를 해야 하는 것인 줄을 자알 알고 있습니다

"……그런데, 정녕 저녁 진질 아니 잡수셨습니까?"

"먹다가 말었네! 속상히여서……."

윤직원 영감은 그새 잊었던 화가 그 시장기로 해서 새 채비로 비어지던 것이고, 그래 재털이에 담배 터는 소리도 절로 모집니다.

"거 원, 그래서 어떡허십니까! 더구나 연만하신 노인이!"

"그러닝개 그게 다아 팔자라네!"

또 역정을 낼 줄 알았더니, 그런 게 아니고 방금, 아무 근심기 없던 얼굴이 졸지에 해질 무렵같이 흐려들면서 음성은 풀기 없이 가라앉습니다.

"……내가 이 사람아, *나락으루 해마닥 만 석을 추수를 받구, 돈으루두 멫만 원씩을 차구 앉었넌 사람인디, 아 그런 부자루 앉어서 글씨, 가끔 이렇기 끄니를 굶네그려! 으응?"

과연 일년 추수하는 쌀만 가지고도 밥을 해먹자면 백년 천년을 배불리 먹고도 남을 테면서, 그러나 이렇게 배고픈 때가 있으니, 곰곰이 생각을 하면 한심하여 팔자 탄식이 나오기도 할 겝니다.

"……여보게 이 사람아……! 아 자네버텀두 날더러 팔자 좋다구 그러지? 그렇지만 이 사람아, 팔자가 존 게 다아 무엇잉가! 속 모르구서 괜시리 허넌 소리지…… 그저 날 같언 사람은 말이네, 그저 도둑놈이

노적(露積)가리 짊어져 가까 버서, 밤새두룩 짖구 댕기는 개, 개 신세여! 허릴없이 개 신세여!"

윤직원 영감은 잠잠히 말을 그치고, 담배 연기째 후르르 한숨을 내쉬면서, 어디라 없이 한눈을 팝니다.

거상에 짜증난 얼굴이 아니면, 불콰하니 마음 편안한 얼굴, *호리를 다투는 뜩뜩한 얼굴이 아니면, 남을 꼬집어뜯는 전접스런 얼굴, 그러한 낯꽃만 하고 지내는 이 영감한테 이렇듯 *추레하니 침통한 기색이 드러날 적이 있다는 것은 자못 심외라 않을 수 없습니다.

돈을 흥정하는 *저자에서 오고 가고 하는 속한일 뿐이지, 올챙이로서야 어디 그러한 방면으로 들어서야 제법 깊은 인정의 기미를 통찰할 재목이 되나요. 그저 백만금의 재물을 쌓아 놓고 자손 번창하겠다, 수명 장수, 아직도 젊은 놈 여대치게 저엉정하겠다, 이런 천하에 드문 호팔자를 누리면서도, *근천이 질질 흐르게시리 밥을 굶네, 속이 상하네, 개 신세네, 하고 풀 죽은 기색으로 탄식을 하는 게, 이놈의 영감이 그만큼 살고 쉬이 죽으려고 청승을 떠는가 싶어 얼굴이 다시금 쳐다보일 따름이었습니다.

8. 상평통보(常平通寶) 서 푼과……

올챙이는, 윤직원 영감이 자기가 자청해서 자기 입으로 개라고 하니, 차라리 그렇거들랑 어디 컹컹 한바탕 짖어 보라고 놀리기나 하고 싶습니다. 그렇지만 그런 버릇없는 농담을 할 법이야 있습니까. 속은 어디로 갔든 좋은 말로다 자손이 번창하고 가운이 융성하게 되면, 집

호리를 다투다
매우 적은 분량도 아껴 쓰고 아까워하다.

추레하다
겉모양이 깨끗하지 못하고 생기가 없다.

저자
'시장'을 예스럽게 이르는 말.

근천
어렵고 궁한 상태.

안 어른 된 이로는 그런 근심 저런 걱정 노상 아니 할 수도 없는 것인
즉, 그걸 가지고 과히 상심할 게 없느니라고 위로를 해줍니다.

"아, 여보소?……"

윤직원 영감은 남이 애써 위로해 주는 소리는 귀로 듣는지 코로 맡
는지 종시 우두커니 한눈을 팔고 앉았다가, 갑자기 긴한 낯으로 고개
를 내밀면서,

"……자네, 사람 죽었을 때 염(殮)허넝 것 더러 부았넝가?"

하고 묻습니다. 자기 딴에는 따로이 속내평이 있어서 하는 소리겠지
만, 이건 느닷없이 송장 일곱 매 묶는 이야기가 불쑥 나오는 데는, 등
이 서늘하고 그다지 긴치 않기도 했을 것입니다.

"더러 부았으리…… 그런디 말이네……."

윤직원 영감은 올챙이가 이렇다저렇다 얼른 대답을 못하고 우물우
물하는 것을 상관 않고 자기가 그 뒤를 잇습니다.

"……아, 우리 마니래(마누라)가 작년 정월이 죽잖있넝가?"

"네에! 아 참, 벌써 그게 작년 정월입니다그려! 세월이 빠르긴 허
군!……"

"게, 그때, 수험을 헌다구 날더러두 들오라구 허기에, 시쳇방으를 들
어가잖있덩가. 들어가서 가만히 보구 섰으닝개, 수의를 죄다 갈어 입히
구 나서넌 일곱 매를 묶기 전에, 어따 그놈의 것을 무어라구 허데마
는…… 쌀 한 숟가락을 떠서 맹인 입으다가 놓는 체허면서 천 석이요오
허구, 두 숟가락 떠느면서 이천 석이요오 허구, 세 숟가락 떠느면서 삼
천 석이요오 허구, 아 이런담 말이네……! 그러구 또, 시방은 쓰지두
않넌 옛날 돈 생평통보(常平通寶) 한 푼을 느주면서 천 냥이요오, 두 푼
느주면서 이천 냥이요오, 스 푼 느주면서 삼천 냥이요오, 이러데그려!"

상평통보

"그렇지요! 그게 다아……."

올챙이는 비로소 윤직원 영감의 말하고자 하는 속을 알아차렸대서 고개를 까댁까댁 맞장구를 칩니다.

"……그게 맹인이 저승길 가면서 *노수두 쓰구, 또 저승에 가서두 부자루 잘 지내라구 그러잖습니까?"

노수
노잣돈.

"응 그리여. 글씨 그런 줄 나두 알기넌 알어. 또, 우리 어머니 아버지 때두 다아 보구 그래서, 츰으루 보덩 건 아니지. 그러닝개 츰 귀경히었다넝 게 아니라, 내 말은 그런 말이 아니구…… 아니 글씨 여보소, 우리 마니래만 히여두 명색이 만석꾼이 집 여편네가 아닝가? 만석꾼이…… 그런디 필경 두 다리 쭈욱 뻗구 죽으닝개넌 저승으루 갈라면서, 쌀 게우 세 숟가락허구, 돈 엽전 스 푼허구, 게우 고걸 각구 간담 말이네그려, 응? 만석꾼이가 죽어 저승으로 가면서넌 쌀 세 숟가락에 엽전 스 푼을 달랑 얻어 각구 간담 말이여!"

올챙이는 자못 엄숙해하는 낯으로 고즈넉이 앉아 듣고 있고, 윤직원 영감은 뻐금뻐금 한참이나 담배를 빨더니 후우 한숨을 한 번 내쉬고는 말끝을 다시 잇댑니다.

"게, 그걸 보구서 고옴곰 생각을 허닝개루, 나두 한 번 눈을 감구 죽어지면 벨수없이 저렇기 쌀 세 숟가락허구 엽전 스 푼허구, 달랑 고걸 얻어 각구 저승으루 가겄거니……! 그럴 것 아닝가? 머, 나라구 무덤을 죄선만 허게 파구서, 그 속으다가 나락을 수천 석 쟁여 주며, 돈을 수만 냥 딜이뗘 주겄넝가? 또오, 그런대두 아무 소용 읎넌 짓이구…… 그렇잖엉가?"

"허허, 다아 그런 게지요!"

"그렇지? 그러니 말이네. 아, 내 손으루 만석을 받구, 수만 원을 주물르던 나두, 죽어만 지면 별수읎이 쌀 세 숟가락허구 엽전 달랑 스 푼 얻어 각구 저승으루 갈 테면서 말이네…… 글씨 그럴라면서 왜 내가 시방 이 재산을 지키니라구 이대두룩 악을 쓰구, 남안티 실인심허구, 자식 손자놈덜안티 미움받구, 나 쓰구 싶은 대루, 나 지내구 싶은 대루 못 지내구 이러넝고! 응? 그 말뜻 알어들어?"

"네—네…… 허허, 참 거……."

"그러나마, 그러나마 말이네…… 내가 앞으루 백 년을 더 살 것잉 가? 오십 년을 더 살 것잉가? 잘 히여야 한 십 년 더 살다가 두 다리 뻗 을 티면서. 그러니, 나 한번 *급살맞어 죽어 뻬리면 아무것두 모르구 다아 잊어뻬릴 년의 세상…… 그런디 글씨, 어쩌자구 내가 이렇기 아 그려쥐구 앉어서, 돈 한 푼에 버얼벌 떨구, 뭇 놈년덜 눈치 코치 다아 먹구, 늙발에 호의호식, 평안히 못 지내구…… 그것뿐잉가? 게다가 한 푼이라두 더 못 뫼야서 아등아등허구…… 허니, 원 내가 이게 무슨 놈 의 청승이며, 무슨 놈의 지랄 짓잉고오? 이런 생객이 가끔, 그 뒤버틈 은 들더람 말이네그려!"

윤직원 영감으로 앉어, 그런 마음을 먹고 이런 소리를 함부로 하다 께, 올챙이의 소견이 아니라도, 이건 정말 죽으려고 마음이 변했나 봅 니다.

주객이 잠시 말이 없고 잠잠합니다. 올챙이는 무어라고 위로를 해야 겠어서 말긋말긋 윤직원 영감의 눈치를 살핍니다.

아무래도 노망이 아니면 환장한 소린 것 같은데, 혹시 그게 정말이 어서, 이놈의 영감태기가, 자아 여보소, 나는 인제는 재산이고 무엇이 고 죄다 소용없네…… 없으니, 자아 이걸 가지고 자네나 족히 평생을 하소…… 이렇게 선뜻 몇만 원 집어주지 말랄 법도 노상 없진 않으려니 싶어(싫다기보다도) 그렇게 횡재를 했으면 좋겠다고 다뿍 허욕이 받쳐서, 올챙이는 시방 *궁상으로 부른 헛배가 가뜩이나 더 부르려고 하는 판입니다. 눈에 답신 고이도록 보비위를 해줄 필요가 그래서 더욱 간절했던 것입니다.

"영감님?"

"어—이?"

부르는 소리도 은근했거니와 대답 소리도 다정합니다.

"지가 꼬옥 영감님께 한 가지 *권면해 드릴 게 있습니다!"

"권면?"

"네에, 다름이 아니라……."

"아—니, 자네가 시방 또, 은제치름 날더러 저 무엇이냐, 핵교 허넌디다가 돈 기부허라구, 그런 권면 헐라구 그러잖녕가? 그런 소리거덜랑, 이 사람아, 애여 말두 내지두 말소!"

이렇게 황망히 *방색을 하는 것이, 윤직원 영감은 어느덧 꿈이 깨고 생시의 옳은 정신이 들었던 모양입니다.

미상불 여태까지 그 가라앉은 침통한 목소리나 암담한 안색은 씻은 듯이 어디로 가고 없고, 활기 있는 여느 때의 그의 얼굴을 도로 지니고 앉았습니다.

"아니올시다! 원……."

올챙이는 그만 속으로 떡심이 풀리고 입이 *헤먹으나, 그럴수록이 더욱 잘 건사를 물어야 할 판이어서 *흔감스럽게 말을 받아넘깁니다.

"천만에 말씀이지, 그때 한번 영감이 안 되겠다구 하신 걸 또 말을 낼 리가 있습니까? 그게 무슨 그대지 유익하신 일이라구…… 실상 그때 그 말씀을 한 것두 달리 그런 게 아니랍니다. 다아 학교라두 하나

만드시면 신문에두 추앙이 자자할 것이구, 또오 동상두 서구 할 테니깐, 영감님 송덕이 후세에 남을 게 아니겠다구요? 그래서 저두 머, 지낼 말루다가 한번 말씀을 비쳐 본 거지요…… 사실 또 생각하면, 괜히 돈 낭비나 되지, 그게 그리 신통한 소일두 아니구말구요!"

"신통이구 지랄이구 이 사람아, 왜 글씨 제 돈 디려 가먼서 학교를 설시허네 무얼 허네, 모두 남 존 일을 헌담 말잉가? 천하 시러베 개아덜 놈덜이지…… 인제 보소마넌, 그런 놈덜은 *손복을 히여서, 오래잔히여 *박적을 차구 빌어먹으러 댕길 티닝개루, 두구 보소!"

과연 윤직원 영감은 환장한 것도 아니요, 노망이 난 것도 아니요, 정신이 초랑초랑합니다. 아마 아까 하던 소리는 잠꼬댈시 분명합니다. 따라서 올챙이에게는 미안하나 어쩔 수 없는 노릇입니다.

올챙이는 윤직원 영감의 비위를 맞추자던 것이 되레 건드려 논 셈이 되었고 본즉, 땀이 빠지도록 언변을 부려 가면서 공공사업에 돈을 내는 게 불가한 소치를 한바탕 늘어놓습니다. 그러고 나서 비로소 처음 초를 잡다가 만 이야기를 다시금 꺼내던 것입니다.

"참 지가 하루 이틀 영감님을 뫼시구 지내는 배가 아니구, 그래 참 저렇게 상심이나 하시구, 그런 끝에 노인이 궐식이나 하시구, 그러시는 걸 뵙기가 여간만 민망스런 게 아니에요. 저두 늙은 부모가 있는 놈인데, 남의 댁 어룬이라구 그런 근경 못 살피겠습니까……? 그래 제 깐에는 두루 유념을 하구 지내지요. 이건 참 입에 붙은 말씀이 아니올시다!"

"그렁개루 설렁탕 사준다구 허넝가?"

"온! 영감두……! 이거 보세요, 영감님?"

"왜 그러넝가?"

"지가 꼬옥 맘을 두구서 권면하는 말씀이니, 저어 마나님 한 분 얻으

박

손복
복을 일부 또는 전부 잃음.

박적
'바가지'의 방언. 박을 두쪽으로 쪼개서 만든 그릇.

시는 게 어떠세요?"

윤직원 영감은 대답 대신 히물쭉 웃으면서 눈을 흘깁니다. 네 이놈 괘씸은 하다마는 그럴듯하기는 그럴듯하구나…… 이 뜻이지요.

올챙이도 히죽히죽 웃으면서 없는 모가지를 늘여 가지고 조촘 한 무릎 다가앉습니다.

"거, 아직 기운두 좋시구 허니, 불편허신 때 조석 마련이며, 몸 시중이며, 살뜰히 들어 주실 여인네루, 나이나 좀 진득헌 이를 하나 구허셔서, 이 근처 가까운 데다가 치가나 시키시구 허시면, 아 조옴 좋아요? 허기야 따님까지 와서 기시구 허니깐 머어 범연하겠습니까마는, 그래두 잘 하나 못 하나 마나님이라구 이름 지어 두구 지내시면, 시중 드는 것두 훨씬 맘에 드실 것이구, 또오 아직 저엉정하시겠다 밤저녁으루 적적하시면 내려가서 위로두 더러 받으시구, 헤헤!"

"네라끼 사람!"

올챙이의 말조가 매우 *근경속이 있고, 더욱이 그 끝에 한 *대문은 썩 실감적이고 보매, 윤직원 영감은 눈을 흘기고 히물쭉 웃는 것만으로는 못 견디겠던지 담뱃대를 뽑는 입에서 지르르 침이 흘러내립니다.

"헤헤…… 거, 좋잖습니까……? 그러니 여러 말씀 마시구, 마나님 구허실 도리를 하십시오, 네?"

"허기사 이 사람아!"

윤직원 영감은 마침내 까놓고 흉중을 설파합니다.

"……자네가 다아 참, 내 근경을 알어채구서 기왕 말을 냈으니 말이지, 낸들 왜 그 *데숙이에 *서캐 실은 예편네라두 하나 있으면 좀 생각이 읎겄넝가……? 아, 그렇지만, 그렇다구 내가 이 나이에 어디 가서 즘잖찮게 여편네 은어 달라구 말을 낼 수야 읎잖넝가? 그렇잖엉가?"

근경속
실속. 실감. 근거.

대문
글의 한 동강이나 단락.

데숙이
'뒷덜미'의 방언.

서캐
이의 알.

"아, 그야 그러시다뿐이겠습니까! 그러신 줄 저두 아니깐……."

"글씨, 그러니 말이네…… 그런 것두 다아 내가 인복이 읎어서 그럴 티지만, 거 창식이허며 또 종수허며 그놈덜이 천하에 불효 막심헌 놈덜이니! 마구 잡어 뽑을 놈덜이여. 웨 그렇고 허먼, 아 글씨, 즈덜은 네—기, 첩년을 모두 둘씩 셋씩 은어서 데리구 살면서, 나넌 그냥 그저 모르쇠이네그려……! 아, 그놈덜이 작히나 사람 된 놈덜이머넌 허다못해서 눈 찌그러진 예편네라두…… 흔헌 게 예편네 아닝가? 허니 눈 찌그러지구 코 삐틀어진 예편네라두 하나 줏어다가 날 주었으면, 자네 말대루 내가 몸시중두 들게 허구, *심심파적두 허구 그럴 게 아닝가? 그런디 그놈덜이, 내가 뫼야 준 돈은 각구서 즈덜만 밤낮 그 지랄을 허지, 나넌 통히 모른 체를 허네그려! 그러니 그놈덜이 잡어 뽑을 놈덜 아니구 무엇이람 말잉가?"

속이 본시 *의뭉하고, 또 전접스런 소리를 하느라고 그러지, 실상 알고 보면 혼자 지내는 게 작년 가을 이짝 일년지간이고, 그전까지야 첩이 끊일 새가 없었더랍니다.

시골서 살 때에 첩을 둘씩 얻어 치가를 시키고, 동네 술에미가 은근하게 있으면 붙박이로 상관을 하고 지내고, 또 촌에서 계집애가 북실북실한 놈이 눈에 뜨이면 다리 치인다는 핑계로 데려다가 두고서 재미를 보고, 두루 이러던 것은 그만두고라도, 서울로 올라와서 지난 십 년 동안 첩을 갈아세운 것만 해도 무려 십여 명은 될 것입니다.

기생첩이야, 가짜 여학생첩이야, 명색 숫처녀첩이야, 가지각색이었지요. 모두 일 년 아니면 두서너 달씩 살다가 갈아 세우고 하던 것들입니다.

그래 오던 끝에, 재작년인가는 좀 그럴듯한 과부 하나를 얻어 바로

심심파적
심심풀이.

의뭉하다
겉으로는 어리석은 것처럼 보이면서 속으로는 엉큼하다.

집 옆집을 사가지고 치가를 시키면서 *쑬쑬히 탈없이 일년 넘겨 이태 가까이 재미를 본 일이 있었습니다.

나이는 서른댓이나 되었고, 인물도 그리 추물은 아니고, 신식 계집들처럼 되바라지지도 않고, 그리고 근경속 있고 솜씨 얌전하고 해서, 참 마침감이었습니다.

윤직원 영감은, 제가 그대로 병통 없이 *말치 없이 자기 종신토록 자알 살아만 주면 마지막 임종에 가서, 그 집하고 또 땅이나 벼 백 석 거리하고 떼어 주어 뒷고생 않게시리 해주려니, 이쯤 *속치부를 잘 해 두었었습니다.

아 그랬는데 글쎄, 그 여편네만은 결코 그러지 않으려니 했던 게, 웬걸, 제 버릇 개 못 준다더니, 남의 첩데기짓을 하느라고 끝내는 요게 샛밥을 날름날름 집어 먹다가, 필경은 이웃집에 기식하고 있는 젊은 보험회사 외교원 양반과 찰떡같이 배가 맞아 가지고는 어느 날 밤엔가 패물이야 옷 나부랑이를 말끔 쓸어 가지고 야간도주를 해버렸었습니다.

늙은 영감한테 매달려, 얼마 아니 남은 인생을 멋없이 흐지부지 늙혀야 하느냐, 혹은 내일은 *삼수갑산을 갈 값에 세퍼드 같은 젊은 놈과 붙어서 지내야 하느냐 하는 그 우열과 이해의 타산은 제각기 제 나름이겠지만, 윤직원 영감은 그걸 보고서, 그년이 제 복을 제가 털어 버렸다고, 그년이 인제 논두덕 죽음 하지야고, 두고두고 욕을 했습니다.

그 여편네의 신세를 가긍히 여겨 그랬다느니보다, 보물은 아니라도 썩 마음에 들던 손그릇이나 하나 잃어버린 것같이 신변이 허전하고, 그래 오기가 나서 욕으로 화풀이를 했던 것이지요.

아무튼 한번 그렇게, 알뜰한 첩에 맛을 들인 뒤로는 여느 기생첩이나 가짜 여학생첩이나 그런 것은 다시 얻을 생각이 없고, 꼭 그런 놈만

쑬쑬히
품질이나 수준, 정도 따위가 괜찮거나 기대 이상인 상태.

말치 없다
이러니저러니 하는 뒷말이나 군말이 없다.

속치부
잊지 아니하고 마음에 새겨둠.

삼수갑산
가장 험한 산골이라 이르던 삼수와 갑산. 조선시대에 귀양지의 하나였다.

마침 골라서 전대로 재미를 보고 싶습니다.

그러잖았으면야 그게 작년 가을인데 버얼써 그 동안 둘은 들고 나고 했지, 그대로 지냈을 리가 있나요.

첩을 얻어 들이는 소임으로, 몇 해 단골 된 곰보딱지 방물장수가, 그 *운덤에 허파에서 바람이 날 지경이지요. 일껏 골라다가는 선을 뵐라치면 트집을 잡아 가지굴랑 탁탁 퇴짜를 놓고, 그러면서 속히 서둘지 않는다고 성화를 대곤 해서요.

운덤
운이 좋아 덤으로 생기는 소득.

윤직원 영감으로야 일 년짝이나 혼자 지내고 보니, 급한 성미에 중매가 더디다고 야단을 치는 게 무리도 아니요, 그러니 자연 늙은이다운 *농엄이나 심술로다가, 첩 아니 얻어 주는 맏아들 창식이 윤주사나 큰손주 종수가 밉고, 미우니까 전접스런 소리며 욕이 나올밖에요.

농엄
농말. 실없이 하는 웃음엣소리.

저희들은 마음대로 골라잡아 마음대로 데리고 살면서, 그러니까 마음만 있게 되면 썩 좋은 놈을 뽑아다가 부친(또는 조부의) 봉친거리로 바칠 수가 있을 테련만, 잡아 뽑을 놈들이라 범연하여 그래 주지를 않는대서요.

윤직원 영감은 혹시 무슨 다른 일로라도, 아들 윤주사나 큰손주 종수를 잡아다가 앉혀 놓고 욕을 하던 끝이면 으례,

"야, 이 수언 불효막심헌 놈덜아! 그래, 느놈덜은 이놈덜, 밤낮 지집 둘셋 얻어 놓구…… 그러면서 이 늙은 나넌 이렇기…… 죽으라구 내빼려 두어야 옳담 말이냐. 이 수언 잡아 뽑을 놈덜아!"

이렇게, 충분히 노골적으로 공박을 하곤 합니다. 그러니까 시방 올챙이를 데리고 앉아서 그쯤 꼬집어뜯는 것은 오히려 점잖은 편이라 하겠습니다.

올챙이는 보비위 삼아 생색을 내자던 노릇이라, 구하다 못하면 썩은

나무토막이라도 짊어져다 들이안길 값에, 기왕 낸 말이니 입맛 당기게
시리 뒷갈무리를 해두어야만 할 판입니다.

"지가 *불일성지루, 썩 그럴듯한 놈, 아니 참 저 마나님 하나를 *방
구어 보지요…… 실상은 말씀이야 오늘 저녁에 첨으루 냈지만, 그새두
늘 그런 유념을 하구설랑 눈여겨보기두 허구, 그럴 만한 자리에 연통
두 해보구 그래 왔더랍니다!"

"뜻이나마 고맙네만, 구만두소, 원……."

말은 그렇게 나왔어도, 실눈으로 *갠소름하니 웃는 눈웃음하며, 헤
벌어지는 입하며, 다뿍 느긋해하는 게 갈데없습니다. 너 같으면 발이
넓어 먹는 골도 여러 갈래고, 또 게다가 주변도 있고 하니까, 쉽사리
성사를 하리라, 이렇게 미더운 생각이 들었던 것입니다.

"괜히 그리십니다! 저 하는 대루 가만 두고 보십시오, 인제……."

"더군다나 거 지상(기생)이니 여학생이니, 그런 것이나 어디 가서 줏
어 올라구? 돈이나 뜯어 낼라구 허구, 검방지기나 허구, 밤낮 샛밥이나
처먹구…… 그것덜은 쓰겄덩가, 어디……."

"못쓰구말구요! 전 그런 것들은 애여 천거두 않습니다. 인제 보십시
오마는, 나이 어쨌든 진드윽허니 한 오십 먹은 과부루다가……."

"네라끼 사람! 쉰살 먹은 늙은이를 데리다가 무엇이다 쓴다덩가!"

"허허허허…… 네네, 그건 지가 영감님 속을 떠보느라구 짐짓 그랬
답니다, 허허허허……."

"허! 그 사람 참……."

"허허허허…… 헌데, 그러면 한 서른댓 살이나, 그렇잖으면 사십이
갓 넘었던지……."

"허기사 너머 젊어두 못쓰겄데마는……."

불일성지(不日成之)
며칠 안 걸려서 이룸.

방구다
'방구하다'의 방언.
널리 찾아 구하다.

갠소름하다
넓이가 좁고 가느다
랗다.

"네에, 알겠습니다. 다아 제게 맽겨 두구 보십시오. 나이두 듬지익허
구, 생김새두 *숫두루움허구, 다아 얌전스럽구 *까리적구 살림 잘허구
근경속 있구…… 어쨌든지……."

마침 골목 밖에서 신문 배달부의 요란스런 방울 소리가 울려 와서
두 사람의 이야기를 막고 문득 긴장을 시켜 놓습니다. 호외가 돌던 것
입니다.

사변(중일전쟁)은 국지 해결이 와해가 되고 북지사변으로부터 전단
이 차차 중남지로 퍼지면서 *지나사변에로 확대가 되어 가고, 그에 따
라 신문의 호외도 잦은 판입니다.

물론 호외 그것의 방울 소리가 아무리 잦더라도, 여느 수재나 그런
것이라면 흥미가 오히려 무디어지는 수가 있지만, 이건 전쟁이라는 커

다란 사변인지라, 호외가 잦으면 잦을수록 사건의
확대와 진전을 의미하는 게 되어서, 사람의 신경은
더욱더욱 날이 서던 것입니다.

호외 방울 소리에 말은 끊기고 주객은 다 잠잠합
니다. 제가끔 사변 현실에 대한 저네의 인식능력을
토대삼아, 그 발전을 호외 방울 소리에 의해서 제 마음대로 상상을 하
고 있던 것입니다.

"어디 또 한 군디 함락시킸능개비네, 잉?"

이윽고 방울 소리가 멀리 사라지자 윤직원 영감이 비로소 침묵을 깨
뜨리던 것입니다.

"글쎄요…… 아마 그랬는 게지요."

"거 머, 청국이 여지읎넝개비데? 워너니 즈까짓 놈덜이 어디라구,
세계서두 첫찌 간다넌 일본허구 쌈을 헐라구 들 것잉가?"

"그렇구말구요……! 지나병정이라껀 허잘것없습니다. 앞에서 총소리가 나면 총칼 내던지구서 도망뻴 궁리버텀 하구요…… 그래서 지나는 병정이 두 가지가 있답니다. 앞에서 전쟁하는 병정이 있구, 또 그놈들이 못 도망 가게 하느라구 뒤에서 총을 대구 지키는 병정이 있구…… 도망을 가는 놈이 있으면 그대루 대구 쏘아 죽인다니깐요!"

"원, 저런 놈덜이……! 아 —니 그 지랄을 히여 가면서 무슨 짓이라구 쌈은 헌다넝가? 응? 들이닝개루, 이번으두 즈가 먼점 찝적거리서 쌈이 되얏다네그려?"

"그렇죠. 그놈들이 다아 어리석어서 그래요!"

"아 —니 글씨, 좋게 호떡 장수나 히여 먹구 인죄견 장수나 히여 먹을 일이지, 어디라구 글씨 덤비냔 말이여!"

"즈이는 *별조 없어두, 따루 믿는 구석이 있어서 그랬다나 바요?"

"믿다니?"

"*아라사를 찜믿구서 그랬다구요!"

"아라사를?"

"네에…… 그것두 달리 그랬으꼬마는, 아라사가 쏘삭쏘삭해서 지나의 *장개석일 충동일 시켰대요. 이애 너 일본하구 싸움 않니? 아니해? 어 병신 바보녀석아, 그래 그렇게 꿈쩍 못 해……? 싸움해라, 싸움해. 하기만 하면 내가 뒤에서 한몫 거달아 줄 테니, 응? 아무 걱정 말구서 덤벼들어라. 덤벼서 싸움만 하란 말이다. 하면 다아 좋은 수가 있으니…… 이렇게 충동일 놀았대요!"

"오옳지, 아라사가 그랬다……! 그런디 아라사가 왜……? 저 거시기 그때 일아전쟁(日俄戰爭)에 진 그 원혐으루? 그 분풀이루……."

"아니지요. 거런 게 아니구, 아라사가 지나를 집어삼킬 뱃심으루 그

별조
별수.

아라사
'러시아'의 음역어.

장개석
(蔣介石, 1887~1975)
중국 정치가. '자유중국', '대륙 반공'을 제창하며 중화민국 총통과 국민당 총재로서 타이완을 지배하였다.

랬지요!"

"청국을 집어먹을 뱃심이라……? 아니, 그거야 집어먹자구 들라면, 차라리 청국허구 맞붙어서 헌다닝 건 몰라두……."

"그건 모르시는 말씀입니다…… 아라사루 말허면 아따 저 무엇이냐, 사회주의를 하는 종족이거든요!"

"거 참 아라사놈덜은 그렇다데그려…… 그놈의 나라으서넌 부자 사람의 것을 말끔 **뺏어다가** 멋이냐 농군놈덜허구 노동꾼놈덜허구 나눠 주었다지?"

"그렇지요!"

"허! 세상 참……."

"그런데, 아라사는 즈이만 그걸 할 뿐 아니라, 지나두 즈이허구 한판속을 만들려구 들거든요!"

"청국을……? 청국두 그놈의 사회주의라냐, 그 부랑당 속을 맨들어……? 그게 무어니무어니 히여두 이 사람아, 알구 보닝개루 바루 부랑당 속이지 별것이 아니데그려……? 자네는 모르리마넌 옛날 죄선두 *활빈당(活貧黨)이라넝 게 있었너니. 그런디 그게 시체 그놈의 것 무엇이냐 사회주의허구 한속이더니……."

"저두 더러 이야긴 들었습니다."

"거 보소 그런디 활빈당이라께 별것 아니구, 그냥 부랑당이더니, 부랑당…… 그러닝개루 그놈의 것두 부랑당 속이지 무어여? 그렇잖엉가?"

"그렇죠! 가난헌 놈들이, 있는 사람의 것을 뜯어먹자는 속으루 들어선 일반이니까요!"

"그렇구말구. 그게 모다 환장 속이여. 그런 놈덜이, 즈가 못사닝개루 환장 속으루 오기가 나서 그러거던…… 그런디 무엇이냐, 그 아라사놈

활빈당
예전에, 부자의 재물을 빼앗아다가 가난한 사람을 도와주기 위해 결성된 도적의 무리.

덜이 청국두 즈치름 그런 부랑당 속을 뀌미러 들었담 말이지?"

"그렇죠…… 허기야 지나뿐이 아니라, 온 세계를 그리자구 든다니
까요!"

"뭐이? 그러면, 우리 죄선두……? 아—니, 죄선서야 그놈덜이 사
회주의허다가 말끔 잽히가서 *전중이 살구서, 시방은 다아 *너끔허잖
덩가?"

"그렇지만, 만약 지나가 그 속이 되구 보면 재미가 없죠. 머, 죄선뿐
이 아니라 동양 천지가 모두 재미없습니다!"

"참 그렇기두 허겄네! 청국지어죄선이라, 바루 가까우닝개루……
거 참 그렇겄네! 그렇다면 못쓰지! 못쓰구말구…… 아, 이 사람아, 다
런 사람두 다런 사람이지만, 나버텀두 어떻게 헌담 말잉가? 큰일나지,
큰일나…… *재전에 그놈의 부랑당패를 디리읊이 치루던 일을 생각허
면 시방두 몸서리가 치이구, 머어 치가 떨리구 허넌디, 아—니 그 경
난을 날더러 또 저끄람 말이여……? 안 될 말이지! 천하읎어두 안 될
말이지……! 어—디를! 이놈덜…… 죽일놈덜!"

눈앞에 실지로 원수를 대하는 듯 윤직원 영감은 마구 흥분하여 냅다
호통을 하던 것입니다.

"아—니 그러니깐……."

"아 글씨, 누가 즈더러 부자루 못 살래서 그리여? 누가 즈 것을 뺏었
길래 그리여? 어찌서 그놈덜이 그 지랄이여……? 아, 사람 사람이 다
아 제가끔 지가 타구난 복대루, 부자루두 살구, 가난허게두 살구, 그리
기루 다아 하눌이 마련헌 노릇이구, 타구난 팔잔디…… 그래, 남은 잘
살구 즈덜은 못산다구, 생판 남의 것을 뺏어다가 즈덜 창사구(창자)를
채러 들어? 응……? 그게 될 말이여……? 그런 놈덜은 말끔 잡어다가

전중이
징역살이하는 사람을
속되게 이르는 말.

너끔하다
'누꿈하다'의 방언. 전
염병이나 해충 따위의
퍼지는 기세가 심하다
가 누그러져 약해지다.

재전
이미 지나가버린 그때.

목을 숭덩숭덩 쓸어 죽여야지……! 아 이 사람아, 만약에 세상이 도루 그 지경이 되구 보면 그 노릇을 어쩐담 말잉가? 응?"

"허허, 그런 걱정은 아니 허셔두 좋습니다!"

"안 히여두 좋다?"

"그럼요!"

"그렇다면 다행이네마넌……."

"시방 지나를 치는 것두 다아 그것 때문이랍니다. 장개석이가, 즈이 망할 장본인 줄은 모르구서, 사회주의하는 아라사의 꼬임수에 넘어가지굴랑…… 꼭 망할 장본이지요…… 영감님 말씀대루 온통 부랑당 속이 될 테니깐두루……."

"그렇지! 망허다뿐잉가……? 허릴읎이 옛날으 부랑당패 한참 드세던 죄선 *뽄새가 되구 말 티닝개루……."

"그러니깐 말하자면, 시방 지나가 아라사의 꼬임에 빠져서 정신을 못 채리구는 함부루 *납뛰는 셈이죠. 그래서 그걸 가만둬 둬선, 청국 즈이두 망하려니와 동양이 통으루 불안하겠으니깐, 이건 이래서 안 되겠다구 말씀이지요, 안 되겠다구, 일본이 따들구 나서 가지굴랑 지나를 정신을 채리게 하느라구, 이를테면 따구깨나 붙여 가면서 훈계를 하는 게 이번 전쟁이랍니다!"

"하하하! 오옳지, 옳여! 인제 보닝개루 *사맥이 그렇게 된 사맥이네그려! 거참 그럴듯허구만! 거, 잘 허넌 노릇이여! 아무렴, 그리야 허구말구…… 여부가 있을 것잉가……! 그렇거들랑 그 녀석들을 머, 약간 뺨 사대기만 때릴 게 아니라, 반죽음을 시켜서, 다실랑 그런 못 된 본을 못 보게시리 늑신 두들겨 주어야지, 늑신…… 다리빽다구를 하나 부질어 주어두 *한무내하지, 머…… 어, 거 참 장헌 노릇이다…… 그러닝개루

뽄새
본새. 어떠한 물건의 본디의 생김새.

납뛰다
날뛰다.

사맥(事脈)
일의 내력과 갈피.

한무내하다
아무 상관 없다.

이번 일은 여늬, 치구 뺏구 허넌 그런 전쟁허구두 내평이 달르네그려?"

"그야 다르죠!"

"참 장헌 노릇이여……! 아 이 사람아 글씨, 시방 세상으 누가 무엇이 그리 답답히여서 그 노릇을 허구 있겄넝가……? 자아 보소. 관리허며 순사를 우리 죄선으루 많이 내보내서, 그 숭악헌 부랑당놈들을 말끔 소탕시켜 주구, 그래서 양민덜이 그 덕에 편히 살지를 않넝가? 그러구 또, 이번에 그런 전쟁을 히여서 그 못된 놈의 사회주의를 막어내 주니, 원 그렇게 고맙구 그렇게 장헐 디가 어디 있담 말잉가…… 어 참, 끔찍이두 고맙구 장헌 노릇이네……! 게 여보소, 이번 쌈에 일본은 갈디읎이 이기기넌 이기렷대잉?"

"그야 여부 없죠! 일본이 이기구말구요!"

"그럴 것이네. 워너니 일본이 부국갱병(富國强兵)허기루 천하제일이라넌디…… 어—참, 속이 다 후련허다."

이야기에 세마리가 팔렸던 올챙이가 정신이 들어 시계를 꺼내 보더니, 볼일이 더디었다고 총총히 물러갔습니다. 그는 물러가면서, 잘 유념을 하여 쉬이 그 마나님감을 골라다가 현신시키겠다고, 자청 다짐을 두기를 잊지 않았습니다.

9. 절약(節約)의 도락 정신(道樂精神)

퇴침
서랍이 있는 목침.

올챙이를 보내고 나서 윤직원 영감은 *퇴침을 돋우 베고, 보료 위에 가 편안히 드러눕습니다.

침침한 십삼 와트 전등불에 담배 연기만 자욱하니, 텅 빈 삼 칸 장방 아랫목에 가서 허연 영감 하나만 그들먹하게 달랑 드러눈 것이, 어떻게 보면 징그럽기도 하고, 다시 어떻게 보면 폐허(廢墟)같이 호젓하기도 합니다.

윤직원 영감은 멀거니 드러누었자매 심심해서 못 견디겠습니다. 춘심이년이나 어서 왔으면 하겠는데, 저녁 먹고 곧 오마고 했으니까 오기는 올 테지만, 그년이 이내 뽀로로 오는 게 아니라 까불고 초라니짓을 하느라고 이렇게 더디거니 싶어 얄밉습니다.

대복이도 까맣게 기다려집니다. 간 일이 궁금도 하거니와, 여덟 신데 오래잖아 라디오를 들어야 하겠으니, 그 안으로 돌아와야 하겠습니다.

저녁을 몇 술 뜨다가 말아서 속도 출출합니다. 이런 때에 딸이고 손자며느리고 누가 하나 밥상이라도 들려 가지고 나와서, 진지 잡수시라고 권을 했으면, 못 이기는 체하고 달게 먹을 텐데, 그런 재치 하나 부릴 줄 모르는 것들이거니 하면 다시금 화가 나기도 합니다.

시장한 깐으로는 삼남이라도 내보내서 우동이라도 한 그릇 불러다가 후루룩 쭉쭉 먹었으면 좋겠지만, 그렇게 생각하니까는 어금니 밑에서 사뭇 신 침이 괴어 나오고 가슴이 쓰리기는 하지만, 집안 애들이 볼까 보아 *체수에 차마 못 합니다.

누가 먼저 오나 했더니 대복이가 첫찌(?)를 했습니다.

운동화에 국방색 *당꾸바지에, 검정 저고리에, 오그라붙은 칼라에, 배애배 꼬인 검정 넥타이에, 사 년 된 맥고모자에, 볕에 탄 얼굴에, 툭 불거진 광대뼈

에, 근천스럽게 말라붙은 안면 근육에, 깡마른 *눈정기에…… 이 행색과 모습은 백만장자의 지배인 겸 서기 겸 비서 겸, 이러한 인물이라기는 매우 섭섭해 보입니다.

맥고모자

차라리 살림살이에 노상 시달리는 촌의 면서기가, 그날 출장을 나갔다가 다뿍 시장해 가지고 *허위단심 집엘 마침 당도한 포즈랬으면 꼬옥 맞겠습니다. 실상 또 면서기 출신이 아닌 것도 아니구요.

대복이가 방으로 들어만 섰지 미처 무어라고 인사도 하기 전에 윤직원 영감은 벌떡 일어나 앉으면서,

"히였넝가?"

하고 묻습니다. 가차압을 나가는 *집달리를 따라갔으니 물어 보나마나 알 일이지마는 성미가 급해 놔서 진득이 저편의 보고를 기다리고 있지를 못합니다.

"예에, 다아 잘……."

대복이는 늘 *치여난 훈련으로, 제가 복명을 하기보다 주인이 묻는 대로 대답을 하기 위하여 넌지시 꿇어앉아 다음을 기다립니다.

"무엇으다가 붙있넝가?"

"마침 광으가 나락이 한 오십 석이나 있어서요……."

"나락? 거 참 마침이구만……! 그래서 그놈으다가 붙있넝가?"

"예에."

"잘힜네! 인제 경매헐 때 그놈을 우리가 사머넌 거 갠찮얼 것이네! 나락이닝개루……."

"그렇잔히여두 그럴라구 다아 그렇게 저렇게 마련을……."

워너니 대복이가 누구라고 그걸 범연히 했을 리가 없던 것입니다.

꿩 먹고 알 먹고 하는 속인데, 윤직원 영감은 채무자의 재산을 가차

압을 해놓고, 기한이 지난 뒤에 경매를 하게 되면, 속살로 그것을 사가지고 그것에서 다시 이문을 봅니다. 그 맛이 하도 고소해서 언제든지 기회만 있으면 놓치지를 않습니다.

"에— 거, 일 십상 잘되얏네……! 그리서, 그분네, 술대접이나 좀 힜넝가?"

"돈 십 원 어치나 술을 멕있더니, 아마 그 값이 넉넉 빠질라넝개비라우!"

"것두 잘힜네! 무엇이구, 멕이먼 되는 세상잉개루…… 그럼 어서 건너가서 저녁 먹소. 시장컸네…… 저— 거시기…… 아—니 그만두구, 어서 건너가서 저녁 먹소. 이따가 이얘기허지!"

윤직원 영감은 아까 올챙이와 말이 *얼린 만창상점의 수형 조건을 상의하려다가, 그거야 이따고 내일이고 천천히 해도 급하지 않대서, 대복이의 시장하고 피곤할 것을 여겨 그만두던 것입니다.

윤직원 영감으로는 이문 속으로 탈이나 없고 할 경우면, 실상은 탈을 내는 일도 없기는 하지만, 더러 대복이를 위해 줄 만도 합니다. 대복이는 참으로 보뱁니다. 차라리 윤직원 영감의 한쪽이라고 하는 게 옳겠지요.

성명은 전대복(全大福)인데, 장차에는 어떻게 되는지 기약하기 어렵다 하더라도, 반평생을 넘겨 산 오늘날까지, 이름대로 복이 온전코 크고 하지는 못했습니다. 오히려 박복했지요.

윤직원 영감과 한 고향입니다. 면서기를 오 년 다녔고 그 중 사 년이나 회계원으로 있었습니다.

*꼽꼽하고 착실하고 *고정하고 그러고도 사람이 재치가 있고, 이래서 윤직원 영감의 눈에 들었습니다. 그런 결과 윤직원 영감네가 서울

로 이사해 올 때에, 자가용 회계원 겸, 서무서기 겸, 심부름꾼 겸, 만능 잡이로다가 이삿짐과 한가지로 묻혀 가지고 왔습니다.

이래 십 년, 대복이는 까딱없이 지내 왔습니다. 참말로 윤직원 영감한테는 깎아 맞췄어도 그렇게 손에 맞기는 어려울 만큼 성능(性能)이 *두루딱딱이로 만점이었습니다.

약삭빠르고 고정하고 민첩하고, 잇속이라면 횡하니 밝고…… 이러니 무슨 여부가 있을 리가 있나요.

가령 두부를 오늘 저녁에는 세 모만 사들여 보낼 예정이라면, 사는 마당에서는 두 모하고 반만 사고 싶습니다. 그러나 두부 반 모는 서울 장안을 온통 매고 다녀야 파는 데가 없으니까, 더 줄여서 두 모를 삽니다. 결국 이 전 오 리를 아끼려던 것이, 그 갑절 오 전을 득했으니, 치부꾼으로 그런 규모가 어디 있겠습니까. 대복이라는 사람이 돈을 아끼는 그 솜씨가 무릇 이렇다는 일렙니다. 진실로 얼마나 충실한 사람입니까.

그러나 그렇대서 사람이 *잘다고만 하면, 그건 무릇 인간성을 몰각한 혐의가 없지 않습니다.

대복이가 가령 주인네 반찬거리로 세 모를 사들여 보낼 두부를 두 모하고 반 모만 사고 싶다가, 반 모는 팔질 아니하니까 두 모를 사는 그 조화가 단지 돈 그것을 아끼자는, 즉 순전한 목적의식만으로만 그러던 건 아닙니다.

그는 돈이야 뉘 돈이 되었든, 살림이야 뉘 살림이 되었든, 그 돈을 졸략히 쓰는 방법, 거기에 우선 깊은 취미를 가지는 사람입니다.

그러한 때문에, 두부를 세 모를 살 텐데 두 모 반을 못 사서 두 모만 산 때라든지, 윤직원 영감의 심부름으로 동대문 밖을 나가는데 갈 제

두루딱딱이
여러모로 알맞은 모양.

잘다
생각이나 성질이 대담하지 못하고 좀스럽다.

는 걸어서 가고 올 제만 타고 와서 전찻삯 오 전을 덜 쓴 때라든지, 이러한 날은 아껴 쓰고 남긴 그 돈 오 전을 연신 들여다보고 들여다보고 하면서, 무한히 유쾌해합니다. 그 돈 오 전을 그렇다고 제 *낭탁에다가 넌지시 집어넣느냐 하면, 물론 절대로 없습니다.

낭탁
주머니.

대복이는 그러므로, 가령 한 사람의 훌륭한 도락가(道樂家)로 천거하더라도 결단코 자격에 손색이 없을 겝니다.

어떤 사람은, 가지각색 고서(古書)를 모으기에 재미를 붙입니다. 별 *얄망궂은 책들을 다 모으지요.

얄망궂다
성질이나 태도가 괴상하고 까다로워 얄미운 데가 있다.

어떤 사람은 화분 가꾸기에 재미를 들입니다. 올망졸망 화초들을 분에다가 심어 놓고 그것을 가축하느라, 심지어 모필로다가 잎사귀에 앉은 먼지를 털기까지 합니다.

곰상스럽다
성질이나 행동이 잘고 꼼꼼한 데가 있다.

이러한 도락이 남이 보기에는 *곰상스럽기나 했지 아무 소용도 없는 것 같지만, 그걸 하고 있는 당자들은 천하에도 없이 끔찍스레 재미가 있습니다.

마찬가지로, 돈을 쓰는 데 요모조모로 아끼고 졸이고 깎고 해가면서, 군것은 먼지 한 낱도 안 붙게시리 씻고 털고 한 새말간 알맹이돈을 만들어 쓰곤 하는 대복이의 그 극치에 다다른 규모도, 그러니까 뻐젓한 도락이 아닐 수가 없습니다.

윤직원 영감과 대복이 사이에는 네 것 내 것이 없습니다. 죄다 윤직원 영감의 것이요 대복이 것은 하나도 없어서 말입니다.

하기야 윤직원 영감은 대복이를 탁 믿고 월급이니 그런 것은 작정도 없이, 네 용돈은 네가 알아서 쓰라고 내맡겼은즉, 한 백만 원 집어 쓸 수도 있기는 합니다.

매삭(每朔)
매달. 다달이.

그러나 대복이에게 *매삭 든다는 것이란 게 극히 적고도 겸하여 일

정한 것이어서, 담배 단풍표 서른 곽과(만약 큰달일라치면 삼십일 일
날 하루는 모아 둔 꽁초를 피웁니다) 박박 깎는 이발삯 이십오 전과,
목간삯 칠 전과 이런 것이 경상비요, 임시비로는 가장 하길의 피복대
와 십 전 미만의 통신비가 있을 따름입니다.

그는 그러한 중에서도 주인 윤직원 영감의 살림이나 사업에 드는 비
용은 물론이거니와, 그대도록 바닥이 맑아, 빠안히 들여다보이는 제 비
용도, 가다간 용하게 재주를 부려서 뻐젓하니 절약을 해내곤 합니다.

가령 쉬운 예를 들자면, 이런 것도 있습니다.

대복이는 한 달에 한 번씩 반드시(!) 목간을 하는데, 그 비용은 물
론 칠 전입니다. 비누를 쓰지 않으니까 꼭 칠 전 외에는 수건이나 해지
면 해졌지, 다른 것은 더 들 게 없습니다.

그런데 언젠가는 그 한 달에 한 번씩 하던 그 목간을 약간 늦추어 한
달 하고 닷새, 즉 삼십오 일 만에 한 번씩 해보았습니다. 그렇게 하기
를 여섯 번을 한 결과로는 매번 닷새씩 아낀 것으로 해서 일곱 달 동안
에 여섯 번의 목간을 했고, 동시에 한 달 목간삯 칠 전을 절약하는 데
성공을 했습니다.

이 성과를 거둔 날의 대복이는 대단히 유쾌했습니다. 진실로 입신
(入神)의 묘기(妙技)로 추앙해도 아깝지 않습니다.

고향에서는 그의 과히 늙지는 않은 양친이 윤직원 영감네 땅을 부쳐
먹고 지내면서 그다지 고생은 않습니다.

아내가 고향에서 시부모를 섬기고 있었는데 연전에 죽었고, 그래 대
복이는 시방 홀아빕니다.

죽은 아내가 불쌍하고, 시골 살림이 *각다분하고, 홀아비 신세가 초
라하고 하기는 하지만, 그런 걸 전화위복이라고, 과연 복이 될는지 무

각다분하다
일을 해나가기가 고되
고 힘들다.

엇이 될는지 아직은 몰라도, 복이려니 하는 대망을 아무튼 홀아비가 된 그걸로 해서 품을 수만은 있게 되었던 것입니다.

대복이 그가 임자 없는 사내인 것과 일반으로 안에는 시방 임자 없는 여편네 서울아씨가 있어서, 우선 임자 없는 기집 사내가 주객이 되었다는 것이 가히 원칙적으로는 그 둘은 합쳐 줄 조건이 되던 것입니다.

물론 실제란 놈은 언제고 원칙을 생색내 주려 들지 않으니까, 그래서 대복이의 대망도 장차 어떻게 될는지 모르기는 합니다.

첫째, 둘이서(아니 저쪽에서) 뜻이 있어야 하고, 윤직원 영감이 죽어 버리거나, 그러잖으면 묵인을 해주거나 해야 하겠으니, 그것이 모두 미지수가 아니면 억지로다가 뛰어넘을 수는 없는 난관입니다.

가령 윤직원 영감이 막고 못 하게 하는 것을 저희 둘이서만 배가 맞아서 살잔즉 서울아씨의 분재받은 오백 석거리가 따라오지 않을 테니, 그건 대복이로 앉아서 보면 목적을 전연 무시한 결과라 아무 의의도 없을 노릇입니다.

대복이라는 사람이 본시 계집에게 반하고 어쩌고 할 *활량도 아니요, 반할 필요도 없기는 하지만, 그러니 더구나 목 움츠리에, 주근깨 바탕에, 납작코에, 그런 빈대 *상호의 서울아씨가 계집으로 하 그리 탐탁하다고 욕심이 날 이치는 없습니다.

다만 홀아비라는 밑천이 있으니까, 오백 석거리로 도금한 과부라는 데에 오직 친화성(親和性)이 발견될 따름이고, 그게 대망의 초점이지요.

그러니까 시방 대복이는 제일단의 문제로, 서울아씨가 저에게 뜻이 있으면 하고 바랍니다. 만약 그렇기만 하다면 일이 한 조각은 성공이니까, 매우 기뻐할 현상이겠습니다.

그러나 아무리 그렇더라도, 가령 서울아씨가 쫓아 나와서 제 허리띠에 목을 매고 늘어지더라도, 제이단의 난관인 윤직원 영감의 묵인이나 승낙이 없고 볼 것 같으면 알짜 오백 석거리의 도금이 벗어져 버린 서울아씨일 터인즉, 그는 단연코 그 정을 물리칠 것입니다.

*몽글게 먹고 가늘게 싸더라도, 윤직원 영감이 인제 죽을 때는 단돈 몇천 원이라도 끼쳐 줄 눈치요, 그것만은 *외수가 없는 구멍인 것을, 잘못하다가 그 구멍마저 놓쳐서는 큰 낭패이겠으니 말입니다.

몽글게 먹고 가늘게 싸다

크게 욕심을 부리지 않고 분수를 지키는 것이 옳은 일이며, 그것이 또한 편한 일이기도 하다는 말.

외수

속임수.

"전서방님 오싰넌디 저녁 진지상 주어기라우……."

삼남이가 안방 대뜰로 올라서면서 띄워 놓고 하는 소립니다.

"전서방 오셨니?"

안방에서 경손이와 태식이를 데리고, 무슨 이야긴지 이야기를 하고 있던 서울아씨가, 와락 반가운 소리로 대답을 하면서 마루로 나오더니 이어 부엌으로 내려갑니다.

전서방이고 반서방이고 간에, 그의 밥상을 알은체할 *며리도 없고, 또 계제가 그렇게 되었더라도 삼월이를 불러 대서 시키든지 조카며느리들한테 밀든지 할 것이지, 여느 때는 부엌이라고 들여다보지도 않는 서울아씨로, 느닷없이 이리 서두는 것은 *적실코 한 개의 이변이 아닐 수가 없습니다.

며리

'까닭'이나 '필요'의 뜻을 나타내는 말.

경손이가 그 이변을 직각하고서 서울아씨가 나간 뒤에다 대고 고개를 끄덱끄덱, 혓바닥을 날름날름합니다.

서울아씨는 물론 그런 눈치를 보인 줄은 모를 뿐 아니라, 자신의 그러한 행동이 이변스러운 것조차 미처 깨닫지를 못합니다.

하나, 그렇다고 또 서울아씨가 대복이한테 깊수룸한 향의(向意)가 있는 것이냐 하면, 실상인즉 그게 매우 모호해서 섣뻑 이렇다고 장담

적실코

틀림없이.

코 대답하기는 난감합니다.

혓바닥은 짧아도 침은 멀리 뱉는다고 합니다. 서울아씨는, 다아 참, 양반의 집 자녀요 양반의 집 며느리였고, 친정이 만석꾼이요, 내 몫으로 오백 석거리가 돌아올 테고, 이러한 신분을 가져다가 사랑방 서사(書士) 대복이와 견줄 생각은 일찍이 해본 적이 없습니다.

그러니까 가령 어떻게 어떻게 되어서, 이러쿵저러쿵 말이 얼려 가지고 대복이한테로 팔자를 고친다 치더라도, 그거나마 마다고 물리치지는 않을지언정, 대복이라는 인물이 하 그리 솔깃하거나 그래서 그러는 것은 아닐 텝니다. 하고, 오로지 그가 치마를 두른 계집이 아니고 남자라는 것, 단연 그것 하나 때문일 것입니다.

그렇기로 들면, 같은 남자일 바에야 대복이보다는 어느 모로 따지든지 취함직한 남자가 하고많을 텐데 하필 그처럼 눈에도 안 차는 대복이냐고 하겠지요.

그러나 서울아씨는 시집을 갈 수 있는 숫처녀인 것도 아니요, 신풍조를 마신 새로운 여인도 아닙니다.

그는 단지 하나의 낡은 세상의 과부입니다. 이 세상에 사람이 있는 줄은 알아도, 남자가 있는 줄은 의식적으로 모릅니다.

그것은 또, 결단코 절개가 송죽 같아서가 아니라, 눈 가린 마차말〔馬車馬〕이 마차를 메고 달리는 것과 일반으로 훈련된 본능일 따름입니다.

과부라는 것은, 그 이유는 몰라도 그냥 그저 두 번째 남편을 맞지 않는 것이라고만 알고 있기 때문입니다.

그리하여 서울아씨도 장차 어떠한 고패에 딱 *다들려서는 그 훈련된 본능을 과연 보존할지가 의문이나, 아직까지는 털고 나서서 개가를 하겠다는 의사는 감히 없고, 역시 재혼이라는 것은 못 하는 걸로 여기

다들리다
닥뜨리다.

고만 있습니다.

하기야 더러 그 문제를 가지고 빈약한 소견으로 두루두루 생각을 해 보지 않는 것은 아니나, 아무리 둘러대 보아야 그것은 힘에 벅찬 거역이어서, 도저히 가망수가 없으리라 싶기만 하던 것입니다.

'그러하다면서 대복이한테 그가 심상찮은 마음의 포즈를 보인다고 한 것은 역시 공연한 *데마가 아니냐?'

그러나 그것은 막상 그렇지 않은 소치가 있습니다.

과부라고, 중성(中性)이 아닌 바에야 생리적으로 꼼짝 못할 명령자가 있는 것을, 그러니 이성이 그립지 않을 이치가 없습니다. 서울아씨도 이성이 그립습니다. 지금 스물아홉인데 십이 년 전에 일 년 동안 겨우 남편과 지내고서 이내 홀몸입니다.

삼십이 되어 오니 그 이성 그리움이 차차로 더합니다. 그가 성자(聖者)다운 수련을 쌓지 않은 이상, 단지 과부라는 형식만이 있어 가지고는 호르몬 분비의 명령인, 한 개의 커다란 필연을 도저히 막아 낼 수는 없던 것입니다.

그러므로 그는 극히 자연스러운, 그러나 일종 근육적인 반사작용으로서 이성을 그리워하고, 무의식한 가운데 이성을 반겨하지 않을 수가 없는 여자 서울아씨던 것이요, 그런데 일변 그

데마
'데마고기(demagogy)'의 준말. 허위 선전이나 인신공격.

의 세계란 것은 겨우 일백마흔 평이라는 이 집 울 안으로 제한이 되어 있고, 그 제한된 세계에는 오직 대복이가 남자로 존재해 있을 따름이던 것입니다.

그러니까 서울아씨는 대복이라면 그와 같이 의식보다도 제풀 근육이 반사적으로 날뛰어 몸이 먼저 반가워하고, 그것이 날이 갈수록 남의 눈에 뜨이게 차차로 현저해 가던 것입니다.

그렇지만 서울아씨의 근육이 풍겨 내놓은 이변은, 그러나 저 혼자서는 도저히 발전을 할 능력이 없을 뿐 아니라 아직은 한낱 재료일 따름이요, 겸하여 의사의 판단과 *상량을 치르지 않은 것인즉, 미리서 대복이를 위하여 축배를 들 거리는 못 되는 것입니다.

그건 그렇다고 하더라도 삼남이가 웬만큼 눈치가 있었더라면, 밥상을 들고 나가서 대복이더러 넌지시 아 서울아씨가 펄쩍 뛰어나오더니 평생 않던 짓을, 밥상을 차린다, 이것저것 반찬을 골라 놓는다, 또 숭늉을 데운다, 뭐 야단이더라고, 이쯤 귀띔이라도 해주었을 것입니다.

그랬으면야 대복이도 속이 대단 *굴저했을 것이고, 어떻게 적극적으로 무슨 모션을 건네 보려고 궁리도 할 것이고 그랬을 텐데, 삼남이란 본시 제 눈치도 모르는 아인 걸 남의 눈치를 알아챌 한인(閒人)은 아니었으니까요.

그래, 대복이는 전에 없던 밥상인 것만 이상히 여기고 말았습니다.

그러나 경손이 그 애가 능청맞은 애라, 제 대고모의 그러한 이변을 발견했은즉 혹시 무슨 장난이라도 할 듯싶고, 그 끝엔 어떤 일이 생길 듯도 하고 하기는 합니다마는 물론 꼭이 그러리라고 단언은 할 수 없는 일이고요.

상량(商量)
헤아려서 잘 생각함.

굴저하다
마음이 느긋하고 만족스럽다.

130 채만식

10. 실제록(失題錄)

대복이가 윤직원 영감의 머리맡 연상(硯床)에 놓인 세트의 스위치를 누르는 대로 *JODK의 풍류(風流)가 마침 기다렸던 듯 좌악 흘러져 나옵니다.

"따앙 찌—찌— 즈응 증지 따앙 증응 다앙……."

*잔영산입니다.

청승스런 단소의 동근 청과, 의뭉한 거문고의 콧소리가 서로 얽혔다 풀렸다 하는 사이를, 가냘퍼도 *양금이 야물치게 메기고 나갑니다.

"다앙 당 동, 다앙 동 다앙당, 증찌, 다앙 당동당, 다앙 따앙."

이윽고 초장이, 끝을 흥 있이 몰아치는 바람에 담뱃대
를 물고 모로 따악 드러누워 듣고 있던 윤직원 영감은,

"좋다아!"

하면서 큼직한 엉덩판을 한 번 칩니다.

무릇 풍류란 건 점잖대서, 잡가나 그런 것과 달라, 그 좋다!를 않는 법이랍니다. 그러나 그까짓 법이 무슨 상관이 있나요. 윤직원 영감은 좋으니까 좋다고 하면 그만이지요.

이렇게 무식은 해도, 그거나마 음악적 취미의 교양이 윤직원 영감한 테 지녀져 있다는 것이 일변 거짓말 같기는 하지만, 돌이켜 직원 구실을 지낼 무렵에 선비들과 주축한 그 덕이라 하면 그리 이상튼 않겠습니다.

라디오를 만져 놓고 마악 제 방으로 물러가는 대복이와 엇갈려, 춘심이년이 배시시 웃으면서 들어섭니다.

JODK
경성 방송국에 의해 1927년 2월 개시된 방송.

잔영산
「영산회상(靈山會上)」의 셋째 곡조. 상영산(上靈山), 중영산(中靈山)보다 빠르며, 4장으로 되어 있다.

거문고

양금
채로 줄을 쳐서 소리를 내는 현악기의 하나. 사다리꼴의 오동나무 겹 널빤지에 받침을 세우고 놋쇠로 만든 줄을 열네 개 매우 대나무로 만든 채로 쳐서 소리를 낸다.

"어서 오니라. 이년, 왜 이렇게 늦게 오냐?"

윤직원 영감은 반가워하면서 욕을 하고, 춘심이는 욕을 먹어도 타지는 않습니다.

"일찍 올 일은 또 무엇 있나요? 오구 싶으믄 오구, 말구 싶으믄 말구 하지요. 시방 세상은 자유 세상인데!……"

춘심이가 단숨에 이렇게 쌔와리면서, 얼굴 앞에 바투 주저앉는 것을, 윤직원 영감은 멀거니 웃고 바라다봅니다.

도롱태
사람이 밀거나 끌게 된
간단한 나무 수레.

"대체, 네년 주둥아리다가넌 *도롱태를 달었넝개비다? 어찌 그리 말허넌 주둥이가 때르르허니 방정맞냐?"

"도롱태가 무어예요?"

"떠들지 말구, 이년아…… 나 풍류 소리 들을라닝게 발치루 가서 다리나 좀 쳐라, 응?"

"싫여요! 밤낮 다리만 치라구 허구……."

불평을 댈 만도 하지요. 비록 반푤 값에 영업장을 가졌고, 세납을 물고 하는 기생더러 육장 다리를 치라니요.

춘심이는 금년 봄부터 시작하여 윤직원 영감의 다섯 번이나 내리 실연을 한 여섯 번째의 애인입니다.

객회(客懷)
객지에서 느끼게 되는
울적하고 쓸쓸한 느낌.

작년 가을, 그 살뜰한 첩이 도망을 간 뒤로 윤직원 영감은 *객회(?)가 대단히 심했고, 그뿐 아니라 밤저녁으로 말동무가 없게 되어 여간만 심심치가 않았습니다.

사랑은 쓰고 있으되, 놀러 올 영감 친구 하나 없습니다. 정 무엇하면 객초(客草) 몇 대씩 허실하면서라도 바둑 친구나 청해 오겠지만, 윤직원 영감은 바둑이니 장기니 그런 것은 자고(自古) 이후로 통히 손을 대본 적이 없습니다. 웬만한 노인들은 대개 만질 줄은 아는 골패도 모르고 이날 이때까지 살아왔습니다. 그런 *기국이나 잡기에 손을 대지 않은 것은, 소싯적에 남들이 노름꾼 말대가리 자식놈이라고 뒷손가락질과 귀먹은 욕을 하는 데 *절치부심을 한 *소치라고 합니다.

말동무 하나 없이 밤이나 낮이나 텅 빈 삼 칸 장방에 담뱃대를 물고 혼자 달랑 누웠다 앉았다 하자니, 어떤 때에는 마구 다리가 비비 꼬이게시리 심심해 살 수가 없습니다.

그러자 마침 올 삼월인데, 윤직원 영감이 작년 추석에 성묘 겸 고향을 내려갔을 제 술자리에서 수삼 차 불러 논 기생 하나가 그 뒤 서울로 올라왔다고, 그래 고향 어른을 뵈러 온다고 *우정 이 계동 구석까지 찾아온 일이 있었습니다.

그때에 그 기생이 제 동생이라고, 머리 딴 동기아이 하나를 데리고 와서 같이 인사를 드렸고, 윤직원 영감은 그놈 동기아이가 매우 귀여웠습니다.

"너, 가끔 놀러 오니라. 와서 날 이얘기책두 읽어 주구, 더러 다리두 쳐주구 허머넌, 내 군밤 사먹으라구 돈 주지……."

딜머리진 총각녀석이 꼬마둥이더러, 엿 사주께시니…… 달라는 법수와 별반 다를 게 없는 행태겠지요. 깊이 캐고 보면 말입니다.

설마 그런 눈치야 몰랐겠지만, 동기아이는 웃기만 하지 대답을 않는 것을 형 되는 큰기생이 제 동생더러 그래라 올라와서 모시고 놀아 드려라. 노인은 애들이 동무라고 타이르던 것입니다. 역시 무슨 딴 의사가 있을 줄은 몰랐을 것이고, 다만 제 생색을 내어 놀음발이라도 틀까 하는 요량이던 게지요.

당시의 기생 모습

기국
바둑판이나 장기판.

절치부심(切齒腐心)
몹시 분하여 이를 갈며 속을 썩임.

소치(所致)
어떤 까닭으로 생긴 일.

우정
'일부러'의 방언.

윤직원 영감은 하기야 큰기생이 종종 와주었으면 해롭진 않을 판입니다. 더러 와서는 조용히 시조장이나 부르고, 콧노래 섞어 잡가 토막도 부르고, 이런 이야기 저런 이야기 이야기나 하고…….

물론 그것뿐입니다. 윤직원 영감은 큰기생 그한테 뜻이 있을 필요는 전연 없습니다. 털어놓고 오입을 한다든지 하자면야 서울 장안의 기생만 하더라도 얼굴이 천하일색이 수두룩하고, 또 가령 얼굴은 안 본다 칠 값에 노래가 명창으로 멋이 쿡 든 기생이 또한 하고 많은데, 그런 놈 죄다 젖혀 놓고 하필 인물도 노래도 다 시원찮은 이 기생을, 같은 돈 들여 가면서 그러잘 며리가 없는 게니까요.

그러나 일변, 기생으로 보면 새파란 젊은 년이 무슨 그리 살뜰한 정분이며 알뜰한 정성이 있다고 제 벌이 제 볼일 젖혀 놓고서, 육장 이 구석을 찾아와서는 놀음채 못 받는 개평 놀음을 논다, 아무 멋대가리도 없는 늙은이 시중을 든다 하고 싶을 이치가 없을 게 아니겠습니까.

경위가 이러하고 본즉 윤직원 영감은 단지 눈앞의 화초로만 데리고 놀재도 이편에서 오라고 일러야 할 것이요, 오라고 해서 오고 보면 그게 한두 번일세 말이지, 세 번에 한 번쯤은 소불하 십 원 한 장은 집어주어야 인사가 아니겠다구요.

그러나 돈이 십 원, 파랑 딱지 한 장이면 일 원짜리로 열 장이요, 십 전짜리로 일백 닢이요, 일 전짜리로 일천 닢이요, 옛날 세상이라면 엽전으로는 오천 닢이요, 오천 닢이면 만석꾼이 부자라도 무려 일천 칠백 번이나 저승을 갈 수 있는 노수요, 한 걸 생판 어디라고 윤직원 영감이 그렇게 함부로 쓸 법은 없던 것입니다.

그런데 그게 옹근 기생이 아니요 동기고 볼 양이면, 이런 체면 저런 대접 여부 없이 가끔가다가 돈 장이나 집어주곤 하면 제야 군밤을 사먹거나 봉지쌀을 사들고 가거나 이편의 아랑곳이 아니요, 내가 할 도리는 넉넉 차리게 될 테니까 두루 좋습니다.

그런 고로 해서, 동기를 데리고 노는 것이 돈 덜 드는 규모 있는 소일일 뿐만 아니라, 또 윤직원 영감은 기왕 *소일거리로 데리고 놀 바에야 기집애가 더 귀엽고 재미가 있습니다. 오히려 그 소일거리 이상의 경우를 고려해서, 역시 돈은 적게 들고 비공식이요, 그리고도 취미는 더 있을 게 기집애입니다.

사람이 나이 늙으면 늙을수록 어린 계집애가 귀여운 법이라구요. 그거야 귀여워하는 법식 나름이겠지만, 윤직원 영감의 방법은 의미심장합니다.

그리하여, 계제가 마침 좋은지라 윤직원 영감은 기생 형제가 하직 인사를 하고 일어설 때에 큰기생더러,

"그럼 자네가 더러 좀 올려보내소. 내가 거 원, 이렇게 혼자 있으닝개 제일 말동무가 읎어서 심심히여 못 허겄네…… 그러니 부디 가끔가끔……."

하고 근천스런 부탁을 했습니다.

큰기생은 종시 선선히 응답을 하고 돌아갔고, 그런 지 사흘 만인가 윤직원 영감이 혼자 누워서 심심하다 못해, 그년이 어쩌면 올 성도 부른데 이런 때 좀 왔으면 작히나 좋아! 몰라 또, 말은 그렇게 흔연히 하고 갔어도 보내기는 웬걸 보낼라구? 아—니 그래도 혹시 어쩌면…… 이리 궁금해하면서 기다리노라니까, 아닌 게 아니라, 훨씬 낮이 겨운 뒤에 그 애 동기아이가 찰래찰래 오지를 않겠습니까.

젊은것들끼리 제 애인을 고대고대하다가 겨우 와주어서 만날 때도 아마 그렇게 반갑겠지요. 윤직원 영감도 대단 반갑고 일변 신통스럽습

소일거리
그럭저럭 세월을 보내기 위해 심심풀이로 하는 일.

니다.

윤직원 영감은 그 살뜰한 아기 손님을 옆에 중소히 앉히고는 머리도 쓰다듬어 주고, 종알종알 이야기하는 입도 들여다보고, 꼬챙이로 찌르듯 빼악빼악하는 노래도 시켜 보고, 하면서 끔찍한 재미를 보았습니다.

그럭저럭 날이 저무니까 간다고 일어서는 것을 달래서, 전에 없이 맞상을 내다가 같이 저녁을 먹었고, 저녁을 마친 뒤에는 시급히 춘향전을 사들여 그 애더러 읽으라고 하고는 자기는 버얼떡 드러누워서 이야기책 읽는 입을 바라다보고, 하느라고 그야말로 천금 같은 봄밤의 한 식경을 또한 즐겁게 보낼 수가 있었습니다.

초저녁부터 몇 번 붙잡아 앉힌 것은 물론이고, 마침내 열 시가 되자 할 수 없이 놓아 보내는데, 윤직원 영감은 크게 생색을 내어 인력거를 불러다가 선금을 주어서 태워 보내는 외에, 일 원 한 장을 따로 손에 쥐어 주기까지 했습니다. 대단한 *적공이지요.

적공
공을 쌓음.

보내면서, 내일도 오너라 했더니 과연 이튿날 저녁에, 저녁을 일찌감치 먹곤 올라왔습니다.

윤직원 영감은 어제 저녁처럼 옆에다가 앉혀 놓고는, 이야기도 시키고 이야책도 읽히고, *내시가 이 앓는 소리 같은 노래도 듣고, 오늘 저녁 개시로 다리도 치라 하고, 그러면서 삼남이를 시켜 말눈깔사탕 십 전 어치도 사다가 먹이고, 머리는 물론 여러 번 쓰다듬어 주었고, 그러구러 밤이 이슥한 뒤에 돌려보냈습니다.

내시가 이 앓는 소리
내시가 거세를 하여 가늘어진 목청으로 이앓이를 한다는 뜻으로, 맥없이 지루하게 흥얼거리는 것을 비유적으로 이르는 말.

대접상으로는 역시 인력거를 태워 주었어야 할 것이지만, 인제 앞으로 자주 다닐 텐데 그렇게 번번이 탈 수야 있느냐고, 그러니 오늘 저녁부터는 이 애더러 바래다 달래라고, 그 알뜰한 삼남이를 *안동해 보냈습니다.

안동하다
사람을 데리고 함께 가거나 물건을 지니고 가다.

인력거를 안 태웠으니 돈이라도 일 원을 다 주기가 아깝거든 오십 전이나마 주었어야 할 것이지마는 그것 역시 자꾸만 그래쌓다가는 아주 버릇이 되어서, 오기만 오면 으레껏 돈을 탈 것으로 알게시리 길을 들여서는 안 되겠다 하여, 짐짓 입을 씻어 버렸던 것입니다. 그러고서 그저 세 번이나 네 번에 한 번씩 일 원 한 장이고 쥐여 줄 요량을 했습니다.

그 뒤로부터 그 애는 윤직원 영감의 뜻을 곧잘 받아, 이틀에 한 번, 또 어느 때는 매일같이 올라와선 놀곤 했고, 그렇게 하기를 한 이십여 일 해오던 어느 날 밤이었습니다.

밤은 아직 초저녁이었고, 그들먹하게 뻗고 누웠는 다리를 조막만한 계집애가 밤만한 주먹으로 토닥토닥 무심히 치고 있는데, 문득 윤직원 영감이,

"너 멫살 먹었지?"

하고 새삼스럽게 나이를 묻던 것입니다.

"열늬 살이라우."

동기아이는 아직도 고향 사투리가 가시지 않았습니다. 하기야 윤직원 영감 같은 사람은 십 년이 되었어도 종시 '그러닝개루'를 못 놓지만요.

"으응! 열늬 살이여!"

윤직원 영감은 또 한참 있다가,

"다리 구만 치구, 이리 온?"

하면서 턱을 까붑니다.

아이는 발딱 일어서더니 발치께로 돌아 윤직원 영감의 가슴 앞에 바투 앉고, 윤직원 영감은 물었던 담뱃대를 비껴 놓고는 아이의 머리를 싸악싹 쓸어 줍니다.

"응…… 열늬 살이면 퍽 숙성히여!"

"……."

"야?"

"얘?"

"으음…… 저어 거기서, 저어……."

"……."

"야?"

"얘?"

"저어, 너……."

"얘애."

"너 내 말 들을래?"

"얘에?"

아이는 무슨 뜻인지 못 알아듣고는 눈을 깜작깜작합니다. 윤직원 영감은 히죽 웃으면서 머리 쓸던 팔로 슬며시 아이의 목을 끌어안습니다.

"내 말 들어라, 응?"

"아이구머니!"

아이는 마치 불에 덴 것처럼 화닥닥 놀라면서 뛰쳐 일어나더니, 그냥 문을 박차고 그냥 꽁무니가 빠지게 달아나 버립니다.

가뜩이나 덩지 큰 영감이 좀 모양 창피했지요. 그러나 뭘, 아무도 본 사람은 없었고, 또 보았기로서니, 게, 양반이 *파립(破笠) 쓰고 한번 대변 보기가 예사지 그걸 그다지 문벌 깎일 망신으로 칠 것은 없습니다.

윤직원 영감은, 에— 거 애여 어린 계집애년들 이뻐하고 데리고 놀고 할 게 아니라고, 얼마 동안을 다시 전대로 소일거리 없이 심심한 밤과 낮을 보냈습니다.

파립(破笠)
해어지거나 찢어져 못 쓰게 된 갓

그러나 한번 걸음을 내친 게 불찰이지, 일 당하던 당장에 창피하던 기억은 차차로 잊혀지고, 일변 심심찮이 놀던 일만 아쉬워집니다. 뿐 아니라, 맛을 보려다가 회만 동해 논, 그놈 식욕이 아예 가시지를 않습니다.

윤직원 영감의 이 계집애에 대한 흥미는 일찍이 고향에 있을 때부터 촌 계집애들을 주무른 솜씨라 오늘날에 비로소 시작된 것이 아니라면 아니기도 하겠지만, 그래도 그때의 계집애들은 열칠팔 세가 아니면 기껏 어려야 열육칠 세이었었지, 열네 살배기의 정말 젖비린내 나는 계집애에까지는 이르질 않았습니다.

그러니까 만약 그 식욕을 엄밀히 구별한다면 시골 있을 무렵에 기집애(어리기는 해도 기집으로서의 기능을 갖춘) 그놈을 잡아먹던 식성(食性)과 시방 열네 살 그 또래의 기집 이전인 계집애에게 대해서 우러나는 구미(口味)와는 계통이 다르다 할 것입니다. 더욱이 방물장수 아씨더러, 첩 더디 얻어 들인다고 성화를 대는 그런 순수한 생리와도 파계가 다릅니다.

윤직원 영감의 이 새로운 식욕은 그런데 매우 강렬하기까지 해서 도저히 그대로 참지를 못할 지경이었습니다.

드디어 대복이가 나섰습니다.

*경지영지하시니 불일성지라더니, 뉘 일일새 범연했겠습니까. 대복이는 골목 밖 이발소의 *긴상한테 청을 지르고, 긴상은 계제 좋게 안국동 저의 이웃에 사는 동기아이 하나가 있어, 쉽사리 *지수를 했습니다. 사실 별반 힘들 게 없는 것이, 그런 조무래기야 장안에 푹 *쌨고, 그런데 이편으로 말하면 이러저러한 곳에 사는 재산 있고 칠십 먹은 점잖은 아무 댁 영감님인바, 노인이 심심 소일삼아 옆에 앉혀 놓고서 말동

무도 하고 이야기책도 읽히고 노래도 시키고 다리도 치이고, 이렇게 데리고 논다는 조건이고 본즉, 만약에 춘향이가 인도환생을 한 에미애 비라 하더라도 감히 거기에 어떠한 위험을 느끼진 안 할 게니까요.

하물며 계집애 자식을 *논다니판에다 내놓아 목구멍을 도모하자는 에미애비들이거든 딱히 그 흉헌 속내를 알았기로서니, 오히려 반가워 할 것이지 조금치나 *저어를 할 며리는 없는 것입니다. 이발소 긴상의 서두리로, 사흘 만에 한 놈이 대비가 되었는데, 나이는 이편에서 십오 세 이내로 절대 지정한 소치도 있겠지만 마침 열네 살이요, 생긴 거란 역시 별수 없고 까칠한 게 갓 나논 고양이새끼 여대치게 어설펐습니다.

그러나 윤직원 영감은 계집애면 만족이니까 별 여부 없었고, 흔연히 맞아들여 노래도 우선 시켜 보고, 머리도 쓸어 주고, 이야기책도 읽히고, 다리도 치게 하고, 눈깔사탕도 사먹이고, 이렇게 며칠 두고서 적공을 들였습니다.

그러다가 이윽고 낯을 안 가릴 만하니까 비로소, 너 몇 살이냐……? 응, 숙성하구나! 너 내 말 들을늬? 하면서 머리 쓸던 팔로 허리를 그러안았습니다.

그랬더니, 이번 아이는 서울 태생이라 그런지 좀더 영악스럽게,

"이 영감이 왜 이 모양야? 미쳤나!"

하면서 욕을 냅다 갈기고 통통 나가 버렸습니다.

이래서 두 번째의 *무렴을 보았습니다. 그러나 암만 무렴은 보았어 도 윤직원 영감은 본시 얼굴이 붉으니까 새 채비로 홍안은 당하지 않았지만,

"헤에! 그거 참!"

하면서 헤벌씸 웃지 않진 못했습니다.

논다니
웃음과 몸을 파는 여자 를 속되게 이르는 말.

저어하다
염려하거나 두려워하다.

무렴
염치가 없음을 느껴 마 음이 부끄럽고 거북함.

윤직원 영감은 그 뒤로도 처음 뜻을 굽히지 않았습니다. 그리하여 세 번 네 번 다섯 번 이렇게 대거리를 구해 들였고, 그러나 그러는 족족 실연의 쓴 술잔이 아니라 핀잔을 거듭거듭 마셔 왔습니다.

대단히 비참한 노릇입니다. 고, 아무렇게나 생긴 동기 계집애년 하나를 뜻대로 다루지 못하고서, 늦은 봄부터 초가을까지 무려 다섯 차례나 낭패를 보다니, 윤직원 영감으로는 일대의 치욕이 아닐 수가 없습니다.

사실이지, 백만의 거부를 누리는 데도 그대도록 힘이 들지는 않았고, 평생을 돌아보아야 한 개의 목적을 놓고 앉아, 내내 다섯 번씩 실패를 해본 적이라고는 찾고 싶어도 일찍이 없었습니다.

하기야 전연 딴 방도가 없었던 건 아닙니다. 시골 있는 사음한테로 기별만 할 양이면, 더는 몰라도 조그마한 소녀 유치원 하나는 꾸밈직하게 열서너 살짜리 계집애를 한 떼 쓸어 올 수가 있으니까요.

작인들이야 저네가 싫고 싫지 않고는 문제가 아니요, 어린 딸은 말고서 아니할 말로 늙어 쪼그라진 어미라도 가져다가 바치라는 영이고 보면, 여일히 거행하기는 해야 하게끔 다 되질 않았습니까.

진실로 그네는 큰 기쁨으로든지, 혹은 그 반대로 땅이 꺼지는 한숨을 쉬면서든지 어느 편이 되었든지 간에, 표면은 씨암탉 한 마리쯤 설이나 추석에 *선사삼아 안고 오는 것과 진배없이 간단하게, 그네의 어린 딸 혹은 누이를 산[生] 제수로 바치지 않질 못합니다.

윤직원 영감은 그러므로, 가령 세 번째의 허탕을 치고 나서부터는 시골 계집애를 잡아 올까 하는 궁리를 해보지 않은 것은 아니었습니다.

과연, 당장 편지를 해서 그 머리 검은 병아리를 구해 보내라고 할 생각을 몇 번이고 했었습니다.

선사
존경, 친근, 애정을 나타내기 위하여 남에게 선물을 줌.

그러나 생각을 그렇게 하기는 했어도, 한편으로는 보는 데가 없지 않아 아직 주저를 했던 것입니다.

만약 시골서 계집애를 데려오고 보면, 그때는 동기를 불러다가 말동무를 삼는다는 형식이 아니요, 단박 첩을 얻어 들인 게 되겠으니, 원 아무리 뭣한들 칠십 먹은 늙은이가 열세 살이나 열네 살배기 첩을 얻다니, 체면도 아닐 뿐 아니라, 또 체면 문제보다는 시골 계집애는 노래를 못 하니까 서울 동기보다 쓸모는 적으면서, 오며가며 찻삯이야 몸 수발이야 뒷갈무리야 해서 돈은 훨씬 더 듭니다.

이러한 불편이 있는 고로 해서, 그래 시골 계집애를 섬뻑 데려오지 못하던 것인데, 그러나 이번 춘심이한테까지 낭패를 보고서도 종시 그런 주저를 하겠느냐 하면, 그건 도저히 보장하기가 어렵습니다. 그러니 일변 생각하면 춘심이의 소임이 매우 중대하고도 미묘한 의의를 가졌다고 할 수 있겠습니다.

이렇듯 조건이 붙었다면 붙었달 수 있는 춘심이요, 한데 다니기 시작한 지도 벌써 보름이 넘었습니다.

이제는 그만하면 낯가림은 안 할 만큼 되었고, 또 공력도 그새 다른 아이들한테보다는 특별히 더 들이느라고 들였습니다.

윤직원 영감은 시방, 그런 것 저런 것 속으로 가늠을 해보면서, 손치에 퍼근히 주저앉아 다리를 안 치겠다고 대가리를 쌀쌀 흔들며 *암상떨이를 하는 춘심이를 히죽히죽 올려다보고 누웠습니다.

옆으로 앉아서 고개를 내두르는 대로, 뒤통수의 *몽창한 단발이 까불까불합니다. 치렁치렁하던 머리채가 다래를 뽑아 버리면 이렇게 여학생

암상떨이
남을 시기하고 샘을 잘 내는 짓

몽창하다
'묵직하다'의 방언.

흰 저고리 통치마의
당시 여학생들 모습

이 됩니다. 흰 저고리 통치마에 양말이 모두 여학생 차림입니다. 춘심이는 이런 여학생 차림새를 좋아해서, *권번에 갈 제와 또 권번 사람의 눈에 뜨일 자리말고는, 대개 긴치마에 긴머리를 늘이고 가지를 않습니다. 그러니까 윤직원 영감한테 오는 때도 권번에서 바로 가는 길이 아니면 언제고 여학생 차림입니다.

그 주제를 하고 앉아서,

"사안이이로구나—아 헤."

하는 꼴이, 대체 무어라고 빗댔으면 좋을지 모르겠어도, 저는 이상이요, 간혹 윤직원 영감이, 야 이년아! 여학생이 잡가도 한다더냐고 더러 조롱을 하지만, 역시 그만한 입살은 탈 아이가 아닙니다.

마침 라디오는 풍류가 끝나고, 조금 있더니 지랄 같은 깡깽이 소리(洋樂)가 들려 나옵니다. 윤직원 영감은 이맛살을 찌푸리면서 스위치를 제쳐 버립니다.

"너 이년, 다리넌 안 치기루 혔냐?"

"싫여요! 누가 *암마야상인가, 머!"

"허! 그년 참……! 그럼 다리 안 치넌 대신, 노래나 한마디 불러라!"

"노랜 하죠! 풍류 끝엔 텁텁한 걸루다 잡가를 들어야 하신다죠?"

"그런 걸 다아 알구, 제법이다!"

"어이구, 참! *나구는 샌님만 업신여긴다구……! 자아, 노래하께 영감님 장단치시오?"

"장단은 이년아, 장구가 있어야 치지?"

"애개개! 장구가 있으믄 영감님이 장단을 칠 줄은 아시구요?"

"헤헤, 그년이. 이년아 늬가 꼭 여수 같다!"

"내애. 난 여우 같구요, 영감님은 하마 같구요? 해해해!"

권번
일제 강점기에, 기생들의 조합을 이르던 말. 노래와 춤을 가르쳐 기생을 양성하고, 기생이 요정에 나가는 것을 감독하고, 화대(花代)를 받아 주는 따위의 중간 구실을 하였다.

암마야상
'안마사'를 일본식으로 부르는 말.

나구는 샌님만 업신여긴다
자기에게 만만하게 보이는 사람에게는 별 까닭도 없이 함부로 대하는 경우를 비유적하는 말.

"네리끼년! 허허허허…… 그년이 꼭 어디서 초라니같이 까분당개루?"

"초라니? 초라니가 무어예요?"

"초라니패라구 있더니라. *홍동지 *박첨지가 탈바가지 쓴 대가리를 내놓구서, 서루 쬊구 까불구, 꼭 너치름 방정맞게 촐랑거리구, 지랄을 허구 그러더니라…… 떼—루 떼—루 박첨지야— 이런 노래를 불러가면서……."

"해해해해, 어디 그 소리 또 한 번 해보세요? 아이 참, 혼자 보기 아깝네! 해해해……."

"허! 그년이!"

이렇게, 그야말로 쬊고 까불고 하는 소리를, 누가 속은 모르고 밖에서 듣기만 한다면 꼭 *손맞은 애들이 지껄이고 노는 줄 알 겝니다.

방 안을 들여다보면……? 그런다면 저네들 말마따나, 동물원의 하마와 여우가 한 울안에서 재미있게 노는 양으로 보이겠지요.

"춘심아?"

"내애?"

"너어……."

"내애!"

"저어, 무어냐……."

윤직원 영감은 다리를 비비 꼬면서 말끝을 *어름어름합니다.

못 견디겠어서 인제 웬만큼, 너 몇 살이지? 응, 숙성하다. 너 내 말 들을늬…… 이, 이를테면 사랑의 고백을 해야만 하겠는데, 그놈이 목구멍까지 올라왔다가는 도로 넘어가곤 하던 것입니다. 역시 다섯 번이나 창피를 본 나머지라, 어쩔까 싶어 뒤를 내는 것도 그럴듯한 근경입니다.

그게 젊은것들 사이라면, 나는 당신을 사랑합니다! 그 소릴 텐데, 그 소리 한마디 나오기가 어렵기란, 아마도 만고를 두고 노소 없이, 또 사정과 예외를 통틀어 넣고 일반인가 봅니다.

"인제 구만 까불구, 어서 노래나 시작히여라."

윤직원 영감은 드디어 망설이다 못해 기회를 뒤로 미뤘습니다.

"네—네, 무얼 하까요? 아까 낮에 명창대회서 영감님이 연신 조오타! 조오타! 하시던 *적벽가 새타령 하까요?"

"하아따! 고년이 섯바닥은 짤룹두 침은 멀리 비얕넌다더니, 이년아, 늬가 적벽가 새타령을 허머넌 나는 하눌서 빌을 따오겄다!"

"애개개! 아—니 내 그럼 내일이라두 권번에 가서 그거 한마디만 배워 가지구 영감님 듣는 데 할 테니깐 정말 하눌 가서 별 따오실 테야요?"

"누가 인자사 배각구 말이냐? 시방 이 당장으서 말이지……."

"피—아무렇게 해두 하기만 하면 고만이지, 머……."

"그년이 노래허라닝개루 또 *잔사살을 내놓너만!"

"내— 내햄…… 자아 합니다. 햄…… 망구강사안 유람헐 제……."

단가로는 맹자 견 양혜왕짜리요, 한데 망구강산의 망구는 *오식(誤植)이 아닙니다.

고저가 옳게 맞을 리도 없고, 장단이 제대로 갈 리도 없는 데다가, 소리 선생 앞에서 배울 때에 쓰던 그 목을 그대로, 고래—고래 내시처럼 되게 지르고 앉았으니, 윤직원 영감의 취미 아니고는 듣기에 장히 고생이 되지 않을 수 없는 음악입니다. 게다가 윤직원 영감의, 역시 장단을 *유린하는, 좋다! 소리가 오히려 제격이요, 겨우 노래가 끝나니까

'적벽가'로 유명했던 임방울 명창

적벽가
판소리 열두 마당의 하나. 적벽전에서 관우가 조조를 잡지 않고 길을 터 주어 조조가 화용도까지 달아나는 장면을 노래한다.

잔사살
잔사설. 쓸데없이 번거롭게 자질구레한 말을 늘어놓음.

오식(誤植)
잘못된 글자나 틀린 글자를 인쇄함. 또는 그런 것.

유린
남의 권리나 인격을 짓밟음.

는, 에 수고했네! 에 이르러서는 진실로 근천의 절창이라 하겠습니다.

"너, 배 안 고푸냐?"

윤직원 영감은 쿨럭 갈앉은 큰 배를 슬슬 만집니다. 춘심이는 그 속을 모르니까 *뚜렛뚜렛합니다.

뚜렛뚜렛하다
어리둥절하여 눈을 이리저리 굴리다.

"아뇨, 왜요?"

"배고푸다머넌 우동 한 그릇 사줄라구 그런다."

"아이구머니! 영감 죽구서 무엇 맛보기 첨이라더니!"

"저런 년 주둥아리 좀 부아!"

"아니, 이를테믄 말이에요……! 사주신다믄야 밴 불러두 달게 먹죠!"

"그래라. 두 그릇만 시키다가 너허구 한 그릇씩 먹자!"

"우동만, 요?"

"그러면?"

"나, 탕수육 하나만…….."

"저 배때기루 우동 한 그릇허구, 또 무엇이 더 들어가?"

"들어가구 말구요! 없어 못 먹는답니다!"

"허! 그년이 생부랑당이네! 탕수육인지 그건 한 그릇에 을매씩 허냐?"

"아마 이십오 전인가, 그렇죠?"

윤직원 영감의 말이 아니라도 계집애가 여우가 다 되어서, 탕수육 한 접시에 사십 전인 줄 모르고 하는 소리가 아닙니다.

우동 두 그릇, 탕수육 한 그릇 얼른 빨리…… 우동 두 그릇, 탕수육 한 그릇 얼른 빨리…… 삼남이는 이 소리를 마치 중이 염불하듯 외우면서 나갑니다. 사실 삼남이한테는 그걸 잊어버리지 않는 것이, 하루 세 끼 중에 한 끼를 잊어버리지 않음과 일반으로 중요한 일이어서, 그만큼 긴장과 노력이 필요하던 것입니다.

무슨 그림자가 지나간 것처럼 방 안이 잠깐 *교교했습니다. 이 침정의 순간이 윤직원 영감에게 선뜻 좋은 의사를 한 가지 얻어 내게 했습니다.

교교하다
매우 조용하다.

전에 아이들한테 하듯, 단박에 왁진왁진 그러지를 말고서, 가만가만 제 눈치를 먼저 떠보아 보는 것이 수다…… 이런 말하자면 *점진안(漸進案)입니다.

점진안(漸進案)
조금씩 앞으로 나아감.
점점 발전함.

*동티가 나지 않게, 또 창피를 안 당하게 가만히 슬쩍 제 속을 뽑아 보고, 그래 보아서 싹수가 있는 성부르면 그 담에는 바싹 다그쳐 보고…… 미상불 그럴 법하거니 싶어 우선 혼자 만족을 해 싱그레 웃습니다.

동티
건드려서는 안 될 것을 공연히 건드려서 스스로 걱정이나 해를 입음. 또는 그 걱정이나 해를 비유적한 말.

"춘심아?"

머리를 싸악싹 쓸어 주면서 부르는 음성도 은근합니다.

"네에?"

"너, 몇살이지?"

"그건 새삼스럽게 왜 물으세요?"

"아—니, 그저 말이다!"

"열다섯 살이지 머, 그새 먹어서 없어졌을라구요?"

"응 참, 그렇지…… 퍽 숙성히여, 우리 춘심이가……."

"키는 커두 몸은 이렇게 가늘어요! 아이 참, 영감님은 몇 살이세요?"

"나……? 글씨 원, 하두 많이 먹어서 인재넌 나이 먹은 것두 다아 잊어뻬릿넝가 부다!"

"애개개, 암만 나일 많이 잡수셨다구, 잊어버리는 사람이 어디가 있어요……? 이렇게 머리랑 수염이랑 시었으니깐 나이두 퍽 많으실 거야!"

춘심이는 백마 꼬리같이 탐스런 수염을 쓰다듬습니다. 윤직원 영감은 다른 한 손으로 춘심이의 나머지 한 손을 조물조물 주무릅니다.

"춘심아!"

"네에?"

"너, 내가 나이 많언 게 싫으냐?"

"싫은 건 무엇 있나요?…… 몇 살이세요? 정말……."

"그렇게 알구 싶으냐?"

"몸 달 건 없지만……."

"일러 주래?"

"내애."

"예순…… 으응…… 다섯 살이다!"

"아이구머니!"

춘심이는 입이 떡 벌어지고, 윤직원 영감은 윤직원 영감대로 또 속이 있어서, 입이 벌씸 벌어집니다.

윤직원 영감의 나이 꼬박 일흔둘인 줄은 천하가 다 아는 사실입니다. 그런 것을, 글쎄 애인한테라서 그 중 일곱 살만 줄이어 예순다섯으로 대다니, 그것을 *단작스럽다고 웃어버리기보다 오히려 옷깃을 바로잡고 엄숙히 한번 생각해 보아야 할 것입니다. 일흔두 살 먹은 영감이 열다섯 살 먹은 애인 앞에서 나이를 일곱 살을 줄여 예순다섯 살로 대던 것입니다.

기생들이 손님에게다가 나이를 속이는 것은 예삽니다. 또 젊은 기집애들이 제 나이를 *리베씨한테다가 줄여서 대답하는 수도 더러 있습니다. 속을 알고 보면 그야 근경이 그럴듯하기도 하지요.

그러나 여기, 일흔두 살 먹은 허—연 영감태기가, 열다섯 살배기 동기 계집애를 *아탕발림시키느라고, 나이를 일곱 살을 *야바위쳐서, 예

단작스럽다
하는 짓이 보기에 치사하고 더러운 데가 있다.

리베
'애인, 연인'의 독일말.

아탕발림
사탕발림.

야바위치다
남의 눈을 속여 옳지 않은 일을 하다.

순다섯 살로 속이던 것이랍니다.

그도, 곧이야 듣건 말건 한 이십 살 꼬아 먹고 쉰 살쯤 댔다면 또 몰라요. 고작 일곱 살. 늙은이의 나이 예순다섯에서 일흔두 살까지 거리가 그리 육중스럽게 클까마는, 그래도 열다섯 살배기 애인한테 고거나마 젊게 보이고 싶어, 그 일곱 살을 덜 불렀더랍니다, 예순다섯 살이라고.

그 우람스런 체집에 어디를 눌렀는데, 그런 간드러진 소리가 나왔을까요.

저어 공자님 말씀에,

"소인이 한가히 지낼 것 같으면 아름답지 못한 꿍꿍이를 꾸미나니라." 하신 대문이 있겠다요.

그 대문을 윤직원 영감한테 그대로 적용을 말고서 죄꼼 고쳐 가지고,

"소작인이 바쁘게 지낼 것 같으면 지주 영감은 *약시약시하느니라." 이랬으면 어떨까요.

약시약시하다
이러이러하다.

인간이 색의 기능을 타고나는 것은 생물로서 운명적 필연이요, 그러니까 결단코 그걸 나무랄 일은 못 됩니다. 또 누가 나무라고 시비를 한다고 그게 없어지는 것도 아니고요. 해서 비판이나 간섭의 피안에 있는 것입니다.

하지만 윤직원 영감처럼 나이 칠십여 세에, 연령의 한계를 마구 무시하는 그의 야만스러운 정력은, 부질없이 생물로서의 선천적인 운명이라고만 처분은 안 됩니다.

본시 체질을 좋게 타고났다고 주장을 하겠지요.

그러나 아무리 신돈이 같은 체질을 타고났다고 하더라도, 윤직원 영감이 윤직원 영감다운 팔자를 얼러서 타고나지 못했으면 그 체질은 *성명이 없고 말 것입니다.

성명이 없다
인성과 천명이 없다.
목숨이 없다.

몇백 명이나 되는 윤직원 영감의 소작인 중엔 윤직원 영감만한 체질을 타고난 사람이 몇은 없을 이가 있다구요.

그렇건만 그 사람네는 온전히 *도조를 해다가 바치기에 정력이 죄다 말라 시들고, 보약 한 첩 구경도 못 했기 때문에 자연의 섭리(攝理) 이하로 오히려 떨어지고 만 것이 아니겠습니까.

또 가령 특별한 예외나 기적으로, 윤직원 영감네 소작인 가운데 윤직원 영감처럼 칠십이로되 능히 계집을 다룰 정력을 지탱하고 있는 자 있다 치더라도, 그가 감히 첩질과 계집질을 할 팔자며, 그럴 생심인들 하겠습니까.

그러니 결국 그것은 늙은이한테는 생물적 필연이라는 관용도 안 될 말이요, 타고난 선천이니 체질이니 하는 것도 다 여벌이고, 주장은 한갓 팔자(시체말로는 환경) 그놈이 모두 농간을 부리는 놈입니다.

소작인이 바빠 벼가 만 석이 그득 쌓이기 때문에, 그의 생리와 건강과 행동과 이 모든 것이 화합되어(혼합이 아니라 화합이 되어) 오늘날의 싱싱한 윤직원 영감을 창조한 것이니라…… 이런 해석도 그러므로 고집은 해볼 만합니다.

춘심이는 윤직원 영감이 예순다섯 살이란 말에, 계집애가 까부느라고 아이구! 예순다섯 살이라니, 퍽도 많이 자시기는 했네! 그러면 가만있자, 나보다 몇 살 더한고? 응, 가만있자, 예순 다섯이라, 열 다섯을 빼면 응…… 쉰, 아이구 어찌나! 쉰 살이나 더 잡수셨구려! 이러고 *허겁떨이를 해쌉니다.

윤직원 영감은, 제가 하는 대로 빙그레 웃으면서 보고만 있습니다. 춘심이야 아무 생각 없이 그저 제 나이와 빗대 보던 것인데, 윤직원 영감은 그게 무슨 뜻을 두기는 두었던 표적이려니 하고 혼자 느긋해하는

도조
남의 논밭을 빌려서 부치고 논밭을 빌린 대가로 해마다 내는 벼.

허겁떨이
마음이 실하지 못하여 매우 겁을 내는 일.

150 채만식

판입니다.

뜻은 있는데, 나이 하도 많으니까 놀라는 것이고, 그러나 뜻이 있었던 것만은 불행 중 다행인즉, 옳지 그렇다면 어디 좀…… 이런 요량짱입니다.

연애는 환장이니라(Love is Blind)란다더니 옛말이 미상불 옳아, 이다지도 야속스레 윤직원 영감 같은 노인에게까지 들어맞기를 하는군요. 그나마 골고루 골고루…….

"내가 나이 많언개루 싫으냐?"

인제는 제 이단으로 들어가서, 나이 많은 게 나쁘지 않다는 변명, 혹은 나이 많아도 많지 않다는 주장을 해야 할 차렙니다.

"싫긴 뭐어가 싫여요? 나이 많은 이가 좋죠, 허물 없구…….."

"그렇구말구…… 그러구 나넌 예순다섯 살이라두 기운은 무척 시단다…… 든든허지!"

"참, 영감님은 늙었어두 몸집이 이렇게 크니깐, 기운두 무척 셀 거야. 그렇죠?"

"호랭이라두 잡을라면 잡넌다!"

"하하하, 그렇거들랑 인제 동물원에 가서 호랭이허구 씨름을 한번 해보시죠……? 아이 참, 하마허구 호랭이허구 씨름을 붙이믄 누가 이기꼬? 하하하, 아하하하……."

"허허, 그년이 또 까불구 있네!"

윤직원 영감은 어느 결에 다시 집어 문 담뱃대 *빨부리로 침이 지르르 흘러내리는 것도 모르고 흐물흐물, 춘심이를 올려다봅니다. 몸이 자꾸만 뒤틀립니다.

"춘심아?"

빨부리
물부리. 담배를 끼워서 빠는 물건.

"내애?"

"너어…… 저어…… 내 말, 들을래?"

"무슨 말을, 요?"

묻기는 물으면서도 생글생글 웃는 게, 벌써 눈치는 챈 모양입니다. 윤직원 영감은, 오냐 인제야 옳게 되었느니라고 일단의 자신이 생겼습니다.

"내 말, 들을 티여?"

"아, 무슨 말이세요?"

윤직원 영감은 히죽 한번 더 웃고는, 슬며시 팔을 꼬느면서,

"요녀언! 이루 와!"

하고 덥석 허리를 안아 들입니다. 마음 터억 놓고서 그러지요, 시방…….

아, 그랬는데 웬걸, 고년이 별안간,

"아이 망칙해라!"

하고 소리를 빽 지르면서 그만 빠져 달아나질 않는다구요.

여섯 번!

윤직원 영감은 진실로 기가 막힙니다. 여섯 번이라니, 아마 성미 급한 젊은 놈이었다면 그새 목이라도 몇 번 매고 늘어졌을 것입니다.

으수하다
의수하다. 제법 그럴듯하다.

글쎄 요년은, 눈치가 *으수하길래 믿은 구석으로 안심을 했던 참인데, 대체 웬일인가 싶어 무색한 중에도 좀 건너다보려니까, 이게 또 이상합니다.

그 동안에 다섯 기집애들은 울기 아니면 욕을 하면서 영락없이 꽁무니가 빠지게 도망을 했는데, 요년은 보아야 그렇게 소리를 바락 지르고 미꾸리 새끼처럼 빠져나가기는 했어도, 그저 저기만치 물러앉았을 따

름이지, 울거나 골딱지를 냈거나 도망을 가거나 하기는커녕, 날 잡아 보라는 듯이 밴들밴들 웃고 있지를 않겠습니까. 마구 간을 녹입니다.

아무려나, 그렇다면 다시 어떻게 사알살 달래 볼 *여망이 없지도 않습니다.

여망
아직 남은 희망.

"저런—년 부았넝가! 헤헤, 그거 참……! 이년아, 그러지 말구, 이리 오니라, 이리 와, 응? 춘심아!"

"싫여요!"

"왜?"

"왠 뭘 왜!"

"너 이년, 내 말 안 듣기냐?"

"인제 보니깐 영감님이 퍽 음충맞어!"

"아, 저런년! 허, 그거 참……! 너, 그러기냐!"

"어때요, 머!"

"그러지 말구 이만치 오니라. 내, 이얘기허마."

"여기서두 들려요!"

"그리두 이만치, 가까이 와!"

"피—또 붙잡을 양으루?"

"너, 내 말 들으면 내가 좋은 것 사주지?"

"존 거, 무엇?"

"참, 좋은 것 사줄 티여!"

"글쎄, 존 게 무어냐니깐?"

*용천뱅이가 보리밭에 숨어 앉아서, 어린애들이 지나갈라치면, 구슬 줄게 이리 온, 사탕 줄게 이리 온, 한답니다. 그와 *근리하다 할는지 어떨는지 모르겠군요.

용천뱅이
문둥병 환자. 문둥이.

근리(近理)하다
이치에 거의 맞다.

윤직원 영감은 미처 무얼 사주겠다는 생각도 없이, 당장 아쉰 대로 어르느라고 낸다는 게 섬뻑 그 소리가 나와졌습니다. 그랬기 때문에 자꾸만 물어도 이내 대답을 못 하던 것입니다.

"늬가 갖구 싶다넌 것 사주마!"

"내가 가지구 싶다는 걸 사주세요?"

"오—냐!"

"정말?"

"그리여!"

"가—지뿌렁!"

"아니다, 참말이다!"

"그럼, 나 반지 사주믄?"

"반? 지?…… 에라끼년! 누가 그런 비싼 것 말이간디야!"

"피—그게 무어 비싼가?…… 저기 본정 가믄 칠 원 오십 전이믄 빠알간 루비 박은 거 사는데…… 십팔금으루 가느다랗게 맨든 거……."

"을매? 칠 원 오십 전?"

"내애."

"참말이냐?"

"가보시믄 알걸 뭐!"

"그래라, 그럼 사주마…… 사줄 티닝개루, 인제 이리 오니라!"

"애개개! 먼점 사주어예지, 머."

"먼점 사주구? 그건 나두 싫다!"

"나두 싫다우!"

"고년이 똑 어디서 미꾸람지 새끼 같다! 에엥, 고년이…… 그러지 말구, 이년 춘심아!"

"내애?"

"그러지 말구, 이리 오니라, 응? 그럼 내가 인제 내일이구 모리구, 진고개 데리구 가서 반지 사주께!"

"일없어요……! 시방 가서 사주시믄?"

"시방이사 밤으 어떻게 갈 수 있냐? 내일 낮에 가서 사주마. 그러지 말구, 이리 오니라!"

"싫여요!"

윤직원 영감은 칠 원 오십 전이면 산다는 그 반지를 사주기는 사줄 요량입니다. 하기야 돈 칠 원 오십 전만 놓고서 생각하면 아깝지 않은 것은 아니나, 그래도 명색이 동기 쳇것인데, 칠 원 오십 전짜리 반지 한 개로 아탕발림을 시키다니, 도리어 헐한 셈입니다. 제 법식대로 머리를 얹히자면 이삼백 원 오륙백 원이 들곤 할 테니까요.

그래, 잘라 먹지 않고 내일이고 모레고 사주기는 사줄 텐데, 춘심이 년이 못 미더워서 그러는지 까부느라고 그러는지, 밴들밴들 말을 안 듣고는 애를 태워 줍니다. 생각하면 밉기도 하고 미운 깐으로는 볼퉁이라도 칵 쥐어질러 주고 싶습니다.

그러나 괜히 함부로 *잡도리를 했다가는, 단박 *소갈찌가 나서 뽀루루 달아나 버리고는 다시는 안 올 테니, 그렇게 되고 보면 여섯 번 만에 겨우 반성공을 한 것이 도로아미타불이 될 게 아니겠다구요.

에라, 그러면 기왕이니 내일 제 소원대로 반지를 사주고 나서…… 이렇게, 할 수 없이 *순연(順延)을 하기로 요량을 했습니다.

"그럼, 내일 진고개 데리구 가서 반지 사주께, 그 담버틈은 내 말 잘 들어야 헌다?"

"내애, 듣구 말구요!"

잡도리
아주 요란스럽게 닦달하거나 족치는 일.

소갈찌
소갈머리.

순연(順延)
차례로 기일을 늦춤.

아까부터 이내, 죄꼼도 부끄러워하는 내색이라고는 없고, 그저 처억 척입니다. 사실 맨 처음에 윤직원 영감이 쓸어 안으려고 했을 때도 소리나 지르고 빠져나가기나 하고 했지, 귀밑때긴들 붉히질 않았으니까요.

"꼬옥 그러기다?"

"염려 마세요!"

"오널치름 까불구, 말 안 들으면 반지 사준 것 도로 뺏넌다?"

"뺏기 전에 얼른 뽑어서 바치죠!"

"어디 두구 보자. 그럼 내일 즘심 먹구서 올라오니라. 같이 가서 사 주께."

"더 일찍 와두 좋습니다!"

드디어 홍정은 다 되었습니다. 마침맞게 마당에서 청요리 궤짝이 딸그락거리더니 삼남이가 처억,

"우동 두 그릇, 탕수육 한 그릇 어서 빨리 시켜 왔어라우."

하고 복명을 합니다.

춘심이는 대그르르 웃고, 윤직원 영감은 끙! 저 잡것 좀 부아! 하면서 혀를 찹니다.

연애를 하면 밥이 쉬 삭는다구요. 윤직원 영감은 그런데, 저녁밥을 설치기까지 한 판이라 속이 다뿍 허줄해서 우동 한 그릇을 탕수육으로 반찬삼아 걸게 먹었습니다.

이렇게 성사가 되고 마음이 느긋할 줄을 알았더면, 기왕이니 따끈하게 배갈을 한 병 데워 오라고 할 것을…… 하는 후회도 없지 않았습니다.

춘심이는 또 춘심이대로 반지를 끼고 권번이며 제 동무들한테며 자랑을 할 일이 좋아서, 연신 쌔왈대왈, 우동이야 탕수육이야 볼이 미어

지게 쓸어 넣었습니다.

"너, 그렇지만 춘심아?"

윤직원 영감은 우동 한 그릇을 물린 뒤에, 트림을 끄르르, 새끼손 손톱으로 *잇샅을 우벼서 밀창문에다가 토옥, 담뱃대를 땅따앙 치면서, 하는 소립니다.

"……늬 집에 가서 이런 이얘기 허머넌 못쓴다! 응?"

"무슨 얘기요?"

"내가 반지 사주구서 말이다, 저어 거시기, 응? 그 말 말이여?"

"네에, 네…… 않습니다!"

"허머넌 못써!"

"글쎄 않는대두 그리세요!"

"나, 욕 얻어먹지. 너, 매 은어맞지. 그래서사 쓰겄냐……? 그러닝께루 암말두 허지 말어, 응?"

"염려 마세요, 글쎄…… 저렇게 커다란 영감님이 겁은 무척 내시네!"

"늬가 이년아, 주둥이가 하두 방정맞이닝개루 맴이 안 뇐다!"

윤직원 영감은 슬며시 뒤가 나던 것입니다. 호사에 마가 붙기 쉬운 법인 걸, 만약 제 부모가 알고 보면 약간 칠 원 오십 전짜리 반지 한 개 사준 걸로는 셈도 안 닿고, 그것들이 마구 언덕이야 비비려 덤빌 테니 그 성화가 어디며, 필경 돈 백 원이라도 부서지고 말 테니까요.

춘심이는 그런데, 우선 반지 한 개 얻어 가질 일이 좋아, 온갖 정신이 거기만 쏠려서, 제 부모한테 발설을 하지 말라는 신칙도 그저 건성으로 대답을 하다가, 윤직원 영감이 뒤를 내는 눈치니까는, 되레 제가 *지천해준 것이고, 그런 것을 윤직원 영감은 지천이 되었건 코 묻은 밥이 되었건, 그런 체모는 잃은 지 오래고, 애인의 맹세를 믿고서 적이 안심을 했습니다. 자고로 노소 없이 사랑하는 이의 말은 무엇이고 곧이가 들린다구요.

11. 인간 체화(人間滯貨)와 동시(同時)에 품부족 문제(品不足問題), 기타(其他)

시방 사랑에서는 일흔두 살 먹은(가칭 예순다섯 살 먹은) 증조할아버지가, 열다섯 살 먹은 애인과 더불어 그처럼 구수우하니 연애 흥정이 얼려 가고 있겠다요. 그리고 안에서는……

경손이가 아까 안방에서 열다섯 살 동갑짜리 대부 태식이와 같이 싸우며 놀리며 저녁을 먹고 나서는 아랫목에 가 버얼떡 드러누워 뒹굴고 있었습니다.

다른 식구는 죄다 물러가고, 야속히 배짱 안 맞는 대고모 서울아씨와 지지리 보기 싫은 대부 태식이와 그 둘이만 *본전꾼으로 달랑 남아 있는 안방에, 가뜩이나 서울아씨는 *『추월색』으로 아니 이를 앓고, 태식은 『조선어독본』 권지일로 귀신이 씨나락을 까먹고, 이런 부동조(不同調)의 소음 속에서 그 애 경손이가 그 소갈찌에 천연스레 섭슬려 있다니 매우 희귀한 현상입니다. 고양이와 개와 원숭이와가, 싸우지 않고 같은 울안에서 노는 격이랄까요.

경손이는 실상 어떤 궁리에 골몰해서 깜빡 잊어버리고 그대로 처져 있는 것입니다.

골몰한 궁리란 건 다른 게 아닙니다. '모로코'의 재상연이 있고, 또 중일전쟁의 뉴스 영화가 좋은 게 오고 해서 꼭 구경은 가야만 하

본전꾼
이웃에 놀러 가거나 사람들이 많이 모이는 자리에 언제 가도 와 있는 사람. 술자리 같은 데서 도중에 일어서지 않고 끝까지 앉아 있는 사람.

추월색(秋月色)
1912년 3월에 발표된 최찬식의 신소설. 새로운 애정윤리, 신교육사상, 민중의 반항 등을 내세워 독자들의 호평을 받았다.

겠는데, 정작 군자금이 한푼도 없어, 일왈 누구를, 이왈 어떻게 엎어 삶았으면 돈을 좀 발라 낼 수가 있을꼬, 이 궁리를 하던 것입니다.

뚱뚱보 영감님……? 안 돼!

건넌방 *겡카도리……? 안 돼!

제 조모 고씨가 집안 사람 아무하고나 싸움을 하자고 대든대서 진 별명입니다.

서울아씨……? 안 돼!

숙모……? 안 돼!

대복이……? 글쎄? 에이, 고 *재리 깍쟁이! 제가 왜 제 돈도 아니면서 그렇게 치를 떨까!

어머니……? 글쎄.

하니 그 중에 가능성이 있자면 아무래도 대복이와 제 모친입니다. 대복이는 *대장대신이요, 제 모친은 모친이니까요.

종차 삼십 년이나 사십 년 후에 가서야 백만 원을 상속받을 장손일 값에, 시방은 단돈 이십 전이나 삼십 전이 없어 이다지 머리를, 그 연한 머리를 썩입니다그려.

경손이는 두루 두통을 앓는데, 서울아씨는 이를 생으로 앓느라 퇴침을 돋우 베고 청을 높여,

"각설이라 이때에……."

하고 *양금채 같은 목에다가 멋이 시큰둥하게,

"……하징 아니헤야……."

하면서 콧소리를 양념 쳐 흥을 냅니다.

그건 바로 음악입니다. 얼마큼이나 음악적이냐 하는 것은 보장키 어려워도, 음악은 분명 음악입니다.

조선어독본

겡카도리
싸움닭.

재리
매우 인색한 사람을 낮잡아 이르는 말.

대장대신
일본의 재무부장관.

양금채
①양금을 치는, 대나무로 만든 가늘고 연한 채.
②가냘프고 고운 목소리.
③성격이 고분고분하고 상냥한 모양.

인간은 번뇌가 있으면 노래를 하고 싶어진다고요. 번뇌까지 안 가고라도 마음이 싱숭생숭하게 되면 콧노래가 절로 나옵니다.

물론 슬퍼도 노래를 부르고 기뻐도 노래를 부르고, 또 춤을 추기도 하고 하기는 하지만, 그 중의 한 가지 마음 싱숭거릴 때에 부르는 노래는 새짐승이 자웅을 찾느라고 묘한 소리로 우는 것과 가장 공통된, 동물의 한 본능이라고 합니다.

그런데, 그러나 인간은 그 동물적인 본능을 보다 맹목적으로 이용을 하는 제 이의 본능이 있답니다.

철들어 가기 시작한 총각이 봄날 산나무를 하러 가면서 지겟목발을 장단삼아,

"저 건너 갈미봉에 비가 묻어 들어를 온다……."

하고 *멋등그러지게 넘깁니다.

또 궂은비 축축이 내리는 가을날, 노랫장이나 부를 줄 아는 기생이 제 방 아랫목에 오도카니 꼬부리고 누워 손가락 장단을 토옥톡,

"약사 몽혼으로 향유적이면……."

하면서 다뿍 시름 겨워 콧노래를 흥얼흥얼 흥얼거립니다.

무릇 그 총각이면 총각, 기생이면 기생이 깊숙한 산중이나 또는 아무도 없는 제 집의 제 방구석에서, 대체 누구더러 들으라고 노래를 부르겠습니까.

그게 가로되, 흥이라구요. *새짐승이 자웅을 후리려고 우는 것과 마찬가지로, 총각은 거기 어디 촌 처녀색시더러 들으란 노래고, 기생은 또 저대로 제 *정랑(情郎)더러 들으란 노래고.

이렇듯 본능에서 우러나서 노래를 부르기는 짐승이나 인간이나 매일반이지만, 그 다음이 다르답니다.

인간은 제가 부르는 제 노래에, 남은 상관 않고 우선 제가 먼저 좋아하기 때문입니다.

어느 촌 계집애가 들어를 주는지 않는지, 어느 놈팽이가 들어를 주는지 않는지, 그런 것은 생각도 않는답니다.

그런 타산은 도시에 의식 가운데 떠오르지도 않고, 괜히 그저 마음이 싱숭생숭하길래 아무렇게나 아무거나 괜히 그저 불러지는 대로 한마디 부르고 보니까는 어떻게 속이 더 이상해지는 것 같기도 하고, 기뻐지는 것 같기도 하고, 후련해지는 것 같기도 하고 해서, 일언이폐지하면 소위 흥이라는 게 나는 거랍니다.

그와 마찬가지로, 시방 서울아씨와 이야기책 『추월색』도 꼬옥 그렇습니다.

공자님은 가죽 *책가위가 세 번이나 해지도록 책 한 권을 가지고 오래 읽었다더니만, 서울아씨는 『추월색』 한 권을 무려 천독(千讀)은 했습니다. 그러고서도 아직도 놓지를 않는 터이니까 앞으로 만독을 할 작정인지 십만독 백만독을 할 작정인지 아마도 무작정이기 쉽습니다.

그뿐만 아니라, 서울아씨는 책 없이, 눈 따악 감고 누워서도 『추월색』 한 권을 처음부터 끝까지 따르르 내리 외울 수가 있습니다.

그러니 그게 천하 명작의 시집(詩集)도 아니요, 성경책이나 논어 맹자나 육법전서도 아닌 걸, 글쎄 어쩌자고 그리 야속스럽게 파고들고, 잡고 늘고 할까마는, 실상인즉 서울아씨는 『추월색』이라는 이야기책 그것 한 권을 죄다 외우는 만큼 술술 읽기가 수나롭다는 것 이외에는 달리 취하는 점이 없습니다.

그는 무시로 마음이 싱숭생숭할라치면 얼른 『추월색』을 들고 눕습니다. 누워서는 처억 청을 높여 읽는데,

책가위
책의 겉장이 상하지 않게 종이, 비닐, 헝겊 따위로 덧씌우는 일. 또는 그런 물건.

"각설이라 이때에……."

하고 양금채 같은 목으로 휘청휘청 멋들어지게 고저와 장단을 맞춰 가면서 (다리와 몸을 틀기도 하면서) 가끔 시큰둥한,

"……하징 아니혜야……."

조의 콧소리로 양념까지 치곤 합니다. 이렇게 멋지게 청을 돋워 읽고 있노라면, 싱숭거리던 속이 어떻게 더 이상해지는 것 같기도 하고, 기뻐지는 것 같기도 하고, 후련해지는 것 같기도 하고 해서, 일언이폐지하면 그 소위 흥이라는 게 나던 것입니다.

따라서 그건 촌 나무꾼 총각이 *육자배기를 부른다든가, 또는 기생이 궂은비 오는 날 제 방 아랫목에 누워 콧노래로 수심가를 흥얼거린다든가 하는 근경과 조금도 다를 것이 없지 않다구요.

그러므로 노래가 아무것이라도 제게 익은 것이면 익을수록 좋듯이, 서울아씨의 『추월색』도 횡하니 외우게시리 눈과 입에 익어, 서슴지 않고 내려 읽을 수가 있으니까, 그래 좋다는 것입니다. 결단코 『추월색』이라는 이야기책의 이야기 내용에 탐탁하는 게 아닙니다.

그럴 바이면 차라리 책을 걷어치우고 맨으로 누워서 외우는 게 좋지 않느냐고 하겠지만, 그건 또 재미가 없는 것이, 인력거꾼이 인력거를 안 끌고는 뛰기가 싱겁고, 광대가 동지섣달이라고 부채를 들지 않고는 노래가 *헤먹고 하듯이, 서울아씨도 다 외우기야 할망정 그래도 그 손때 묻고 낯익은 『추월색』을 펴들어야만 제대로 옳게 노래하는 흥이 납니다.

진실로 곡절이 그러하고, 그렇기 때문에 남이야 이를 앓는다고 흥을 보거나 말거나 또 오뉴월에도 이야기책을 차고 누웠다고 비웃음을 하거나 말거나 아무것도 상관할 바 없고 사시장철 밤낮없이 손에서 『추

나무꾼

육자배기
남도 지방에서 부르는 잡가의 하나. 가락의 굴곡이 많고 활발하여 진양조장단이다.

헤먹다
들어 있는 물건보다 공간이 넓어서 어울리지 아니하다.

월색』을 놓지 않는 서울아씨요, 그래 오늘 저녁에도 일찌감치 시작을
했던 것입니다.

"……그리헤야 드디어 돌아오징 아니……."

이렇듯 서울아씨의 『추월색』 오페라가 적이 가경에 들어가고 있는
데, 이짝 한편으로부터서는 도무지 발성학상 계통을 알 수 없는 *바스
음악 하나가 대단히 왁살스럽게 진행이 되고 있습니다.

바스
베이스(bass). 저음.

"비—, 비—가, 오—오…… 모—, 모—가, 모—가, 모—가……."

태식이가 방 한가운데 배를 깔고 엎디어, 『조선어독본』 권지일, 비
가 오오, 모가 자라오를 읽던 것입니다.

좀 민망한 비유겠지만 발음이 분명치 못한 것까지도 흡사 왕머구리
(큰개구리) 우는 소리 같습니다.

그러나 열심은 무서운 열심입니다. 재작년 봄에 산 『조선어독본』 권
지일 그것을 오로지 이 년하고도 반 년 동안 배워 온 것이 이 대문인
데, 물론 그전엣치는 다 잊어버렸습니다. 한편으로 잊어버려 가면서
도 *끄은히 읽기는 읽으니까 그게 열심이던 것입니다.

끄은히
끈히. 끈질기게.

"비—, 비—가, 오—오, 비—가, 오—오 모—, 모—가, 모—가…… 이잉, 잊어버렸저……! 경손아."

"왜 그래?"

"잊어버렸저!"

"잊어버렸으니 어쩌란 말야?"

"……."

"고만둬요! 제—발…… 그거 한 권 가지구 도통할 텐가? 대학까지 졸업할 작정인가!"

"누—나?"

"……."

"누—나?"

"……."

"누—나—?"

"왜 그래?"

"잊어버렸저!"

"비가 오오 모가 자라오."

"잉?"

"참 너두 딱하다……! 비가 오오— 모가 자라오— 그래두 몰라?"

"히히…… 비—가 오—오, 모—가 자—자—라 자—라오, 히히…… 비—가 오—오, 모—가 자—라 자—라오."

"에이 귀 따가워!"

경손이는 비로소 제가 어디 와서 있던 줄을 깨닫고는 벌떡 일어나더니, 마루의 뒷문에 연한 툇마루를 타고 뒤채의 큰방인 제 모친의 방으로 들어갑니다.

그 방에는 경손의 숙모 조씨까지 건너와서 동서가 바느질을 하고 앉아 소곤소곤 무슨 이야기를 하다가, 경손이가 달려드는 *설레에 뚝 그칩니다.

"넌 네 방에서 공부나 하던 않구, 무엇 하느라구 앞뒤루 드나들구 이래?"

경손의 모친 박씨가 *지날말 나무람 겸 하는 소립니다.

"놀구 싶을 땐 책 덮어 놓구서 맘대루 유쾌하게 놀아야 합니다요!"

경손이는 떠벌거리면서 바느질판 한가운데로 펄씬 주저앉습니다. 바느질감이 모두 날리고 밀리고 야단이 납니다.

"아, 이 애가 웬 수선을 이리 피워…… 공분 밤낮 꼴찌만 하는 녀석이, 놀 속은 남보담 더 바치구……."

"어머니두……! 내가 공부 못한다구 우리집 재산이 딴 데루 갈까……? 태식이 천치는, 비가 오오 모가 자라오, 그거 두 줄 가지구 한 달을 배워두 천석꾼인데…… 아 그런데 이 경손 씨가 만석 상속을 못 받어요?"

"넌 어디서 *중동이 생겼나 보더라……! 쓸데없는 소리 말구, 공부 잘해!"

"낙제만 않구 올라가믄 돼요…… 학교 성적 좋은 녀석 죄다 바보야…… 아 참, 우리 작은아버진 말구서…… 그렇죠? 아즈머니……."

무슨 일인지, 경손이는 이 집안의 그 많은 인간 가운데 유독 그의 숙부 종학 하나만은 존경을 합니다.

"말두 말아!"

조씨가 그러잖아도 뚜―나온 입술을 좀더 내밀고 쭝긋거리면서, 경손의 말을 탓을 하던 것입니다.

"……세상, 그런 못난 사람두 있다더냐?"

"우리 작은아버지가 못나요? 난 보니깐, 우리집에선 제일 잘나구 똑똑합디다. 단, 경손이 대감만 빼놓구서, 하하하…… 나두 우리 작은아버지 닮아서 이렇게 똑똑해……! 그렇죠, 어머니? 내가 똑똑하죠?"

"옜다, 이 녀석! 까불기만 하는 녀석이, 어디서……."

"하하하하……."

"사내가 오죽 못나믄 첩 하날 못 얻어 살구서……."

조씨는 혼자 말하듯 구느름을 내다가, 바늘귀를 꿰느라고 고개를 쳐듭니다. 새초옴한 게 벌써 새서방 종학이한테 귀먹은 푸념깨나 쏟아져 나올 상입니다.

"첩 얻으믄 못써요! 태식이 같은 오징어(연체동물) 생겨나요, 시들부들…… 그렇죠? 아즈머니!"

"말두 말래두……! 첩을 백은 못 얻어서, 새장가 든다구 조강지처 이혼하려 들어? 그게 못난 사내 아니구 무어라더냐……? 그리구서두 머? 경찰서장……? 흥, 경찰서장 똥이나 빨아 먹지!"

"흥! 작은아버지가 경찰서장 할 사람인 줄 아시우? 참 어림없수!"

"그래두 그럴 양으루 법률 공부 배운다믄서?"

"말두 마시우. 큰사랑 뚱뚱할아버지, *헷다방 아주, 작은손자가 경찰서장 될라치믄 영감님이 척 뽐낼 양으루! 흥!"

"너 이 녀석, 어디 가서 그런 소리 *지망지망 해라?"

경손의 모친은 경계하는 소립니다. 그 소리가 시할아버지 귀에라도 들어가고 보면 생벼락이 내릴 테요, 따라서 말을 낸 경손이도 한바탕 무슨 거조든지 당할 터이니까 말입니다.

그러나 조씨는 연방 더 전접스럽게,

헷다방
헛다방. 헛일.

지망지망
조심성이 없고 경박하게 촐랑대는 모양.

166 채만식

"워너니 자기가 진작 맘 돌리기 잘했지야…… 주제에 무슨 경찰서 장은……."

"아즈머니두……! 아즈머니두 경찰서장 등 대구 있었수? 그랬거덜 랑 얼른 이혼하시우. 경찰서장 오백 리 갔수!"

"아, 저놈이 못 할 소리가 없어!"

경손의 모친이 눈을 흘기면서 나무랍니다.

"어머니두! 이혼하는 게 왜 나뿐가? 내가 여자라믄 백 번만 결혼하 구 백 번만 이혼해 보겠던걸…… 헤헤…… 그런데 참, 어머니!"

"듣기 싫여!"

"아냐, 저 거시키…… 서울아씨 시집 안 보내우!"

"매친 녀석!"

"뭘 그래! 시집 보내예지. 난 꼴 보기 싫여!"

"이 녀석이 시방 맞구 싶어서……."

"내버려두시오! 그 애야 다아 옳은 말만 하는걸…… 난 그리잖어두 맘 없는 집살이에, 덮친 디 엎친다구, 시고모 등쌀에 생병이 나겠습디 다…… 난 그 아씨 꼴 아니 봤으면 살이 담박 지겠어!"

"오—라잇! 우리 아즈머니 부라보……! 아 그렇구말구요. 서울아씬 시집 보내구, 아즈머니두 이혼하구서 새루 결혼하구, 응? 아즈머니!"

"네 요놈, 경손아!"

"네에?"

"너, 정녕 그렇게 까불구 그럴 테냐?"

"하하하…… 그럼 다신 안 그리께요…… 그 대신 오십 전만……."

"망할 녀석?"

경손의 모친은 일껏 정색을 했던 것이, 경손이가 *더펄대는 바람에

더펄대다
들떠서 침착하지 못하
고 자꾸 경솔하게 행동
하다.

그만 실소를 해버립니다.

"응? 어머니…… 오십 전만……."

"돈은 무엇에 쓸 양으루 그래?"

"하, 사내대장부가 돈 쓸 데 없어요? 당당한 백만장자 윤직원 윤두섭 씨의 맏증손자 윤경손 씨가!"

"난 돈 없으니, 그렇거들랑 큰사랑 할아버지께 가서 타 쓰려무나?"

"피— 무척 내가 이뻐서 돈 주겠수…… 어머니 히잉— 오십 전마아안……."

"없어!"

"이 애야, 그럴라 말구……."

조씨가 옆에서 꼬드기는 소립니다.

"……서울아씨더러 좀 달래려무나……? 넌 그 아씨 시집 보내 줄 걱정까지 해주는데, 그까짓 돈 오십 전 아니 주겠니? 오십 전은 말구 오원, 오십 원두 주겠다!"

물론 서울아씨가 미워라고 시방 그 쑥 나온 입술로 비꼬는 솜씨지요. 그런데 경손이는 거기 귀가 반짝 하는지 눈을 깜작깜작 고개를 깨웃깨웃,

"서울아씰……? 시집 보내 준다구……? 하하, 오옳지, 옳아!"

하면서 무릎을 탁 치고 일어서더니,

"됐어, 됐어……! 왜 아까 그때 바루 그 생각을 못 했을까……? 어쩐 말이냐!"

거드럭거리다
거만스럽게 잘난 체하며 자꾸 버릇없이 굴다.

하고 *거드럭거리고 나갑니다.

박씨는 아들놈 등뒤를 걱정스럽게 바라다보면서 무슨 말을 할 듯 말 듯하다가 그만둡니다.

*분배를 놓던 경손이가 나가고 방 안이 갑자기 조용하자, 두 동서는 제각기 제 생각에 잠겨 한동안 바느질 손만 바쁩니다.

"때그르르."

마침 박씨가 굴리는 실패 소리에 정신이 들어 조씨는 자지러지듯 한숨을 내쉽니다.

"형님은 그래도 좋시겠수……."

"……."

"아즈바님이 따루 계시긴 하세두, 다아 마음은 아니 변허시구…… 다아 저렇게 똑똑한 아들두 두시구…… 난 전생에 무슨 업원이 그대지두 중했는지, 팔자가 이 지경이니……! 차라리 죽은 목숨만두 못한 인생……! 그래두 우리 어머니 아버진, 날 이 집으루 시집 보내믄서, 만석꾼이 집 *지차 손주며느리래서, 호강에 팔자에, 모두 늘어질 줄 알았을 테지!"

"그런 소리 하지 말소!"

박씨가 위로의 말대답을 합니다. 그러나 박씨는 이 동서를 위로해 줄 말이 딱합니다.

번번이 마주 앉으면 노래 부르듯 육장 두고서 하는 꼭 같은 푸념이요 팔자 탄식인 걸, 그러니 인제는 듣기도 헤먹거니와 이편의 위로엣 말도 밤낮 되풀이하던 그 소리라 말하는 나부터가 헤먹습니다.

"……난들 무슨 팔자가 그리 *우나게 좋다던가……? 남편이 저럭허구 다닐 테믄 맘 변하나 안 변하나 매일반이지…… 자식은 하나 두었다는 게 벌써 에미 품인에서 빠져나간걸…… 그러니 동세나 내나 고단하긴 매양 같지, 별수 있는가……? 다같이 부잣집 이름 좋은 종이요 하인이지…… 대체 이 집은……."

분배
많은 사람들이 야단스럽게 부산을 떨며 법석이는 일. 북새.

지차
맏이 이외의 자식들.

우나다
유별나다.

안존하던 박씨의 음성은 더럭 *보풀스러워지면서, 아직 고운 때가 안 가신 눈이 샐룩 까라집니다.

"……무얼루, 무엇이 만석꾼이 부잔고……? 이 옷 주제허며 손이 이게 만석꾼이 집 며느리들이람? ……끌끌……."

미상불 동서가 다 영양이 좋지 못한 얼굴입니다. 손은 작년 겨울에 터진 자국이 여름내 원상 회복이 못 된 채 *북두갈고리 같습니다.

박씨는 여태도 *인조항라 고의를 입고 있고, 조씨는 역시 배 사먹으러 가게 설렁한 검정 목 *보일 치마를 휘감고 있습니다.

박씨는 저네들의 주제를 들여다보다가, 고개를 돌려 방 안 짐을 둘러봅니다.

화류 의걸이에 이불장에 *삼층장에 머릿장에 베갯장에 양복장에, 이칸 장방이 그득, 모두 으리으리합니다.

"……저런 게 다아 무슨 소용인구……! 넣어 두구 입을 옷이 있어야 저런 것두 생색이 나지…… 저런 걸 백 개 들여노니, 얼명주단속곳 한 벌 만한가! 아무짝에두 쓸디없는 치레뻔…… 난 여름부터 고기가 좀 먹구 싶은 걸 못 얻어먹었더니……."

동서의 위로가 아니고 어쩌다가 제 자신의 구느름이 쏟아져 나와서 마악 거기까지 말이 갔는데, 헴 하는 연한 밭은기침 소리에 연달아 미닫이가 사르르 열립니다.

옥화가 왔던 것입니다. 창식이 윤주사가 올 봄에 새로 얻은 기생첩, 그 옥화랍니다.

기생으론 그다지 세월도 없었으나 어느 여학교를 이 년인가 다녔고, 그런데 어디서 배웠는지 묵화를 좀 칠 줄 아는 것으로, 그 소위 아담한 교양이 윤주사의 눈에 들었던 것입니다.

하나 생김새는 도저히 아담함과는 간격이 뜹니다.

*도량직한 얼굴이면서 어딘지 새침한 바람이 돌고, 그런가 하고 보면 생긋 웃는데 눈초리가 먼저 웃습니다.

이 새침새가 남의 조강지처로는 아무래도 팔자가 세겠는데, 마침 고놈 눈웃음이 화류계 계집으로 꼭 맞았습니다. 다시 그의 흐뭇하니 육감적으로 두터운 입술은 그 이상의 것을 암시하구요.

옥화는 이 큰댁엘 자주 드나들어, 시아버지 윤직원 영감의 귀염을 일쑤 받고, 외동서 조씨의 성미를 맞추기에 노력을 하고, 서울아씨나 이 두(남편의) 며느리와도 사이가 좋습니다. 능한 외교 수완을 지니고 있는 게 분명한데, 그러고서도 기생으로 세월이 없었다니 좀 이상은 합니다마는, 실상인즉 그러니까 윤주사 같은 봉을 잡았지요.

옥화는 언제고 여학생 차림을 합니다. 기생의 여학생 차림이란 어딘지 좀 빤지르르한 게 암만해도 *프로 취(職業臭)가 흐르기는 하는 것이지만, 당자들은 그걸 교정할 용기가 없어, 옥화도 그 본에 그 본입니다. 그래도 옥화 저더러 말하라면 기생은 일시 액운이었고, 인제 다시 예대로 여학생 저를 찾은 것이랍니다.

"두 동세분이 바누질을 하시는군?"

옥화는 영락없이 눈으로 웃으면서, 깍듯이 며느리들더러 *허우를 하여, 어서 오시라고 일어서는 인사를 맞대답합니다.

"……그새 다아 안녕허시구?"

옥화는 손에 사들고 온 과자 꾸러미를 내놓으면서 주객 셋이 둘러앉습니다.

"무얼 오실 때마다 늘 이렇게…… 허긴 잘 먹습니다마는!"

도량직하다
도리암직하다. 동글납작한 얼굴에 키가 자그마하고 몸매가 얌전하다.

프로 취
전문가다운 용모

허우를 하다
하오하다. 상대를 예사로 높여 말하다.

박씨가 치하를 합니다. 미상불 옥화는 언제고 빈손으로 오는 법은 없습니다.

"잘 자시니 좋잖우? 호호…… 그런데 저어, 새서방 소식이나 들었수?"

이건 조씨더러 가엾어하는 기색으로 묻는 말!

"내가 그이 소식을 알다간 서쪽에서 해가 뜨라구요?"

"원 저를 어째……! 부부간에 *의초가 그렇게 아니 좋아서 어떡허우!"

"어떡허긴 무얼 어떡해요……! 날, 잡아먹기밖에 더 허까!"

"아이, 숭헌 소릴……."

옥화는 박씨가 풀어 놓는 비스켓을 저도 하나 집어넣으면서,

"……그 얌전한 서방님이, 어째 색신 마댄담……? 그 아우 형제가 둘이 다아 얌전하기야 조옴 얌전한가……! 아이 참, 어디 나갔수?"

"누가요?"

박씨는 무슨 소린지 몰라 뚜렛뚜렛합니다.

"누구라니 새서방…… 경손 아버지 말이지……."

"그이가 오기나 했나요?"

"오기나 하다께……? 아, 온 줄 몰루?"

"네에."

"어쩌나!"

"왔어요?"

"오기만……! 아까 저어, 아따 우미관 앞에서 만난걸…… 그리구 언제 왔느냐니깐 아침차루 왔다구, 그 말꺼정 했는데!"

"그래두 집엔 아니 왔어요!"

"어쩌나……! 저거 야단났군! 호호."

"야단날 일이나 있나요……! 아마 볼일이 바빠서 미처 집엔 들를 틈이 아니 난 게죠."

속은 어떠했던지 박씨는 그래도 이만큼 사람이 둥글고 덕이 있습니다.

세 여자는 잠깐 말이 없이 잠잠합니다. 시방 박씨는 남편 종수가 분명 어디 가서 난봉을 피우고 있으려니, 그래도 올라는 왔으니까 얼굴이라도 뵈기는 하겠지, 이런 생각을 혼자 하고 있고, 옥화는 옥화대로 긴한 사무가 있어, 인제는 이만해도 마을 나온 증거는 만들어 놓았으니까 조금만 더 있다가 정작 가볼 데를 가보아야 하겠다는 생각을 하고 있고.

그리고 조씨는, 옥화의 백금반지야 금반지야 다이아반지가 요란한 고운 손길이며 진짜 비단으로 휘감은 옷이며를 골고루 여새겨 보면서, 논다니요 첩데기란 아무래도 이렇게 제 티를 내는 법이니라고, 에이 더럽다고 속으로 비웃고 있습니다.

그러나 진실로 그 속의 속을 캐고 볼 양이면 조씨는, 옥화가 그렇듯 좋은 패물이며 값진 옷을 입고 이쁘게 단장을 하고서 한가로이 마음 편히 놀러 다니는 팔자가 부러워 못 견딥니다.

부러웠고, 부러우니까는 오기가 나고, 그래 *앙앙한 오기가 바싹 마른 교만을 부리던 것입니다.

앙앙하다
매우 마음에 차지 아니
하거나 야속하다.

이편, 경손이는 다뿍 불평스런 얼굴을 우정 만들어 가지고 안방으로 들어옵니다.

서울아씨와 태식이의 두 가수(歌手)는 여전히,

"……헤야, 하징 아니 하고오!……"

의 『추월색』 오페라와,

"비―, 비―가 오―오. 모―모―가 모―가 자―자―라 자― 라오."

의 맹꽁이 음악을 끈기 있게 쌍주하고 있습니다.

경손이는 심상찮이 불평스런 얼굴은 얼굴이라도, 일변 매우 조심성 있게 서울아씨가 누웠는 옆에 가 앉습니다.

"그게 무슨 책이죠?"

"『추월색』이란다."

서울아씨는 긴치 않다고 이맛살을 약간 찌푸립니다.

그러나 경손이는 더욱 은근합니다.

"퍽 재밌죠?"

"그렇단다!"

"그럼 나두 한번 봐예지!"

경손이는 혼자 중얼거리고는, 한참 있다가 또,

"……전서방, 저녁 다아 먹었나……? 대고모가 아까 차려 내보낸 게 전서방 밥상이죠?"

서울아씨는 속이 뜨끔했으나 겉만은 아무렇지도 않게 경손을 바라봅니다.

"그렇단다…… 왜 그러니?"

"아뇨, 밥 다 먹었으믄 나가서 돈 좀 달라구 하게요."

"……."

서울아씨는 아까 대복이의 저녁 밥상을 차리러 나서느라고 저도 모르게 일으킨 이변을 비로소 깨달았으나, 그래서 속이 뜨끔했던 것이나, 경손이가 막상 눈치를 채지는 못한 것 같아서 적이 마음이 놓였습니다.

그러나 아직 완전히 안심은 할 수가 없어 좀더 속을 떠보아야 하겠어서, 슬며시 오페라를 중지하고 짐짓 제 말 나오는 거동을 살피려 드는데, 경손이는 연해 혼자말로 두런두런,

"에이! 고 재─리, 깍쟁이!"

"……."

"고거, 죽어 버렸으믄 좋겠어!"

"……."

"그 중에 그 따위가 병신이 지랄하더라구, 내 참!"

"……."

"아, 글쎄 대고모!"

"왜?"

"아, 대복이 녀석이, 말이우……."

"그래서?"

"내 참……! 내 인제, 마구 죽여 놀 테야!"

"아—니, 왜 그래? 무어라구 욕을 하든?"

"욕은 아니라두, 욕보다 더한 소리지 머!……"

"무어랬길래 그래?"

"아, 고 병신이, 밤낮 절더러, 대고모 말을 하겠지! 망할자식 같으니라고!"

서울아씨는 얼굴이 화끈 다는 것을 어찌하지 못했습니다.

"무어라구 내 말을 한단 말이냐?"

"머, 별소리가 많아요! 느이 대고모님은 참 얌전한 부인네라구, 그런 소리두 하구…… 또오……."

"또오?"

"퍽 불쌍하다구…… 소생이 무언지, 소생이라두 하나 있었더라믄 그래두 맘이나 고난치 않았을걸, 어쩌구 그런 소리두 하구…….."

"주제넘은 사람두 다아 보겠다! 제가 무엇이 대껴서 날 가지구 그러네저러네 해?"

말의 뜻에 비해서는 악센트가 그다지 강경하진 않습니다. 대복이를 꾸짖자기보다, 경손이한테 발명이기가 쉽지요.

"그러게 말이에요…… 내 인제, 다시 그따위 소릴 하거던 마구 그냥 죽여 놀 테에요!"

"……."

"큰사랑 할아버지께 고해서, 아주 밥통을 떼어 놓던지…… 망할자식! 상놈의 자식이!"

"경손아?"

서울아씨는 긴장한 태를 아니 보이느라고 내려놓았던 『추월색』을 도로 집어 들면서 경손이를 부르는 음성도 대고모답게 상냥하고도 *위의가 있습니다.

경손이의 대답 소리도 거기 알맞게 대단히 삼가롭습니다.

"너, 애여 남허구 시비할세라?"

"내애."

"대복이가 했단 소리가, 다아 주저넘구 하긴 하지만, 넌 아직 어린애니깐 남하구 시빌 하구 그래선 못써요……! 좀 귀에 거실리는 소릴 하더래두 거저 들은 숭 만 숭하는 것이지, 응?"

"내애."

"그리구, 그런 되잖은 소리 들었다구, 이 사람 저 사람한테 옮기지두 말구…… 그따위 소린 한 귀루 듣구 한 귀루 흘려 버릴 소리 아냐?"

"네에, 아무더러두 얘기 아니 허께요!"

경손이는 푸시시 일어서고, 서울아씨는 도로 오페라를 계속하려고 합니다.

"밥이나 다아 먹었나? 작자가!"

경손이는 혼자 중얼거리면서 미닫이를 열다가 짐짓 머뭇머뭇하는 체하더니,

"대고모?"

하고 어렵사리 부릅니다.

"왜?"

"저어, 저녁이라 말하기가 안돼서 그러는데요!"

"그래?"

"내일 대복이한테 타서 도루 가져다 드리께, 저어, 돈 이 원만!"

"돈은 이 원씩이나 무엇에 쓰니?"

"좀 살 게 있어서 그래요!"

서울아씨는 더 묻지도 않고 일어서더니 *의걸이를 열쇠로 열고는 속서랍에서 일 원짜리 두 장을 꺼내다가 줍니다.

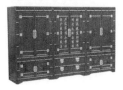

의걸이
위는 옷을 걸 수 있고, 아래는 반닫이로 된 장.

대체 서울아씨가 다른 사람도 아니요, 경손이한테 돈을 이 원씩이나 주다니, 그것 또한 이변이 아닐 수 없습니다. 오늘 저녁처럼 경손이가 서울아씨를 존경(?)하고 서울아씨는 경손이한테 상냥하게 굴고 한 적도 물론 전고에 없는 일이고요.

"내일 대복이한테 타서 드리께요?"

경손이는 두 손 받쳐 돈을 받고, 서울아씨는 그 소리를 도리어 나무람하되,

"내가 네게다가 돈 취해 줄 사람이더냐……? 그런 소리 말구, 가지구 가서 써요!"

다아 이렇습니다.

가령 받고 싶더라도 아니 받을 생각을 해야지요. 살쾡이가 닭 물어다 먹고서 갚는 법 있나요.

경손이는, 네에 그러겠습니다고, 더욱 공손히 대고모 안녕히 주무세요란 인사까지 한 후에 마루로 나오더니 안방에다 대고 혓바닥을 날름, 코를 실룩, 눈을 깨끗, 오만 *양냥이짓을 다 합니다.

양냥이
'입'을 속되게 이르는 말.

구두를 신노라니까 등뒤에서 마루의 괘종이 아홉 시를 칩니다.

아홉 시면 지금 가더라도 '모로코' 밖에 못 볼 텐데 어쩔꼬 싶어 작정을 못 한 대로 나가기는 나갑니다. 아무튼 나가 보아서 영화를 보든지, 영화는 내일 밤으로 미루고 동무를 불러 내어 그 돈 이 원을 유흥을 하든지 하자는 것입니다.

안대문은 잠겼고, 그래 사랑 중문으로 가는데 큰사랑에 춘심이가 와서 있는 것이 미닫이의 유리쪽으로 얼핏 들여다보였습니다.

경손이는 잠깐 서서 무엇을 생각하다가, 잠자코 대문 밖으로 나가더니 조금 만에 되짚어 들어오면서,

"삼남아?"

하고 커다랗게 부릅니다. 삼남이는 벌써 십오 분 전에 잠이 들었으니까 대답이 없고, 대복이가 건넌방 앞문을 열고 내다봅니다.

"여기 춘심이라구 왔수? 어떤 여편네가 대문 밖에서 좀 불러 달래우!"

경손이는 대단히 성가신 심부름을 하는 듯이 볼멘소리로 투덜거려 놓고는, 이내 돌아서서 씽씽 나가 버립니다.

대복이가 전갈을 하기 전에 춘심이는 제 귀로 알아듣고 뛰어나와서 납작구두를 신는 둥 마는 둥 대문 밖으로 달려나옵니다.

대복이나 윤직원 영감은 경손이가 하던 소리를 곧이를 들은 건 물론이요, 춘심이도 깜빡 속아 제 집에서 누가 부르러 온 줄만 알았습니다.

춘심이는 대문 밖으로 나가서 문등이 환히 비치는 골목을 둘레둘레, 왔으면 어머니가 왔을 텐데 어디로 갔는고, 하고 밟아 나옵니다.

마침 옆으로 빠진 *실골목 앞까지 오느라니까, 경손이가 그 안에서 기침을 합니다.

춘심이는 비로소 경손한테 속은 줄을 알고는 골딱지가 나려다가 생각하니 반가워, 해뜩해뜩 웃으면서 쫓아갑니다. 경손이도 말없이 웃고 섰습니다.

"울 어머니 어딨어?"

"느이 집에 있지, 어딨어?"

"난 몰라……! 들어가서 영감님더러 일를걸?"

"머야……? 흥! 연앨 톡톡히 하시는 모양이군……? 오래잖아 우리 큰사랑 할머니 한 분 생길 모양이지?"

"몰라이! 깍쟁이……."

춘심이는 마구 보풀을 내뗍니다. 속이 저린 탓으로, 경손이가 혹시 아까 윤직원 영감과 반지 조건을 가지고 연애 계약을 하던 경과를 죄다 듣고서 저러는 게 아닌가 싶어, 젖내야 날 값에 그래도 계집애라고 그런 연극을 할 줄 알던 것입니다. 게나 가재는, 나면서부터 꼬집을 줄 알듯이요.

"……머, 내가 누구 때문에 밤낮 여길 오는데 그래…… 늙어 빠지구 *귀인성 없는 영감님이 그리 좋아서……? 남 괜히 속두 몰라주구, 머……."

춘심이는 제가 지금 푸념을 해대는 말대로, 늙어 빠지고 귀인성 없는 윤직원 영감이 결단코 좋아서 오는 게 아니라, 윤직원 영감한테 오는 체하고서 실상은 경손이를 만나러 온다는 게, 그게 정말인지 아닌

실골목
좁고 가느다란 골목.

귀인성
신분이나 지위가 높고 귀하게 될 타고난 바탕 이나 성질.

지는 춘심이 저도 모르는 소립니다. 아마 보나 안 보나 윤직원 영감과 경손이를 다 같이 만나러 오는 것이기 십상일 테지요.

그러나 시방 이 경우 이 자리에서는 단연코 경손이 때문에 온다는 것으로, 팔팔 뛰지 않지 못할 만큼 춘심이도 본시, 그리고 벌써, 계집이던 것입니다. 천하의 계집치고서, 멍텅구리 외에는 남자를 속이지 않는 계집은 아마 없나 보지요?

춘심이는 윤직원 영감한테 다니기 시작한 지 세 번째 만에 경손이를 알았습니다.

석양쯤 해선데, 춘심이가 윤직원 영감이 있으려니만 여겨 무심코 방으로 쑥 들어서니까, 커—다란 윤직원 영감은 간데없고, 웬 까까중이의 죄꼬만 도련님이 연상 앞에서 라디오를 만지고 있었습니다.

좀 무색했으나, 고 도련님 이쁘게도 생겼다고, 함께 동무해서 놀았으면 좋겠다고 생각했습니다.

경손이는 뚱뚱보 영감한테 들켰나 해서 깜짝 놀랐으나, 이어 아닌 걸 알고, 한데 요건 또 웬 계집앤고 싶어 춘심이를 마주 짯짯이 쳐다보았습니다.

전에 이 큰사랑에 오던 계집애는 이 계집애가 아닌데…… 그것들은 모두 빌어먹게 보기 싫었는데…… 이건 어디서 깜찍하니 고거 이쁘게는 생겼다…… 동무해서 놀았으면 좋겠다…… 경손이 역시 이렇게 생각했습니다.

연애에는 소위 *퍼스트 임프레션이라는 게 제일이라구요. 과연 둘이 다 같이 첫인상이 만점이었습니다.

그래, 하나는 문지방을 잡고 서서, 하나는 라디오의 스위치를 잡고 앉은 채 한참이나 서로 쳐다보았습니다. 그러다가 경손이가 먼저,

퍼스트 임프레션
(first impression)
첫인상.

“너, 누구냐?”

하면서 눈에 나타난 호의와는 다르게 텃세하듯 따지고 일어섭니다.

“넌, 누구냐?”

춘심이 역시 말소리는 강경합니다. 적어도 이 댁에서 제일 어른이요 제일 크고 뚱뚱한 영감님, 그 어른한테 다니는 낸데, 제까짓것 까까중이 도련님이면 소용 있느냐 속이겠다요.

시쁘다
마음에 차지 아니하여 시들하다.

궂다
죽게 하다. 일을 그르치게 하다.

경손이는 장히 *시쁘다고 바짝 다가와 춘심이를 들여다봅니다.

“그래, 난 이 댁 도련님이다!”

“피이…… 도련님이 아니구 영감님이믄 사람 하나 *궂힐 뻔했네!”

“요 계집애 건방지다!”

“아니믄……? 병아리 새끼처럼 텃셀 해요!”

“요것 보게…… 너 요것, 주먹 하나 먹구퍼?”

“때리믄 제법이게?”

“정말?”

“그래!”

“요―걸!”

경손이가 번쩍 들이대는 주먹이 코끝으로 육박을 해도 춘심이는 꼼짝 않고 서서 웃습니다. 웃음도 나름이지만, 이건 호의가 가득한 웃음입니다.

“하하, 고거 야!”

경손이는 주먹을 도로 내리면서 좋게 웃습니다. 역시 춘심이처럼 호의가 가득한 웃음입니다.

“왜 안 때려?”

“울리믄 쓰나!”

"내가 울어?"

"네 이름이 무어지?"

"알면서 물어요!"

"내가, 알아?"

"그─럼!"

"내가?"

"너─너─하는 건 무언데?"

"오옳지! 너라구 했다구! 하하하…… 그럼, 아가씨 존함이 누구시오?"

"누가 아가씨랬나? 해해해……."

"하하하…… 무어냐? 이름이……."

"춘, 심……."

"응, 춘심이…… 그리구, 나인?"

"열다섯 살……."

"하! 나허구 동갑이다!"

"정말?"

"응!"

"이름은?"

"경손씨."

"경손씨……? 활동사진 배우 이름매니야……."

"안 돼! 되련님 이름을 그런 데다가 빗대다니……."

"피이!"

"그래두!"

"어쩔 테야?"

"한 대 먹구 싶어?"

경손이는 또 주먹을 들이댑니다. 그러나 그게 아까 먼저보다는 도리어 *무름하건만, 무름할 뿐더러 정말 때릴 의사가 아닌 줄을 빠안히 알면서도 춘심이는 *허겁스럽게 엄살 엄살, 다시 안 그런다고 항복을 합니다.

"다신 안 그러기다?"

"응!"

"응…… 그리구…….."

"무어?"

"아—니…… 참, 너두 기생이냐?"

"응!"

"요릿집이두 댕기구? 응, 인력거 타구?"

"응!"

"그리구서?"

"무얼?"

"인력거 타구, 요릿집이 가서?"

"손님 앞에서 소리두 하구, 술두 치구…….."

"그리구?"

"다—놀믄 인력거 타구 집으로 오구…….."

"그거뿐?"

"뿐!"

"돈은? 아니 받구?"

"왜 안 받아!"

"얼마?"

무름하다
적당하게 무르다.

허겁스럽다
아무지거나 당차지 못하고 겁이 많은 데가 있다.

"한 시간에 일 원 오십 전……."

"꽤다……! 몇 시간이나?"

"대중없어……."

"갈 땐 이렇게 입구 가니?"

"야단나게……? *쪽 찌구 긴치마에 보선 신구 그리구……."

"하하하."

"해해해."

쪽
시집간 여자가 뒤통수에 땋아서 틀어 올려 비녀를 꽂은 머리털.

이때 마침 대문간에서 윤직원 영감의 기침 소리가 들려, 이 장면은 그대로 커트가 됩니다. 그러나 경손이가 총총히,

"저—기, 뒤채 내 방으루 놀러 오너라, 응? 꼭……."
하고 부탁하기를 잊지 않았습니다.

그 뒤로부터 두 아이의 연애는 급속도로 발전을 해갔습니다. 무대는 이 집의 뒤채 경손이의 방과, 영화 상설관과 안국동에 묘한 뒷문이 있는 청요릿집과, 등이구요.

그 사이에 경손이는 춘심이한테 코티의 콤팩트와 향수 같은 것을 선사했고, 춘심이는 *하부다이 손수건에다가 그다지 출 수는 없으나 제 솜씨로 경손이와 제 이름을 수놓아서 선사했습니다. 두 아이의 대강 이야기가 그러했습니다. 그리고 다시, 오늘 밤으로 돌아와서 실골목의 장면인데…….

하부다이
하부타에(はぶたえ). 견직물의 일종으로 '부드러우며 윤이 나는 순백색 비단'의 일본말.

경손이는 춘심이가 너무 억울해 하니까, 그를 믿고(믿고 안 믿고가 아니라 도시에 의심을 했던 게 아니었으니까요) 아무려나 농담이 과했음을 속으로 뉘우쳤습니다.

아마 인간이라고 생긴 것이면, 사내치고서 계집한테 속지 않는 녀석

은 없나 보지요.

"극장 가자……."

경손이는 이내 잠자코 섰다가 불쑥 하는 소립니다.

이 기교 없는 기교에, 정말 아닌 노염이 났던 춘심이는 단박 해해합니다. 가령 정말로 성이 났었더라도 그러했겠지마는요.

"늦었는데?"

"괜찮아?"

당시의 극장의 모습
(동양극장)

"영감님?"

"그걸 핑곌 못 해?"

춘심이는 좋아라고 연신 생글뱅글, 사랑으로 들어가더니, 대뜰에 올라서서,

"영감님? 나, 집이 가봐야겠어요!"

합니다.

"오—냐!"

윤직원 영감의 허—연 수염이 미닫이의 유리쪽을 방 안에 가리며 내다봅니다.

"……누가 불르러 왔더냐?"

"내…… 우리 아버지가 아푸다구, 어머니가 왔어요!"

"그렇거들랑 어서 가보아라…… 거, 무슨 병이 났단 말이냐?"

"모르겠어요. 갑자기, 그냥……."

곽란
음식이 체하여 토하고 설사하는 급성 위장병.

"그럼 무엇 먹은 게 체히여서 *곽란이 났넝가 부구나?"

"글쎄, 잘 모르겠어요!"

"어서 가부아라…… 그리구, 곽란이거던 와서 약 가져가거라……

*사향 *소합환 주께."

"네."

"어서 가부아라…… 그리구 내일 낮에 올라냐? 반지 사러 가게……."

"네."

"꼭 올 티여?"

"내, 꼭 와요!"

"지대리마……? 반지 꼭 사주마?"

"네…… 안녕히 주무세요?"

"오―냐…… 너 혼자 가겠냐?"

"아이! 괜찮아요!"

"무섭거던 삼남이 데리구 가구!"

"무섭긴 무엇이 무서요!"

"그럼 어서 가보구, 내일 오정 때쯤 히여서 꼭 오니랭? 반지 사러 진고개 가게, 응?"

"네."

"잘 가거라, 응!"

"네, 안녕히 주무세요!"

"오―냐, 어서 가거라…… 그리구, 내일 반지 사러 가자."

반지 소리가 들이 수없이 나오나 봅니다.

걱정도 되겠지요. 제 아범이 병이 났다니, 그게 중해서 내일 혹시 오기가 어렵게 되면 또다시 연애를 연기해야 할 테니까요.

그 육중스런 임시 첩장인을 위해, 중값 나가는 사향소합환을 주마는 것과 과연 근경속이 그럴듯하기는 합니다.

사향
사향 노루의 사향샘을 건조하여 얻은 향료.

사향 노루

소합환
사향, 주사 따위를 갈아서 빚어 만든 환약.

아무려나 이래서 조손간에 계집애 하나를 가지고 동락을 하니 노소동락(老少同樂)일시 분명하고, 겸하여 규모 집안다운 계집 소비절약이랄 수도 있겠습니다.

그렇지만, 소비절약은 좋을지 어떨지 몰라도, 안에서는 여자의 인구가 남아 돌아가고(그래 한숨과 불평인데) 밖에서는 계집이 모자라서 소비절약을 하고(그래 칠십 노옹이 예순다섯 살로 나이를 야바위도 치고, 열다섯 살 먹은 애가 강짜도 하려고 하고) 아무래도 시체의 용어를 빌려 오면, 통제가 서지를 않아 물자배급에 *체화(滯貨)와 품부족(品不足)이라는 슬픈 정상을 나타낸 게 아니랄 수 없겠습니다.

체화(滯貨)
상품 따위가 팔리지 않아 쌓여 있음.

12. 세계 사업(世界事業) 반절기(半折記)

역시 같은 날 밤이요, 아홉 시가 한 오 분 가량 지나섭니다. 그러니까 방금 창식이 윤주사의 둘째첩 옥화가 계동 큰댁에 들렀다가 며느리뻘 되는 뒤채의 두 새댁들과 말말 끝에, 집에는 얼굴도 들여놓지 않은 종수를, 아까 낮에 우미관 앞에서 만났다는 그 이야기를 하고 있는 그 시각과 거진 같은 시각입니다.

과연, 그리고 공굘시, 그 시각에 종수는 그의 병정인 키다리 병호의 인도로 동관 어떤 뚜쟁이집을 찾아왔습니다.

종수는 새삼스럽게 소개할 것도 없이, 만석꾼 윤직원 영감의 맏손자요, 창식이 윤주사의 맏아들이요, 경손이의 아범이요, 윤씨네 가문 빛내는 큰 사업의 제일선 용사 중 한 사람으로서 군수 운동을 하느라고 고향에 내려가 군 *고원을 다니는 사람이요, 그리고 장차 경찰서장이

고원(顧員)
관청에서 사무를 돕기 위하여 두는 임시 직원.

될 동경 어느 대학 법학과 학생 종학의 형이요, 이러한 그 종숩니다. 주욱 꿰어 놓구 보니 기구가 대단하군요. 뭐, 옛날 지나 땅의 주공[周公]이라든지 하는 사람은, 문왕의 아들[文王之子]이요, 무왕의 동생[武王之弟]이요, 시방 임금의 삼촌[今王之叔父]이요, 이렇대서 근본 좋고 팔자 좋고 권세 좋고 하기로 세상 우두머리를 쳤다지만, 종수의 기구도 그 양반 주공을 능멸하기에 족할지언정 못하지는 않겠습니다. 이렇듯 몸 지중한 종수가 어디를 가서 오입을 하면 못 해, 하필 구접스레한 동관의 뚜쟁이집을 찾아왔을까마는 거기에는 사소한 내력과 곡절이 있던 것입니다.

종수는 시방 나이 스물아홉, 생김생김은 이 집안의 혈통인만큼 헤멀끔하니 어디 한 군데 야무지게 맺힌 데가 없고, 좋게 보아야 *포류의 질[蒲柳之質]입니다. 혹시 눈먼 관상쟁이한테나 보인다면, 널찍한 그의 얼굴과 훤하니 트인 이마에 만석이 들었다고 할는지 모르지요. 하기야 또 시체는 *상학(相學)도 노망이 나서, 꼭 빌어먹게 생긴 얼굴만 돈이 붙곤 하니까 *종작할 수가 없지마는요.

열일곱에 서울로 공부를 올라와서 입학시험을 친다는 것이 단박 낙제를 했습니다. 그대로 주저앉아 강습소 나부랭이를 다니면서 준비를 하는 체하다가 이듬해 다시 시험을 치렀으나 또 낙제……

열아홉 살에 세 번째 낙제, 그리고 다시 그 이듬해 스무 살에는, 스무 살이나 먹어 가지고 열서너 살짜리 조무래기들과 섭슬려 입학시험을 칠 비위도 없거니와 치자고 해도 지원부터 받아 주질 않았습니다.

그해 그러니까 기사년(己巳年)에 종수의 아우 종학이 삼 년 동안 줄곧 낙제를 한 형의 분풀이나 하는 듯이 우등 성적이요 겸하여 첫째로 ××고보에 입학이 되었습니다.

반이(搬移)
짐을 날라 이사함. 또
는 세간을 운반하여 집
을 옮김.

이때는 벌써 온 집안이 서울로 *반이를 해왔고, 한데 종수는 일이
그 지경이고 보니 어디로 얼굴을 두르나 부끄러운 것뿐, 일변 또 공부
따위는 애초에 하기가 싫던 것이라 아주 작파를 해버렸습니다.

명색이나마 공부를 작파하고 나서는 돈냥이나 있는 집 자식이겠다,
할 노릇이란 빠안한 것, 그 동안 조금씩 익혀 온 술먹기와 계집질에 아
주 털어놓고 투신을 했습니다.

맹꽁이

윤직원 영감은 어린 손자자식이, 그야말로 이마빡에 피도 안 마
른 것이 주색에 빠졌으니 사람 버릴 것이 걱정도 걱정이려니와, 그
보다는 소중한 돈을 물쓰듯 해서 더욱 심화요, 그런데 그보다도 또
속이 상한 건, 크게 바라던 군수가 장마의 개울물에 맹꽁이 떠내려
가듯 동동 떠내려가는 것이었습니다.

그러나 윤직원 영감은 한 번 실패로 큰 목적을 단념할 사람이 아니
었습니다. 그는 두루두루 남의 의견도 듣고 궁리도 해보고 한 끝에, 공
부를 잘 시켜 고등관으로 군수가 되는 길은 글렀은즉, 이번에는 군 고
원으로부터 시작하여 본관을 거쳐 서무주임으로 서무주임에서 군수
로, 이렇게 밟아 올라가는 길을 취하기로 했습니다.

임의롭다
일정한 기준이나 원칙
이 없어 하고 싶은 대
로 할 수 있다.

고향의 군수와는 매우 *임의로운 사이요, 또 도지사와도 자별히 가
깝고 하니까, 종수를 군 고원으로 우선 앉혀 놓고서 운동만 뒷줄로 잘
하게 되면, 자아 본관이요, 네에 서무주임이요, 옜소 군수요, 이렇게
수울술 올라가진다는 것입니다.

과연 고향의 군수는 윤직원 영감의 청대로 선뜻 고원 자리 하나를
종수에게 제공했을 뿐 아니라, 뒷일도 보장을 했습니다.

종수는 제가 군수가 되고 싶다기보다도, 일일이 감독이 엄한 조부
윤직원 영감 밑에서 조심스럽게 노느니, 고향으로 내려가서 마음 탁

놓고 지낼 것이 좋아, 매삭 이백 원씩 가용을 타 쓰기로 하고, 월급 이십육 원짜리 군 고원이 되었던 것입니다. 그것이 꼬박 삼 년 전……

그 삼 년 동안 윤직원 영감이 자기 손으로 쓴 운동비가 꽁꽁 일만 원하고 삼천 원입니다. 그리고 종수가 운동비라는 명목으로 가져간 것이 이만 원 돈이 가깝습니다. 해서 도합 삼만 원이 넘습니다. 하기야 종수가 가져간 이만 원 돈은 그것이 옳게 제 구멍으로 들어갔는지 딴 구멍으로 샜는지, 알 사람이 드물지요마는……

그러나 실상은 돈이 삼만여 원만 든 건 아닙니다.

종수가 가용으로 매삭 이백 원씩 가져갔으니 그것이 삼 년 동안 칠천여 원.

종수가 윤직원 영감의 도장을 새겨 가지고 토지를 잡혀 쓴 것이 두 번에 이만여 원이요, 그것을 윤직원 영감이 *일보(日步) 팔 전씩 쳐서 도로 찾느라고 이만 오천여 원.

일보(日步)
날변. 날로 계산하여 일정하게 무는 이자.

윤직원 영감의 명의로(도장은 물론 가짜지요) 수형 뒷보증(우라가키)을 해 쓴 것을 여섯 번에 사만 원을 물어 주고.

이 두 가지만 해도 칠만 원 돈인데, 그 칠만 원 가운데 종수가 제 손에 넣고 쓴 것은 다 쳐야 단돈 만 원도 못 됩니다. 윤직원 영감으로 보면 결국 손자 종수에게 사기를 당한 셈인데, 그러므로 물어주지 않고 버틸 수도 없는 것은 아닙니다.

그러나 버티고 볼 양이면 종수가 징역을 가야 하니, 이면상 차마 못할 노릇일 뿐만 아니라, 더욱이 바라고 바라던 군수가 영영 떠내려가겠은즉, 목마른 놈이 우물 파더라고, 짜나따나 그 뒤치다꺼리를 다 하곤 했던 것입니다.

그래, 이것저것을 모두 합치면 돈이 십만 원하고도 훨씬 넘습니다.

윤직원 영감은 하도 화가 나고 기가 막혀서, 이 잡아 뽑을 놈아 이놈아, 돈은 무엇에다가 그렇게 물쓰듯 하느냐고, 번번이 불러 올려다가는 도둑놈 닦달하듯 조져 댑니다.

그럴라치면 종수는 군수 운동비와 교제비로 쓴다고 합니다.

그렇거들랑 왜 나더러 달래다가 쓸 것이지, 비싼 고리대금업자의 *변전을 내느냐고 한다 치면, 할아버지가 언제 돈 달라는 족족 주었느냐고 되레 떠받고 일어섭니다.

물론 윤직원 영감은 곧이를 듣지는 않지만, 종수의 구실거리는 그만큼 유리했습니다.

해서 윤직원 영감의 무서운 규모로, 삼 년 동안에 십여 만 원을 그 밑구멍에다가 들이민 것으로 보아 군수, 즉 양반이라는 것의 매력이 위대함을 알겠는데, 그러나 종수는 아직도 한낱 고원으로 있지, 그 이상 더 올라가지는 못했습니다. 월급만은 한차례 삼 원이 승급되어, 이십구 원을 받지만요.

하니, 일이 매우 장황스러 성미 급한 윤직원 영감으로는 조바심이 나리라 하겠지만, 실상은 고원에서 본관까지 사 년, 본관에서 서무주임까지 삼 년, 서무주임에서 군수까지 다시 삼 년, 도합 십 개년 계획이었기 때문에, 아직 유유히 운동을 계속하는 중입니다.

그 덕에 거드럭거리는 건 종숩니다. 군에 다니는 건 명색뿐이요, 매일 술타령에 계집질, 게다가 한 달이면 사오 차씩 서울로 올라와서는 두드려 먹고 놉니다. 돈은 물론 제 집엣돈을 사기해 먹고, 또 그 밖에 중이 망건 사러 가는 돈이라도 걸리기만 하면 잡아 써놓고 봅니다. 그랬다가 다급하면 그 짓, 제 집 돈 사기를 해서 물어주든지, 직접 윤직원 영감한테 운동비랍시고 뻐젓이 돈을 타든지 합니다. 이번에 올라온 것도 그러한 일 소간입니다.

얼마 전에 군의 같은 동료가 맡아 보는 돈 천 원을 둘러 쓴 일이 있는데, 그 돈 채워 놓아야 할 날짜가 이삼 일로 박두했고, 일변 술도 날씨 선선해진 판에 한바탕 먹어 제끼고 싶고, 이참저참 올라왔던 것인데, 방위가 나빴던지 일수가 사나웠든지, 첫새벽 정거장에서 내리던 길로 일이 모두 꿀리기만 했습니다.

첫째, 어제 시골서 떠나기 전에 전보를 쳐두었는데 키다리 병호가 마중을 나오지 않았습니다. 돈을 얻재도, 술을 먹재도, 오입을 하재도, 종수는 그의 병정인 키다리 병호가 아니고는 꼼짝을 못 합니다. 수형을 현금으로 바꾸어 오고, 요릿집과 기생을 *분변을 시키고, 더러는 외상 요리의 교섭을 하고, 계집을 중매 서고, 이래서 종수가 서울서 노는데는 돈보다도 더, 그리고 먼저 필요한 게 병호 그 사람입니다.

그렇기 때문에 미리서 전보까지 쳐두었던 것인데, 정거장으로 나오지를 않았습니다. 이건 병이 났거나 타관에를 갔거나 한 것이라고 낙심을 한 종수는, 그래도 막상 몰라 애오개 산비탈에 박혀 있는 병호의 집까지 찾아갔습니다.

역시 병호는 집에 없고 그의 아낙의 말이, 어제 낮에 잠깐 다녀온다고 나간 채 여태 안 들어왔다는 것입니다. 그렇다면 먼 타관에는 가지 않은 듯싶고, 그것이 적이 다행해서, 들어오는 대로 곧 만나게 하라는 말을 이른 뒤에, 언제고 서울을 올라오면 집보다도 먼저 찾아드는 ××여관에다가 우선 자리를 잡았습니다.

××여관에서 종수는 조반을 먹고 드러누워 늘어지게 한잠을 잤습니다. 간밤에 침대차가 만원이 되어 잠을 못 잔 것이 피곤도 하거니와, 이따가 저녁에 한바탕 놀자면 정력을 길러 두는 것도 해롭진 않았습니

분변
분별(分別).

다. 또 그러한 필요가 아니라도 병호가 없는 이상, 막대를 잃어버린 장님 같아 저 혼자서는 *옴나위를 못 하니까, 낮잠이 제일 만만합니다.

한잠을 푹신 자고 나니까 오정이 지났는데, 병호는 그때까지도 오지 않았습니다. 종수는 또 한 번 애오개를 나갔다가 그만 허탕을 치고는 답답한 나머지 여기저기 그를 찾아다녀 보았습니다. 그러다가 우미관 앞에서 재수 없이 옥화를 만났던 것입니다.

종수가 도로 여관으로 돌아와서 네시까지 기다리다가 그만 *질증이 나서, 다 작파하고 조부 윤직원 영감한테 급한 돈 천 원이나 옭아 내어 가지고 내려가 버릴까, 내일 하루 더 기다려 볼까 망설이는 판에, 키다리 병호가 터덜터덜 달려들었습니다.

"허! 미안허이!"

병호는 말처럼 긴 얼굴을 소처럼 웃으면서 방으로 들어섭니다.

"무얼 핥어먹느라구 밤새두룩 주둥일 끌구 다녔수?"

종수는 일어나지도 않고 버얼떡 누운 채, 전봇대 꼭대기같이 한참이나 올려다보이는 병호의 얼굴을 눈흘겨 주다가 한 마디 비꼬던 것입니다. 남더러 전접스런 소리를 잘하는 것도 아마 윤직원 영감의 대부터 내림인가 봅니다.

그러나 그보다도 종수는 갈데없는 후레자식입니다.

한 것이, 병호와는 같은 고향인데, 나이 십오 년이나 층이 집니다.

십오 년이면 *부집(父執)이 아닙니까. 종수 제 부친 창식이 윤주사가 마흔여섯이요 해서, 사실로 병호와는 *네롱네롱하는 사이니까요.

그런 것을 글쎄, 절하고 뵙진 못할망정 버얼떡 자빠져서는 한단 소리가 무얼 핥아먹느라고 주둥이를 끌고 다녔느냐는 게 첫인사니, 놈이 후레자식이 아니라구요.

하나 병호는 아주 *이상입니다.

"머, 그저 모처럼 봉을 하나 잡았더니, 그놈을 뚜디려 먹느라구."

"그래서……? 문 밖 별장으루 나갔던 속이구면?"

"응."

"각시 맛두 봤수?"

"미친 녀석! 늙은 사람두 그런 것 바친다드냐?"

"아—무렴! 개가 똥을 마대지?"

둘이는 걸찍하게 농지거리로 주거니받거니 합니다. 그러니 결국 종수로 하여금 버르장머리가 없게 하는 것은 이편 병호가 속이 없고 *농판스런 탓이요, 그걸 받아 주는 때문입니다.

그러나 남의 병정을 잘 서먹자면 그만큼이나 구—수하지 않고는 *붙일성이 없겠으니 또한 직업인지라 어쩔 수 없다는 게 병호의 변명입니다.

"돈을 좀 마련해야 할 텐데?"

종수는 그제야 일어나더니 잔뜩 쪼글트리고 앉으면서 담배를 붙여 뭅니다.

"해보지…… 얼마나?"

병호의 대답은 언제나 선선합니다.

"꼭 천 원허구 또, 한 오백 원……."

"오늘루 써야 허나?"

"천 원은 내일 해전루 되면 좋구, 오늘은 오백 원 가량만……."

"해보지……! 그렇지만 은행 시간이 지나서, 좀……."

"그러니까 진작 오정 때만 왔어두 좋았지! 핥어먹으러 싸아다니느라구……."

이상이다
밉살스럽게 지껄이며 빈정거리다.

농판스럽다
분위기나 행동거지가 진지하지 못하고 장난기가 농기가 있다.

붙일성
붙임성. 남을 잘 사귀는 성질.

"허! 참, 잡놈이네! 비 올 줄 알면 어느 개잡년이 빨래질 간다냐? 네가 몇 시간만 더 일찍 전볼 치지?"

"긴소리 잔소리 인전 고만 해두구, 어서, 어떻게 서둘러 봐요!"

"날더러만 재촉을 하지 말구, 어서 한 장 쓰게그려!"

"그런데 이번은 말이죠……."

종수는 손가방에서 수형 용지를 꺼내 가지고, 일변 쓰면서 이야깁니다.

"……이번은 *와리를 좀더 주더래두 내 도장만 찍어야 할 텐데?"

"건 어려울걸……! 그런데 왜?"

"아, 지난번에 논을 그렇게 해 쓴 거 일만 오천 원이 새달 그믐 아니오?"

"참, 그렇지…… 그런데?"

"그런데 그거가 뒤집어지기 전에 이거가 퉁겨서 나오구, 그리구서 얼마 아니 있다가 또 그거가 나오구, 그래 노면 글쎄 한 가지씩 *졸경을 치루기두 땀이 나는데, 거퍼 두 가지씩!"

종수는 쓰던 만년필을 멈추고 혀를 날름날름하면서 고개를 내두릅니다. 졸경을 치른다는 것은 빚쟁이한테 직접 *단련이 아니라, 조부 윤직원 영감한테 말입니다.

"그렇잖우? 드뿍 큰목아치는 크게 해먹은 맛으루나 당한다구, 요것 이천 원짜리 때문에 경은 곱쟁일 치긴 억울해!"

"그두 그렇긴 허이마는……."

병호는 깜작깜작 생각을 하다가는 종수가 도장까지 찍어 내놓는 이천 원 액면의 수형을 집어 듭니다. 아무리 가짜 도장일 값에 윤두섭이의 뒷보증이 없는, 단부랑지자(單浮浪之者) 윤종수의 수형을 가지고 돈

와리
'할당, 배당'의 일본말.

졸경을 치루다
한동안 남에게 심한 괴로움을 당하다.

단련
귀찮고 어려운 일에 시달림.

을 얻다께 하늘서 별 따깁니다.

"좀 어렵겠는데에……."

병호는 수형을 만지작만지작, 그 기다란 윗도리를 앞뒤로 끄덱끄덱
연신 입맛을 다십니다.

"쉬울 테면 왜 온종일 당신 기대리구 있겠소? 잔소리 말구 어여 갔
다가 와요!"

"글쎄, 가보긴 가보지만……."

병호는 수형을, 빛 낡은 회색 *포라 양복 속주머니에다가 건사하고
일어섭니다.

"……가보아서 되면 좋구, 안 되면 달리 또 무슨 방도를 채리더래
두…… 아무려나 기대리게……."

"꼭 돼야 해요! 더구나 한 사오백 원은 오늘 우선……."

"흥, 이거 말이지?"

병호는 씨익 웃으며 손으로 술잔 기울이는 흉내를 냅니다. 종수도
따라 웃습니다.

"참새가 방앗간을 그대루 지내우?"

"염려 말게…… 돈이 못 되면 외상은 못 먹나?"

"싫소, 외상은…… 그리고, 요릿집 *간죠뿐이우?"

"각시두 외상 얻어 줌세, 끙……."

"어느 놈이 치사하게 외상 오입을 하구 다니우?"

"난 없어 못 하겠더라!"

"양반허구 상놈허구 같은가?"

"양반은 별수 있다더냐?"

한 시간 안에 다녀오마고 나간 병호는, 두 시간 세 시간 눈이 빠지게

포라
포럴(poral). 가는 심지
실과 굵은 장식실을 강
한 꼬임을 주어 하나로
엮어 만든 실을 사용하
여 평직으로 짠 천. 여
름옷감으로 쓰임.

간죠
'계산하다, 돈을 치르
다'의 일본말.

기다려 놓고서 일곱 시 반에야 휘적휘적, 그나마 맨손으로 돌아왔습니다.

윤직원 영감의 뒷보증이 없어도 종수의 도장만 보고서 돈을 줄 사람이 꼭 한 사람 있기는 있고, 또 그 사람이면 *소절수를 받아다가 현금과 진배없이 풀어 쓸 수가 있는 자린데, 세상 기고 매고 아무리 찾아다녀야 만날 수가 없다는 것입니다.

이것이, 따로이 슬그머니 욕심이 생겨 가지고는 짐짓 꾸며 대는 농간인 것을 종수는 알 턱이 없습니다.

윤종수의 도장 하나를 보고서 수형을 바꾸어 줄 실없는 돈장사라고는 이 천지에 생겨나지도 않았습니다. 병호는 그것을 잘 알고 있고, 그러면서도 어쩌면 될 듯한 눈치를 보이는 것은, 우선 수형을 쓰게 하자는 제 일단의 공작이었습니다.

소절수
'수표'의 일본말.

그 세 시간 동안 병호는 누구를 찾아다니기는커녕 제 집으로 가서 편안히 누웠다가 온 것도, 그러니까 종수는 알 턱이 또한 없습니다.

"빌어먹을……! 에이 속상해!"

종수는 슬며시 짜증이 나서 피우던 담배를 재떨이에 북북 비벼 던지고는 나가 드러누우면서 두런거립니다.

"……이럴 줄 알았으면 진작 아까 저물기 전에 집으루나 가서 할아버지께라두 말씀을 했지! 에이, 빌어먹을……."

은연중 병호가 늦게 온 *칭원까지 하는 소립니다. 그러나 병호는 그 소리가 귀에 거슬리기보다는 일이 묘하게 얼려 간대서 속으로 기뻐합니다.

칭원
원통함을 들어서 말함.

"여보게?"

"……."

"여기다가 자네 조부님 도장 찍어서 우라가키하게."

"싫소……! 다아 고만두고, 내일 할아버지께 돈 천 원이나 타서 쓰구 말겠소!"

"웬걸 주실라구?"

"안 주시면 고만두, 머…… 에잇, 속상해!"

"그렇게 있어두 고만, 없어두 고만일 돈이면 애여 왜 쓸려구를 들어?"

"남 속상하는 소리 말아요! 시방 돈 천 원에 여러 집 초상나게 된 걸 가지구……."

"허어! 그 장단에 어디 춤추겠나!"

"아―니, 할아버지 도장 찍구 우라가키할 테니, 당장 돈 만들어 올 테요?"

"열에 일곱은 될 듯하네마는…… 그러구저러구 간에, 여보게?"

"말 던지우!"

"만일 자네 조부님께 말씀을 해서 돈이 안 되면은 낭패가 생길 돈이라면서? 응?"

"낭패뿐이 아니우…… 내 온, 돈 고까짓 천 원 때문에 이렇게 속상하기라군 생전 츰이요!"

"그러니 말일세. 여그다가 우라가킬 해주면, 시방 나가서 주선을 해보구…… 하다가 안 되면 내일 해보구 할 테니깐, 자넬라커던 이놈은 꼭일랑 믿지 말구서, 내일 자네 조부님을 조르구. 그렇게 해서 두 군데 중에 되면은 좋잖은가?"

"아, 글쎄 이 당신아!"

종수는 답답하다고 벌떡 일어나 앉으면서 삿대질을 합니다.

"맨 츰에 내가 하던 소린, 한 귀루 듣구 한 귀루 흘렸단 말이요?"

"온 참……! 저놈 논 잽혀 쓴 놈 일만 오천 원짜리허구 연거퍼 튕겨질 테니 안됐단 말이지?"

"이번 *치가 먼점 뒤집어질 테니깐 더 걱정이란 말이랍니다요!"

"그러니깐 말이야. 이번 칠랑 이자나 주구서 두어 번 가키가엘 하면 될 게 아닌가?"

"*가키가에? 누가 가키가엘 해준대나?"

"아니 해줄 게 어딨나? 이자를 주는데 왜 아니 해주나?"

"그럼 그래 보까? 히히."

종수는 별안간 싱겁게 웃으면서, 언제고 준비해 가지고 다니는 윤직원 영감의 도장으로 아까 그 수형에다가 뒷보증을 해놓습니다.

"되두룩 단돈 백 원이라두 현금을 좀 가지구 오시우?"

구두를 신고 있는 병호더러 부탁을 합니다.

"글쎄, 그렇게 해보지만……."

병호는 돌아서려다가 싱글싱글 웃습니다.

"……자네 거 기생 고만두고서 오늘 저녁일라컨 여학생 오입 하나 해볼려나?"

"여학생……? 그 희떠운 소리 작작 허슈!"

"아냐! 내 장담허구 대령시킬 테니……."

"진짤?"

"아무렴!"

"정말?"

"허어!"

치
것. 물건. 몫.

가키가에
'고쳐 씀', '돌려줄 기일이 지난 차용 증서를 다시 고쳐 쓰는 것'을 뜻하는 일본말.

"아니면 어쩔 테요?"

"내 목을 비어 바치지!"

"그럼, 내기요?"

"내기하세……! 그런데 진짜가 아니면 나는 목을 비여 놓구…… 또 오, 진짜면?"

"백 원 상급 주지!"

"그래, 내 오는 길에 다아 주문해 놓구 오문세."

한 시간이 좀 못 되어서 돌아온 병호는 이번도 허탕이었습니다. 단골로 그새 거래를 하던 세 군데를 찾아갔는데, 하나는 타관에 가고 없고, 하나는 놀러 나갔고, 또 하나는 은행에 예금한 게 없어서 내일이나 입금시키는 형편을 보아야만 소절수라도 발행하겠다고 한다는 것입니다.

이것도 물론 꾸며 대는 소리요, 동관의 뚜쟁이집에 가서 노닥거리다가 오는 길입니다.

"그러면 내일 될 상두 부르군요?"

종수는 생각하던 바와 달라, 소갈찌도 내지 않습니다.

"글쎄?"

"안 될 것 같아?"

"그럴 게 아니라, 이 수형일랑 내게 두었다가, 내가 한번 더 돌아다녀 볼 테니, 그렇지만 꼭 믿진 말구서, 자네 조부님한테 타내두룩 하게…… 그래야만 망정이지, 꼭 되려니 했다가 아니 되는 날이면 낭패가 아닌가? 지금두 오면서두 고옴곰 생각했지만, 그 남의 수중에 있는 돈을 얻어 쓴다는 게 무척 힘이 들구, 자칫하면 큰일을 잡치기가 쉬운 걸세그려! 아 오늘 저녁 일만 두구 생각해 보게? 남의 돈을 믿었다가 이렇게 누차 낭패가 아닌가?"

근경 있이 타이르듯 하는 말에, 종수는 그렇겠다고 고개를 끄덕거립니다. 종수가 다소곳하니 곧이듣는 것을 보고 병호는 일이 열에 아홉은 성사라서 속으로 좋아 못 견딥니다.

병호는 그 이천 원짜리 *수형을 제 주머니 속에 넣어 두고 내놓지 않을 참입니다.

수형
어음.

종수가 저의 조부 윤직원 영감한테 돈을 타서 쓰면 이 수형은 소용이 없으니까, 대개는 잊어버리고 시골로 내려가기가 십상입니다. 또, 혹시 생각이 나서 찾더라도 포켓을 부스럭부스럭하다가,

"아뿔싸! 간밤에 변소에 가서 휴지가 없어서 고만!"

이렇게 둘러댑니다.

만일 윤직원 영감한테 돈을 타지 못하고, 불가불 수형을 이용해야 할 경우라도 역시 뒤지를 해 없앤 줄로 둘러대고서, 새로 수형을 쓰게 합니다.

그래 좌우간 그 수형은 제가 훌트려 쥐고 있다가, 일 할 오 부 할이를 뗀 일천 칠백 원을 찾아서 집어삼킵니다.

삼켜도 아무 뒤탈이 없습니다. 우선 법적으로 따져서, 하나도 죄가 될 것이 없습니다. 그러나 도시 문제가 그렇게 커지질 않습니다.

그 수형이 나중에 윤직원 영감의 수중으로 들어가서 필경 종수가 닦달을 당하기는 당하는데, 종수는 그것이 병호의 야바윈 줄 단박 알아내기야 하겠지만, 그의 사람 된 품이 저만 알고서 제가 일을 뒤집어쓰지 결코 그 속을 들춰 내도록 박절하진 못한 사람입니다.

뿐만 아니라 그는, 의붓자식 옷 해입힌 셈만 대지야고, 버릇없는 소리나 해가면서 역시 전과 다름없이 병호를 심복의 병정으로 부릴 것이요, 그것은 사람이 뒤가 없는 소치도 있겠지만 일변 아쉽기도 한 때문

입니다.

더구나 일이 뒤집어지기 전에 병호가 미리서, 아 이 사람 종수, 다른 게 아니라 내가 목이 달아나게 급한 사정이 있어서 약시 이만저만하고 이만저만했네. 그러니 어떡하려나? 날 죽여 주게. 이렇게 빌기라도 한다면 종수는 그것을 순정인 줄 여겨 오히려 양복이라도 한 벌 해 입힐 것입니다. (옛날의 주공(周公)도 사람이 종수처럼 이렇게 어질었다구요?)

"자아, 어서 옷 입구 나서게!"

병호는 일천 칠백 원을 먹어 둔 바람에 속이 달떠서는 연신 싱글벙글, 종수를 재촉합니다.

"……내일 일은 내일 일이구…… 자아, 오늘 저녁일라컨 위선 산뜻한 여학생 오입을 *속짜루 한바탕 한 뒤에, 어디 별장으루 나가서 밤새두룩, 응?"

속짜
알짜.

"돈두 없으면서 무얼!"

"걱정 말래두! 요릿집은 내가 다아 그웃두룩 할 테니깐 염려 없구, 여학생 오입은 십 원이면 썼다 벗었다 하네!"

"십 원?"

"아무렴……! 잔돈 얼마나 있나?"

"한 삼십 원 있지만!"

"됐어! 십 원은 여학생 오입채루 쓰구 이십 원은 요릿집 뽀이 *행하루 쓰구, 머어 넉넉허이!"

행하(行下)
심부름이나 시중을 든 사람에게 주는 돈이나 물건.

"그 여학생이라는 게 밀가루나 아니우?"

"천만에……! 글쎄, 목을 비여 바친대두 그러나?"

"더구나, 십 원이면 된다니, *유곽만두 못하잖아?"

"글쎄, 예서 우길 게 아니라, 좌우간 가보면 알 걸 가지구!"

유곽
많은 창녀를 두고 매음 영업을 하는 집.

"어디, 한번 속는 셈대구!"

사맥이 다 이렇게쯤 되어서, 당대의 주공(周公) 종수가 이 동관의 뚜쟁이 집엘 온 것입니다.

폐병 앓는 갈빗대 여대치게 툭툭 불거진 *연목을 반자지도 아니요 거무데데한 신문지로 처덕처덕 처바른 얇디얇은 천장 한가운데 가서, 십삼 와트 전등이 목을 잔뜩 매고 높다랗게 달려 있습니다.

댓잎

도배는 몇 해나 되었는지 하—앴을 양지가 노—랗게 퇴색이 된 바람벽인데, 그나마 이리저리 쓸려서 제멋대로 울퉁불퉁 떠 이고 있습니다. 거기다가 빈대 피로 댓잎(竹葉)을 쳐놓았어야 제격일 텐데, 그 자국이 없는 것을 보면 사람이 붙박이로 거처를 않고, 임시 임시 그 소용에만 쓰는 게 분명합니다.

뜯이
헌옷이나 이불 등을 빨아가지고 뜯어서 새로 만드는 일.

윗목으로 몇 해를 *뜯이 맛을 못 보았는지, 차악 눌린 이부자리가 달랑 한 채, 소용이 소용인지라 잇만은 깨끗해 보입니다.

방 안에서는 눅눅한 습기와 곰팡 냄새가 금시로 몸이 끈끈하게시리 가득 풍깁니다.

이지러진 사기 재떨이 하나가 방 안의 유일한 가구요, 그것을 사이에 놓고 병호와 종수는 위아랫목으로 갈라 앉아 입맛 없이 담배를 피웁니다.

"멀쩡한 뚜쟁이집이구면, 무엇이 달라요? 까치 뱃바닥 같은 소릴……."

종수는 이윽고 방 안을 한바퀴 아까 처음 들어설 때처럼 콧등을 찡그리며 둘러보면서, 목소리 소곤소곤 병호를 구박을 주던 것입니다.

구로오도
전문가 또는 기생·여급 등 접객을 작업으로 하는 여자를 뜻하는 일본말.

"글쎄 뚜쟁이집은 뚜쟁이집이라두, 시방은 다르다니깐 그래!"

"다를 게 무어람……! 여보, 나두 열여덟 살부터 다녀 본 다아 *구로오도야!"

"그땐 말끔 *은근짜들뿐이지만, 시방은 이 사람아, 오는 기집들이 모두 상당허네……! 여학생을 주문하면 꼭꼭 여학생을 대령시키구, 과부 찾으면 과부 내놓구, 남의 첩, 옘집 여편네, 빠쓰껄, 여배우, 백화점 기집애, 머어 무어든지 처억척 잡아 오지!"

"또 희떠운 소리를……! 아니 그래, 과부면 과부라는 걸 무얼루다가 증명허우? 민적등본을 짊어지구 오우? 여학생은 재학증명설 넣구 오구, 빠쓰껄은 가방을 차구 오우?"

"허허허…… 그거야 그렇잖지만…… 아냐, 대개 맞긴 맞느니…… 그렇게 널리 한대서 요샌 뚜쟁이집이라구 아녀구, 세계사업사라구 하잖나?"

"당찮은 소릴! 여보, 세계사업사란 내력이나 알구서 그러우?"

연전에 관훈동에 있는 어떤 뚜쟁이의 구혈을 경찰서에서 엄습한 일이 있었습니다. 연루자가 수십 명 잡혔는데, 차차 취조를 해 들어가니까, 그 조직이 맹랑할 뿐 아니라, 이름은 세계사업사라고 지은 데는 모두 깜짝 놀랐습니다. 물론 별 의미는 없고, 아마 *취체를 *기이느라고 그런 엉뚱한 명칭을 붙였던 것이겠지요.

아무튼 그때부터 뚜쟁이집을 어디고 세계사업사라고 불렀고, 시방은 한 개의 공공연한 은어(隱語)가 되어 버렸습니다.

종수가 그러한 내력을 설명하는 것을 듣고 앉았던 병호는,

"허허, 날보담 선생이군!"

하면서 웃고 일어섭니다.

"……자아, 난 먼점 가서……."

"어디루?"

"××원 별장으루 먼점 나가서 이것저것 모두 분별을 해놓구 기대릴 테니, 자넬라컨 처억 재미 볼 대루 보구……."

은근짜
몰래 몸을 파는 여자를 속되게 이르는 말.

취체
규칙, 법령 따위를 지키도록 통제함.

기이다
어떤 일을 숨기고 바른 대로 말하지 않다.

"그럴 것 무엇 있소? 이왕이니 하나 더 불러 오래서, 둘이 같이, 응? 하하하하?"

"허허허허…… 늙은 사람 놀리지 말구…… 그리구, 참 돈은 음식값 무엇 할 것 없이 십 원 한 장만 노파 손에다가 쥐여 주구 나오게!"

"그러구저러구 간에, 진짜 여학생이 아니면 당신 죽을 줄 알아요! 괜히!"

"염려 말래두!"

병호는 마루로 나가더니 안방의 노파를 불러내어 무어라고 두어 마디 소곤소곤 이야기를 하고 나서 밖으로 나갑니다.

종수가 시계를 꺼내어 마침 아홉 시 이십 분이 된 것을 보고 있노라니까, 샛문을 배깃이 열고 노파가 담뱃대 문 곰보딱지 얼굴을 들이밉니다.

"한 분이 먼첨 가세서 심심하시겠군!"

노파는 병호가 앉았던 자리로 가서 팔짱을 끼고 도사려 앉습니다.

"……아이! 그 새서방님 얼굴두 좋게두 생겼다! 오래잖아 색시가 올 테지만, 보구서 색시가 더 반하겠수, 호호오……."

언변이 벌써 뚜쟁이로 되어 먹었고, 게다가 겉목을 질러 웃는 소리가 징그러울 만큼 능청스럽습니다.

"시방 온다는 게 정말 여학생은 여학생입니까?"

종수는 하는 양을 보느라고 말을 시켜 놓습니다.

"온! 정말 아니구요! 아주 버젓한 고등학교 다니는 색시랍니다. 밀가 룰 가져다가 복색만 여학생으루 채려서 들여밀 줄 알구들 그러시지만, 아 시방이 어느 세상이라구 그렇게 속힐래서야 되나요! 정말 여학생이 구말구요, 온!"

"버젓한 여학생이 어째 하라는 공분 아니 허구서……."

"오온! 여학생은 멋 모르나요? 다아, 응? 멋이 들어서, 다아 심심소일루 다니는 색시두 있구, 또오 더러는 돈맛을 알구서 다니기두 허구…… 그렇지만 지끔 오는 색신 노상히 돈만 바라거나, 또 심심소일루 다니는 이가 아니랍니다! 그건 참, 잘 알아 두시구, 너무 함부로 다루질랴컨 마시우! 괜히……."

"그럼 무엇 하러 다니는데요?"

"신랑! 신랑을 고르느라구 그래요. 꼬옥 맘에 드는 신랑을!"

"네에! 그래요오! 으응, 신랑을 고른다!"

"참, 인물인들 오죽 잘났어요. 머, 똑 떨어졌죠."

"네에! 그렇게 잘났어요?"

"말두 마시우! 괜히, 담박 반해 가지굴랑, 내일이래두 신식결혼하자구 치마끈에 매달리리다! 호호호……."

"피차에 맘에 들면야 그래두 좋죠. 마침 장가두 좀 가구푸구 하던 참이니깐……."

"그렇게 뒷심을 보실 테거들랑 돈을 애끼지 말구서, 우선 오늘 저녁버틈이라두 척 돈을 좀 몇십 환 듬뿍 쓰세야죠! 그래야 다아 색시두!"

"지끔 오는 인 돈을 바라구 오는 게 아니라면서요?"

"온! 시방야 돈을 아니 바라지만서두, 신랑 양반이 다아 돈이 많구 호협허신 그런 인 줄은 알아야, 다아 맘이 당기죠!"

"옳아! 그두 그렇겠군요……! 나인 몇이라죠?"

"온 어쩌나! 아, 말 탄 서방이 그리 급하랴구, 시방 곧 올 텐데, 호호, 미리서 반하셨구려! 호호호…… 올해 갓스물이랍니다. 나이두 꼬옥 좋죠!"

마침 대문 소리가 삐그덕 나더니 자박자박,

"기세요?"

하고 *삼가로운 목소리가 들립니다.

"왔군!"

어느결에 일어서서 샛문으로 나가려던 노파가 종수를 돌려다보고 눈을 찌긋째긋합니다.

종수는 저도 모르게 약간 긴장이 되어 바깥의 동정에 귀를 기울입니다. 그는 아까부터 노파의 하는 수작이 속이 빠안히 들여다보여, 역시 여학생이란 공연한 소리요 탈을 쓴 밀가루기 십상이려니 하는 속치부는 하고 있으면서도, 급기야 긴장이 되는 것은 화류계 계집은 많이 다뤘어도 명색이 여학생은 접해 보지 못한 그인지라, 얼마간 최면에 걸리지 않질 못한 탓이겠습니다.

노파는 밖으로 나가서 한참 소곤소곤하다가 이윽고 샛문이 열립니다.

"자아, 내가 정말을 했는지, 거짓말을 했는지 보십시오! 이렇게 뻐젓한 여학생을 모셔 왔으니, 자아."

노파가 가려 서서 한바탕 장담을 치고 나더니,

"……자아…… 어여 들어와요! 온 부꾸럽긴 무에 그리 부꾸럽담! 다아 신식물 자신 양반들이, 자아……."

하고 또 한바탕 너스레를 떨면서 모로 비껴 섭니다.

1930~40년대 당시
여학생의 모습

십여 년 화류계에서 놀며 치여난 종수도, 어쩐지 압기가 되는 듯, 이 장면에서만은 단박 얼굴을 들고 쳐다볼 담이 나질 않고, 마침 문턱 안으로 한발 들여놓는 비단 양말을 신은 다리로부터 천천히 씻어 올라갑니다.

*놀맘한 비단 양말 속으로 통통하니 살진 두 다리, 그 중간께를 치렁거리는 엷은 보일의 검정 통치마, 연하게 물결치는 치마 주름을 사

풋 누른 손길, 곱게 끊긴 흰 저고리의 앞섶 끝, 볼록한 젖가슴에
맺어진 단정한 고름, 이렇게 보아 올라가는 종수는 어느덧
저를 잊어버리고, 과연 시방 순결을 의미하는 여학생을 맞
느니라 싶은 일종의 엄숙한 기분에 잠겨 갑니다.

필경 종수의 시선이 여자의 동그스름한 턱으로부터 얼굴
전체로 퍼지려고 하는데, 마침 저편에서도 외면했던 고개
를 이편으로 돌리고, 돌려서 얼굴과 얼굴이 딱 마주치는
순간! 그 순간입니다.

"어엇!"

"아이머닛!"

소리는 실상 지르지도 못하고, 남녀는 동시에 숨이 막히
게 놀랍니다. 종수는 앉은 자리에서 뒤로 벌떡 자빠질 뻔하다
가 겨우 몸을 가누어 고개를 푹 숙이고, 계집은 홱 몸을 날
려 마루를 쿵쿵, 구두는 신었는지 어쨌는지 대문을 왈카닥
삐그덕, 그 다음에는 이내 조용하고 맙니다.

계집이 달아나자 종수는 정신을 차려 쫓기듯 세계사업사를 도망해
나왔습니다.

계집은 바로 창식이 윤주사의(그러니까 즉 종수의 부친의) 둘째첩
옥화였습니다.

종수는 사람이 밤에 불[光線]을 가진 것이 참으로 고맙고 다행스럽
다는 것을 절절히 느끼면서, 자동차를 몰아 동소문 밖 ××원 별장으
로 나왔습니다.

병호는 아직 기생도 나오기 전이라 혼자 달랑하니 앉았다가, 종수가
뜻밖에 일찍 온 것을 의아해 자꾸만 캐고 묻습니다.

종수는 *부르댈 데 없는 울화가 나는 깐으로는, 아무튼 여학생은 아니었으니 목을 베어 내라고 병호나마 잡도리를 해주고 싶었으나 그것도 객쩍은 짓이라서, 그저 온다는 그 여학생이 갑자기 병이 나서 못 온다는 기별이 왔기에, 또 마침 내키지도 않던 참이라 차라리 다행스러얼핏 일어섰노라고 역시 종수 그 사람답게 쓸어 덮고 말았습니다.

부르대다
남을 나무라기나 하는 듯이 거친 말로 야단스럽게 떠들어대다.

13. 도끼자루는 썩어도……
즉(卽) 당세(當世) 신선(神仙)놀음의 일착(一齣)

동대문 밖 창식이 윤주사의 큰첩네 집 사랑, 여기도 역시 같은 그날 밤 같은 시각, 아홉시 가량 해섭니다.

큰대문, 안대문, 사랑 중문을 모조리 닫아걸고는 *감때사납게 생긴 권투할 줄 안다는 행랑아범의 조카놈이 행랑방에 버티고 앉아 드나드는 사람을 일일이 단속합니다.

감때사납다
사람이 억세고 사납다.

큼직하게 내기 마작판이 벌어졌던 것입니다. 벌어진 게 아니라 어젯밤부터 시작한 것을 시방까지 계속하고 있습니다.

십 전 내기로 오백 원 짱이니 큰 노름판이요, 대문을 단속하는 것도 괴이찮습니다. 그러나 암만해도 괄세할 수 없는 개평꾼은 역시 괄세를 못 하는 법이라 한 육칠 인이나 그 중 서넛은 판 뒤에서 넘겨다보고 있고, 서넛은 밤새도록 온종일 지키느라 지쳤는지, *머리방인 서사의 방에 가서 곯아떨어졌습니다.

머리방
안방 뒤에 달린 작은 방.

삼칸 마루에는 빙 둘린 선반 위에 낡은 한서(漢書)가 길길이 쌓였습니다. 한편 구석으로 고려자기를 넣어둔 유리장에다가는 가야금을 기대 세운 게 더욱 운치가 있습니다.

추사(秋史)의 글씨를 검정 판자에다가 각해서 흰 페인트로 획을 낸 *주련이 군데군데 걸리고, 기둥에는 전통(箭筒)과 활〔弓〕……

다시 그 한편 구석으로 지저분한 청요리 접시와 정종병들이 섭슬려 놓인 것은 이 집 차인꾼이 좀 게으른 풍경이겠습니다.

방은 양지 위에 백지를 덮어 발라 분을 먹인, 그야말로 분벽(粉壁), 벽에는 미산(美山)의 사군자와 ××의 주련이 알맞게 벌려 붙어 있고, 눈에 뜨이는 것은 연상(硯床) 머리로 걸려 있는 *소치(小痴)의 모란 족자, 그리고 연상 위에는 한서가 서너 권.

소치의 모란을 걸어 놓고 볼 만하니, 이 방 주인의 교양이 그다지 상스럽지 않을 것 같으면서, 방금 노름에 골몰을 해 있으니 *속한(俗漢)이라 하겠으나, 이 짓도 하고 저 짓도 하고, 맘 내키는 대로 무엇이든지 하는 게 이 사람 창식이 윤주사의 취미랍니다. 심심한 세상살이의 취미……

마작판에는 주인 윤주사와, 그의 손위에 가서 부자요 마작 잘하기로 이름난 박뚱뚱이, 그리고 손아래에는 노름꾼 째보 이렇게 세 마작입니다.

모두들 얼굴에 개기름이 번질번질하고 눈곱 낀 눈이 벌겋게 충혈이 되었습니다.

윤주사는 남풍 말에 시방 장가인데, 춘자 쓰거휘를 떠놓고, 통스〔筒字〕청일색입니다.

팔통이 마작두요 일이삼 육칠팔해서 두 패가 맞고, 사오와 칠팔 두 멘스〔面字〕에 구만이 딴짝입니다. 하니 통수는 웬만한 것이면 무얼 뜨든지 방이요, 만일 육통을 뜨면 삼육구통 석자 방인데, 게다가 구통으

주련
기둥이나 벽 따위에 장식으로 써서 붙이는 글귀.

추사의 집에 걸려 있는 주련

소치(小痴)
조선 시대 서화가 허유(許維)의 호. 허연(許鍊)이라고도 한다. 글·그림·글씨를 모두 잘하여 삼절(三絶)이라고 불리었다. 흑히 묵모란(墨牡丹)과 담채 산수를 잘 그렸다.

허유

속한(俗漢)
성품이 저속한 사람. 중이 아닌 보통 사람을 낮잡아 이르는 말.

마작
네 사람의 경기자가 글씨나 숫자가 새겨진 136개의 패를 가지고 짝을 맞추며 진행하는 오락.

로 올라가면 일기통관까지 해서 만지만관입니다.

윤주사는 불가불 만관을 해야 할 형편인 것이, 오천을 다 잃고 백짜리가 한 개비 달랑 남았는데, 요행 이 패로 올라가면 사천이 들어와서 거진 본을 추겠지만, 만약 딴 집에서 예순 일백 스물로만 올라가도 바가지를 쓸 판입니다.

하기야 윤주사는 그새 많이 져서 삼천 원 넘겨 팼고 하니, 한 바가지 더 쓴댔자 오백 원이요, 그게 아까운 게 아니라, 청일색으로 만관, 그놈이 놓치기가 싫어 이 패를 기어코 올리고 싶은 것입니다.

패는 모두 익었나 본데, 손 위에서 박뚱뚱이가 씨근씨근 쓰모를 하더니,

"헤헤, 뱁짝이루구나! 창식이 자네 요거 먹으면 방이지?"

하면서 쓰모한 육통을 보여 주고 놀립니다.

내려오기만 하면 단박 사오륙으로 치를 하고서 육구통 방인데, 귀신이 다 된 박뚱뚱이는 그 육통을 가져다가 꽂고 오팔만으로 방이 선 패를 헐어 칠만을 던집니다.

"안 주면 쓰모하지!"

윤주사가 쓰모를 해다가 훑으니까 팔만입니다. 이게 어떨까 하고 만지작만지작하는데, 뒤에서 넘겨다보고 있던 개평꾼이 꾹꾹 찌릅니다. 그것은 육칠팔통을 헐어 사오륙으로 맞추고 칠통 두 장으로 작두를 세우고 팔통 넉 장을 앙깡으로 몰고, 팔구만에 칠만변 짱 방을 달고서 팔통 앙깡을 개깡하라는 뜻인 줄 윤주사도 모르는 게 아닙니다.

그러나 그렇게 한다면 가령 올라간다고 하더라도 청일색도 아니요 핑호도 아니요, 겨우 멘젱 한 판, 쓰거휘 한 판, 장가 한 판, 도합 세 판이니, 물론 백짜리 한 개비밖에 안 남은 터에 급한 화망은 면하겠지만, 윤주사의 성미로 볼 때엔 그것은 치사한 짓이요 마작의 도도 취미도 아니던 것입니다.

윤주사가 팔만을 아낌없이 내치니까, 손위의 박뚱뚱이가 펄쩍 뜁니다. 육칠만을 헐지 않았으면 그 팔만으로 올라갔을 테니까요.

"내가 먹지!"

손아래서 노름꾼 째보가 육칠팔로 팔만을 치하는 걸, 등뒤에서 감독을 하는 그의 전주(錢主)가, 아무렴 먹고 어서 올라가야지 하고 맞장구를 칩니다. 째보는 윤주사가 만관을 겯는 줄 알기 때문에 부리나케 예순 일백 스물로 가고 있던 것입니다.

박뚱뚱이가 넉 장째 나오는 녹팔을 쓰모해 던지면서,

"옛네, 창식이……."

"그걸 아까워선 어떻게 내나?"

윤주사는 그러면서 쓰모를 해다가 쓰윽 훑는데, 이번이야말로! 하고 벼른 보람이던지 과연 동그라미 세 개가 비스듬히 나간 삼통입니다.

삼사오통이 맞고, 인제는 육구통 방입니다.

윤주사는 느긋해서 구만을 마악 내치려고 하는데, 마침 머리방에 있던 서사 민서방이 당황한 얼굴로 전보 한 장을 접어 들고 건너옵니다. 마작판에서는들 몰랐지만 조금 아까 대문지기가 들여온 것을 민서방이 받아 펴보고서, 일변 놀라, 한문자를 섞어 번역을 해가지고 왔던 것입니다.

"전보 왔습니다!"

"……."

윤주사는 시방 아무 정신도 없어 알아듣지 못하고, 구만을 타패합니다.

노름꾼 째보가 날쌔게,

"펑!"

서사 민서방이 연거푸,

"전보 왔어요!"

그러나 창식은 그저 겨우,

"응? 전보……? 구만 펑허구 무슨 자야? 어디 어디……?"

"동경서 전보 왔어요!"

"동경서? 으응!"

윤주사는 손만 내밀어서 전보를 받아 아무렇게나 조끼 호주머니에 넣고 박뚱뚱이의 타패가 더디다는 듯이 쓰모를 하려고 합니다.

"전보 보세요!"

"응, 보지. 번역했나?"

"네에."

윤주사는 쓰모를 해다가 만지면서 전보는 또 잊어버립니다. 사만인데 어려운 짝입니다. 손위의 박뚱뚱이는 패를 헐었지만 손아래 째보는 분명 일사만인 듯합니다.

"전보 긴한 전본데요!"

민서방이 초조히 재촉을 하는 것이나, 창식은 여전히,

"응……? 응…… 이게 못 내는 짝이야……! 전보 무어라구 왔지?"

"펴보세요, 저어."

"응, 보지…… 이걸 내면은 아랫집이 오르는데…… 왜? 종학이가 앓는다구?"

"아녜요!"

"그럼……? 가마안 있자, 요놈의 짝을 어떡헌다……? 나, 전보 좀 보구서……! 이게 뱀짝이야! 뱀짝…….."

전보를 보기 위해서가 아니라 쓰모해 온 사만을 타패하면 손아랫집이 올라가고, 올라가면 이 좋은 만관이 허사요, 그러니까 사만을 낼 수가 없고, 그래 전보라도 보는 동안에 좀더 생각을 하자는 것입니다.

윤주사는 종시 정신은 마작판의 바닥에다가 두고, 손만 꿈지럭꿈지럭 조끼 호주머니에서 전보를 꺼냅니다.

"……이거 사만이 분명 일을 낼 테란 말이야, 으응!"

"이 사람아, 마작판에 몬지 앉겠네!"

"가만있자…… 내, 이 전보 좀 보구우…….."

윤주사는 왼손에 든 전보를 손가락으로 만지작만지작, 접은 것을 펴

가지고는 또 한참이나 딴전을 하다가, 겨우 눈을 돌립니다. 번역해 논 열석 자를 읽기에 그다지 시간과 수고가 들 건 없었습니다.

"빌어먹을 놈······."

잔뜩 이맛살을 찌푸리면서 전보를 아무렇게나 도로 우그려 넣고는,

"······에라, 모른다!"

하고 여태 어려워하던 사만을 집어 따악 소리가 나게 내쳐 버립니다.

"옳아! 바루 고자야!"

아니나다를까, 손아래 째보가 일사만 방이던 것입니다. 끝수래야 일흔 일백 서른!

"빌어먹을 놈!"

윤주사는 아들 종학이더러, 전보 조건으로 또 한번 욕을 합니다. 그러나 먼저 치는 옳게 그 전보 내용에다가 욕을 한 것이지만, 이번 치는 만관을 놓친 화풀이로다가 절로 나와진 욕입니다.

"큰댁에 기별을 해야지요?"

드디어 바가지를 쓰고, 그래서 필경 오백 원 하나가 또 날아갔고, 다시 새 판을 시작하느라 마작을 쌓고 있는 윤주사더러, 민서방이 걱정 삼아 묻는 소립니다.

"큰댁에? 글쎄······."

윤주사는 주사위를 쳐놓고 들여다보느라고 건성입니다.

"제가 가까요?"

"자네가······? 몇이야? 넷이면 내가 장이군······ 자네가 가본다?"

"네에."

"칠 잣구······ 그래두 괜찮지······ 아홉이라, 칠구 열여섯······."

윤주사는 패를 뚜욱뚝 떼어다가 골라 세웁니다.

"그럼, 다녀오까요?"

"글쎄…… 이건 첨부터 패가 엉망이루구나……! 인제는 일곱 바가 지나 쓴 본전 생각이 간절한걸…… 가긴 내가 가보아야겠네마는…… 자네가 가더래두 내가 뒤미처 불려가구 말 테니깐…… 녹발 나가거라…… 그놈이 어쩐지 눈치가 다르더라니……! 빌어먹을 놈!"

"차 부르까요?"

"응!"

"마작 시작해 놓구 어딜 가?"

박뚱뚱이가 핀잔을 줍니다.

"참, 그렇군…… 그럼 어떡헌다? 남풍 나갑니다!"

"네에, 여기 동풍 나가니, 펑 하십시오!"

"없습니다!"

윤주사는 또다시 마작에 정신이 푹 파묻히고 맙니다.

민서방은 질증이 나서 제 방으로 가버립니다.

이렇게 해서 윤직원 영감한테나, 그 며느리 고씨한테나, 서울아씨며 태식이한테나, 창식이 윤주사며 옥화한테나, 누구한테나 제각기 크고 작은 생활을 준 이 정축년(丁丑年) 구월 열××날인 오늘 하루는 마침내 깊은 밤으로 더불어 물러갑니다.

오래지 않아 새로운 날이 밝고, 밝은 그 새날은 그네들에게 다시 어떠한 생활을 주려는지, 더욱이 윤주사가 조끼 호주머니 속에 우그려 넣고 만 동경서 온 전보가 매우 궁금합니다. 하나 밝는 날이면 그것도 자연 속을 알게 되겠지요.

14. 해 저무는 만리장성(萬里長城)

만리장성

만일 오늘이 우리한테 새것을 가져다주지 않고 어제와 꼭 같은 것만 되풀이를 한다면, 참으로 우리는 숨이 막히고 모두 불행할 것입니다.

그러나 오늘은 어제와 같으면서도 (어제 치면서도 더 자라난) 한 다른 오늘 치를 우리한테 가져다주고, 그리하기 때문에 그러하는 동안 인간은 늙어 백발로, 백발은 마침내 무덤으로…… 이렇게 하염없어도 인류는 하루하루 더 재미있어 간답니다.

그렇듯 반가운 새날이 시방 시작되느라고 먼동이 휘엿이 밝아 옵니다.

날이 밝으면서 뚜우 여섯 점 고동이 웁니다. 이 여섯 점 고동에 맞추어 우리 늙은 윤직원 영감도 새날을 맞느라고 기침을 했습니다.

대단 부지런하고, 이 첫새벽(여섯 점)에 일어나는 부지런은 춘하추동 구별이 없이, 오십 년 이짝 지켜 오는 절대의 습관입니다.

윤직원 영감은 잠이 깨자 맨 먼저 머리맡의 놋요강을 집어 들고, 밤사이 피에서 걸러 놓은 독소를 뽑습니다. 신진대사라니, 새날이 새것을 들여다가 새 생명을 떨치기 위하여 묵은 것을 버리는 것입니다. 묵은 것의 배설! 그것은 참으로 좋은 일입니다.

절절 절절, 쏟아져 나오는 액체를 윤직원 영감은 연방 손바닥으로 받아 올려다가는 눈을 씻고, 받아 올려다가는 눈을 씻고 합니다. 매일 아침 소변으로 눈을 씻으면 안력이 쇠하지 않는다는 것은 전부터 일러 오던 말인데, 윤직원 영감은 시방 그 보안법(保眼法)을 행하고 있는 것입니다.

삼십 년을 두고 해 내려오는 것인데, 만일 꼬노리야라도 않았다면 장님이 되었기 십상이겠지만, 요행 그렇진 않았고, 소변 보안법의 덕인지 어떤지는 모르겠으나, 미상불 안력이 아직도 좋아서, 원체 잔글씨만 아니면 그대로 처억척 보는 건 사실입니다.

누구, 의학박사의 학위 논문거리에 궁한 이가 있거들랑 이걸 연구해서 「뇨(尿)에 의한 시신경(視神經)의 노쇠방지(老衰防止)와 및 그 원리에 관하여」라는 것을 한번 완성시킨다면 박사 하나는 받아 논 밥상일 겝니다.

윤직원 영감은 이윽고 안약장사를 울릴 그 보안법을 행하고 나서는, *자리옷을 여느 옷으로 갈아입은 뒤에, 담뱃대에 담배를 붙여 뭅니다.

자리옷
잠잘 때 입는 옷.

푸욱푹 피어 오르는 담배 연기가 아직도 한밤중인 듯 전등불이 환히 켜져 있는 방 안으로 자욱이 찹니다. 말도 없고 소리도 없고, 인간이란 단 하나뿐, 사람이 심심하다기보다도 전등과 방 안의 정물(靜物)들이 도리어 무료할 지경입니다.

담배가 반 대나 탔음직해서는 삼남이가 *부룩송아지 같은 대가리를 모로 둘러, 사팔눈의 시점(視點)을 맞추면서 방으로 들어섭니다. 손에는 *빨병을 조심조심 들고…….

부룩송아지
아직 길들지 아니한 송아지.

빨병
먹는 물을 담아 가지고 다니는 그릇. 병같이 생겼으며, 끈이 달려 있어 메고 다닐 수 있게 되어 있음.

아침마다 하는 일과라, 삼남이는 들고 들어온 빨병을 말없이 내바치고, 윤직원 영감 또한 말없이 그걸 받아 놓더니, 물었던 담뱃대를 뽑고 연상 서랍에서 소라껍데기로 만든 잔을 꺼냅니다.

졸졸 졸졸 놀면한 게, 또 김이 모락모락 오르는 게, 어쩌면 마침 데운 정종 비슷한 것을 잔에다가 그득 따릅니다.

이것이 역시 오줌입니다. 하나, 여느 오줌은 아니고 동변(童便)이라고, 음양을 알기 전의 어린애들의 오줌입니다.

동변을 받아 먹으면 몸에 좋다는 것도, 오줌으로 보안을 하는 것과 한 가지로 옛날부터 일러 내려오던 말입니다. 그걸 보면 요새 그, 오줌에서 호르몬이라든지 무어라든지 하는 약을 뽑는다는 것도 노상 허황한 소리는 아닌 듯싶고, 만일 그게 사실이라고 하면 오줌에 들어 있는 호르몬을 발견해 낸 명예는 아무리 해도 우리네 조선 사람의 조상이 차지를 해야 하겠습니다.

윤직원 영감은 오줌을 그처럼 두루 이용하는데, 일찍이 삼십 년 전 오줌보안법으로 더불어 이 오줌 장복(長服)도 시작했던 것입니다.

시골서는 동변쯤 받아 먹기가 매우 편리했지만, 서울로 오니까는 그것도 대처(도시)의 인심이라, 윤직원 영감 말따나, 오줌도 사먹어야 하게 되었습니다.

이웃의 가난한 집으로 어린애가 있는 데를 물색해서 그 어린애들의 아침 자고 일어난 오줌을 받아 오기로 특약을 해두었습니다. 그 대금이 매삭 이십 전…… 저편에서는 삼십 전은 주어야 한다는 것을, 대복이가 십 전만 받으라고 *낙가(落價)를 시키다 못해, 이십 전에 절충이 되었던 것입니다.

그렇게 오줌 특약을 해두고는, 새벽이면 삼남이가 빨병을 둘러메고서 오줌을 걷어 오는 것이고, 시방도 바로 그 오줌입니다.

윤직원 영감은 빨병에서 오줌을 따르는 동안, 삼남이는 마침 *생을 한 뿌리 껍질을 벗깁니다.

이건 바로 쩍쩍 들러붙는 약주술로 해장이나 하는 듯이, 쪽소리가 나게 오줌 한 잔을 마시고, 이어서 두 잔, 다시 석 잔, 석

잔을 마시자 삼남이가 생 벗긴 것을 두 손으로 가져다
바칩니다.

"그년의 자식이 엊저녁으 짜게 처먹었넝개비다! 오
줌이 이렇게 짠 걸 보닝개……."

윤직원 영감은 상을 찌푸리면서 생을 씹습니다.

오줌이란 본시 찝찔한 것이지만 사람의 신경의 세련
이란 무서운 것이어서, 삼십 년이나 두고 매일 아침 먹
어 온 윤직원 영감은 그것이 조금 더 짜고, 덜 짜고 한
것까지도 알아맞힙니다.

"……빌어먹을 년의 자식이 아마 간장을 한 종재기
나 처먹었넝가 부다!"

"오늘버텀은 간장 한 *종재기 씩 멕이지 말라구, 가
서 말히라우?"

과연 간장을 한 종지씩 먹어서 오줌이 짜고, 그래서
영감님으로 하여금 더 짠 오줌을 자시게 한다는 것은, 삼남
이로 앉아 볼 때에 그대로 묵인할 수가 없는 사건이었던 것입니다.

"야―야, 구성 읎년 소리 내지두 마라! 누가 너더러 그런 참견 허
라냐?"

"그럼, 구성 읎년 소리 안 히라우!"

"참, 너두 딱허다!"

"얘."

삼남이는 물에 헹구어다 두려고 빨병과 소라잔을 집어 듭니다.

"약 대리냐!"

"얘."

종재기
'종지'의 방언.

"약, 잘 부어서 대려! 어제 아침 치는 약이 너머 졸았더라!"

"얘."

삼남이가 나간 뒤에 윤직원 영감은, 이번에는 보건체조(保健體操)를 시작합니다.

두 다리를 쭈욱 뻗고, 두 팔을 위로 꼿꼿 뻗쳐 올리는 게 준비동작.

그 다음에 발부리를 목표로, 그것을 붙잡으려는 듯이 허리 이상의 상체와 뻗쳐 올린 두 팔을 앞으로 와락 숙입니다. 그러나 이내 도로 폅니다. 그리고는 또 숙였다가, 도로 또 펴고……

이렇게 계속해 숙였다가는 펴고 폈다가는 숙이고, 몸이 비대한데 배가 또한 커서 좀 힘이 드는 노릇이긴 하나, 하나, 둘, 셋 연해 세어가면서 쉰 번을 채웁니다. 쉰 번을 채우니까, 아니나다를까 맨 처음에는 어림도 없던 것이, 뻗은 발부리와 숙이는 손끝이 마침내 맞닿고라야 맙니다.

간단한 ××강장술(强壯術) 비슷하다고 할는지. 하니 그럴 바이면 라디오 체조를 하는 게 좋지 않으냐고 하겠지만, 그거야 젊은 애들이나 할 것이지, 노인이 어디 점잖지 않게시리……

후줄근하게 땀이 배고 약간 숨이 가쁜 것을, 앞미닫이를 열어 놓고 앉아서 서늑서늑한 아침 바람을 쏘입니다.

날은 훨씬 밝았고, 바람 끝이 소스라치게 싸늘합니다.

"허―날이 이렇기!"

혼자 걱정을 하는데, 마침 대복이가 아침 문안 삼아, 오늘 하루의 일을 협의할 겸 건너왔습니다.

"이, 날이 이렇기 냉히여서 큰일 안 났넝가?"

"글씨올시다!"

대복이는 문안인사도 할 사이가 없고, 공순히 꿇어앉습니다.

"……이러다가 되내기(된서리)나 오는 날이면 큰일 나겄는디요."

"나두 허느니 말이네……! 하누님두 원, 무슨 *심청이람 말이여. 서리두 서리지만, 우선 늦베〔晩種稻〕가 영글〔結實〕이 들 수가 있어야지! 그러잖이두 그놈의 수핸지 급살인지 때민에 *도지〔賭租〕를 감히여 달라고 생지랄덜을 허넌디!"

가을로 접어들면서, 윤직원 영감과 대복이가 노상 걱정을 하게 된 것이 금년 추숩니다. *농형(農形)이 대체로 풍년은 풍년이지만, 전라도에 수해가 약간 있었고, 윤직원 영감네 논도 얼마간 해를 입었습니다. 어느것은 겨우 반타작이나 되겠고, 어느 것은 사태와 물에 말끔하게 씻겨 내려가서, 벼 한 톨 추수는커녕 그 논을 다시 파 일구는 데 되레 *물역이 먹게 생겼습니다.

이것은 지난 백중 무렵에 대복이가 실지로 내려가서 보고 온 것이니까, 노상 소작인들의 엄살로만 돌릴 수는 없는 것입니다.

하기야 그렇다고 해도 윤직원 영감은 내밀 배짱이 없는 것은 아닙니다.

'우리 논으로 말하면 죄다 도조를 선세(先稅)로 정했으니까 상관이 없다. 소작 계약에도 씌어 있지만, 흉년이 들어서 추수가 덜 났다거나 또 아주 없다거나 하더라도, 선세인만큼 소작인은 정한 대로 도조를 물어야 경우가 옳지 않으냐.

만약 흉년이라고 도조를 감해 주기로 든다면, 그러면 그 반대로 풍년이 들어서 벼가 월등 많이 나는 해는 도조를 처음 정한 *석수(石數)보다 더 받아도 된단 말이냐? 그때에 가서 도조를 더 물라면 물 테냐? 물론 싫다고 할 것이다. 거 보아라. 그러니까 흉년 핑계를 대고서 도조

심청
마음보. 심술.

도지〔賭租〕
도조. 농부가 남의 논밭을 빌려서 부치고 그 세로 해마다 무는 벼.

농형(農形)
농사가 잘되고 못된 형편.

물역
집을 짓는 데에 쓰는 벽돌, 기와, 모래, 흙 따위를 통틀어 이르는 말.

석수(石數)
곡식을 섬으로 센 수효.

를 감해 달라고 하는 것은 공연한 떼다.'

매우 지당한 주장입니다. 그러나 경위는 빠질 게 없는데, 윤직원 영감의 말대로 하면,

'세상이 다 개명을 해서 좋기는 좋아도, 그놈 개명이 지나치니까는 되레 나쁘다. 무언고 하니, 그 소위 농지령이야, 소작조정령이야 하는, 천하에 긴찮은 법이 마련되어 가지고서, 소작인놈들이 건방지게 굴게 하기, 그래 흉년이 들든지 하면 도조를 감해 내라 어째라 하기, 도조를 올리지 못하게 하기, 소작을 떼어 옮기지 못하게 하기……'

이래서 모두가 성가시고 *뇌꼴스러워 볼 수가 없다는 것입니다.

'내 땅 가지고 내 맘대로 도조를 받고, 내 맘대로 소작을 옮기고 하는데, 어째서 도며 군이며 경찰이 간섭을 하느냐?'

이게 도무지 속을 알 수 없고, 해서 불평도 불평이려니와 윤직원 영감한테는 커다란 수수께끼가 아닐 수 없던 것입니다.

아무튼 싹수가, 줄잡아야 천 석은 두웅둥 뜨게 되었고(물론 배짱대로야 버티어는 보겠지만 도나 군이나 경찰의 권유며 간섭에는 항거를 해서는 못쓰니까 말입니다) 그러자니 생으로 배가 아파 요새 며칠 대복이와 주종이 맞대고 앉으면 걱정이 그 걱정이요, 공론이 어떻게 하

면 묘한 꾀를 써서 소작인들을 꼼짝 못하게 하여 *옹근 도조를 받을까 하는 그 공론입니다.

그런데 우환 중에 날이 이렇게 조랭(早冷)을 해서, 벼의 결실을 부실하게까지 하려 드니 더욱 걱정이 안 될 수가 없습니다.

대복이와 이런 이야기 저런 이야기 하는 참에, 삼남이가 약을 달여 짜가지고 들여다 놓습니다. 삼과 용을 주재로 한 보약입니다.

오줌도 먹고 보건체조도 하고, 좋은 보약도 먹고 해서 어떻게든지

몸을 충실히 하여 오래오래 살고 싶은 게 윤직원 영감의 크고 큰 소원입니다.

만석의 부를 그대로 누리면서(아니, 자꾸자꾸 더 늘려 가면서) 오래오래 백 살 이백 살, 백 살 이백 살이라니, 천 살 만 살(아니 천지가 무궁할 테니, 그 천지로 더불어 무궁토록) 영원히 살고 싶습니다. 이 가산을 남겨 두고, 이 좋은 세상을 백 살을 못 살고서 죽어 버리다니, 그건 도저히 원통하고 섭섭해 못 할 노릇입니다.

옛날의 진시황(秦始皇)은 영생불사를 하고 싶어, 동남 동녀 오천 명을 동해의 선경으로 보내어 불사약을 구하려고 했다지만, 우리 윤직원 영감도 진실로 그만 못지않게 영생의 수명을 누리고 싶습니다.

하기야 걸핏하면 머, 내가 앞으로 오십 년을 더 살겠느냐, 백 년을 더 살겠느냐, *다직 한 십 년 더 살다가 죽을걸…… 어쩌구 육장 이런 소리를 하곤 하기는 합니다.

물론 그것이 천지의 공도(公道)요 하니까 사실도 사실이겠지만, 윤직원 영감은 비록 말은 그렇게 할 값에, 마음은 결단코 앞으로 한 십 년 고거나 더 살고서 죽고 싶진 않습니다.

절대로 영생불사…… 진시황과 같이, 간절하게 영생불사를 하고 싶습니다.

윤직원 영감이 재산을 고이고이 지키면서 더욱더욱 늘리고, 일변 양반을 만들어 내고자 군수와 경찰서장을 양성하고 하는 것은, 진시황으로 치면 오랑캐를 막아 진나라를 보전하기 위해 만리장성을 쌓던 역사적이요 세계적인 그 토목사업과 다름없는 역사적인 정신적 토목사업입니다.

만리의 장성을 높이 쌓아, 나라를 천지로 더불어 길이길이 지키고,

진시황

다직
기껏

나는 불사약을 먹어 이 나라의 주재자로 이 영광을 무궁토록 누리고…… 하자던 진시황과, 만석꾼의 가산을 더욱 늘려 가면서 천지로 더불어 길이길이 지키고, 양반을 만들어 가문을 빛내되, 나는 오줌을 먹고 보건체조를 하고 보약을 먹고 하여, 이 집안의 가장으로 이 영광을 무궁토록 누리고…… 하자는 윤직원 영감과, 그 둘은 조금도 서로 다를 바가 없는 것입니다.

그럭저럭 여덟 시가 되자, 윤직원 영감은 안으로 들어가서 조반을 자시고 나와, 다시 그럭저럭 아홉 시가 되었습니다.

하늘은 씻은 듯이 맑고 햇볕은 향기롭습니다. 정히 좋은 날이요, 윤직원 영감한테는 그새와 마찬가지나, 새로이 행복된 오늘입니다. 오후쯤 해서는 올챙이와 말이 얼린 수형 조건으로 오천구백오십 원을 주고서 칠천 원짜리 수형을 받아, 일천오십 원의 이익을 볼 테니, 그 중 일백오 원은 구문으로 올챙이를 주더라도 구백사십오 원이고 본즉, 오늘도 벌이가 쑬쑬하여 기쁘고.

그런데 오늘은 또 춘심이와 다아 이러쿵저러쿵하게 될 날이어서, 이를테면 특집 호화판(特輯豪華版)입니다.

행복과 만족까지는 모르겠어도, 윤직원 영감 이외의 다른 식구들도 죄다 평온무사한 것만은 적실합니다.

오마께
'경품, 덤'의 일본말.

태식이는 골목 구멍가게에 나가서 맘껏 *오마께를 뽑고 사먹고 하니, 무사태평을 지나 오히려 행복이고.

경손이는 간밤에 춘심이로 더불어 랑데부를 하면서, 이 원 돈을 유흥하던 추억에 싸여 시방 학과에도 여념이 없는 중이고.

서울아씨는 『추월색』을 일찌감치 들고 누웠으니, 오만 시름 다 잊었고…….

뒤채의 두 동서는 바느질에 여념이 없는 중, 박씨는 남편 종수가 오늘은 집에를 들어오겠지야고 안심코 기다리고…….

고씨는 새벽 세 시가 지나 술이 얼큰해 들어오더니 여태 태평몽이고…….

동소문 밖 ××원 별장에서는 종수가 *배반이 낭자한 요리상 앞에 기생들과 병호로 더불어 역시 태평몽이고…….

옥화는 간밤의 일이 좀 걸리기는 하지만, 뭘 집 한 채와 패물과 또 현금으로 이삼천 원 *몽똥그렸으니, 발설이 되어 윤주사와 떨어져도 그다지 섭섭할 건 없다고 안심이고.

윤주사도 도합 사천오백 원을 마작으로 폈으나 오천 원도 채 못 되는 것, 술 사먹은 폭만 대면 고만이라고 새벽녘에야 든 잠이 시방 한밤중이요, 자고 있으니까 동경서 온 그 전보의 *사단도 걱정을 잊었고…….

다 이렇습니다. 그렇고 다시 윤직원 영감은…….

윤직원 영감은 오정 때에 오라고 한 춘심이를 어째 다뿍 늘어지게 오정 때에 오라고 했던고. 또, 제 아범이 앓는다고 불려갔으니 혹시 못 오기나 하면 어찌하노 해서, 바야흐로 등이 단 참인데, 웬걸 아홉시 치는 소리가 때앵땡 나자 고년이 씨근버근 해뜩반뜩 달려들지를 않는다구요!

어떻게도 반가운지! 윤직원 영감은 앞미닫이를 더럭 열면서 뛰어나오기라도 할 듯이 엉덩이를 떠들썩, 커다란 얼굴에다가 하나 가득 웃음을 흩트립니다.

"어서 오니라…… 아범은 앓넌다더니 인재 갱기찮어냐?"

"내애, 인저 다 나았어요……."

배반(胚盤)
술상에 차려 놓은 그릇. 또는 거기에 담긴 음식.

몽똥그리다
되는대로 대강 뭉쳐 싸다.

사단
사건의 단서. 혹은 일의 실마리.

토방
방에 들어가는 문 앞에 좀 높이 편평하게 다진 흙바닥.

굴지다
마음이 느긋하고 만족스럽다.

운두
그릇이나 신 따위의 둘레나 둘레의 높이.

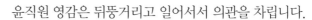

갓. 안에 있는 것이 탕건

가죽신

당시 잘 차려입은 노인의 모습

춘심이는 (속으로 요옹용 하면서) *토방에 가 선 채 방으로 들어가려고도 않습니다.

"……어서 나오세요, 반지 사러 가게요……."

"헤헤헤! 그년이 잊어빼리지두 안힜네……! 그래라, 가자! 제엔장 맞일……."

"내가 그걸 잊어버려요? 밤새두룩 잠두 아니 잔걸! 아, 오정 때 오라구 허신 걸 아홉 점에 왔다면 고만이지 머어…… 어서 옷 입으세요!"

"오─냐, 끙……."

윤직원 영감은 뒤뚱거리고 일어서서 의관을 차립니다.

"……반지 파넌 가게서 쬐깐헌 여학생이 반지 찐다구 숭 보면 어쩔래?"

"남이 숭보는 게 무슨 상관 있나요? 나만 좋았으면 고만이지……."

"으응, 그리여잉! 그렇다면 갱기찮지!"

"갠찮기만 해요? 머……."

"오냐 오냐!……"

괜히 속이 *굴져서, 말이 하고 싶으니까 입을 놀리겠다요.

어제 오후 부민관의 명창대회에 가던 때처럼, 탕건 받쳐 통영갓에, 윤이 치르르 흐르는 안팎 모시 진솔 것에, 하얀 큰 버선에다가 *운두 새까마니 간드러진 가죽신에, 은으로 개대가리를 한 개화장에, 합죽선에 이렇게 차리고 처억 나섭니다.

덜씬 큰 윤선 옆에 거룻배 하나가 붙어서 가는 격이라고나 할는지, 아무튼 이 애인네 한 쌍은 이윽고 진고개 어귀에 나타났습니다.

사람마다 모두들 윤직원 영감을 한 번씩 짯짯이 보면서 지나갑니다. 더구나 때묻은 무명 고의 적삼에 지게를 짊어지고 붉은 다리를 추어 올린 *요보가 아니면, 뒷짐지고 흰 두루마기에, 어둔 얼굴에, 힘없이 벌린 입에, 어릿거리는 눈으로 가게를 끼웃끼웃, 가만히 들어와서는 물건마다 한참씩 뒤적뒤적하다가 슬며시 나가 버리는 *센징들만이 조선 사람인 줄 알기를 십상으로 하던 본전통[本町通] 주민들은, 시방 이 윤직원 영감의 진고개 좁은 골목이 뿌드웃하게시리 우람스런 몸집이며 위의 있고 점잖은 얼굴이며 신선 같은 차림새 하며가 풍기는 *양반상의 위풍에 그만 압기라도 되는 듯, 제각기 눈을 흡뜨고서 하 —입을 벌립니다.

좀 심한 천착인 것 같으나, 윤직원 영감으로 해서 조선 사람에도 요보나 센징말고 조센노 양반상이 있다는 것을 그야말로 재인식했다고 할 수가 있겠고, 따라서 윤직원 영감 자신은 그 필요는커녕 도리어 긴찮은 일로 여기는 것이지만 (그렇기 때문에 애꿎이) 조선 사람을 위해 무언의 *만장 기염을 토한 셈이 되어 버렸습니다.

앞을 서서 가던 춘심이가 초입을 조금 지나 어떤 귀금속 상점 앞에 머무르더니, 진열창 속을 파고 들여다봅니다. 제가 눈 익혀 두었던 그 칠 원 오십 전짜리 반지를 찾는 속인데, 그러나 아무리 들여다보아야 보이질 않습니다.

낙심이 되어, 어쩔까 하다가 무슨 생각을 했는지 윤직원 영감을 데리고 그대로 가게 안으로 들어섭니다.

"이랏샤이마세(어서 오세요)."

구경도 할 겸, 점원들이 있는 대로 대여섯 일제히 합창을 하고 나섭니다.

춘심이는 점원 하나를 상대로, 권번에서 배운 토막 일어를 이용하여, 문제의 칠 원 오십 전짜리 반지를 찾습니다.

"네에! 그건입쇼……!"

답답히 듣고 있던 점원은 척 조선말로 대응을 합니다.

"……그건 마침 다 팔렸습니다마는, 그거 비슷하구두……."

점원은 부지런히 진열장을 안에서 열고, 빨갱이 파랭이 노랭이 깜쟁이, 모두 올망졸망 알롱달롱, 반지가 들어박힌 곽을 꺼내다 놓더니, 그중 빨갱이 한 놈을 뽑아 춘심이를 줍니다.

반지

"이것이 썩 좋습니다. 아까 말씀하시던 거보다는 훨씬 낫습니다. 뽄두 이쁘구, 돌두 빛깔이 곱구…… 네헤."

춘심이가 받아 들고 보니, 아닌게아니라 요전 치보다 더 이쁘고 좋아 보입니다. 다시 왼쪽 무명지에다가 끼어 보니까는, 아주 맞춤으로 꼭 맞습니다.

"이거 사주세요."

춘심이는 정가표가 실 끝에서 아른거리는 반지를 손에 낀 채, 윤직원 영감의 코밑에다가 들이댑니다.

"그게 칠 원 오십 전이라냐? 체—참, *손복허겄다!"

윤직원 영감은 두루마기 자락을 젖히고 염낭끈을 풀려다가 점원을 돌아봅니다.

"……이게 칠 원 오십 전이라면 너머 과허니 조깨 깎읍시다?"

"아니올시다! 이건 십 원입니다, 네헤."

"엉? 이게 십 원이여……? 아—니, 너 머시냐, 칠 원 오십 전짜리 산다더니, 십 원짜리를 고르냐?"

"그래두 그건 죄다 팔리구 없다는걸요, 머……."

"그럼 못 사겄다! 다런 디루 가던지, 이담 날 오던지 그러자!"

"난 싫여요! 이거가 꼬옥 맘에 드니깐 이거 사주세야지, 머……."

"에이! 안 될 말!"

윤직원 영감은 조그마한 걸상에서 커—다란 엉덩이를 쳐듭니다.

"머, 이 원 오십 전 상관이올시다! 네헤……."

점원이 *알심 있게 만류를 하던 것입니다.

"……앉으십쇼. 이게 십 원이라두 칠 원 오십 전짜리보다 갑절이나 물건이 낫습니다. 몸두 훨씬 더 굵구요, 네헤."

"그리두 여보, 원……."

"아 그리구, 할아버지께서 손녀애기 반질 사주시자면 좀 쓸 만한 걸루, 네헤."

죽일놈입니다. 아무리 모르고 한 소리라지만, 글쎄 애인끼리를 할아버지요 손녀애기라고 해놓았으니, 욕치고는 이런 욕이 어디 있겠습니까?

윤직원 영감은 그렇다고, 너 이놈! 그건 무슨 고연 소린고! 이렇게 나무랄 수도 없는 노릇, 속으로만 창피해 죽겠는데, 그러나 춘심이는 되레 재미가 있다고 생글생글 웃습니다.

"난 머, 이거 꼭 사주어예지 머, 난 싫여요!"

싫다고 하니 다아 의미심장한 말입니다.

"허! 거 참…… 으음! 거 참!"

윤직원 영감은 마지못해 도로 앉습니다. 그 두 마디의 탄성이 역시 의미가 심장합니다. 첫마디는 춘심이의 위협에 대한 항복이요, 다음 치는 할아버지와 손녀애기가 다시금 창피하다는 소리구요.

"그래서? 꼭 그놈만 사야 헌담 말이냐?"

"내애, 해해……."

알심
은근히 동정하는 마음.
보기보다 야무진 힘.

"여보, 쥔양반?"

"네에, 헤."

"사기년 삽시다. 헌디, 즘 과허니 조깨만 드을 냅시다."

"에누린 없습니다. 네헤. 머, 십 원이라두 비싼 값이 아니올시다. 네."

"머얼 안 비싸다구 그리여! 잔말 말구서 팔 원만 받우!"

"하아, 건 안 되겠습니다. 이건 꼭 정가대루 받아두 이문이 별루 없습니다, 네…… 에 또 저어 기왕 점잖으신 어른께서 말씀하신 거니, 이십 전만 덜해서 구 원 팔십 전에 드리지요, 네헤."

"귀년시리 시방 우년 소리 허니라구! 팔 원만 받어요, 팔 원."

"아, 이런 데 와선 그렇게 에누릴 않는 법이에요! 생선장순 줄 아시나 봐!"

춘심이가 핀잔을 주는 소립니다. 그러고 보니 윤직원 영감도, 이년아 너는 잠자코 있지 않고서 무얼 초라니처럼 나서느냐고 한바탕 욕을 해야 할 텐데 억지 춘향이가 아니라 애먼 할아버지가 되었으니, 어떻게 손녀아기더러 쌍스런 입잣을 놀립니까.

"야―야, 그런 소리 마라! 세상으 에누리 읎넌 흥정이 어디 있다데야? 나넌 나라에 바치넌 세전〔稅納〕두 에누리를 허넌 사람이다!"

점원은, 농담을 잘하는 재미있는 할아버지라고 빈들빈들 웃고만 있습니다.

윤직원 영감은 꿈싯꿈싯, 염낭에서 돈을 암만큼 꺼내어 조심해서 세어 보고 만져 보고 또 들여다보고 하더니 별안간 남 깜짝 놀라게시리,

"옜소! 팔 원 오십 전이요. 나넌 인재넌 몰루……."

하고 말과 돈을 한꺼번에 내던지고는 몸집까지 벌떡 일어섭니다.

"……가자, 인재넌 다아 되얐다. 어서 가자!"

점원은 기가 막혀서 엉거주춤, 사뭇 붙들듯, 안 된다고 날뜁니다.

다시 한 시간은 넘겨 승강을 했을 겝니다. 마구 싸우다시피 구 원 십 전에 그 반지를 뺏어 가지고 가게를 나오니까 열한 시가 훨씬 넘었습니다.

진고개를 빠져나와 전차정류장으로 광장을 건너가면서, 춘심이는 손에 낀 반지를 깨웃깨웃, 못 견디게 좋아합니다.

전차정류장

"춘심아?"

"내애?"

해뜩 돌려다보고 웃으면서 또 반지를 들여다봅니다.

"반지 사서 찌닝개 좋냐?"

"거저 그렇죠, 머……."

"저런 년 부았넝가! 이년아, 나넌 네 때민에 돈 쓰구 망신당허구 그렸다!"

"망신은 왜요?"

"아, 그 녀석이 할아버지가 머? 손녀애기를 어쩌구 않더냐?"

"해해, 해해해해."

"아무튼지 인재년 내 말 듣지?"

"내애."

"흐음, 아무렴 그래야지. 저어 이따가 저녁에— 에……."

"내애."

"일찌감치 오니라, 응?"

"내애!"

"날 돌르먼 안 되야?"

"내애."

"꼬옥?"

"글쎄, 걱정 마세요!"

"으음."

"저어 참, 영감님?"

"왜야?"

1906년 지금의 명동에
들어선 미쓰꼬시 백화점

난찌
런치(lunch). 점심.

"우리 저기 미쓰꼬시 가서, *난찌 먹구 가요?"

"난찌? 난찌란 건 또 무어다냐."

"난찌라구, 서양 즘심 말이에요."

"서양 즘심?"

"내애, 퍽 맛이 있어요!"

"아서라! 그놈의 서양밥, 말두 내지 마라!"

"왜요?"

"내가 그년의 것이 좋다구 히여서, 그놈의 디 무어라더냐 허넌 디를 가서, 한번 사먹다가 돈만 내버리구 죽을 뻔히었다!"

"하하하, 어떡허다가?"

"아, 그놈의 것 꼭 소시랑을 피여 논 것치름 생긴 것을 주먼서 밥을 먹으라넌구나! 허 참⋯⋯."

전감(前鑑)
거울로 삼을 만한 지난
날의 경험이나 사실.

윤직원 영감이 만약 *전감이 없었다면 춘심이한테 끌려가서 그 서
양 점심을 먹느라고 한바탕 진고개에 있어서의 조선 정조를 착실히 나
타냈을 것이지만, 요행 그 소위 쇠스랑 펴놓은 것—포크에 대한 반감
의 덕으로 작파가 되었습니다.

종로 네거리에서 춘심이를 일단 작별하면서, 또
다시 두 번 세 번 다진 뒤에 계동 자택으로 돌아오
니까, 마침 뒤를 쫓듯 올챙이가 수형 할인을 해 쓴
다는 철물교 다리의 강씨를 데리고 왔습니다. 대복
이도 가타고 했고, 당장 칠천 원 수형을 받고 오천
구백오십 원 소절수를 떼어 주었습니다. 따로 일백

1930년대 종로거리

오 원짜리를 구문으로 올챙이한테 떼어 준 것은 물론이구요.

강씨와 올챙이를 돌려보내고 나니까, 드디어 오늘도 구백사십오 원
을 벌었다는 만족에 배는 불룩 일어섭니다.

간밤에 창식이 윤주사가 마작으로 사천오백 원을 폈고, 종수가 이천
원짜리 수형을 병호한테 야바위당했고, 이백여 원 어치 요리를 먹었
고, 그리고도 오래잖아 돈 이천 원을 뺏으려 올 테고 하니, 윤직원 영
감이 벌었다고 좋아하는 구백여 원의 열 갑절 가까운 구천여 원이 날
아갔고, 한즉 그것은 결국 *옴팡장사요, 이를테면 만리장성의 한 귀퉁
이가 좀이 먹는 것이겠는데, 그러나 윤직원 영감이야 시방 그것을 알
턱이 없던 것입니다.

옴팡장사
이익을 보지 못하고 밑
지는 장사.

다시 그리고, 이따가 저녁에 춘심이를 사랑하게 될 행복에 이르러서
는 침이 흥건히 괴어 방금 뚜—우 오정 소리를 듣고도 이어 점심을 먹
으러 들어갈 여념이 없이, 술에 취하듯 푹신 취해 버렸습니다.

마침 그땝니다. 마당에서 별안간 뚜벅뚜벅 들리는 구두 소리에 무심코 미닫이의 유리 쪽으로 내다보노라니까, 웬 양복 가랭이가 펄쩍거리고 달려들지를 않는다구요!

어떻게도 놀랐는지, 벌떡 일어서서 안으로 피해 들어갈 체세를 가집니다.

*요마적 양복쟁이라고는 좀처럼 찾아오는 법이 없지만, 어찌하다가 더러 찾아온다치면 세상 그거같이 싫고 겁나는 것은 없습니다.

요마적
지나간 얼마 동안의 아주 가까운 때.

사람은 누구 없이 뱀을 섬뻑 만나면 대개는 깜작 놀라 몸이 오싹해지고, 반사적으로 적의(敵意)와 경계의 자세를 취합니다.

이것은 우리의 오래오랜 조상, 즉 사전인류(史前人類)가 파충류의 전성시대에 그들의 위협 밑에서 수백만 년을 항상 공포와 투쟁과 경계를 하고 살아오는 동안, 그것이 어언간 한 개의 본능이 되어졌고, 그러한 조상의 피가 시방도 우리 인류의 몸에 흐르고 있는 때문이라고 말하는 학자가 있습니다.

그럴듯한 해석이고, 한데, 윤직원 영감이 양복쟁이가 찾아오게 되면 우선 먼저 놀라 우선 먼저 피하려 드는 것도 그와 비슷한 것이라고 하겠습니다.

기미년 이후 한동안, 소위 양복청년이라는 별명을 듣는 사람들한테 그놈 새애까만 *육혈포 부리 앞에 가슴패기를 겨냥대고 앉아 혼비백산, 돈을 뺏기던 일…… 그렇게 돈 뺏기고 혼이 나고 하고서도, 다시 경찰서의 사람들한테 이실고실 참고 심문을 당하느라고 땀을 뻘뻘 흘리던 일…….

육혈포
탄알을 재는 구멍이 여섯 개 있는 권총.

지방의 유수한 명망가라고 해서 그네들과 무슨 연락이 있을 혐의는 아니었고, 범인 수사에 필요한 심문을 하던 것인데, 일 당하던 당장 혼백이 나갔던 윤직원 영감이라 대답이 자꾸만 *외착이 나곤 해서 피차에 수고로웠습니다.

치가 떨리고 이가 갈리는 게, 언제고 섬뻑 찾아드는 양복쟁이던 것입니다.

그러한 위험객 말고도, 다시 생명보험회사의 외교원…….

누구나 돈냥 있는 사람은 다 겪어 본 시달림이지만, 윤직원 영감도 많이 당했습니다.

하기야 윤직원 영감 당자는 나이 많으니까 가입할 자격이 없기 때문에, 가로되 자제 몫으로, 가로되 손자 몫으로, 가로되 무슨 몫으로, 이렇게 조릅니다.

윤직원 영감의 대답은 매우 신랄해서,

"게 여보! 원 아무런들 날더러 자식 손자 보험 걸어 놓구서, 그것 타 돈 먹자구 그것덜 죽기 배래구 앉었으람 말이오?"

이렇습니다. 그러나 그만 소리에 퇴각할 사람들이 아니요, 찰거머리처럼 붙어 앉아서는 쫀드윽쫀득 졸라 댑니다.

이처럼 *파기증을 생으로 내주는 게 역시, 불쑥 찾아오는 양복쟁이던 것입니다. 그리고 그 다음이 기부를 받으러 오는 패…….

대개 민간의 교육 사업이나 또는 임시 임시의 빈민 혹은 이재민의 구제 사업인데, 그들이 찾아와서는 사연을 주욱 이야기한 후, 그러니 영감께서도……, 이렇게 청을 합니다.

윤직원 영감은 다 듣고 나서는, 시침 뚜욱 따고 대답입니다.

"예에! 거 다아 존 일이지요. 히여야 허구말구요…… 그런디 나넌 시방 나대루 수십 년지간 해마닥 수수백 명을 구제허구 있으닝개루, 그런 기부나 구제에넌 참예를 안 히여두 죄루 가던 안얼 티닝개루 구만

외착
착오가 생기어 서로 어그러짐.

파기증
계약이나 약속 따위를 깨뜨려버리고 싶은 마음.

둘라우!"

"네에! 거 참 매우 장하십니다! 사업은 무슨 사업이신지요?"

객은 듣던 바와는 다르다고 탄복해서, 아무튼 그 사업 내용을 수인사로라도 물어 볼밖에요.

"예에…… 내가 시방 한 만 석 가량 추수를 허우. 그러구 작인이 천 명 가까이 되지요. 그러닝개 천 명 가까운 작인덜한티다가 논을 주어서, 농사를 히여 먹구 살게 허넝게 구제허구넌 큰 구제 아니오?"

이 말에 웬만한 사람은 속으로 웃고 진작 말머리를 돌리겠지만, 좀 귀가 무딘 패는 더욱 탄복을 하여 묻습니다.

"네에! 그러면 근 천 명 되는 소작인들한테 소작료를 받지 않으시구 논을 무료루 내주시는군요? 네에! 허어!"

"아—니, 안 받으면 나넌 어떻게 허구……? 원 참…… 여보 글씨, 제 논 각구 앉어서 도지[小作料]두 안 받구 그냥 지여 먹으라구 내주넌 그런 빙신 천치두 있다우?"

윤직원 영감은 이렇게 당당히 나무랍니다.

분반(噴飯)
입속에 있는 밥을 내뿜는다는 뜻으로, 참을 수가 없어서 웃음이 터져 나옴을 이르는 말.

듣는 사람은 *분반(噴飯) 할 넌센스나 또는 농담으로 돌리겠지만, 윤직원 영감 당자는 절대로 엄숙합니다.

지주가 소작인에게 토지를 소작으로 주는 것은 큰 선심이요, 따라서 그들을 구제하는 적선(積善)이라는 것이 윤직원 영감의 지론이던 것입니다. 윤직원 영감의 신경(神經)으로는 결코 무리가 아닙니다. 논이 나의 소유라는 결정적 주장도 크지만 소작경쟁이 언제고 심하여, 논 한 자리를 두고서 김서방 최서방 이서방 채서방 이렇게 여럿이, 제각기 서로 얻어 부치려고 청을 대다가는 필경 그 중의 한 사람에게로 권리가 떨어지고 마는데, 김서방이나 혹은 이서방이나 또는 채서방이 나에게로 줄 수 있는 논을 최서방 너를 준 것은 지주 된 내 뜻이니까, 더욱이나 내가 네게 적선을 한 것이 아니냐……? 이것이 윤직원 영감의 소작권에 의한 자선사업의 방법론입니다.

윤직원 영감은 그리하여 자기가 찬미하는, 가령 경찰 행정 같은 그런 방면의 사업에다가 자진하여 무도장(武道場) 건축비를 기부한다든지 하는 외에는 소위 민간측의 사업이나 구제에는 절대로 *피천 한푼 내놓질 않는 주의요, 안 할 사람인데, 번번이들 찾아와서는 졸라 대고 성가시게 하고 하는 게 누군고 하면, 역시 양복쟁이던 것입니다.

이와 같이, 시골서 이래로 근 이십 년 각종 양복쟁이에게 위협과 폐해와 졸경을 치르던 윤직원 영감인지라, 인류의 조상이 수백만 년 동안 파충류와 싸우고 사느라 그들을 대적하고 경계하고 하는 본능이 생겨 그 피가 시방 우리의 몸에까지 흐르고 있듯이, 윤직원 영감도 양복쟁이라면 덮어놓고 적의가 솟고, 덮어놓고 싫어하는 제이의 본능이 생겨졌습니다.

윤직원 영감은 그래서 방금 뚜벅거리고 달려드는 양복 가래쟁이를 보자마자, 옛 뜨거라고 벌떡 일어서서 뒷문을 열고 안으로 피신을 하려는 참인데, 그러나 시기는 이미 늦어 양복쟁이가 앞미닫이를 연 것이 더 빨랐습니다.

화가 나서 홱 돌려다보니까, 요행으로 낯선 양복쟁이가 아닌 게 안심은 되었지만, 속아 놀란 것이 그 담에는 속이 상합니다.

"야, 이 잡어 뽑을 놈아, 지침이나 좀 허구 댕기라!"

방금 동소문 밖 ××원 별장의, 그야말로 *주지육림(酒池肉林)으로부터 돌아오는 종숩니다.

욕은, 담배 한 대 피우는 정도로 언제나 먹어 두는 것, 아무렇지도

피천
노린동전. 매우 적은 액수의 돈.

주지육림(酒池肉林)
술로 연못을 이루고 고기로 숲을 이룬다는 뜻으로, 호사스러운 술잔치를 이르는 말.

않아하고 조부에게 절을 한자리 꾸벅, 무릎을 꿇고 앉습니다.

"무엇 허러 또 올라왔냐?"

"볼일두 좀 있구, 그래서……."

"볼일이랑 게 별것 있간디? 매양 돈이나 뺏으러 쫓아왔지……? 권연시리 돈 소리 헐라거던 아예 내 눈앞으 뵈지두 말구 가삐리라!"

이렇게 *발등걸이를 당하고 보니, 종수는 마치 *샘고누의 첫 구멍을 막힌 격이라 말문이 어디로 열릴 바를 몰라 잠시 고개만 숙이고 대답이 없습니다.

"대체 너넌 그년의 군순지 막걸린지넌 어떻게 되넌 심이냐? 심이!"

화가 아니 났더라도 짐짓 난 체해야 할 판, 이윽고 재떨이에 담뱃대를 땅따앙, 음성도 역정스럽던 그대로 딴 조목을 들어 지천을 합니다.

"……응? 그놈의 군수 하나 바래다가 고손자 × 패겠다, 네엔장맞일!"

십 년 계획이라 속은 말짱하면서도, *주마가편이라니 재촉을 해, 십년보다 더 속히 되면 속히 될수록 좋은 노릇이니까요. 그러나 이 말에서 종수는 언뜻 돈 발라 낼 꾀가 생각이 났습니다.

"그건 염려 없어요. 그러잖어두 이번에 그 일 때문에 겸사겸사해서……."

"응? 거 듣너니 반간 소리다……! 그리서? 다 되얐냐?"

단박 풀어져서 좋아합니다. 참으로, 아기같이 천진난만한 할아버집니다.

"오라잖어서 본관 사령은 나올려나 봐요!"

"그리여? 참말이냐?"

"네에."

발등걸이
남이 하려는 일을 앞질러 먼저 함.

샘고누의 첫 구멍을 막힌 격
무엇을 처음 시작하려고 할 때 못하게 막는 경우를 이름.

주마가편(走馬加鞭)
달리는 말에 채찍질한다는 뜻으로, 잘하는 사람을 더욱 장려함을 이르는 말.

"그렇다면 작히나 좋겄냐!
그런디 그 담에, 참말루
군수는 은제 되냐?"

"그건 본관이 된 댐엔, 다아 쉬어요!"

"그렇더래두 몇 해 있어야 될 것인디?"

"한 사오 년이……! 그런데 저어……."

"응?"

"이번에 계제에 한 이천 원 좀, 들여야 일이 수나롭겠어요!"

"그러면 그렇지! 그러면 그리여!"

윤직원 영감은 펄쩍 뜁니다. 마침 옛날의 그 혼란스럽던 판임관, 그리고 그 웃길 주임관, 그들의 금테 두른 양복, 금장식한 칼, 이런 것을 손자 종수에게 입혀 놓고 양반의 위풍을 떨치는 장면을 연상하면서, 비록 시방은 그러한 제복이 없어는 졌을망정 판임관이면 금테가 한 줄, 다시 주임관으로 군수가 되면 금테가 두 줄, 이렇대서 한참 좋아하는 판인데 밉살머리스럽게 돈 소리를 내놓고 앉았으니, 그만 정이 떨어지고, 또다시 부아가 버럭 나던 것입니다.

"……잡어 뽑을 놈! 권연시리 돈이나 협잡질헐라닝개루, 시방 쫓아 올라와서넌, *씩둑꺽둑, 날 돌라 먹을라구 그러지야? 누가 네 속 모를 줄 아냐? 글씨 일 다아 되얐다면서 무슨 돈이 이천 원이나 드냐? 들기를……."

"지가 쓸려구 그러는 게 아니에요!"

"늬가 안 쓰구, 그러면 여산(廬山) 중놈이 쓴다냐?"

"선삿감으루 금강석 반질 하나 살려구 그래요!"

"뭐어……? 아—니 세상에 이천 원짜리 반지가 어디 있으며, 또오 있다구 치더래두, 그 사람은 그걸 손구락으다 찌구 베락을 맞이라구, 이천 원짜리 반지를 사다가 슨사를 헌담 말이냐? 죽으머넌 썩을 놈의 손구락으다가, 아무리 귀골이기루서니 이천 원짜리를 찌다께, 베락 맞일 짓이 아니여! 나넌 보닝개루 구 원 십 전짜리두 버젓허니 좋기만 허더라…… 대체 누가 조작이냐. 네 소견이냐? 누가 시켜서 그러냐?"

"군수 영감이 그리세요. 저 거시키, 요전번 올라왔을 때 마침 지전 씰 만났었는데, 할아버지두 잘 아시잖어요? 왜 저 총독부 내무국에 있는 그 지전씨!"

"그래서?"

"구경을 나온 길인지, 부인허구 아이들을 모두 데리구 미쓰꼬시루 들어오는 걸 만났더래요. 퍽 반가워하면서, 제 말두 묻구, 잊어버리던 아니 했노라구…… 그러면서 같이 산볼 하자구 해서 미쓰꼬시 안을 여기저기 둘러보는데, 마침 귀금속부에 갔다가 지전씨 부인이 이천 원짜리 금강석 반지를 내논 것을 보더니, 퍽 가지구퍼 하더래나요? 그러니깐 지전씨가 웃으면서, 나두 사주구는 싶어두 어디 돈이 있느냐구. 그러니깐 부인이 여간 섭섭해하는 기색이 아니더래요. 그런 때 군수 영</p>

감은 재갸가 돈만 있었으면 단박 사서 선살 했으면, 다른 때 만 원을 들인 것보다두 생색이 더 나겠는데, 원체 자기한테는 지닌 게 없기두 했지만 큰돈이라 생심을 못 했다구……."

"그러닝개루 그걸 너더러 사서 지전씨네 집으다가 슨사를 허라더람 말이여?"

"네에, 마침 또 꼭지가 물러 가는 눈치구 하니깐, 이 계제에 그래 됐으면 유리할 것 같다구요……."

윤직원 영감은 말없이 담배만 빽빽 빨고 있습니다. 어떻게 생각하면 정말 같기도 합니다. 또 어떻게 생각하면 종수의 야바위 같기도 합니다. 그러나 거짓말이 아닌 것을 거짓말로 잘못 넘겨짚고서 그 벼락 맞을 선사를 않고 보면 일을 낭패시키는 것이 될 테니, 차라리 속는 셈 잡고 돈을 내느니만 같지 못하겠다는 생각이 마침내 들고 말았습니다.

"모르겄다! 나는 시방 돈이래야 톡톡 털어서 천 원밖으 읎으닝개, 그 놈만 갔다가 무얼 사주던지 말던지, 네 소견대루 헐라면 히여라. 나는 모른다!"

자기 말대로 나라에 바치는 세납도 에누리를 하거든, 종수가 청구하는 운동비를 어찌 깎지 않겠습니까.

그러나 종수는 조부의 그러한 성미를 잘 알기 때문에 한 자국 더 뛰어, 천 원 소용을 이천 원으로 불렀으니 종수가 선숩니다.

윤직원 영감은 대복이를 불러, 천 원 소절수를 씌어 도장을 찍어 아주 현금으로 찾아다가 종수를 주라고 시킵니다. 그러면서 속으로, 오늘 구백사십오 원 번 것이 오십오 원 새끼까지 치어 가지고 도로 나가는구나 생각하니, 매우 섭섭하고 허망했습니다.

15. 망진자(亡秦者)는 호야(胡也)니라

일찍이 윤직원 영감은 그의 소싯적 윤두꺼비 시절에, 자기 부친 말대가리 윤용규가 화적의 손에 무참히 맞아죽은 시체 옆에 서서, 노적이 불타느라고 화광이 충천한 하늘을 우러러,

"이놈의 세상, 언제나 망하려느냐?"

"우리만 빼놓고 어서 망해라!"

하고 부르짖은 적이 있겠다요.

이미 반세기 전, 그리고 그것은 당시의 나한테 불리한 세상에 대한 격분된 저주요, 겸하여 웅장한 투쟁의 선언이었습니다.

해서 윤직원 영감은 과연 승리를 했겠다요. 그런데……

식구들은 시아버지 윤직원 영감이 보기가 싫은 건넌방 고씨만 빼놓고, 서울아씨, 태식이, 뒤채의 두 동서, 모두 안방에 모여 종수를 맞이하는 예를 표하고, 그들의 옹위 아래 윤직원 영감과 종수는 각기 아랫목과 뒷벽 앞으로 갈라 앉았습니다. 방금 점심 밥상을 받을 참입니다.

"너 경손 애비, 부디 정신 채리라……!"

윤직원 영감이 종수더러 곰곰이 훈계를 하던 것입니다. 안식구가 있는 데라

점잖게 경손 애비지요.

"……정신을 채리야 헐 것이 늬가 암만히여두 네 아우 종학이만 못히여! 종학이는 그놈이 재주두 있고 착실히여서, 너치름 허랑허지두 않고 그럴 뿐더러 내년 내후년이머넌 대학교를 졸업허잖냐? 내후년이지?"

"네."

"그렇지? 응, 그래, 내후년이면 대학교 졸업을 허구 나와서, 삼 년이나 다직 사 년만 찌들어 나머넌 그놈은 지가 목적헌, 요새 그 목적이란 소리 잘 쓰더구나, 응? 목적…… 목적헌 경부가 되야 각구서, 경찰서장이 된담 말이다! 응? 알겄어."

"네."

"그러닝개루 너두 정신을 바싹 채리 각구서, 어서어서 군수가 되야야 않겄냐……? 아, 동생놈은 버젓한 경찰서장인디, 형놈은 계우 군서기를 댕기구 있담! 남부끄러서 어쩔 티여? 응……? 아 글씨, 군수 되구 경찰서장 되구 허머넌, 느덜 좋구 느덜 호강이지 머, 그 호강 날 주냐? 내가 이렇기 *아등아등 잔소리를 허넌 것두 다 느덜 위히여서 그러지, 나는 파리 족통만치두 상관읎어야! 알어듣냐?"

"네."

"그놈 종학이는 참말루 쓰겄어! 그놈이 어려서버텀두 워너니 나를 자별허게 따르구, 재주두 있구 착실허구, 커서두 내 말을 잘 듣구……. 내가 그놈 하나넌 꼭 믿넌다, 꼭 믿어. 작년 올루 들어서 그놈이 돈을 어찌 좀 히피 쓰기는 허넝가 부더라마는, 그것두 허기사 네게다 대머넌 안 쓰는 심이지. 사내자식이 너처럼 허랑허지만 말구서, 제 줏대만 실헐 양이면 돈을 좀 써두 괜잖언 법이여…… 그리서 지난달에두 오백 원 꼭 쓸 디가 있다구 핀지히였길래, 두말 않고 보내 주었다!"

아등아등
기를 쓰며 고집을 부리거나 애를 쓰는 모양.

마침 이때, 마당에서 헴헴, 점잖은 밭은기침 소리가 납니다. 창식이 윤주사가 조금 아까야 일어나서, 간밤에 동경서 온 전보 때문에 억지로 억지로 큰댁 행보를 하던 것입니다.

윤주사는 토방으로 내려서는 아들 종수더러, 언제 왔느냐고, 심상히 알은체를 하면서, 역시 토방으로 내려서는 두 며느리의 삼가로운 무언의 인사와, 마루까지만 나선 이복 누이동생 서울아씨의 입인사를 받으면서, 방으로 들어가서는 부친 윤직원 영감한테 절을 한자리 꾸부리고서, 아들 종수한테 한자리 절과, 이복동생 태식이한테 경례를 받은 후, 비로소 한옆으로 꿇어앉습니다.

"해가 서쪽으서 뜨겄구나?"

윤직원 영감은 아들의 이렇듯 부르지도 않은 걸음을, 더욱이나 안방에까지 들어온 것을 이상타고 꼬집는 소립니다.

"……멋 하러 오냐? 돈 달라러 오지?"

"동경서 전보가 왔는데요……."

지체를 바꾸어 윤주사를 점잖고 너그러운 아버지로, 윤직원 영감을 속 사납고 경망스런 어린 아들로 둘러 놓았으면 꼬옥 맞겠습니다.

"동경서? 전보?"

"종학이놈이 경시청에 붙잽혔다구요?"

"으엉?"

외치는 소리도 컸거니와 엉덩이를 꿍―찧는 바람에, 하마 방구들이 내려앉을 뻔했습니다. 모여 선 온 식구가 제가끔 정도에 따라 제각기 놀란 것은 물론이구요.

몽치
짤막하고 단단한 몽둥이.

윤직원 영감은 마치 묵직한 *몽치로 뒤통수를 얻어맞은 양, 정신이 멍―해서 입을 벌리고 눈만 휘둥그랬지, 한동안 말을 못 하고 꼼짝도 않습니다.

그러다가 이윽고 으르렁거리면서 잔뜩 쪼글트리고 앉습니다.

"거, 웬 소리냐? 으응? 으응……? 거 웬 소리여? 으응? 으응?"

"그놈 동무가 친 전본가 본데, 전보가 돼서 자세는 모르겠습니다."

윤주사는 조끼 호주머니에서 간밤의 그 전보를 꺼내어 부친한테 올립니다. 윤직원 영감은 채듯 전보를 받아 쓰윽 들여다보더니 커다랗게 읽습니다. 물론 원문은 일문이니까 몰라 보고, 윤주사네 서사 민서방이 번역한 그대로지요.

"종학, 사—상 관계—로, 경시청에 피검……이라니? 이게 무슨 소리다냐?"

"종학이가 사상관계로 경시청에 붙잽혔다는 뜻일 테지요!"

"사상관계라니?"

"그놈이 *사회주의에 참예를……."

"으엉?"

아까보다 더 크게 외치면서 벌떡 뒤로 나동그라질 뻔하다가 겨우 몸을 가눕니다.

윤직원 영감은 먼저에는 몽치로 뒤통수를 얻어맞은 것같이 멍했지만, 이번에는 앉아 있는 땅이 *지함을 해서 수천 길 밑으로 꺼져 내려가는 듯 정신이 아찔했습니다.

그러나 그것은 결단코 자기가 믿고 사랑하고 하는 종학이의 신상을 여겨서가 아닙니다.

윤직원 영감은 시방 종학이가 사회주의를 한다는 그 한 가지 사실이 진실로 옛날의 드세던 부랑당패가 백길 천길로 침노하는 그것보다도 더 분하고, 물론 무서웠던 것입니다.

사회주의
사유재산제도를 폐지하고 생산 수단을 사회화하여 자본주의 제도의 사회·경제적 모순을 극복한 사회제도를 실현하려는 사상이나 그 운동.

지함(地陷)
땅이 움푹 가라앉아 꺼짐.

진(秦)나라를 망할 자 호(胡:오랑캐)라는 예언을 듣고서 변방을 막으려 만리장성을 쌓던 진시황, 그는, 진나라를 망한 자 호가 아니요, 그의 자식 호해(胡亥)임을 눈으로 보지 못하고 죽었으니, 오히려 행복이라 하겠습니다.

　"사회주의라니? 으응? 으응?"

　윤직원 영감은 사뭇 사람을 아무나 하나 잡아먹을 듯 집이 떠나게 큰 소리로 포효(咆哮)를 합니다.

　"……으응? 그놈이 사회주의를 허다니! 으응? 그게, 참말이냐? 참말이여?"

　"허긴 그놈이 작년 여름방학에 나왔을 때버틈 그런 기미가 좀 뵈긴 했어요!"

　"그러머넌 참말이구나! 그러머넌 참말이여, 으응!"

　　　　　윤직원 영감은 이마로, 얼굴로 땀이 방울방울 배어 오릅니다.

"……그런 쳐 죽일 놈이, 깎어 죽여두 아깝잖을 놈이! 그놈이 경찰서 장 허라닝개루, 생판 사회주의 허다가 뎁다 경찰서에 잽혀? 으응……? *오—사육시를 헐 놈이, 그놈이 그게 어디 당헌 것이라구 지가 사회주 의를 히여? 부잣놈의 자식이 무엇이 대껴서 부랑당패에 들어?"

아무도 숨도 크게 쉬지 못하고, 고개를 떨어뜨리고 섰기 아니면 앉았을 뿐, 윤직원 영감이 잠깐 말을 그치자 방 안은 물을 친 듯이 조용합니다.

"……오죽이나 좋은 세상이여? 오죽이나……."

윤직원 영감은 팔을 부르걷은 주먹으로 방바닥을 땅— 치면서 성난 황소가 *영각을 하듯 고함을 지릅니다.

"화적패가 있너냐아? 부랑당 같은 수령(守令)들이 있더냐……? 재 산이 있대야 도적놈의 것이요, 목숨은 파리 목숨 같던 말세넌 다 지내 가고오…… 자 부아라, 거리거리 순사요, 골골마다 공명헌 정사(政事), 오죽이나 좋은 세상이여…… 남은 수십만 명 동병(動兵)을 히여서, 우 리 조선놈 보호히여 주니, 오죽이나 고마운 세상이여? 으응……? 제 것 지니고 앉어서 편안허게 살 태평세상, 이걸 태평천하라구 허는 것

오사육시(誤死戮屍)
오사(형벌이나 재앙으로 제 목숨대로 살지 못하고 비명에 죽음)하여 육시(이미 죽은 사람의 시체에 다시 목을 베는 형벌을 가함)까지 당한다는, 몹시 저주하는 말.

영각
황소가 암소를 찾아 길게 뽑아 우는 소리.

이여, 태평천하……! 그런디 이런 태평천하에 태어난 부잣놈의 자식이, 더군다나 왜 지가 떵떵거리구 편안허게 살 것이지, 어찌서 지가 세상 망쳐 놀 부랑당패에 *참섭을 헌담 말이여, 으응?"

땅— 방바닥을 치면서 벌떡 일어섭니다. 그 몸짓이 어떻게도 요란스럽고 괄괄한지, 방금 발광이 되는가 싶습니다. 아닌 게 아니라 모여 선 가권들은 방바닥 치는 소리에도 놀랐지만, 이 어른이 혹시 *상성이 되

참섭(參涉)
어떤 일에 끼어들어 간섭함.

상성(喪性)
본래의 성질을 잃어버리고 전혀 다른 사람처럼 됨.

지나 않는가 하는 의구의 빛이 눈에 나타남을 가리지 못합니다.

"……착착 깎어 죽일 놈……! 그놈을 내가 핀지히여서, 백 년 지녁을 살리라구 헐걸! 백 년 지녁 살리라구 헐 테여…… 오냐, 그놈을 삼천 석거리는 직분(分財)히 줄라구 히였더니, 오—냐, 그놈 삼천 석거리를

톡톡 팔어서, 경찰서으다가 사회주의허는 놈 잡어 가두는 경찰서으다가 주어 버릴걸! 으응, 죽일 놈!"

마지막의 으응 죽일 놈 소리는 차라리 울음 소리에 가깝습니다.

"……이 태평천하에! 이 태평천하에……."

쿵쿵 발을 구르면서 마루로 나가고, 꿇어앉았던 윤주사와 종수도 따라 일어섭니다.

"……그놈이, 만석꾼의 집 자식이, 세상 망쳐 놀 사회주의 부랑당패에, 참섭을 히여. 으응, 죽일 놈! 죽일 놈!"

연해 부르짖는 죽일 놈 소리가 차차로 사랑께로 멀리 사라집니다. 그러나 몹시 사나운 그 포효가 뒤에 처져 있는 가권들의 귀에는 어쩐지 암담한 여운이 스며들어, 가뜩이나 어둔 얼굴들을 *면면상고, 말할 바를 잊고, 몸둘 곳을 둘러보게 합니다. 마치 장수의 죽음을 만난 군졸들처럼…….

면면상고(面面相顧)
아무 말도 없이 서로 얼굴만 물끄러미 바라 봄.

『태평천하』, 동지사, 1948.

레디메이드
인생

1

"머 어데 빈자리가 있어야지."

K사장은 안락의자에 푹신 파묻힌 몸을 뒤로 벌—떡 젖히며 하품을 하듯이 시원찮게 대답을 한다. *미상불 그는 두 팔을 쭉—내뻗고 기지개라도 한번 쓰고 싶은 것을 겨우 참는 눈치다.

이 K사장과 둥근 탁자를 사이에 두고 공순히 마주 앉아 얼굴에는 '나는 선배인 선생님을 극히 존경하고 *앙모합니다' 하는 비굴한 미소를 띠고 있는, *구변 없는 구변을 다하여 직업 동냥의 구걸(口乞) 문구를 기다랗게 늘어놓던 P…… P는 그러나 취직운동에 백전백패(百戰百敗)의 노졸(老卒)인지라 K씨의 힘 아니 드는 한마디의 거절에도 새삼스럽게 실망도 아니한다. 대답이 그렇게 나왔으니 이제 더 졸라도 별수가 없는 것이지만 허실 삼아 한마디 더 해보는 것이다.

"글쎄올시다, 그러시다면 지금 당장 어떻게 해줍시사고 무리하게 졸를 수야 있겠습니까마는…… 그러면 이 담에 결원이 있다든지 하면 그 때는 꼭……."

이렇게 말하고 P는 지금까지 외면하였던 얼굴을 돌리어 K사장을 조심성 있게 바라보았다. 그러나 K사장은 우선 고개를 좌우로 두어 번 흔들고는 여전히 하품 섞인 대답을 한다.

"결원이 그렇게 나나 어데…… 그리고 간혹가다가 결원이 난다더래도 유력한 후보자가 몇십 명씩 밀려 있어서……."

P는 아무 말도 아니 하고 고개를 숙였다. 이제는 영영 틀어진 것이다. 안녕히 계십시오, 하고 일어서는 것밖에는 별수가 없다.

별수가 없이 되었으니 '네 그렇습니까' 하고 선선히 일어서야 할 것이지만 지금까지 은근히 모시고 있던 태도에 비하여 그것이 너무 낮이 간지러운 *표변임을 알기 때문에 실망이나 하는 체하고 잠시 더 앉아 있는 것이다.

표변
마음이나 행동이 갑자기 변함.

"거 참 큰일들 났어."

K사장은 P가 낙심해하는 것을 보고 별로 밑천이 들지 아니하는 일이라서 알뜰히 걱정을 나누어 준다.

"저렇게 좋은 청년들이 일거리가 없어서 저렇게들 애를 쓰니."

코똥
'콧방귀'의 방언.

P는 속으로 *코똥을 '흥' 하고 뀌었으나 아무 대답도 아니 하였다. K사장은 P가 이미 더 조르지 아니하리라고 안심한지라 먼저 하품 섞어 '빈 자리가 있어야지' 하던 시원찮은 태도는 버리고 그가 늘 흉중에 묻어 두었다가 청년들에게 한바탕씩 해 들려 주는 훈화를 꺼낸다.

"그렇지만 내가 늘 말하는 것인데…… 저렇게 취직만 하려고 애를 쓸 게 아니야. 도회지에서 월급생활을 하려고 할 것만이 아니라 농촌으로 돌아가서……."

"농촌으로 돌아가서 무얼 합니까?"

K는 말 중동을 갈라 불쑥 반문하였다. 그는 기왕 취직운동은 글러진 것이니 속시원하게 시비라도 해보고 싶은 것이다.

"허! 저게 다 모르는 소리야…… 조선은 농업국이요, 농민이 전 인구의 팔 할이나 되니까 조선 문제는 즉 농촌 문제라고 볼 수가 있는데, 아 지금 농촌에서 할 일이 오죽이나 많다구?"

"저는 그 말씀 잘 못 알아듣겠는데요. 저희 같은 사람이 농촌에 가서 할 일이 있을 것 같잖습니다."

"그럴 리가 있나! 가령 응…… 저……."

K사장은 응…… 저…… 하고 더듬으면서 끝내 대답을 하지 못한다. 그것은 무리가 아니다.

그가 구직하러 오는 지식청년들에게 농촌으로 돌아가 농촌 사업을 하라는 것과 (다음에 또 꺼내는 일거리를 만들라는 것은) 결코 현실에서 출발한 이론적 근거가 있는 것이 아니었었다. 그저 지식 계급의 구직꾼이 넘치는 것을 보고 막연히 '농촌으로 돌아가라' '일을 만들어라'고 해왔을 따름이다. 따라서 거기에 대한 구체적 플랜이 있는 것도 아니었었던 것이다. 한편으로는 한 행셋거리로, 또 한편으로는 구직꾼 격퇴의 수단으로 자룡이 헌 창 쓰듯 썼을 뿐이지.

그리하여 그 동안까지는 대개는 그 막연한 설교를 들은 성 만 성하고 물러가는 것이 그들의 *행티였었는데 오늘 이 P에게만은 그렇지가 아니하여 불가불 구체적 설명을 해주어야 하게 말머리가 돌아선 것이다. 그래서 그는 떠듬떠듬 생각해 가면서 생각나는 대로 주워섬기는 것이다.

"가령 응…… 저…… *문맹퇴치운동도 있지. 농민의 구 할은 언문도 모른단 말이야! 그리고 생활개선운동도 좋고…… 헌신적으로."

"헌신적으로요?"

"그렇지…… 할 테면 헌신적으로 해야지."

"무얼 먹고 헌신적으로 그런 사업을 합니까……? 먹을 것이 있어서 그런 농촌사업이라도 할 신세라면 이렇게 취직을 못 해서 애를 쓰겠습니까?"

"허! 그게 안 된 생각이야…… 자기가 먹고 살 재산이 있으면서 사회를 위해서 일도 아니하고 번들번들 논다는 것은

행티
행짜(심술을 부려 남을 해롭게 하는 행위)를 부리는 버릇.

문맹퇴치운동 (文盲退治運動)
글을 읽지도 쓰지도 못하는 사람들에게 읽고 쓰는 법을 가르쳐 깨우치는 일체의 운동. 제정 러시아 말기에 지식인들이 이상사회를 건설하기 위해 농촌계몽운동(브나로드 운동)을 펼치면서 문맹퇴치운동도 함께 전개한 것이 대표적 예이다. 일제강점기에 행해진 각종 애국·농촌계몽운동에는 어떠한 형식으로든 문맹퇴치운동도 포함되었는데, 그런만큼 이 시기에 행해진 문맹퇴치운동은 민족 독립을 위한 계몽운동의 차원에서 이루어졌다.

그것은 타락된 생각이야."

억담
억지스럽게 하는 말.

P는 K사장이 *억담을 내세우는 것을 보고 속으로 싱그레니 웃었다.

"그렇지만 지금 조선 농촌에서는 문맹퇴치니 생활개선이니 합네 하고 손끝이 하—얀 대학이나 전문학교 졸업생들이 몰려오는 것을 그다지 반겨하기는커녕 머릿살을 앓을 것입니다…… 농민이 우매하다든지 문화가 뒤떨어졌다든지 또 생활이 비참한 것의 근본원인이 기역 니은을 모른다든가 생활개선을 할 줄 몰라서 그런 것이 아니니까요. 그리고 조선의 지식 청년들이 모두 그런 인도주의자가 되어집니까?"

"되면 되지 안 될 건 무어야?"

한개
한낱.

"그건 인도주의란 그것이 *한개 공상이니까 그렇겠지요."

"허허…… 그러면 P군은 ××주의잔가?"

"되다가 찌부러진 찌스레깁니다. 철저한 ××주의자라면 이렇게 선생님한테 와서 취직운동도 아니 합니다."

"못써! 그렇게 과격한 사상으로 기울어서야 쓰나…… 정 농촌으로 돌아가기가 싫거든 서울서라도 몇 사람 맘 맞는 사람이 모여서 무슨 일을—조선에 신문이 모자라니 신문을 하나 경영하든지 또 조그맣게 하자면 잡지 같은 것도 좋고 또 영리사업도 좋고…… 그러면 취직 운동하는 것보다 훨씬 낫지 않은가?"

"졸 줄이야 압니다만 누가 돈을 내놉니까?"

"그거야 성의 있게 하면 자연 돈도 생기는 거지."

P는 엉터리없는 수작을 더 하기가 싫어 웬만큼 말을 끊고 일어섰다.

속에 있는 말을 어느 정도까지 활활 해준 것이 시원은 하나 또 취직이 글렀구나 생각하니 입 안에서 쓴침이 괴어 나온다.

복도에서 편집국장 C를 만났다. P는 C와 자별히 사이가 가까운 터였었다.

"사장 만나러 왔소?"

C가 묻는 것이다.

"아니."

P는 거짓말을 하였다. 그는 지금 K사장을 만나 거절당한 이야기를 하기가 어쩐지 창피하기도 할 뿐 아니라 또 전부터 C더러 K사장에게 자기의 취직운동을 부탁해 왔던 터인데 직접 이렇게 찾아와서 만났다고 하기가 *혐의쩍기도 하여 시치미를 뚝 뗀 것이다.

"아주 단념하오."

C 자기에게 부탁한 취직운동을 단념하란 말이다. 그러면 벌써 C가 K사장에게 이야기를 하였고 그 결과 일이 틀어진 것을 P는 모르고 와서 헛노릇을 한바탕 한 것이다. P는 먼저 C를 만나 보지 아니하고 K사장을 만난 것을 후회하였다. C는 잠깐 멈췄던 말을 계속한다.

"어제 아침에 사장더러 P군의 사정이 퍽 난처하니 어떻게 생각해 봐 주면 좋겠다고 여러 말을 했다가 코떼었소. 신문사가 구제 기관이 아닌데 남의 사정 난처한 것을 어떻게 하라느냐고 그럽디다…… 하기야 그게 옳은 말이지만."

신문사가 구제 기관이 아니라고 한다는 그 말이 P의 머리에는 침 끝으로 찌르는 것같이 정신이 들게 울리었다.

"흥! 망할 자식들!"

P는 혼잣말로 이렇게 *두덜거리며 C와 작별도 아니 하고 밖으로 나와 버렸다.

혐의쩍다
꺼리고 미워할 만한 데가 있다.

두덜거리다
남이 알아듣기 어려울 정도의 낮은 목소리로 자꾸 불평을 하다.

2

1930년대 광화문 거리

덕석
추울 때에 소의 등을
덮어 주는 멍석.

오동보동하다
몸이나 얼굴이 살져 통
통하고 매우 보드랍다.

고기작거리다
고김살이 생기게 자꾸
고기다.

P는 광화문 네거리의 기념비각(紀念碑閣) 옆에서 발길을 멈추고 망설였다. 어디로 갈까 하는 것이다.

봄 하늘이 맑게 개었다. 햇볕이 살이 올라 포근히 온몸을 싸고 돈다. *덕석 같은 겨울 외투를 벗어 버리고 말쑥말쑥하게 새로 지은 경쾌한 춘추복의 젊은 이들이 봄볕처럼 명랑하게 오고 가고 한다.

멋쟁이로 차린 여자들의 목도리가 나비같이 보드랍게 나부낀다. 그 *오동보동한 비단 다리를 바라다보노라니 P는 전에 먹던 치킨커틀릿 생각이 났다.

창을 활활 열어 젖힌 전차 속의 봄 사람들을 보니 P도 전차를 잡아 타고 교외나 나가고 싶었다. 그러나 크림 맛을 못 본 지 몇 달이 된 낡은 구두, *고기작거린 동복 바지, 양편 포켓이 오뉴월 쇠×알같이 축 처진 양복 저고리, 땟국 묻은 와이샤쓰와 배배 꼬인 넥타이, 엿장수가 이 전 어치 주마던 낡은 모자, 이렇게 아래로부터 훑어 올려보며 생각하니 교외의 산보는커녕 얼른 돌아가서 차라리 이불을 뒤쓰고 드러눕고만 싶었다.

마침 기념비각 앞에 자동차 하나가 머무르더니 서양 사람 내외가 내린다. 그들은 사내가 설명을 하고 여자가 듣고 하면서 기념비각을 앞뒤로 구경한다. 여자는 사진까지 찍는다.

대원군이 만일 이 꼴을 본다면…… 이렇게 생각하매 P는 저절로 미소가 입가에 떠올랐다.

3

*대원군은 한말(韓末)의 돈키호테였었다. 그는 바가지를 쓰고 벼락을 막으려 하였다. 바가지는 여지없이 부스러졌다. 역사는 조선이라는 조그마한 땅덩이나마 너무 오래 뒤떨어뜨려 놓지 아니하였다.

갑신정변(甲申政變)에 싹이 트기 시작하여 가지고 일한합방의 급격한 역사 변천을 거쳐 자유주의의 사조는 기미년에 비로소 확실한 걸음을 내어디디었다.

자유주의의 새로운 깃발을 내어걸은 '시민(市民)'의 기세는 등등하였다.

"양반? 흥! 누구는 발이 하나길래 너희만 양발(반)이라느냐?"

"법률의 앞에서는 만인이 평등이다."

"돈…… 돈이 있으면 무어든지 할 수 있다."

신흥 부르주아지는 민주주의의 간판을 이용하여 노동자·농민의 등을 어루만지고 경제적으로 유력한 봉건 귀족과 악수를 하는 동시에 지식 계급을 대량으로 주문하였다.

*유자천금이 불여교자 일권서(遺子千金 不如敎子 一卷書)라는 봉건 시대의 진리가 자유주의의 세례를 받아 일단의 더 발전된 얼굴로 민중을 열광시켰다.

"배워라. 글을 배워라…… 지식만 있으면 누구나 양반이 되고 잘 살 수가 있다."

이러한 정열의 외침이 방방곡곡에서 소스라쳐 일어났다.

신문과 잡지가 붓이 닳도록 *향학열을 고취하고 피가 끓는 지사(志

대원군 (興宣大院君, 1820~1898)
조선 후기의 왕족·정치가. 고종의 즉위로 대원군에게 봉해졌는데, 당파를 초월한 인재 등용, 서원 철폐, 법률제도 확립으로 중앙집권적 정치기강을 수립하였다. 그러나 경복궁 중건으로 백성의 생활고가 가중되고 쇄국 정치를 고집함으로써 국제 관계가 악화되고 외래 문명의 흡수가 늦어지게 되었다.

유자천금 불여교자 일권서
자녀에게 천금을 남기는 것이 자녀에게 한권의 책을 가르치는 것보다 못하다.

향학열
배우려는 열의.

일제시대의 보통학교

삼촌(三寸)
세 치.

설시(設施)
시행할 일을 계획함.

감발
발에 발감개를 하다.

갈돕회
1921년 창단된 고학생
의 자치단체.

당시의 신여성을 보여
주는 포스터

고원
관청에서 사무를 돕기
위하여 두는 임시 직원.

土)들이 향촌으로 돌아다니며 *삼촌의 혀를 놀려 권학(勸學)을 부르짖었다.

"배워라. 배워야 한다. 상놈도 배우면 양반이 된다."

"가르쳐라. 논밭을 팔고 집을 팔아서라도 가르쳐라. 그나마도 못 하면 고학이라도 해야 한다."

"공자왈 맹자왈은 이미 시대가 늦었다. 상투를 깎고 신학문을 배워라."

"야학을 *설시하여라."

재등(齋藤) 총독이 문화정치의 간판을 내어걸고 골골이 학교를 증설하였다. 보통학교의 교장이 *감발을 하고 촌으로 돌아다니며 입학을 권유하였다. 생도에게는 월사금을 받기는커녕 교과서와 학용품을 대어 주었다.

민간의 유지는 돈을 걷어 학교를 세웠다. 민립대학도 생기려다가 말았다. 청년회에서 야학을 설시하였다. *갈돕회가 생겨 갈돕만주 외우는 소리가 서울에 신풍경을 이루었고 일반은 고학생을 존경하였다.

여학생이라는 새 숙어가 생기고 신여성이라는 새 여인이 생겨났다.

이와 같이 조선의 관민이 일치되어 민중의 지식 정도를 높이는 데 진력을 하였다. 즉 그들 관민이 일치하여 계획한 조선의 문화 정도는 급속도로 높아 갔다.

그리하여 민중의 지식 보급에 애쓴 보람은 나타났다.

면서기를 공급하고 순사를 공급하고 군청 *고원을 공급하고 간이 농업학교 출신의 농사 개량 기수를 공급하였다.

은행원이 생기고 회사 사원이 생겼다. 학교 교원이 생기고 교회의 목사가 생겼다.

신문 기자가 생기고 잡지 기자가 생겼다. 민중의 지식 정도가 높았으니 신문 잡지 독자가 부쩍 늘고 의사와 변호사의 벌이가 윤택하여졌다.

소설가가 원고료를 얻어먹고 미술가가 그림을 팔아먹고 음악가가 광대의 *천호(賤號)에서 벗어났다.

인쇄소와 책장사가 세월을 만나고 양복점 구둣방이 *늘비하여졌다.

연애결혼에 목사님의 부수입이 생기고 문화주택을 짓느라고 청부업자가 부자가 되었다. 그리하여 부르주아지는 *'가보'를 잡고, 공부한 일부의 지식꾼은 진주(다섯 끗)를 잡았다.

그러나 노동자와 농민은 *무대를 잡았다. 그들에게는 조선의 문화의 향상이나 민족적 발전이나가 도리어 무거운 짐을 지어 주었을지언정 덜어 주지는 아니하였다. 그들은 배〔梨〕주고 속 얻어먹은 셈이다.

……(원문 20여 자 탈락)……

인텔리…… 인텔리 중에도 아무런 손끝의 기술이 없이 대학이나 전문학교의 졸업증서 한 장을, 또는 그 조그마한 보통 상식을 가진 직업 없는 인텔리…… 해마다 천여 명씩 늘어 가는 인텔리…… 뱀을 본 것은 이들 인텔리다.

부르주아지의 모든 기관이 포화상태가 되어 더 수요가 아니 되니 그들은 결국 꼬임을 받아 나무에 올라갔다가 흔들리는 셈이다. 개밥의 도토리다.

인텔리가 아니 되었으면 차라리 ……(원문 7~8자 탈락)…… 노동자가 되었을 것인데 인텔리인지라 그 속에는 들어갔다가도 도로 달아나오는 것이 구십구 퍼센트다. 그 나머지는 모두 어깨가 축 처진 무직 인텔리요, 무기력한 문화 예비군 속에서 푸른 한숨만 쉬는 초상집의 주인 없는 개들이다. 레디메이드 인생이다.

천호(賤號)
천한 이름.

늘비하다
질서 없이 여기저기 많이 늘어서져 있거나 놓여 있다.

가보
화투 등의 노름에서, 아홉 끗을 일컫는 일본말.

무대
골패나 투전에서, 열 곳이나 스무 곳으로 꽉 차서 쓸 끗수가 없어진 경우를 이르는 말.

4

"제—길!"

P는 혼자 두덜거리며 지금까지 서 있던 기념비각 옆을 떠났다.

······(원문 80여 자 탈락)······

P는 자기 자신이고 세상의 모든 일이고 모두 짜증이 나고 원수스러
웠다.

광화문 큰 거리를 총독부 쪽으로 어슬어슬 걸어가노
라니 그의 그림자가 짤막하게 앞에 누워 간다. P는 그
자기 그림자를 꽉 밟고 싶었다. 그러나 발을 내어디디
면 그림자도 그만큼 앞으로 더 나가곤 한다. 이 그림자
와 자기 자신에서, 그리고 그림자를 밟으려는 자기 자
신과 앞으로 달아나는 그림자에서 P는 자기의 이중인
격의 모순상(相)을 발견하였다.

동십자각 옆에까지 온 P는 그 건너편 담배 가게 앞으

동십자각

로 갔다.

"담배 한 갑 주시요."

하고 돈을 꺼내려니까 담배 가게 주인이,

"네, 마콥니까?"

묻는다.

거듭떠보다
'거들떠보다'의 잘못.

P는 담배 가게 주인을 한번 *거듭떠보고 다시 자기의 행색을 내려
훑어보다가 심술이 버쩍 났다. 그래서 잔돈으로 꺼내려는 것을 일부러
일 원짜리로 꺼내려는데 담배 가게 주인은 벌써 마코 한 갑 위에다 성

냥을 받쳐 내어민다.

"해태 주어요."

P는 돈을 들이밀면서 볼먹은 소리를 질렀다. 그러나 담배 가게 주인은 그저 무신경하게 '네―' 하고는 마코를 해태로 바꾸어 주고 팔십오 전을 거슬러 준다.

P는 저편이 *무렴해하지 아니하는 것이 더욱 얄미웠다.

그는 해태 한 개를 꺼내어 붙여 물고 다시 전찻길을 건너 개천가로 해서 올라갔다. 이제는 포켓 속에 남은 것이 꼭 삼 원하고 동전 몇 푼이다. 엊그제 겨울 외투를 사 원에 잡혀서 생긴 것이다.

방세와 전깃불 값이 두 달 치나 밀렸다. 삼 원은 방세 한 달 치를 주고 일 원에서 전등삯 한 달 치를 주고도 싶었으나 그러고 나면 그 나머지로 설렁탕이나 호떡을 사먹어도 하루 밖에는 못 지낸다. 그래 그대로 넣어 두고 한 이틀 지내는 동안에 일 원이 거진 달아났던 판인데 공연한 객기를 부리느라고 당치도 아니한 해태를 샀기 때문에 이제는 일 원 돈은 완전히 달아나고 삼 원만 남은 것이다.

P는 포켓 속에 손을 넣고 잔돈과 지폐를 섞어 삼 원 남은 돈을 만지작거렸다. 그러면서 왼편 손으로는 손가락을 꼽아 가며 삼 원을 *곱쟁이 쳐보았다.

육 원 십이 원 이십사 원 사십팔 원 구십육 원 백구십이 원. 팔 원 모자라는 이백 원…… 사백 원 팔백 원 일천육백 원 삼천이백 원 육천사백 원 일만 이천팔백 원. 팔백 원은 떼어 버리고 이만 사천 원 사만 팔천 원 구만 육천 원 십구만 이천 원 삼십팔만 사천 원 칠십육만 팔천 원 일백오십삼만 육천 원…….

삼 원을 열여덟 번만 곱집으면 일백오십만 원이 된다. 일백오십만 원 그놈이 있으면…… 이렇게 생각하매 어깨가 으쓱해졌다.

삼 원의 열여덟 곱쟁이가 일백오십만 원이니 퍽 쉬운 것이다…… 그놈만 있으면 백만 원을 들여서 오십 전짜리 십육 페이지 신문을 하나 했으면 우선 K사장의 엉엉 우는 꼴을 볼 수가 있을 것이다.

그러나 아쉬운 대로 십오만 원만 있어도, 일만 오천 원 아니 일천오백 원만 있어도, 아니 일백오십 원만 있어도, 십오 원만 있어도 우선 방세와 전등삯을 주고 한 달은 살아가겠다.

P는 한숨을 내쉬었다. 한 달? 한 달만 살고 나면 그 다음은 어떻게 하나……? 그래도 몇백 원은 있어야지, 아니 몇천 원은 아니 몇만 원은…….

P는 늘 하는 버릇으로 이런 터무니없는 공상을 되풀이하였다.

그는 최근 이러한 공상을 하면서부터 취직을 시들하게 여겼다.

취직이 된댔자 사오십 원이나 오륙십 원이 월급이다. 그것을 가지고 빠듯빠듯 살아간들 무슨 아기자기한 재미가 있을 턱도 없는 것이다.

가령 근실히 해서 *월괘 저금 같은 것도 하고 집도 장만하고 여편네도 생기고 사장이나 중역들의 눈에 들어 지위도 부장쯤으로는 올라가고, 그리하여 생활의 근거도 안정이 되고 하면 지금 같은 곤란은 당하지 아니하겠지만, 그러나 P에게는 아직도 젊은 때의 야심이 있어 그러한 *고식된 안정이나 명색 없는 생활은 도리어 피하고 싶었던 것이다. 좀더 남의 눈에 띄며 좀더 재미있고 그리고 자유로운 생활.

물론 그는 지금이라도 누가 한 달에 삼십 원만 줄 테니 와서 일을 해달라면 마치 주린 개가 고기를 보고 덤비듯이 덮어놓고 덤벼들 것이다. 그러나 속으로는 그와 딴판으로 *배포를 부리고 있는 것이다.

P가 삼청동으로 올라가느라고 건춘문 앞까지 이르렀을 때 저 편에서 말쑥하게 몸치장을 한 여자 하나가 마주 내려왔다.

건춘문

역시 삼청동 근처에 사는 여자인지 P와는 가끔 마주치는 여자다.

P는 그 여자와 만날 때마다 일부러 눈익혀보지 않는 체하면서도 실상은 *고비 샅샅 관찰을 하였고, 그리고 속으로는 연애라도 좀 했으면 하던 터였었다. 무엇보다도 동그스름한 얼굴에 이목구비가 모두 모지지 아니하고 얼굴의 윤곽이 둥글듯이 모가 나지 아니한 것, 그래서 맘자리도 그렇게 둥글려니 하는 것이 P의 마음을 끈 것이다.

고비 샅샅
구석구석 샅샅이.

그 여자는 자주 만나는 이 헙수룩한 양복쟁이—P를 먼빛으로도 알아보았는지 처녀다운 조심스런 몸매로 길을 가로 비껴 가까이 왔다.

P는 고개를 꼿꼿이 쳐들고 앞만 쳐다보면서도 속으로는,

'저 여자가 지금 내 옆으로 다가와서 조그만 소리로 정답게 구애(求愛)를 한다면? 사뭇 들여 안긴다면……? 어쩔꼬?'

이런 생각을 하면서 히죽이 웃는데 여자는 벌써 지나쳐 버렸다.

'흥! 어쩌긴 무얼 어째……? 이년아, 일없다는데 왜 이래! 하고 발길로 칵 차 내던지지.'

하고 P는 어깨를 으쓱하였다.

삼청동 꼭대기에 있는 집—집이 아니라 사글세로 든 행랑방—에 돌아왔다. 객지에 혼자 있으니 웬만하면 하숙에 있을 것이로되 방값이 밀리고 그것에 졸릴 것이 무서워 P는 방을 얻어 가지고 있던 것이다.

먹는 것이야 수중에 돈이 있는 데에 따라 호떡도 설렁탕도 백화점의 런치도, 그러잖고 몇 끼씩 굶기도 하여 대중이 없었다.

볕 구경을 잘 못해서 겨울에도 곰팡이가 슬고 이불을 며칠씩 그대로

펴두는 방바닥에서는 먼지가 풀신풀신 올랐다.

하도 어설퍼 앉으려고도 아니 하고 방 가운데 우두커니 서서 있노라니까 안방문 여닫는 소리가 들리며 주인 노파가 나와서 캑 하고 기침을 한다. P는 또 방세 졸릴 일이 아득하였다.

그러나 노파는 방세보다도 우선 편지 한 장을 들이밀어 준다. 고향의 형에게서 온 것이다.

편지를 뜯어 읽고 난 P는 *말가웃[一斗半]이나 되게 한숨을 푸— 내쉬었다. 그리고는 편지를 박박 찢어 버렸다.

말가웃[一斗半]
한 말 반 정도.

5

편지의 요건은 P의 아들에 관한 것이다.

P에게는 연전에 갈린 아내와의 사이에 생긴 창선이라는 아들이 있다. 금년에 아홉 살이다.

아내와 갈릴 때에 저편에서 다만 어린애만이라도 주었으면 그것을 데리고 길러 가는 재미로 혼자 사는 세상에 낙을 붙이겠다고 사정하였다. 그리고 적어도 중학까지는 마치게 하겠다는 것이었다.

그렇게 했으면 P도 한짐을 덜었을 것이다. 그러나 그는 듣지 아니하였다.

어릴 적부터 소박데기 어미의 손에서 아비의 원망과 푸념을 들어가면서 자란 자식은 자란 뒤에 그 아비에게 호감을 가지지 못한다. P는 자식을 꼭 찾고 싶은 것은 아니나 아무튼 장성하면 아비라고 찾아올 터인데 그때에 P는 이미 늙고 자식은 팔팔하게 젊은 놈이 옛날에 제 어미를 소

박한 아비라서 아니꼽게 군다면
그것은 차마 못 당할 노릇이다.

이러한 생각으로 P는 창선이를
내주지 아니한 것이다. 그러나 빼
앗아 놓고 보니 이제 겨우 너댓 살
밖에 아니 먹은 것을 자기 손으로 어
찌할 수가 없다. 그리하여 할 수 없
이 어렵사리 지내는 그 형에게 맡겨
놓고 다시 서울로 올라온 것이다. 보통학
교에 다닐 나이가 되면 서울로 데려오겠다고 해두고.

P의 형은 작년에 조카를 보통학교에 입학시켰다. 그
러나 극빈 축에 드는 집안인지라 몇 푼 아니 되는 월사
금과 학비를 대지 못하여 중도에 퇴학시켰다. 애초에
입학시킬 상의로 P에게 편지를 했을 때에 P는 공부 같
은 것은 시켜 봤자 소용이 없으니 차라리 뼈가 보드라운 때부
터 생일〔勞動〕을 시키라고 하였다. P의 형은 그러나 백부(伯父)의 도리
로나 집안의 체면으로나 창선이를 생일을 시킬 수가 없었다. 차라리
자기 손에 두어 헐벗기고 헐입히면서 공부도 시키지 못하느니 제 아비
인 P더러 데려가라고 작년부터 편지를 하던 터이다.

금년도 입학 시기가 당하매 P의 형은 P에게 누차 편지를 하였다. 금
년에 입학을 시키지 못하면 명년에는 학령이 초과되어 들여 주지 아니
할 것이니 어서 데려다가 공부를 시키라는 것이다.

"그 어린것이 굶기를 먹듯 하고 재주는 있으면서 남의 집 아이

들이 학교에 다니는 것을 부러워하는 꼴은 차마 애처로워 볼 수가 없다. 차라리 이 꼴 저 꼴 보지 않는 것이 속이나 편하겠다."

이번 편지에는 이러한 구절이 있고 끝에 가서,

"여비가 몇 원 변통되면 차를 태우고 전보를 칠 테니 정거장에 나와 데려가거라. 나도 웬만하면 객지에 혼자 있는 너에게 어린 자식을 떠맡기듯이 보내겠느냐마는 잘못하다가 그것을 굶겨 죽이겠기에 생각다못해 단행하는 것이다."

이러한 말이 씌어 있었다.

P는 박박 찢은 편지를 돌돌 뭉쳐 방구석에 내던지고 한숨을 푸―내쉬었다.

이제는 자식을 데리고 있기가 피할 수 없이 되었는데, 어떻게 했으면 좋을까 하는 것이다. 그는 형이 원망스럽고 아니꼬웠다.

굳이 제 아비를 따라 보낸다는 것이 아니라 부득부득 공부를 시키려는 것 때문이다. 기왕 서울로 보내나 시골서 데리고 있으나 고생시키기는 일반이니 차라리 시골서 일찍부터 생일이나 시켰으면 P에게는 여러 가지로 좋을 것이었다.

"흥! 체면! 공부! 죽여도 인텔리는 만들잖는다."

P는 혼자 이렇게 두덜거렸다.

"집에서 온 편지유? 무슨 걱정이 생겼수?"

말거리를 찾지 못하여 머뭇거리고 섰던 안방 노인이 동정이나 하는 듯이 이렇게 묻는다.

"아니오."

P는 마지못해 코대답을 하였다.

"필경 무슨 걱정이 생긴 게구려!"

노인은 자기의 말거리를 만들려고 아니라는데도 이렇게 걱정을 내어놓는다.

"그게 모다 가난한 탓이지…… 저렇게 젊고 똑똑한 이가 저게 모다 가난한 탓이야! 어데 구실〔職業〕 자리 말한다더니 아직 아니 됐수?"

"네, 아직……."

"거 큰일났구려! 어서 돼야 할 텐데…… 나도 꼭 죽겠수…… 이 늙은 것이……! 돈 좀 마련되잖았수?"

"네, 아직 좀……."

"저걸 어쩌나! 오늘은 물 값이야 전깃불 값이야 사뭇 받으러 달려들 텐데!"

"메칠만 더 미루십시요. 설마하니 마나님이야 아니 드리겠습니까……."

"아무렴! 실수야 없을 줄 알지만 내가 하도 *옹색하니깐 그러는 거지……."

P는 노인이 지껄이게 *두어두고 혼자 생각하였다. 전에 아는 집에서 셋방을 얻어 들었을 때에는 두 달이고 석 달이고 세가 밀려도 조르는 법이 없었다.

밀려도 조르지 아니하는 아는 집…… 이것이 P는 도리어 미안해서 이곳으로 옮겨 온 것이다. 옮겨 와가지고 막상 졸림질을 당하니 미안해도 졸리지는 아니하던 옛집이 그리워지는 것이다.

노인이 문을 가로막고 서서 수다스런 소리로 더 지껄이려고 하는데

옹색하다
형편이 넉넉하지 못하여 생활에 필요한 것이 없거나 부족하여 불편하다.

두어두다
본디 있던 그대로 건드리지 않고 두다.

마침 P의 동무 M과 H가 찾아왔다.

"어데 나가나?"

M이 그러잖아도 벌씸한 코를 한번 더 벌씸하고 사이 벌어진 앞니를 내어 보이며 싱끗 웃는다.

몸집은 M과 같이 통통하지만 키가 적어 M의 뒤에 가려 섰던 H가 옆으로 나서며,

"안녕합시요."

하고 인사를 한다.

P는 싱끗이 웃었다. 이 M과 H는 같은 하숙에 있는데 두 사람은 곧 잘 같이 돌아다닌다. 같이 가는 것을 나란히 세워 놓고 보면 하나는 키가 커서 우뚝하고 하나는 키가 작아서 납작 붙어가는 것 같다.

안존하다
조용하고 암전하다.

얼굴도 M은 우둘부둘한 게 정객 타입으로 생겼고—잘못하면 복싱 링에 내세워도 좋겠고—H는 *안존한 게 사무원 타입이다.

일상의 언행을 보아도 H는 무슨 이야기가 자기 전문인 법률에 관한 것에 다다르면 육법 전서의 조목을 따르르 외우면서 이러고저러고 하다고 설명을 하고, M은 동경서 학생 ××에 제휴를 했던만큼, 그리고 전문이 정경과인 만큼 좌익 진영에서 쓰는 어투가 그대로 나온다.

"여전히 모다 동색(冬色)이 창연하군!"

특특하다
피륙 따위의 바탕이 좀 촘촘하고 조금 두껍다.

P는 두 사람의 *특특한 겨울 양복을 보고, 그리고 자기의 행색을 내려보며 웃었다.

M이 신을 벗고 들어와 먼지 앉은 책상 위에 걸터앉으며,

춘래 불사춘
(春來不似春)
봄은 왔으나 봄과 같은 날씨가 아님.

"*춘래 불사춘일세."

하고 한마디 외운다. H도 따라 들어와 한 편에 앉으며 한마디 한다.

"아직 괜찮아…… 거리에서 보니까 동복 입은 사람이 많데……."

"괜찮기는 무어 괜찮아…… 우리가 길로 돌아다니니까 사방에서 아이구 아야! 소리가 들리데."

"왜?"

"봄이 발 밑에서 짓밟히느라고."

"하하하하."

세 사람은 소리를 내어 웃었다.

"참 시험 본 것 어떻게 되었소?"

P는 H가 일전에 총독부에서 본 고원 채용 시험을 생각하고 물어 보았다.

"말두 마시우…… 이제는 꼭 들어앉어 공부나 해갖고 변호사 시험이나 치겠소."

사람이 별로 변통성도 없고 그렇다고 여기저기 *반연도 없어 취직이 여의하게 되지 못하는 것을 볼 때에 P는 가엾은 생각이 늘 들곤 하였다.

"가만있게…… 어서 변호사 시험만 패스하게. 그러면 이제 내가 백만 원짜리 주식회사를 조직해 가지고 자네를 법률 고문으로 모셔 옴세."

이것은 M이 늘 농삼아 하는 농담이다. M도 일 년 동안이나 취직 운동을 하면서 지냈건만 그는 되레 배포가 유하다. 조금 더 재빠르게 했으면 M은 벌써 취직이 되었을는지도 모르나 그는 타고난 배포와 그리고 남에게 *아유구용을 하기 싫어하는 성질로 말하자면 취직 전선의 낙오자다.

별로 만나야 할 일도 없다. 그러나 제각기 혼자 있으면 우울해지니까 이렇게 서로 찾으며 자주 만나게 된다.

만나 앉아서 이야기라도 지껄이면 그 동안만은 명랑하여진다. 지금 서울 안에 P니 M이니 H니와 매일 만나 하는 일 없이 돌아다니고 주머

반연(絆緣)
타인으로 말미암아 맺은 인연. 얽혀서 맺어지는 인연.

아유구용(阿諛苟容)
남의 환심을 사려고 알랑거리며 구차스럽게 행동함.

룸펜
룸펜프롤레타리아트
(Lumpenproletariat),
최하층 프롤레타리아
트로 거의 일을 하지
않고 취업할 의사도 없
으며, 일정한 거주지도
없이 쓰레기통을 뒤지
거나 구걸·범죄·매춘
등으로 그날그날 먹고
사는 부류를 말한다.
노동 의욕·능력을 상
실하였으므로 실업자
와 다르며, 장기간에
걸친 실업·질병 등으
로 상대적 과잉인구에
서도 제외된 층이다.

탈리
벗어나 따로 떨어짐.

레디메이드
(Ready-made)
기성품.

관허(官許)
정부에서 특정한 사람
에게 특정한 일을 허
가함.

메이데이(May Day)
워커스 데이(Workers
Day)라고도 한다. 근
로자의 노고를 위로하
고 근무의욕을 높이기
위해 제정된 날로, 매
년 5월 1일이다.

니 구석에 돈푼 있으면 서로 털어 선술잔이나 먹고 하는 *룸펜의 패가 수없이 많다.

무어나 일을 맡겼으면 불이 번쩍 일게 해낼 팔팔한 젊은 사람들이다. 그렇건만 그들은 몸을 비비 꼬고 있다.

아무 데도 용납치 못하는 사람들이다. ××적 ××에서 그들을 불러들이기에는 ××적 ××의 주관적 정세가 너무도 미약하다. 그것은 그들의 몇 부분이 동경서 학생으로 있을 시절에는 그 속에서 활발하게 ××을 계속하던 것이 조선에 나오면서 *탈리되는 것으로 보아 그러한 해석을 내리지 아니할 수가 없다.

그렇다고 부르주아의 기성 문화기관에 들어가자니 그곳에서는 수요를 찾지 아니한다. *레디메이드로 된 존재들이니 아무 때라도 저편에서 필요해야만 몇씩 사들여 간다.

M이 마코를 꺼내 놓고 붙여 문다. P는 포켓 속에 들어 있는 해태를 차마 내놓기가 낯이 따가워 M의 마코를 집어 당겼다.

······(원문 80여 자 탈락)······

P는 설명을 시작한다. P 자신 그러한 장난 비슷한 공상은 하면서 일단 해보라고 하면 주저할 것이지만 어쨌거나 그랬으면 통쾌하리라는 것이다.

"먼점 경무국에 들어가서 아주 까놓고 이야기를 한단 말이야. 우리가 지금 대상으로 하는 것은 총독부가 아니라 조선의 소위 민간측 유지들이니까 간섭을 말어 달라고."

"그러면 *관허(官許) *메이데이로구만."

"그래 관허도 좋아······ 그래 가지고는 기에다가는 무어라고 쓰느냐 하면 '우리에게 향학열을 고취한 놈이 누구냐?' ······어때?"

"조—치!"

"인텔리에게 직업을 내라…… 이렇게 노래를 지어 부르거든."

……(원문 10여 자 탈락)……

"응…… 유지와 명사의 가면을 박탈시키라고…… 한 몇십 명이 그렇게 데모를 한단 말이야! 하하하하."

M은 이렇게 웃고 H는 시원찮게 핀잔을 준다.

"드끄럽소, 여보…… 아 글쎄 멀끔멀끔한 양복쟁이들이 종로 네거리로 기를 받고 그렇게 다녀 봐! 애들이 와서 나 광고지 한 장 주, 하잖나."

"하하하하."

"허허허허."

창 밖에서 냉이장수가 싸구려 소리를 외치고 지나간다. M이 그에 응하여,

"이크! 봄을 덤핑하는구나!"

"흥, 경제학자라 달르군…… 참 우리 하숙에서는 채소를 좀 멕여 주어야지!"

"밥값을 잘 내보지."

"그도 그렇지만."

"나는 석 달 치 밀렸네."

"나도 그렇게 될걸."

"그러니까 나처럼 이렇게 아파트 생활을 해요."

이것은 P의 말이다. 아파트라고 말해 놓고도 서글퍼서 허허 웃었다.

"조선식 아파트! 그렇지만 우리가 아파트 생활을 했다면 아마 두어 달 전에 굶어 죽었을걸."

"나는 돈을 보면 초면 인사를 해야 되겠네…… 본 지가 하도 오래라

서 낯을 잊었어."

"여보게."

하고 M이 의젓하게 H를 달군다.

"돈 구경한 지 오래 됐다지?"

"응."

"존 수가 있네."

"뭣?"

"자네 책 좀 삼사(三四) *구락부에 보내세."

구락부
클럽(club)의 한자음
표기.

"싫으이."

"자네 돈 구경하고…… 구경하고 나서 그놈으로 한 잔 먹고…… 한 잔 말이 났으니 말이지 요즘 같으면 술이나 실컷 먹고 주정이라도 했으면 속이 시언하겠네."

"그러니까 말이야…… 가세. 가서 다섯 권만 잽혀."

"일 없다."

"내가 찾어 주지."

"흥."

"정말이야."

"싫여."

6

그날 밤.

P와 M은 H를 졸라 그의 법률책을 잡혀 돈 육 원을 만들어 가지고

274 채만식

나섰다.

선술집에 가서 엔간히 취하도록 먹은 뒤에 C라는 카페에 가서 술 두 병을 놓고 자정이 되도록 노닥거렸다.

그곳에서 나올 때는 육 원 돈이 이 원 남았다. 이 원의 처지를 생각하던 세 사람은 일제히 동관으로 가기로 하였다.

선술집

세 사람이 모두 다리가 비틀거렸다. 그 중에도 P는 더욱 취하였다.

널리리 가락으로 들어박힌 갈봇집.

다 쓰러져 가는 초가집을 세 사람이 아는 집 들어서듯이 쑥쑥 들어서니,

"들어옵시오."

"어서 옵시오."

라고 머리 딴 계집애와 배가 북통 같은 애 밴 계집이 마루로 나선다.

P가 무심결에 해태갑을 꺼내어 붙여 무니까 머리 딴 계집애가 P의 목을 걸싸안고 볼에다 입을 쪽 맞추더니,

"나도 하나."

하고 손을 벌린다. P는 기가 막혀 담뱃갑을 내미는데 H와 M은 박수를 하며,

"부라보!"

하고 굉장하게 큰 소리로 외친다.

건넌방에 들어가 앉으니 마루에서 따그락따그락 소리가 난다.

배부른 계집은 푸대접을 받고 머리 딴 계집애가 H와 M의 손으로 옮겨 다니면서 주물린다. 깩깩 소리를 지르고 엄살을 한다. 말을 붙이고 대답을 주고받고 하는 것이 H와 M은 전에 한번 와본 집인 듯하다.

술상이 들어왔다.

잔은 사발만한데 술주전자는 눈알만하다. 술을 부어 놓으니 M이 척 받아 놓고는 노래를 투정한다. 계집애는 그보다 더 약아 제가 그 술을 쪽 들이마시고는 빈 잔만 M의 입에 대어 준다.

P는 개숫물같이 밍밍한 술을 두어 잔 받아 먹는 동안에 비위가 콱 거슬려서 진정하느라고 드러누웠다.

H가 계집애를 무릎에 올려놓고 신이 나게 노래를 부른다. 물론 고저도 장단도 맞지 아니하는 노래다.

M이 애 밴 계집을 실컷 시달려 주다가 머리 딴 계집애를 빼앗아 가더니 귀에 대고 무어라고 속삭거린다. 그러면서 둘이서 연해 P를 건너다보며 싱긋벙긋 웃는다.

조금 있다가 계집애가 P에게로 오더니 귀에다 입을 대고 속삭인다.

"저이가 나더러 당신하고 오늘 저녁…… 응 어때?"

"그래라."

P는 불쑥 성난 것처럼 대답했다.

"아이! 승거워!"

계집애는 P를 한번 꼬집어 주고 다시 M에게로 달아났다.

M에게로 가서 또 무어라고 속삭거리더니 재차 와가지고는 귓속말을 한다.

"자고 가, 응."

"그래 글쎄."

"꼭."

"응."

"정말."

"응."

술은 네 주전자가 들어왔는데 세 사람 손님은 두서너 잔씩밖에 아니 먹었다. 그 나머지는 다 저희가 먹었다. 계집애가 술이 곤주가 되게 취해 가지고 해롱해롱 까분다.

술값을 치르는 것을 보고 P도 따라 일어섰다. M이 몸뚱이로 슬쩍 밀어서 방 안으로 들여보내고 뒤에서 계집애가 양복 뒷깃을 잡아당긴다.

"그래라, 자고 간다."

P는 방 가운데 벌떡 드러누웠다.

"너이 집이 어디냐?"

계집애가 옆에 와서 앉는 것을 보고 P가 물었다.

"××도 ××."

"언제 왔니?"

"작년에."

P는 몸을 일으켰다. 또 속이 왈칵 뒤집혀 좀더 진정하려고 하는 생각인데 계집애가 콱 밀어뜨린다.

"나이 몇 살이냐?"

"열여덟."

"부모는?"

"부모가 있으면 여기서 이 짓을 해?"

"왜 이 짓이 나쁘냐?"

"흥…… 나도 사람이야."

"에—꾸! 나는 네가 신선인 줄 알었더니 인제 알고 보니까 사람이로구나!"

"드끄러!"

계집애는 눈을 쭉 흘기고는 갑자기 웃으면서 P의 목을 그러안는다.

"자고 가, 응."

"우리 마누라한테 볼기 맞고 쫓겨난다."

"그러면 나한테 와서 나하고 살지…… 여기 내 빚 팔십 원만 물어 주면……."

"팔십 원이냐?"

"응."

"가겠다."

P가 또 일어나려는 것을 계집이 꺼안고 놓지 아니한다.

"자고 가…… 내가 반했어."

"아서라."

"정말!"

"놓아."

"아니야, 안 놓아. 자고 가요, 응…… 자고…… 나 돈 좀 주어."

"돈? 내가 돈이 있어 보이니?"

"돈 소리가 절렁절렁 나는데?"

미상불 P의 포켓 속에서는 아까부터 잔돈 소리가 가끔 잘랑거렸다.

일 원짜리 지전

"자고 나 돈 조—꼼 주고 가, 응."

"얼마나?"

"암만도 좋아…… 오십 전도, 아니 이십 전도."

계집애의 말이 떨어지기도 전에 P는 불에 덴 것같이 벌떡 일어섰다. 일어서면서 그는 포켓 속에 손을 넣어 있는 대로 돈을 움켜쥐어 방바닥에 홱 내던졌다. 일 원짜리 지전 두 장과 백동전이 방바닥에 요란스럽게 흐트러진다.

"아따 돈!"

해 던지고는 P는 뛰어나왔다. 그의 눈에는 눈물이 괴었다.

7

P는 정조(貞操)적으로 순진한 사나이가 아니다. 열네 살 때에 소꿉질 같은 장가를 갔고 그 뒤 동경 가서 있을 동안에 거기 여자와 살림도 하였다.

조선에 돌아와 직업을 가지고 있는 사이에 기생과 사귀어 한동안 죽을 동 살 동 모르게 지내기도 하였다.

일제시대 대표적 유곽인 '신정유곽'이 있었던 본정(충무로) 입구.

유곽
많은 창녀를 두고 매음 영업을 하는 집 또는 그런 집이 모여 있는 곳.

은근짜
몰래 몸을 파는 여자를 속되게 이르는 말.

그 밖에도 정을 두어 지낸 여자가 두엇 더 있다. 그러나 삼십이 되도록 지금까지 *유곽을 가거나 *은근짜 집을 가거나 동관의 색주가 집에 가서 잠자리를 한 일은 없다.

그것은 P의 괴벽이다. 어떠한 여자를 막론하고 그가 정이 들지 아니한 여자면 절대로 관계를 아니 한다는 것이다.

그 대신 한번 P의 눈에 들면 따라서 정이 들면 아무것도 돌아보지 아니하고 심각한 열정에 맡기어 완전히 그 여자를 움켜쥐어 버리며 또한 그 여자에게 전부를 내주어 버린다. 그리하여 그는 늘 올 오어 너싱(All or nothing)을 말한다.

이것이 처세상 퍽 이롭지 못한 것을 P도 잘 안다. 또 공연한 *승벽이요 고집인 줄 알건만 그는 그것을 고치지 못한다.

이날 밤에도 그는 그 계집애를 조금도 어떻게 하겠다는 생각은 나지 아니하였다.

술취한 끝에 속이 괴로우니까 진정을 하자는 판인데 '오십 전 아니 이십 전도 좋아' 하는 소리에 버쩍 흥분이 된 것이다.

단작스럽다
행동이나 말이 보기에
치사하게 느껴진다.

으등으등
· 몹시 기를 쓰며 고집
을 부리거나 애를 쓰
는 모양.

너무도 인간이 *단작스럽고 악착스러운 것 같았다. P가 노상 보고 듣는 세상이 돈을 중간에 놓고 악착스럽게 *으등으등하는 것임을 모르는 바는 아니나 정조 대가로 일금 이십 전을 요구하는 것은 처음 보았다.

P는 그러한 여자가 정조를 파는 데 무신경한 것도 잘 알고 있으며, 따라서 그것이 비도덕이니 어쩌니 하는 것도 아니다.

그의 관점과 해석은 그런 것보다 더 나아간 입장에 있었다.

그러나 '이십 전만 주어도' 소리에는 이것저것 생각하고 헤아릴 나위도 없었다. 더럽고 얄미우면서 그러면서도 눈물이 괴었다. 삼 원쯤 되는 전재산을 털어 내던지고 정신없이 뛰어나온 것이다.

술 취한 P를 혼자 남겨 둔 H와 M은 골목에 기다리고 서서 있었다. P가 뛰어나오는 것을 보고 그들은 우선 농을 건넨다.

"한턱 하오."

"장가간 턱 하게."

P는 고개를 흔들었다. 그리고 멍하니 서서 생각을 하였다.

다분의 가면 밑에서 꿈틀거리는 인도주의에 몹시 증오를 느끼는 P는 이날 밤 자기의 행동을 어떻게 해석할지 몰라 괴로워하였다.

내일을 굶어야 할 그 돈이지만 돈이 아까운 것이 아니다. 정조값으로 이십 전을 주어도 좋다는데 왜 정조는 퇴하고 돈만 있는 대로 다 떨어 주었는가? 왜 눈에 눈물은 괴었는가?

8

P는 머리가 띵하고 속이 뉘엿거리어 정신을 차릴 수가 없었다. 그는 두 친구에게 인사도 변변히 하지 아니하고 코를 벤 듯이 삼청동으로 올라왔다. 어서 바삐 좀 드러눕고만 싶었던 것이다.

아무리 방구들은 차고 지저분하게 늘어놓았어도 제 처소는 반가운 것이다. 더구나 몸이 괴로울 때는!

P는 누더기 양복이나마 벗으려고도 아니하고 그대로 펴두었던 이부자리 속에 몸을 파묻었다. 드러누우니 취기가 새삼스레 더하여 영영 옷 벗을 생각도 잊어버리고 그대로 잠이 들었다.

얼마를 자고 났는지 괴로워 부대끼다 못하여 잠이 깨었을 때는 목이 타는 듯이 말랐다.

물은 없다. 물이 없어 못 먹는다고 생각하니 목은 더 말랐다.

밤은 어느 때나 되었는지 짐작할 수가 없다. 전등은 그대로 켜져 있다. 밖에서는 사람 지나다니는 발자국 소리도 들리지 아니한다. 전차 갈리는 소리도 들리지 아니하고 가끔가다가 자동차의 경적이 딴세상의 소리같이 감감하게 들리어 온다.

밤이 깊지 아니했으면 잠긴 안대문을 두드려 주인 노인에게라도 물을 청하겠지만 이 깊은 밤에 그리하기도 미안하다. 그것도 방세나 *여일하게 내었을세 말이지 얼굴 대하기를 이편에서 피하는 판에 차마 못

여일하다
처음부터 끝까지 한결같다.

할 일이다.

물지게 장수의 삐득거리는 소리가 들리나 하고 귀를 기울였으나 감감히 소리가 없다.

목은 더욱더욱 말라들어 온다. 입술이 바싹 마르고 입 안이 침기가 없고 목구멍이 바삭바삭 소리가 날 듯이 마르고, 그리고는 창자 속까지 말라 내려가는 듯하다.

방금 미칠 듯하다.

눈앞에 용용하게 흘러가는 푸른 한강이 어릿어릿하고 쏴—쏟아지는 수통 꼭지가 보이는 듯하다.

P는 배고픈 고비는 많이 겪어 보았으나 이대도록도 목마른 참은 당하기 처음이다.

배는 고프면 기운이 없고 착 가라앉을 뿐이었지만 목이 극도로 마름에는 금시 미치고 후덕후덕 날뛸 것 같다.

일어나서 삼청동 꼭대기로 올라가면 산골짜기의 물도 있고 또 우물도 있기는 하다. 그러나 이 어두운 밤에 어디가 어딘지 보이지 아니할 테고 또 우물에는 두레박도 없을 것이다.

삐대다
한군데 오래 눌어붙어서 끈덕지게 굴다.

겨우겨우 참아 가며 몇 시간을 *삐대었다. 실상 한 시간도 못 되는 동안이지만 P에게는 여러 시간인 듯만 싶었다.

그런 뒤에 겨우 물지게 소리를 듣고 그는 수통 있는 곳을 찾아 뛰어나갔다.

사정 이야기도 변변히 하지 아니하고 쏟아지는 수통 꼭지에 매어달려 한 동이는 되리시피 냉수를 들이켰다. 물장수가 어이가 없어 멀끔히 쳐다보고만 있다가 P의 꾸벅 하고 돌아서는 등뒤에다 혀를 끌끌 찬다.

물장수

밥보다도 더 다급하게 그립던 물을 실컷 들이켜고 나니 찌뿌드하게 엉킨 듯 불쾌하던 취기(醉氣)도 적이 걷히고 정신이 말쑥하여졌다.

P는 새삼스럽게 양복을 벗어 던지고 다시 자리에 파묻혔다. 이제는 잠이 십 리나 달아나고 눈이 초랑초랑하여진다. 그러면서 어젯밤 일이 머리에 떠오른다.

그것은 마치 못 먹을 것을 먹은 것처럼 께름칙한 기억이다. 아무렇게나 씻어 넘겨 버리재도, 그러나 머리 한구석에 박혀 가지고 사라지려 하지 아니하는 어룽(班點)과 같다. 어떻게 해서라도 시원스러운 해석을 내리고라야 마음이 놓일 것 같다.

정조 대가로 일금 이십 전을 부르는 여자…….

방금 세상에는 한 번 정조를 빼앗긴 것으로 목숨을 버려 자살하는 여자가 있다. 그러는 한편 '이십 전도 좋소' 하는 여자가 있다.

여자의 정조가 그것을 잃었다고 자살을 하도록 그다지도 고귀한 것이라면 '이십 전에도 팔겠소' 하는 여자가 눈을 멀끔멀끔 뜨고 살아 있는 사실은 무엇으로 설명할 것인가?

또 정조를 '이십 전에도 팔겠소' 하는 여자가 있도록 그것이 아무렇지도 아니한 것이라면 그것을 한 번 빼앗긴 때문에 생명을 내버리는 여자가 있는 것은 무엇으로 설명할 것인가?

이 두 여자가 모두 건전한 양심의 소유자라고 볼 수는 없다.

그러나 그 가운데 나무라기로 들면 차라리 정조를 빼앗긴 것으로 자살한 여자를 나무랄 것이지 '이십 전에 팔겠소' 하는 여자는 나무랄 수가 없다.

열여섯 살부터 시작하여 이래 삼 년이나 *색주가 집으로 굴러다니는 여자다.

색주가
젊은 여자를 두고 술과 함께 몸을 파는 집. 또는 그 여자.

언제 누구에게 귀떨어진 도덕 관념이나 정당한 인생관을 얻어들은 적이 없을 것이다.

술잔을 들고 앉아 한 잔이라도 오는 손님에게 더 먹여 한 푼어치라도 주인의 수입을 도와 주면 칭찬이 오니 그만이다.

"고년 어여쁘다. 나하고 ××."

조발(早發)
어떤 꽃이 다른 꽃보다 일찍 핌.

하고 손님이 말하면 그에 좇아 비록 *조발(早發)일지언정 생리적 만족을 얻는 한편 그야말로 단돈 이십 전이라도 벌면 그만이다.

옆에서 그것을 시키기는 할지언정 그것이 나쁘다고 가르쳐 주는 사람이 있을 턱이 없는 것이다. 사실 일반 매춘부가 정조적으로 양심을 가진 듯이 보인다는 것은 그 대부분이 되레 한 가식(假飾)에 지나지 못하는 것이다.

그것은 그들에게 있어서 일종의 정당성을 가진 노동인 것이다.

그러니까 그것을 보고 불쌍하다고 여기고 동정을 하는 것은 위문이 폐문이다.

지금 세상은 정당한 성도덕(性道德)이 서 있는 때도 아니다.

그것은 한 세대에 여러 가지의 시대 사조가 얼크러져 있는 때문이다. 그러니까 여자의 정조에 대하여도 일률적으로 선악과 시비를 가릴 수는 없는 것이다.

하룻밤 몸값을 '이십 전도 좋소' 하는 여자, 그에게는 다른 사람이 갖는 성도덕도 없고 따라서 자신을 타락이라서 슬퍼하지도 아니한다.

며리
까닭. 필요.

그 여자 자신을 나무랄 필요도 없는 것이요, 동정을 할 *며리도 없는 것이다. 그 여자 자신은 결코 불쌍한 사람이 아니다.

예수의 사랑(?)도 아무리 그 사랑이 크고 넓다 했을지언정 그것은 '불쌍한 사람', '죄 지은 사람'에게 미칠 수 있는 것이다.

'불쌍하지 아니한', '죄 짓지 아니한' 동관의 색주가 계집애에게는 누구의 동정이나 사랑도 일없는 것이다.

'뭣? 관념적이라고?'

그렇다. 관념적이라도 할 수 없다. 그러나 그것은 그 여자의 주관을 객관화한 것이다. 그러니까 그것은 한 엄연한 현실이다.

……(원문 30여 자 탈락)……

또 그 병적 현실에 메스를 대는 것은 집단의 역사적 문제이지만 룸펜 인텔리의 결벽과 흥분쯤으로는 문제도 되지 아니한다.

다만 취객이 삼 원 *각수를 던져 주었음으로 해서 그 여자는 감격 없는 기쁨을 맛보았을 뿐일 것이다.

각수
돈을 셀 때 원으로 세어서 남는 몇 전이나 몇 십 전을 이르는 말.

얼간망둥이
주책이 없고 좀 멍한 사람을 이르는 말.

'이게 웬 떡이냐…… 어제 저녁에 꿈이 괜찮더니 이런 땡을 잡을 양으로 그랬구나…… 웬 *얼간망둥이냐.'

그 계집애는 응당 그렇게밖에는 더 생각되지 아니하였을 것이다. 그것이 결코 무리가 없는 당연한 일이다.

P는 여기까지 생각하고 입맛 쓴 고소를 띠었다.

'흥! 되지 못하게…… 장님이 눈병 앓는 사람더러 불쌍하다고 한 셈인가.'

P는 돌아누우면서 혀를 끌끌 찼다.

9

일천구백삼십사 년의 이 세상에도 기적이 있다.

그것은 P가 굶어 죽지 아니한 것이다. 그는 최근 일주일 동안 돈이 생긴 데가 없다. 잡힐 것도 없었고 어디서 벌이를 한 적도 없다.

그렇다고 남의 집 문 앞에 가서 밥 한술 주시오 하고 구걸한 일도 없고 남의 것을 훔치지도 아니하였다.

그러나 그 동안 굶어 죽지 아니하였다. 야위기는 하였지만 그래도 멀쩡하게 살아 있다. P와 같은 인생을 이 세상에 하나도 없이 싹 치운다면 근로하는 사람이 조금은 편해질는지도 모른다.

P가 소부르주아 축에 끼이는 인텔리가 아니요 노동자였더라면 그 동안 거지가 되었거나 비상수단을 썼을 것이다. 그러나 그에게는 그러한 용기도 없다. 그러면서도 죽지 아니하고 살아 있다. 그렇지만 죽기보다도 더 귀찮은 일은 그를 잠시도 해방시켜 주지 아니한다.

그의 아들 창선이를 올려보낸다고 어제 편지가 왔고 오늘은 내일 아침에 경성역에 당도한다는 전보까지 왔다.

*오정 때 전보를 받은 P는 갑자기 정신이 난 듯이 쩔쩔매고 돌아다니며 돈 마련을 하였다. 최소한도 이십 원은…… 하고 돌아다닌 것이 석양 때 겨우 십오 원이 변통되었다.

종로에서 풍로니 냄비니 양재기니 숟갈이니 무어니 해서 살림 나부랭이를 간단하게 장만하여 가지고 올라오는 길에 전에 잡지사에 있을 때 안 ××인쇄소의 문선 과장을 찾아갔다.

월급도 일 없고 다만 일만 가르쳐 주면 그만이니 어린아이 하나를 써달라고 졸라 대었다.

A라는 그 문선 과장은 요리조리 *칭탈을 하던 끝에—는 P가 누구 친한 사람의 집 어린애를 천거하는 줄 알았던 것이다.

칭탈
무엇 때문이라고 핑계를 댐.

"보통학교나 마쳤나요?"

하고 물었다.

"아—니오."

P는 솔직하게 대답하였다.

"나이 몇인데?"

"아홉 살."

"아홉 살?"

A는 놀라 반문을 하는 것이다.

"기왕 일을 배울 테면 아주 어려서부터 배워야지요."

"그래도 너무 어려서 원…… 뉘 집 애요?"

"내 자식놈이랍니다."

P는 그래도 약간 얼굴이 붉어짐을 깨달았다. A는 이 말에 가장 놀라운 일을 보겠다는 듯이 입만 벌리고 한참이나 P를 물끄러미 바라다본다.

"왜? 내 자식이라고 공장에 못 보내란 법 있답디까?"

"아—니, 정말 그래요?"

"정말 아니고?"

"괜히 실없는 소리……! 자제라고 해야 들어줄 테니까 그러시지?"

"아니, 그건 그렇잖애요. 내 자식놈야요."

"그럼 왜 공부를 시키잖구?"

"인쇄소 일 배우는 것도 공부지."

"그건 그렇지만 학교에 보내야지."

"학교에 보낼 처지도 못 되고 또 보낸댔자 사람 구실도 못할 테니까……."

"거 참 모를 일이오…… 우리 같은 놈은 이 짓을 해가면서도 자식을 공부시키느라고 애를 쓰는데 되려 공부시킬 줄 아는 양반이 보통학교도 아니 마친 자제를 공장엘 보내요?"

"내가 학교 공부를 해본 나머지 그게 못 쓰겠으니까 자식은 딴 공부를 시키겠다는 것이지요."

"글쎄 정 그러시다면 내가 내 자식 *진배없이 잘 데리고 있으면서 일이나 착실히 가르쳐 드리리다마는…… 원 너무 어린데 애차랍잖애요?"

"애차라운 거야 애비 된 내가 더하지요만 그것이 제게는 약이니까……."

P는 당부와 *치하를 하고 인쇄소를 나왔다. 한짐 벗어 놓은 것같이 몸이 거뜬하고 마음이 느긋하였다.

그는 집으로 올라가는 길에 싸전에 쌀 한 말을 부탁하고 *호배추도 몇 통 사들였다. 그렁저렁 오 원을 썼다.

십 원 남은 중에 주인 노인에게 육 원을 내어 주니 입이 귀밑까지 찢어진다. 그 끝에 P가 사온 호배추를 내어 주며 김치를 담가 달라고 하니 선선히 응낙한다. 그리고 자식을 데리고 자취를 하겠다니까 깍두기야 간장이야 된장 같은 것을 아까운 줄 모르고 날라다 주곤 한다.

10

이튿날 전에 없이 첫새벽에 일어난 P는 서투른 솜씨로 화롯밥을 지어 놓고 정거장으로 나갔다.

진배없다
그보다 못하거나 다를 것이 없다.

치하(致賀)
남이 한 일에 대하여 고마움이나 칭찬의 뜻을 표시함.

호배추
중국 종의 배추. 재래종에 대하여 개량한 결구배추를 이르는 말.

그의 형에게서 온 편지에 S라는 고향 사람이 서울 올라오는 길에 따라 보낸다고 했으니까 P는 창선이보다도 더 낯이 익은 S를 찾았다.

과연 차가 식식거리고 들어서매 인간을 뱉어 내놓는 찻간에서 S가 창선이를 데리고 두리번거리며 내려왔다.

어디서 생겼는지 새까만 *고쿠라 양복을 입고 이화표 붙은 학생 모자를 쓰고 거기다가 보따리를 하나 지고 무엇 꾸린 것을 손에 들고 차에서 내리는 어린아이…… 저게 내 자식이니라 생각하니 P는 어쩐지 속으로 얼굴이 붉어지며 한편 가엾기도 하였다.

고쿠라
'두꺼운 무명 직물'의 일본말.

S가 두 손에 짐을 가득 들고 두리번거리다가 가까이 온 P를 보고 반겨 소리를 지른다. 창선이가 모자를 벗고 학교식으로 경례를 한다. 얼굴을 자세히 보니 네댓 살 적에 보던 것보다 더 한층 저의 외가를 닮았다. P는 그것이 몹시 불만이었다.

"그새 재미나 좋았나?"

S의 하는 첫인사다.

"뭘 그저 그렇지…… 괜한 산 짐을 지고 오느라고 애썼네."

P는 이렇게 인사 겸 치하를 하였다.

"원 천만에……! 그 애가 나이는 어려도 어떻게 속이 찼는지…… 너

늬 아버지 알어보겠니?"

S는 창선이를 돌아보며 웃는다. 창선이는 고개를 숙이고 수줍은지 아무 대답도 아니 한다.

P는 S와 창선이를 데리고 구름다리로 올라왔다.

"저희 외할머니가 저 양복이야 떡이야 모다 해가지고 자네 댁에까지 오셨더라네…… 오셔서 어제 떠나는데 정거장까지 나오셨는데 여러 가지 신신당부를 하시데…… 자네에게 전하라고."

S는 P가 그다지 듣고 싶지도 아니한 이야기를 뒤따라오며 늘어놓는다. 그의 가슴에는 옛날의 반감이 솟쳐 올랐다.

"별 걱정 다 하든 게로군…… 내 자식 내가 어련히 할까버 쫓아다니며 그래!"

"그래도 노인들이야 어데 그런가…… 객지에서 혼자 있는데 데리고 있기 정 불편하거든 당신에게로 도루 보내게 하라고 그러시데……."

"그 집에 내 자식이 무슨 상관이 있어서 보내라는 거야? 보낼 테면 그때 데려왔을라구……."

P는 그것이 모두 그와 갈린 아내의 조종인 줄 알기 때문에 더구나 심정이 났다. 화가 나는 대로 하면 어린아이가 입고 온 양복도 벗겨 내던지고 싶었으나 꿀꺽 참았다.

11

일찍 맛보아 보지 못한 새 살림을 P는 시작하였다.

창선이가 도착한 날 밤.

창선이는 아랫목에서 삭삭 잠을 자고 있다. 외롭게 꿈을 꾸고 있으려니 생각하매 전에 없던 애정이 솟아오르는 듯하였다.

이튿날 아침 일찍 창선이를 데리고 ××인쇄소에 가서 A에게 맡기고 안 내키는 발길을 돌이켜 나오는 P는 혼자 중얼거렸다.

"레디메이드 인생이 비로소 겨우 임자를 만나 팔리었구나."

『신동아』, 1934. 5~7.

치숙 (痴叔)

우리 아저씨 말이지요? 아따 저 거시키, 한참 당년에 무엇이냐 그놈의 것, 사회주의라더냐 *막덕이라더냐, 그걸 하다 징역 살고 나와서 폐병으로 시방 앓고 누웠는 우리 오촌 고모부(姑母夫) 그 양반…….

뭐, 말두 마시오. 대체 사람이 어쩌면 글쎄…… 내 원!

신세 간데없지요.

자, 십 년 *적공, 대학교까지 공부한 것 풀어 먹지도 못했지요. 좋은 청춘 어영부영 다 보냈지요. 신분에는 전과자(前科者)라는 붉은 도장 찍혔지요. 몸에는 몹쓸 병까지 들었지요.

이 신세를 해가지굴랑은 굴속 같은 오두막집 단칸 셋방 구석에서 사시장철 밤이나 낮이나 눈 따악 감고 드러누웠군요.

재산이 어디 집 터전인들 있을 턱이 있나요. *서발막대 내저어야 짚검불 하나 걸리는 것 없는 *철빈인데.

우리 아주머니가, 그래도 그 아주머니가, 어질고 얌전해서 그 알량한 남편 양반 받드느라 삯바느질이야 남의 집 품빨래야 화장품 장사야, 그 *칙살스런 벌이를 해다가 겨우겨우 목구멍에 풀칠을 하지요.

어디루 대나 그 양반은 죽는 게 두루 좋은 일인데 죽지도 아니해요.

우리 아주머니가 불쌍해요. 아, 진작 한 나이라도 젊어서 팔자를 고치는 게 아니라, 무슨 놈의 *우난 *후분을 바라고 있다가 끝끝내 고생을 하는지.

근 이십 년 소박을 당했지요.

이십 년을 설운 청춘 한숨으로 보내

막덕
마르크스 주의를 믿는 사람이나 행위를 낮추어 부르는 말.

적공
업적을 쌓음.

서발막대
'매우 긴 막대'란 뜻의 북한말.

철빈(鐵貧)
더할 수 없이 가난함. 또는 그런 가난.

칙살스럽다
하는 짓이나 말 따위가 잘고 더러운 데가 있다.

우난
유별난. 두드러지게 다른.

후분(後分)
늙은 뒤의 운수. 말년 운.

여대치다
뺨치게 낫다. 능가하다. 더 낫다.

애자진하다
자진하여 애를 쓰다.

죄다짐
죄에 대한 갚음.

통히
도무지.

불고(不顧)
돌보지 않는 것. 또는 돌아보지 않는 것.

고서 다 늦게야 송장 *여대치게 생긴 그 양반을 그래도 남편이라고 모셔다가는 병 수발 들랴, 먹고 살랴, *애자진하고 다니는 걸 보면 참말 가엾어요.

그게 무슨 *죄다짐이람? 팔자 팔자 하지만 왜 팔자를 고치지를 못하고서 그래요. 우리 죄선 구식 부인네들은 다 문명을 못 하고 깨지를 못해서 그러지.

그 양반이 한시바삐 죽기나 했으면 우리 아주머니는 차라리 신세 편하리다.

심덕 좋겠다, 솜씨 얌전하겠다 하니, 어디 가선들 자기 일신 몸 가누고 편안히 못 지내요?

가만있자, 열여섯 살에 아저씨네 집으로 시집을 갔다니깐, 그게 내가 세 살 적이니 꼬박 열여덟 해로군. 열여덟 해면 이십 년 아니오.

그때 우리 아저씨 양반은 나이 어리기도 했지만, 공부를 한답시고 서울로 동경으로 십여 년이나 돌아다녔고, 조금 자라서 색시 재미를 알 만하니까는 누가 이쁘달까 봐 이혼하자고 아주머니를 친정으로 쫓고는 *통히 *불고를 하고……

공부를 다 마치고 오더니만, 그 담에는 그놈의 짓에 들입다 발광해 다니면서 명색 학생 출신이라는 딴 여편네를 얻어 살았지요. 그 여편네는 나도 몇 번 보았지만 쌍판대기라고 별반 출 수도 없이 생겼습디다. 그 인물로 남의 첩이야? 일색 소박은 있어도 박색 소박은 없다더니, 사실 소박맞은 우리 아주머니가 그 여편네게다 대면 월등 이뻤다우.

그래 그 뒤에, 그 양반은 필경 붙들려 가서

오 년이나 *전중이를 살았지요. 그 동안에 아주머니는 시집이고 친정이고 모두 폭 망해서 의지가지없이 됐지요.

그러니 어떻게 해요? 자칫하면 굶어 죽을 판인데.

할 수 없이 얻어먹고 살기도 해야 하려니와, 또 아저씨 나오는 것도 기다려야 한다고 나를 반연 삼아 서울로 올라왔더군요. 그게 그러니까 아저씨가 나오던 그 전해로군.

그때 내가 나이는 어려도 두루 *납뛴 보람이 있어서 이내 구라다상네 식모로 들어갔지요.

그 무렵에 참 내가 아주머니더러 여러 번 *권면을 했지요. 그러지 말고 개가(改嫁)를 가고. 글쎄 어린 소견에도 보기에 퍽 딱하고 민망합디다.

*계제에 마침 또 좋은 자리가 있었고요. 미네상이라고 미쓰꼬시 앞에서 바나나 *다다키우리를 하는 인데 사람이 퍽 좋아요.

우리집 다이쇼(主人)도 잘 알고 하는데, 그이가 늘 나더러 죄선 *오깜상하고 살았으면 좋겠다고, 중매 서달라고 그래쌌어요.

돈은 모아 둔 게 없어도 다 벌어먹고 살 만하니까 그런 사람 만나서 살면 아주머니도 신세 편할 게 아니라구요?

그런 걸 글쎄, 몇 번 말해도 흉한 소리 말라고 듣질 않는 걸 어떡하나요.

아무튼 그런 것 말고라도 참, *흰말이 아니라 이날 이때까지 내가 그 아주머니 뒤도 많이 보아 주었다우. 또 나도 그럴 만한 은공이 없잖아 있구요.

내가 일곱 살에 부모를 잃었지요. 그리고 나서 의탁할 곳이 없이 됐는데 그때 마침 소박을 맞고 친정살이를 하는 그 아주머니가 나를 데

전중이
징역살이.

납뛰다
'날뛰다'의 잘못.

권면
알아듣도록 권하고 격려하여 힘쓰게 함.

계제
어떤 일을 할 수 있게 된 형편이나 기회.

다다키우리
'(거리의 상인 등의) 싸구려 팔기'의 일본말.

오깜상
남의 아내. 여주인.

흰말
헛말. 빈말.

려다가 길러 주었지요.

그때만 해도 그 집이 그다지 군색하게 지내진 않았으니깐요. 아주머니도 아주머니지만 종조할머니며 할아버지도 슬하에 딴 자손이 없어서 나를 퍽 귀애하겠지요.

열두 살까지 그 집에서 자랐군요.

사 년이나마 보통학교도 다녔고.

아마 모르면 몰라도 그 집안이 그렇게 *치패하지만 않았으면 나도 그냥 붙어 있어서 시방쯤은 전문학교까지는 다녔으리라.

이런 은공이 있으니까 나도 그걸 저버리지 않고 그래서 내 *깜냥에는 갚을 만치 갚노라고 갚은 셈이지요.

하기야 요새도 간혹 아주머니가 찾아와서 양식 없다는 사정을 더러 하곤 하는데 *실토정 말이지 좀 성가시기는 해요.

그러는 족족 그 수응을 하자면 내 일을 못 하겠는걸. 그래 대개 잘라 떼기는 하지요.

그렇지만 그 밖에, 가령 양 명절 때면 고깃근이라도 사보낸다든지, 또 오며가며 들러 이야기 낱이라도 한다든지, 그런 건 결단코 범연히 하진 않으니까요.

아무튼 그래서, 아주머니는 꼬박 일 년 동안 구라다상네 집 오마니로 있으면서 월급 오 원씩 받는 걸 그대로 고스란히 저금을 하고, 또 틈틈이 삯바느질을 맡아다가 조금씩 벌어 보태고, 또 나올 무렵에 구라다상네 양주가 퍽 기특하다고 돈 칠 원을 상급으로 주고, 그런 게 이럭저럭 돈 백 원이나 존존히 됐지요.

그 돈으로 방 한 간 얻고 살림 나부랭이도 조금 장만하고 그래 놓고서 마침 그 *알량꼴량 서방님이 놓여나오니까 그리로 모셔 들였지요.

치패
살림이 아주 결딴나는 것.

깜냥
스스로 일을 헤아림. 또는 헤아릴 수 있는 능력.

실토정
사정이나 심정을 솔직하게 말함.

알량꼴량하다
몰골이 사납고 보잘 것 없다.

놓여 나오는 날 나도 가서 보았지만, *가막소 문 앞에 막 나서자 아주머니가 기다리고 있으니까 그래도 눈물이 핑—돌던데요.

전에 그렇게도 죽을 동 살 동 모르고 좋아하던 첩년은 꼴도 안 뵈구요. 남의 첩년이란 건 다 그런 거지요, 뭐.

우리 아저씨 양반은 혹시 그 여편네가 오지 않았나 하고 사방을 휘휘 둘러보던데요. 속이 그렇게 없다니까.

가막소
'감옥'의 잘못.

여편네는커녕 아주머니하고 나하고 그 외는 *어리친 개새끼 한 마리 없더라.

그래 막, 자동차에 올라타려다가 피를 토했지요. 나중에 들었지만 가막소 안에서 달포 전부터 토혈을 했다나 봐요.

그래 다 죽어 가는 반송장을 업어 오다시피 해다가 뉘어 놓고, 그날부터 아주머니는 불철주야로, 할 짓 못할 짓 다 해가면서 부스대고 납

어리친 개새끼 한 마리 없다
아무도 얼씬하지 않는다는 말.

완구하다
어려운 처지로부터 완전하게 구제하다.

작히나
'어찌 조금만큼만', '얼마나'의 뜻으로 희망이나 추측을 나타내는 말.

고쓰카이
관청 등에 고용되어 잔심부름을 하는 사람.

뛴 덕에 병도 차차로 차도가 있고, 그러더니 인제는 *완구히 살아는 났지요. 뭐 참 시방은 용 꼴인걸요, 용 꼴.

부인네 정성이 무서운 겝디다.

꼬박 삼 년이군. 나 같으면 돌아가신 부모가 살아오신대도 그 짓 못해요.

자, 그러니 말이지요. 우리 아저씨라는 양반이 *작히나 양심이 있고 다 그럴 양이면, 어허, 내가 어서 바삐 몸이 충실해져서, 어서 바삐 돈을 벌어다가 저 아내를 편안히 거느리고, 이 은공과 전날의 죄를 갚아야 하겠구나…… 이런 맘을 먹어야 할 게 아니라구요?

아주머니의 은공을 갚자면 발에 흙이 묻을세라 업고 다녀도 참 못다 갚지요.

그러고저러고 간에 자기도 이제는 속차려야지요. 하기야 속을 차려서 무얼 하재도 전과자니까 관리나 또 회사 같은 데는 들어가지 못하겠지만, 그야 자기가 저지른 일인 걸 누구를 원망할 일도 아니고, 그러니 막 벗어붙이고 노동이라도 해야지요.

대학교 출신이 막벌이 노동이란 게 꼴 가관이지만 그래도 할 수 없지, 뭐.

그런 걸 보고 가만히 나를 생각하면, 만약 우리 종조할아버지네 집안이 그렇게 치패를 안 해서 나도 전문학교를 졸업을 했으면, 혹시 우리 아저씨 모양이 됐을지도 모를 테니 차라리 공부 많이 않고서 이 길로 들어선 게 다행이다…… 이런 생각이 들어요.

사실 우리 아저씨 양반은 대학교까지 졸업하고도 이제는 기껏 해먹을 거란 막벌이 노동밖에 없는데, 보통학교 사 년 겨우 다니고서도 시방 앞길이 환히 트인 내게다 대면 *고쓰카이만도 못하지요.

아, 그런데 글쎄 막벌이 노동을 하고 어쩌고 하기는커녕 조금 바시시 살아날 만하니까 이 주책꾸러기 양반이 무슨 맘보를 먹는고 하니, 내 참 기가 막혀!

아니, 그놈의 것하고는 무슨 대천지 원수가 졌단 말인지, 어쨌다고 그걸 끝끝내 하지 못해서 그 발광인고?

그러나마 그게 밥이 생기는 노릇이란 말인지? 명예를 얻는 노릇이란 말인지. 필경은, 붙잡혀 가서 징역 사는 놀음?

아마 그놈의 것이 아편하고 꼭 같은가 봐요. 그렇길래 한번 맛을 들이면 끊지를 못하지요?

그렇지만 실상 알고 보면 그게 그다지 재미가 난다거나 맛이 있다거나 그런 것도 아니더군 그래요. 부랑당패던데요. 하릴없이 부랑당 팹디다.

저—서양 어디선가, 일하기 싫어하는 게으름뱅이 몇 놈이 양지쪽에 모여 앉아서 놀고 먹을 궁리를 했더라나요. 우리집 다이쇼가 다 자상하게 이야기를 해줍디다.

게, 그 녀석들이 서로 *구누를 하기를, 자, 이 세상에는 부자가 있고 가난한 사람이 있고 하니 그건 도무지 공평한 일이 아니다. 사람이란 건 이목구비하며 사지육신을 꼭 같이 타고났는데, 누구는 부자로 잘살고 누구는 가난하다니 그게 될 말이냐. 그러니 부자가 가진 것을 우리 가난한 사람들하고 다 같이 고르게 나눠 먹어야 경우가 옳다.

야—그거 옳은 말이다. 야—그 말 좋다. 자—나눠 먹자.

아, 이렇게 설도를 해가지고 우 하니 들고 일어났다는군요.

아—니, 그러니 그게 생 날부랑당놈의 짓이 아니고 무어요?

사람이란 것은 제가끔 *분지복이 있어서 *기수를 잘 타고 나든지 부

구누
'구농'의 입말. 못마땅하여 혼자 군소리를 하는 일.

분지복
분복. 각자 타고난 복.

기수
저절로 오고 가고 한다는 길흉화복의 운수.

지런하면 부자가 되는 법이요, 복록을 못 타고 나든지 게으른 놈은 가난하게 사는 법이요, 다 이렇게 마련인데, 그거야말로 공평한 천리인 것을, 됩다 불공평하다니 될 말이오? 그리고서 억지로 남의 것을 뺏어 먹자고 들다니 그놈들이 부랑당이지 무어요.

짓이 부랑당 짓일 뿐 아니라, 또 만약에 그러기로 들면 게으른 놈은 점점 더 게으름만 부리고 쫓아다니면서 부자 사람네가 가진 것만 뺏어 먹을 테니 이 세상은 통으로 도적놈의 판이 될 게 아니오? 그나마, 부자 사람네가 모아 둔 걸 다 뺏기고 더는 못 먹여 내는 날이면 그때는 이 세상 망하는 날이 아니요?

저마다 남이 농사 지어 놓으면 그걸 뺏어 먹으려고 일 않고 번둥번둥 놀 것이고, 남이 옷감 짜노면 그걸 뺏어다가 입으려고 번둥번둥 놀 것이고 그럴 테니 대체 곡식이며 옷감이며 그런 것이 다 어디서 나올 데가 있어야지요. 세상 망할밖에!

글쎄 그놈의 짓이 그렇게 세상 망쳐 놀 장본인 줄은 모르고서 가난한 놈들, 그 중에도 일하기 싫은 게으름뱅이들이 위선 당장 부자 사람네 것을 뺏어 먹는다니까 거기 혹해 가지굴랑 너도 나도 와 하니 참섭을 했다는구려.

아라사
'러시아'의 한자음 표기.

바로 저 *아라사가 그랬대요.

그래서 아니나 다를까 농군들이 곡식을 안 만들기 때문에 사람이 수만 명씩 굶어 죽는다는구려. 빠안한 이치지 뭐.

잘코사니
고소하게 여겨지는 일.

위선 먹기는 곶감이 달다고 그 지랄들을 했다가 *잘코사니야!

아 그런데, 그 못된 놈의 풍습이 삽시간에 동서양 각국 안 간 데 없이 퍼져 가지굴랑 한동안 내지에도 마구 굉장히 드세게 돌아다녔고, 내지가 그러니까 멋도 모르는 죄선 영감상들도 덩달아서 그 흉내를 냈다나요.

그렇지만 시방은 그새 나라에서 엄하게 밝히고 금하고 한 덕에 많이 너끔해졌고 그런 마음 먹는 사람은 별반 없다나 봐요.

그럴 게지 글쎄. 아 해서 좋을 양이면야 나라에선들 왜 금하며 무슨 원수가 졌다고 붙잡다가 징역을 살리나요.

좋고 유익한 것이면 나라에서 도리어 장려하고, 잘할라치면 상급도 주고 그러잖아요.

활동사진이며 스모며 *만자이며 또 *왓쇼왓쇼랄지 세이레이 *낭아시랄지 라디오체조랄지 그런 건 다 유익한 일이니까 나라에서 설도도 하고 그러잖아요.

나라라는 게 무언데? 그런 걸 다 잘 분간해서 이럴 건 이러고 저럴 건 저러라고 지시하고, 그 덕에 백성들은 제각기 제 분수대로 편안히 살도록 애써 주는 게 나라 아니요?

그놈의 것 사회주의만 하더라도 나라에서 금하질 않고 저희가 하는 대로 두어 두었어 보아? 시방쯤 세상이 무엇이 됐을지…….

다른 사람들도 낭패 본 사람이 많았겠지만, 위선 나만 하더라도 글쎄 어쩔 뻔했어! 아무 일도 다 틀리고 뒤죽박죽이지.

내 이상과 계획은 이렇거든요.

우리집 다이쇼가 나를 자별히 귀애하고 신용을 하니까 인제 한 십년만 더 있으면 한 밑천 들여서 따로 장사를 시켜 줄 그런 눈치거든요.

그러거들랑 그것을 언덕삼아 가지고 나는 삼십 년 동안 예순 살 환갑까지만 장사를 해서 꼭 십만 원을 모을 작정이지요. 십만 원이면 죄선 부자로 쳐도 천석꾼이니, 뭐 떵떵거리고 살 게 아니라구요?

그리고 우리 다이쇼도 한 말이 있고 하니까, 나는 *내지인 규수한테

만자이
'만담'의 일본말.

왓쇼왓쇼
신령을 모신 가마를 메고 가며 내는 '영차 영차'와 같은 소리. 이런 행사가 있었던 일본의 마을 축제.

낭아시
7월 보름에 제물을 강이나 바다에 띄우는 일본 불교 행사.

내지(內地)
외국이나 식민지에서 본국을 이르는 말.

로 장가를 들래요. 다이쇼가 다 알아서 얌전한 자리를 골라 중매까지 서준다고 그랬어요. 내지 여자가 참 좋지요.

나는 죠선 여자는 거저 주어도 싫어요.

구식 여자는 얌전은 해도 무식해서 내지인하고 교제하는 데 안됐고, 신식 여자는 식자나 들었다는 게 건방져서 못쓰고, 도무지 그래서 죠선 여자는 신식이고 구식이고 다 *제바리여요.

내지 여자가 참 좋지 뭐. 인물이 개개 일자로 이쁘겠다, 얌전하겠다, 상냥하겠다, 지식이 있어도 건방지지 않겠다, 좀이나 좋아!

그리고 내지 여자한테 장가만 드는 게 아니라 성명도 내지인 성명으로 갈고 집도 내지인 집에서 살고 옷도 내지 옷을 입고 밥도 내지식으로 먹고 아이들도 내지인 이름을 지어서 내지인 학교에 보내고……

내지인 학교라야지 죠선 학교는 너절해서 아이들 버려 놓기나 꼭 알맞지요.

그리고 나도 죠선말은 싹 거둬 치우고 국어만 쓰고요.

이렇게 다 생활 법식부터도 내지인처럼 해야만 돈도 내지인처럼 잘 모으게 되거든요.

내 이상이며 계획은 이래서 그 십만 원짜리 큰 부자가 바로 내다뵈고, 그리로 난 길이 환하게 트이고 해서 나는 시방 열심으로 길을 가고 있는데, 글쎄 그 *미쳐살미 든 놈들이 세상 망쳐 버릴 사회주의를 하러 드니, 내가 소름이 끼칠 게 아니라구요? 말만 들어도 끔찍하지!

세상이 망해서 뒤집히면 그래 나는 어쩌란 말인구? 아무것도 다 허사가 될 테니 그런 억울할 데가 있더람?

뭐 참, 우리집 다이쇼 말이 일일이 지당해요.

여느 절도나 강도나 사기나 그런 죄는 도적이면 도적을 해가는 그 당장, 그 돈만 축을 내니까 오히려 죄가 가볍지만, 그놈의 것 사회주의 인지 지랄인지는 온 세상을 뒤죽박죽을 만들어 놓고 나라를 통째로 소란하게 하니까 도저히 용서할 수가 없대요.

용서라니! 나 같으면 그런 놈들은 모조리 쓸어다가 마구 그저 그냥……

그런 일을 생각하면, 털어놓고 말이지 우리 아저씬가 그 양반도 여간 *불측스러 뵈질 않아요. 사실 아주머니만 아니면 내가 무슨 천주학이라고, 나쁜 병까지 앓는 그 양반을 찾아다니나요. 죽는대도 코도 안 풀어 붙일걸.

그러나마 전자의 죄상을 다 회개를 하고 못된 마음을 씻어 버렸을새 말이지, 머 헌 개 꼬리 삼년이라더냐, 종시 그 모양인걸요.

그러니깐 그게 밉살머리스러워서, 더러 들렀다가 혹시 마주앉아도 *위정 뼈끝 저린 소리나 내쏘아 주고 말을 다잡아 가지골랑 꼼짝 못하게시리 몰아세워 주곤 하지요.

저번에도 한번 혼을 단단히 내주었지요. 아, 그랬더니 아주머니더러 한다는 소리가, 그 녀석 사람 버렸더라고, 아무짝에고 못 쓰게 길이 들었더라고 그러더라나요.

내 원, 그 소리를 듣고 하도 어처구니가 없어서!

대체 사람도 *유만부동이지, 그 아저씨가 나더러 사람 버렸느니 아무짝에도 못 쓰게 길이 들었느니 하더라니, 원 입이 몇 개나 되면 그런 소리가 나오는 구멍도 있누?

죄선 벙어리가 다 말을 해도 나 같으면 할 말 없겠더구면서도, 하면 다 말인 줄 아나 봐?

이를테면 그게 명색 훈계 비슷한 거렷다? 내게다가 맞대 놓고 그런

불측스럽다
생각이나 행동 따위가 괘씸하고 엉큼하다.

위정
일부러.

유만부동(類萬不同)
정도에 넘침. 또는 분수에 맞지 아니함.

소리를 하다가는 되잡혀서 혼이 날 테니까 슬며시 아주머니더러 이르란 요량이던 게지?

기가 막혀서…… 하느님이 사람의 콧구멍 두 개로 마련하기 참 다행이야.

글쎄 아무려면 내가 자기처럼 다아 공부는 못 하고 남의 집 *고소〔小僧〕 노릇으로, *반또〔番頭〕 노릇으로 이렇게 굴러먹을 값에 이래 보여도 표창을 두 번이나 받은 모범 점원이요, 남들이 똑똑하고 재주 있고 얌전하다고 칭찬이 놀랍고, 앞길이 환히 트인 유망한 청년인데, 그래 *재갸 눈에는 내가 버린 놈이고 아무짝에도 못 쓰게 길이 든 놈으로 보였단 말이지?

하하, 오옳지! 거 참 그렇겠군. 재갸는 재갸 하는 짓이 옳으니까 남이 하는 짓은 다 글렀단 말이렷다?

그러니까 나도 재갸처럼 그놈의 것 사회주윈지 급살 맞을 것인지나 하다가 징역이나 살고 전과자나 되고 폐병이나 앓고, 다 그랬더라면 사람 버리지도 않고 아무짝에도 못 쓰게 길든 놈도 아니고 그럴 뻔했군그래!

흥! 참…….

제 밑 구린 줄 모르구서 남더러 어쩌구저쩌구 한다는 게, 꼭 우리 아저씨 그 양반을 두고 이른 말인가 봐.

그날도 실상 이랬더라우. 혼을 내주었더니, 아주머니더러 그런 소리를 하더란 그날 말이오.

그날이 마침 내가 쉬는 날이길래 아주머니더러 할 이야기도 있고 해서 아침결에 좀 들렀더니, 아주머니는 남의 혼인집으로 바느질을 해주러 갔다고 없고, 아저씨 양반만 여전히 아랫목에 가서 드러누웠어요.

고조〔小僧〕
'소승'의 일본말. 소승은 중이 자신을 낮추어 이르는 말.

반또〔番頭〕
'상가의 고용인 우두머리, 상점의 지배인'등의 일본말.

재갸
자기.

그런데 보니깐, 어디서 모두 뒤져 냈는지, 머리맡에다가 헌 언문 잡지를 수북이 쌓아 놓고는 그걸 뒤져요.

그래 나도 심심 삼아 한 권 집어 들고 떠들어 보았더니, 뭐 읽을 맛이 나야지요.

대체 죄선 사람들은 잡지 하나를 해도 어찌 모두 그 꼬락서니로 해 놓는지.

사진도 없지요, 망가도 없지요.

그리고는 맨판 까탈스런 한문 글자로다가 처박아 놓으니 그걸 누구더러 보란 말인고?

더구나 우리 같은 놈은 언문도 그런대로 뜯어보기는 보아도 읽기에 여간만 *폐롭지가 않아요.

그러니 어려운 언문하고 까다로운 한문하고를 섞어서 쓴 글은 뜻을 몰라 못 보지요. 언문으로만 쓴 것은 소설 나부랭인데, 읽기가 힘이 들 뿐 아니라 또 죄선 사람이 쓴 소설이란 건 재미가 있어야죠. 나는 죄선 신문이나 죄선 잡지하구는 담 쌓고 남 된 지 오랜걸요.

잡지야 뭐 *『킹구』나 *『쇼넹구라부』 덮어 먹을 잡지가 있나요. 참 좋아요.

한문 글자마다 *가나를 달아 놓았으니 어떤 대문을 척 펴 들어도 술술 내리읽고 뜻을 훤하니 알 수가 있지요.

그리고 어떤 대문을 읽어도 유익한 교훈이나 재미나는 소설이요.

소설 참 재미있어요. 그 중에도 *기쿠지캉 소설……! 어쩌면 그렇게도 아기자기하고도 달콤하고도 재미가 있는지. 그리고 요시가와 에이지, 그의 소설은 *진찐바라바라하는 지다이모노[時代物]인데 마구 어

폐롭다
성가시고 귀찮다.

『킹구』
일제시대의 잡지 이름.
'king'의 뜻.

『쇼넹구라부』
청소년을 대상으로 한
일본의 월간 종합잡지
이름.

가나
일본 문자.

「ゝ」　**가나 오십음도**

ん	わ	ら	や	ま	は	な	た	さ	か	あ
っ	ゐ	り	ゝ	み	ひ	に	し	き	い
ヴ	于	る	ゆ	む	ふ	ぬ	つ	す	く	う
カ	ヶ	ゑ	れ	に	め	へ	ね	て	せ	け	え
ー	を	ろ	よ	も	ほ	の	と	そ	こ	お

한자　阿 伊 宇 江 於 加 幾 久 介 己

가나　ア イ ウ ェ オ カ キ ク ケ コ
（아 이 우 에 오 가 기 구 게 고）

한문과 대응되는 가나
문자

기쿠지캉〔菊志寬〕
일본 대정시대의 유명
한 작가.

진찐바라바라
'칼날이 부딪치는 소
리'의 일본말.

깻바람이 나구요.

　소설이 모두 그렇게 재미가 있지요. 망가가 많지요. 사진이 많지요. 그리고도 값은 좀 헐하나요. 십오 전이면 바로 고 전달 치를 사볼 수 있고, 보고 나서는 오 전에 도로 파는데요.

　잡지도 기왕 하려거든 그렇게나 해야지, 죄선 사람들은 제엔장 큰소리는 곧잘 하더구면서도 잡지 하나 반반한 거 못 만들어내니!

　그날도 글쎄 잡지가 그 꼴이라, 아예 글은 볼 멋도 없고 해서 혹시 망가나 사진이라도 있을까 하고 책장을 후르르 넘기노라니깐 마침 아저씨 이름이 있겠나요! 하도 신통해서 쓰윽 펴들고 보았더니 제목이 첫 줄은 경제, 사회…… 무엇 어쩌구 잔주를 달아 놨겠지요.

　그것만 보아도 벌써 그럴 듯해요. 경제는 아저씨가 대학교에서 경제를 배웠다니까 경제 속은 잘 알 것이고, 또 사회는 그것 역시 사회주의를 했으니까 그 속도 잘 알 것이고, 그러니까 경제하고 사회주의하고 어떻게 서로 관계가 되는 것이며 어느 편이 옳다는 것이며 그런 소리를 썼을 게 분명해요.

　뭐, 보나 안 보나 속이야 빠안하지요. 대학교까지 가설랑 경제를 배우고도 돈 모을 생각은 않고서 사회주의만 하고 다닌 양반이라 경제가 그르고 사회주의가 옳다고 우겨 댔을 게니까요.

　아무렇든 아저씨가 쓴 글이라는 게 신기해서 좀 보아 볼 양으로 쓰윽 훑어봤지요. 그러나 웬걸 읽어 먹을 재주가 있나요.

　글자는 아주 어려운 자만 아니면 대강 알기는 알겠는데, 붙여 보아야 대체 무슨 뜻인지를 알 수가 있어야지요.

　속이 상하길래 읽어 보자던 건 *작파하고서 아저씨를 좀 따잡고 몰아 셀 양으로 그 대목을 차악 펴놨지요.

작파하다
어떤 계획이나 일을 중도에서 그만두어 버리다.

"아저씨?"

"왜 그러니?"

"아저씨가 여기다가 경제 무어라구 쓰구, 또 사회 무어라구 썼는데, 그러면 그게 경제를 하란 뜻이오? 사회주의를 하란 뜻이오?"

"뭐?"

못 알아듣고 *뚜렛뚜렛해요. 자기가 쓰고도 오래 돼서 다 잊어버렸거나, 혹시 내가 말을 너무 까다롭게 내기 때문에 *섬뻑 대답이 안 나왔거나 그랬겠지요. 그래 다시 조곤조곤 따졌지요.

"아저씨…… 경제란 것은 돈 모아서 부자 되라는 것 아니오? 그런데, 사회주의란 것은 모아 둔 부자 사람의 돈을 뺏어 쓰는 것 아니오?"

"이 애가 시방!"

"아—니, 들어 보세요."

"너, 그런 경제학, 그런 사회주의 어디서 배웠니?"

"배우나마나, 경제란 건 돈 많이 벌어서 애껴 쓰구 나머지 모아 두는 게 경제 아니오?"

"그건 보통, 경제한다는 뜻으루 쓰는 경제고, 경제학이니 경제적이니 하는 건 또 다르다."

"다를 게 무어요? 경제는 돈 모으는 것이고, 그러니까 경제학이면 돈 모으는 학문이지요."

"아니란다. 혹시 이재학(理財學)이라면 돈 모으는 학문이라고 해도 *근리할지 모르지만 경제학은 그런 게 아니란다."

"아—니, 그렇다면 아저씨 대학교 잘못 다녔소. 경제 못 하는 경제학 공부를 오 년이나 했으니 그게 무어란 말이오? 아저씨가 대학교까지 다니면서 경제 공부를 하구두 왜 돈을 못 모으나 했더니, 인제 보니

뚜렛뚜렛하다
어리둥절하여 눈을 이리저리 굴리다.

섬뻑
어떤 일이 행하여진 후 곧바로.

근리하다
이치에 거의 맞다.

깐 공부를 잘못해서 그랬군요!"

"공부를 잘못했다? 허허, 그랬을는지도 모르겠다. 옳다, 네 말이 옳아!"

이거 봐요 글쎄. 단박 꼼짝 못하잖나. 암만 대학교를 다니고, 속에는 육조를 배포했어도 그렇다니깐 글쎄…….

"아저씨?"

"왜 그러니?"

"그러면 아저씨는 대학교를 다니면서 돈 모아 부자 되는 경제 공부를 한 게 아니라 모아 둔 부자 사람네 돈 뺏어 쓰는 사회주의 공부를 했으니 말이지요…….

"너는 사회주의가 무얼루 알구서 그러냐?"

"내가 그까짓 걸 몰라요?"

한바탕 주욱 설명을 했지요.

내 얼굴만 물끄러미 올려다보고 누웠더니 피쓱 한 번 웃어요. 그리고는 그 양반이 하는 소리겠다요.

"그게 사회주의냐? 부랑당이지."

"아—니, 그럼 아저씨두 사회주의가 부랑당인 줄은 아시는구려?"

"내가 언제 사회주의가 부랑당이랬니?"

"방금 그리잖었어요?"

"글쎄, 그건 사회주의가 아니라 부랑당이란 그 말이다."

"거 보시우! 사회주의란 것은 그렇게 날부랑당이어요. 아저씨두 그렇다구 하면서 아니래시요?"

"이 애가 시방 입심 겨룸을 하재나!"

이거 봐요. 또 꼼짝못하지요? 다아 이래요 글쎄…….

"아저씨?"

"왜 그러니?"

"아저씨두 맘 달리 잡수시오."

"건 어떻게 하는 말이냐?"

"걱정 안 되시우?"

"날 같은 사람이 걱정이 무슨 걱정이냐? 나는 네가 걱정이더라."

"나는 뭐 버젓하게 요량이 있는걸요."

"어떻게?"

"이만저만한가요!"

또 한바탕 주욱 설명을 했지요. 이야기를 다 듣더니 그 양반 한다는
소리 좀 보아요.

"너두 딱한 사람이다!"

"왜요?"

"......"

"아—니, 어째서 딱하다구 그리시우?"

"......"

"네? 아저씨?"

"......"

"아저씨?"

"왜 그래?"

"내가 딱하다구 그러셨지요?"

"아니다, 나 혼자 한 말이다."

"그래두……."

"이애?"

"네?"

"사람이란 것은 누구를 물론허구 말이다, 아첨하는 것같이 더러운 게 없느니라."

"아첨이오?"

"저—위로는 제왕, 밑으로는 걸인, 그 모든 사람이 위선 시방 이 제도의 이 세상에서 말이다, 제가끔 제 분수대루 살아가는 데 있어서 말이다, 제 개성을 속여 가면서꺼정 생활에다가 아첨하는 것같이 더러운 것이 없고, 그런 사람같이 가련한 사람은 없느니라. 사람이란 건 밥 두 그릇이 하필 밥 한 그릇보다 더 배가 부른 건 아니니까."

"그건 무슨 뜻인데요?"

"네가 일본인 여자와 결혼을 해서 성명까지 갈고 모든 생활 법도를 일본화하겠다는 것이 말이다."

"네, 그게 좋잖어요?"

"그것이 말이다, 진실로 깊은 교양이나 어진 지혜의 판단에서 우러나온 것이라면 그도 모를 노릇이겠지. 그렇지만 나는 보매, 네가 그런다는 것은 다른 뜻으로 그러는 것 같다."

"다른 뜻이라니요?"

"네 주인의 비위를 맞추고, 이웃의 비위를 맞추고 하자고……."

"그야 물론이지요! 다이쇼의 신용을 받어야 하고, 이웃 내지인들하구도 좋게 지내야지요. 그래야 할 게 아니겠어요?"

"……."

"아저씨는 아직두 세상 물정을 모르시요. 나이는 나보담 많구 대학교 공부까지 했어도 일찌감치 고생살이를 한 나만큼 세상 물정은 모릅니다. 시방이 어느 세상인데 그러시우?"

"이애?"

"네?"

"네가 방금 세상 물정이랬지?"

"네."

"앞길이 환하니 트였다구 그랬지?"

"네."

"환갑까지 십만 원 모은다구 그랬지?"

"네."

"네가 말하는 세상 물정하구 내가 말하려는 세상 물정하구 내용이 다르기도 하지만, 세상 물정이란 건 그야말로 그리 만만한 게 아니다."

"네?"

"사람이란 건 제아무리 날구 뛰어도 이 세상에 형적 없이 그러나 세차게 주욱 흘러가는 힘, 그게 말하자면 세상 물정이겠는데, 결국 그것의 지배하에서 그것을 따라가지 별수가 없는 거다."

"네?"

"쉽게 말하면 계획이나 기회를 아무리 억지루 만들어 놓아도 결과가 뜻대루는 안 된단 말이다."

"젠장, 아저씨두…… 요전 『킹구』라는 잡지에두 보니까, *나뽀레옹이라는 서양 영웅이 그랬답디다. 기회는 제가 만든다구. 그리고 불가능이란 말은 바보의 사전에서나 찾을 글자라구요. 아 자꾸자꾸 계획하구 기회를 만들구 해서 분투 노력해 나가면 이 세상 일 안 되는 일이 어디 있나요? 한번 실패하거든 갑절 용기를 내가지구 다시 일어서지요. 칠전팔기(七顚八起) 모르시요?"

나폴레옹(1769-1821)
프랑스 군인, 황제. 개혁정치를 실시했으며, 유럽의 여러 나라를 침략하여 세력을 팽창했다.

"나폴레옹도 세상 물정에 순응할 때는 성공했어도, 그것에 거슬리다가 실패를 했더란다. 너는 칠전팔기해서 성공한 몇 사람만 보았지, 여덟 번 일어섰다가 아홉 번째 가서 영영 쓰러지구는 다시 일지 못한 숱한 사람이 있는 건 모르는구나?"

"그래두 인제 두구 보시우. 나는 천하 없어두 성공하구 말 테니…… 아저씨는 그래서 더구나 못써요? 일 해보기두 전에 안 될 줄로 낙심 먼저 하구……."

"하늘은 꼭 올라가 보구래야만 높은 줄 아니?"

원 마지막 가서는 할 소리가 없으니깐 *동에도 닿지 않는 비유를 가져다 둘러대는 걸 보아요. 그게 어디 당한 말인고? 안 올라가 보면 머하늘 높은 줄 모를 천하 멍텅구리도 있을까? 그만 해두려다가 심심하길래 또 말을 시켰지요.

> **동에도 닿지 않다**
> 앞뒤 조리가 안 맞다.

"아저씨?"

"왜 그래?"

"아저씨는 인제 몸 다아 충실해지면 어떡허실려우?"

"무얼?"

"장차……."

"장차?"

"어떡허실 작정이세요?"

"작정이 새삼스럽게 무슨 작정이냐?"

"그럼 아저씨는 아무 작정 없이 살어가시우?"

"없기는?"

"있어요?"

"있잖구?"

"무언데요?"

"그새 지내 오던 대루……."

"그러면 저 거시키 무엇이냐 도루 또 그걸……?"

"그렇겠지."

"아저씨?"

"……."

"아저씨?"

"왜 그래?"

"인젠 그만두시우."

"그만두라구?"

"네."

"누가 심심소일루 그리는 줄 아느냐?"

"그렇잖구요?"

"……."

"아저씨?"

"……."

"아저씨?"

"왜 그래?"

"아저씨 올에 몇이지요?"

"서른셋."

"그러니 인제는 그만큼 해두고 맘 잡어서 집안일 할 나이두 아니오?"

"집안일은 해서 무얼 하나?"

"그렇기루 들면 그 짓은 해서 또 무얼 하나요?"

"무얼 하려구 하는 게 아니란다."

"그럼, 아무 희망이나 목적이 없으면서 그래요?"

"목적? 희망?"

"네."

"개인의 목적이나 희망은 문제가 다르니까…… 문제가 안 되니까……."

"원, 그런 법도 있나요?"

"법?"

"그럼요!"

"법이라……!"

"아저씨?"

"……."

"아저씨?"

"왜 그래?"

"아주머니가 고맙잖습디까?"

"고맙지."

"불쌍하지요?"

"불쌍? 그렇지, 불쌍하다면 불쌍한 사람이지!"

"그런 줄은 아시느만?"

"알지."

"알면서 그러시우."

"고생을 낙으로, 그 쓰라린 맛을 씹고 씹고 하면서 그것에서 단맛을 알아내는 사람도 있느니라. 사람도 있는 게 아니라, 사람마다 무슨 일에고 진정과 정신을 꼬박 거기다가만 쓰면 그렇게 되는 법이니라. 그러니까 그쯤 되면 그때는 고생이 낙이지. 너의 아주머니만 두고 보더래도 고생이 고생이면서 고생이 아니고 고생하는 게 낙이란다."

"그렇다고 아저씨는 그걸 다행히만 여기시우?"

"아—니."

"그러거들랑 아저씨두 아주머니한테 그 은공을 더러는 갚어야 옳을
게 아니요?"

"글쎄, 은공을 모르는 건 아니지만……."

"그러니 인제 병이나 확실히 다아 나신 뒤엘라컨……."

"바뻐서 원……."

글쎄 이 한다는 소리 좀 보지요? 시치미 뚜욱 따고 누워서 바쁘다는
군요!

사람 속 차릴 *여망 없어요. 그저 어디로 대나 손톱만큼도 쓸모는
없고 남한데 사폐만 끼치고, 세상에 해독만 끼칠 사람이니, 뭐 하루바
삐 죽어야 해요. 죽어야 하고, 또 죽어서 마땅해요. 그런데 글쎄 죽지
를 않고 꼼지락꼼지락 도로 살아나니 성화라구는, 내…….

여망(餘望)
아직 남은 희망.

『잘난 사람들』, 민중서관, 1948.

논 이야기

1

일인(日人)들이 토지와 그 밖에 온갖 재산을 죄다 그대로 내어놓고, 보따리 하나에 몸만 쫓기어가게 되었다는 이야기를 듣는 한생원은 어깨가 우쭐하였다.

"거 보슈 송생원. 인전 들, 내 생각 나시지?"

한생원은 허연 *탑삭부리에 묻힌 쪼글쪼글한 얼굴이 위아래 다섯 대밖에 안 남은 누—런 이빨과 함께 흐물흐물 웃는다.

탑삭부리
짧고 다보록하게 수염이 많이 난 사람을 놀림조로 이르는 말.

"그러면 그렇지, 글쎄 놈들이 제아무리 영악하기로소니 논에다 너 귀탱이 말뚝 박구섬 인도깨비처럼, 어여차 어여차, 땅을 떠가지구 갈 재주야 있을 이치가 있나요?"

한생원은 참으로 일본이 항복을 하였고, 조선은 독립이 되었다는 그날—팔 월 십오 일 적보다도 신이 나는 소식이었다. 자기가 한 말〔豫言〕이 꿈결같이도 이렇게 와 들어맞다니…… 그리고 자기가 한 말대로, 자기가 일인에게 팔아 넘긴 땅이 꿈결같이도 도로 자기의 것이 되게 되었다니…… 이런 세상에 신기하고 희한할 도리라고는 없었다.

광복의 기쁨

조선이 독립이 되었다는 팔월 십오일, 그때는 한생원은 섬뻑 만세를 부르고 싶은 생각이 나지 않았어도, 이번에는 저절로 만세 소리가 나와지려고 하였다.

팔 월 십오 일 적에 마을에서는 젊은 사람들이 *설도를 하여 태극기를 만들고, 닭을 추렴하고, 술을 사고 하여 놓고 조촐히 만세를 불렀다.

설도
설두. 먼저 앞서서 주선함.

한생원은 그 자리에 참례를 하지 아니하였다. 남들이 가서 같이 만세를 부르자고 하였으나 한생원은 조선이 독립이 되었다는 것이 별양

반가운 줄을 모르겠었다. 그저 덤덤할 뿐이었었다.

　물론 일본이 항복을 하였으니 전쟁은 끝이 난 것이요, 전쟁이 끝이 났으니 벼 *공출을 비롯하여 솔뿌리 공출이야, 마초 공출이야, 채소 공출이야, 가지가지의 그 억울하고 성가신 공출이 없어지고 말 것이었다.

　또, 열여덟 살배기 손자놈 용길이가 *징용에 뽑혀 나갈 염려가 없을 터이었다. 얼마나 한생원은, 일찍이 애비를 여의고, 늙은 손으로 여지껏 길러 온 외톨 손자놈 용길이가 징용에 뽑히지 말게 하려고, 구장과 면의 노무계 직원과, 부락 담당 직원에게 굽은 허리를 굽실거리며 건사를 물고 하였던고. 굶는 끼니를 더 굶어 가면서 그들에게 쌀을 보내어 주기, 그들이 마을에 얼찐하면 부랴부랴 청해다 씨암탉 잡고 술 대접하기, 한참 농사일이 몰릴 때라도, 내 농사는 손이 늦어도 용길이를 시켜 그들의 논에 모 심고 김 매어 주고 하기. 이 노릇에 흰머리가 도로 검어질 지경이요, 빚〔債〕은 *고패가 넘도록 지고 하였다.

　하던 것이 인제는 전쟁이 끝이 났으니, 징용 이자는 싹 씻은 듯 없어질 것. 마음 턱 놓고 두 발 쭉 뻗고 잠을 자도 좋았다.

　이런 일을 생각하면 한생원도 미상불 다행스럽지 아니한 것은 아니었다. 그러나 오직 그뿐이었다.

　독립?

　신통할 것이 없었다.

　독립이 되기로서니, 가난뱅이 농투성이가 별안간 나으리 주사 될 리 만무하였다. 가난뱅이 농투성이가 남의 세토(貰土:소작) 얻어 비지땀 흘려 가면서 일년 농사 지어 절반도 넘는 도지(소작료) 물고, 나머지로 굶으며 먹으며 연명이나 하여 가기는 독립이 되거나 말거나 매양 일반일 터이었다.

공출이야 징용이야 하여서 살기가 더럭 어려워지기는, 전쟁이 나면서부터였었다. 전쟁이 나기 전에는 일년 농사 지어 작정한 도지 실수 않고 물면 모자라나따나 아무 시비와 성가심 없이 내 것 삼아 놓고 먹을 수가 있었다.

징용도 전쟁이 나기 전에는 없던 풍도였었다. 마음놓고 일을 하였고, 그것으로써 그만이었지, 달리는 근심걱정될 것이 없었다.

강제 징용

전쟁 *사품에 생겨난 공출이니 징용이니 하는 것이 전쟁이 끝이 남으로써 없어진 다음에야 독립이 되기 전 일본 정치 밑에서도 남의 세토 얻어 도지 물고 나머지나 천신하는 가난뱅이 농투성이에서 벗어날 것이 없을진대, 한갓 전쟁이 끝이 나서 공출과 징용이 없어진 것이 다행일 따름이지, 독립이 되었다고 만세를 부르며 날뛰고 할 흥이 한생원으로는 나는 것이 없었다.

일인에게 빼앗겼던 나라를 도로 찾고, 그래서 우리도 다시 나라가 있게 되었다는 이 *잔주도, 역시 한생원에게는 시뿌듬한 것이었다. 한생원은 나라를 도로 찾는다는 것은, 구한국 시절로 다시 돌아가는 것으로밖에는 달리는 생각할 수가 없었다.

징용에 끌려간 노동자

한생원네는 한생원의 아버지의 부지런으로 장만한, 열서 *마지기와 일곱 마지기의 두 자리 논이 있었다. 선대의 유업도 아니요, 공문서(空文書: 무등기) 땅을 거저 주운 것도 아니요, 버젓이 값을 내고 산 것이었다. 하되 그 돈은 체계나 돈놀이(고리대금업)로 모은 돈이 아니요, 품삯 받아 푼푼이 모으고 *악의악식하면서 모은 돈이었다. 피와 땀이 어린 땅이었다.

그 피땀어린 논 두 자리에서, 열서 마지기를 한생원네는 산 지 겨우 오 년 만에 고을 원(군수)에게 빼앗겨 버렸다.

　지금으로부터 오십 년 전, 갑오 을미 병신 하는 병신(丙申)년, 한생원의 나이 스물한 살 적이었다.

　그 안 해 을미년 늦은 가을에 김아무(金某)라는 원이 동학란에 도망빼 원 대신으로 새로이 도임을 해 와서, 동학의 잔당을 비질하듯 잡아 죽였다.

　피비린내 나는 살육이 이듬해 병신년 봄까지 계속되었고, 그리고 여름…… 인제는 다 지났거니 하여 겨우 안도를 한 참인데, 한태수(한생원의 아버지)가 원두막에서 동헌으로 붙잡혀가 옥에 갇히었다. 혐의는 동학에 가담하였다는 것이었다.

　한태수는 전혀 동학에 가담한 일이 없었다. 그의 말대로 하면, 동학 근처에도 가보지 아니한 사람이었다.

　옥에 가두어 놓고는 매일 끌어내다 실토를 하라고, 동류의 성명을 불라고, 주리를 틀면서 문초를 하였다. 육십이 넘은 늙은 정강이가 살이 으끄러지고 뼈가 아스러졌다.

나중 가서야 어찌 될 값에, 당장의 아픔을 견디다 못하여 동학에 가담하였노라고 자복을 하였다. 입에서 나오는 대로 아는 사람의 이름을 불렀다.

불린 일곱 사람이 잡혀 들어와 같은 문초를 받다. 처음에는들 내뻗었으나 원체 아픔을 이기지 못하여 자복을 하였다.

남은 것은 처형을 하는 것뿐이었다.

하루는 이방이, 한태수의 아내와 아들(한생원)을 조용히 불렀다.

이방은 모자더러, 좌우간 살려 낼 도리를 하여야 않느냐고 하였다.

모자는 엎드려 빌면서, 제발 이방님 덕택에 목숨만 살려지이다고 하였다.

"꼭 한 가지 묘책이 있기는 있는데…… 그럼 내가 시키는 대로 할 테냐?"

"불 속이라도 뛰어들어 가겠습니다."

"논문서를 가져오느라. 사또께다 바쳐라."

"논문서를요?"

"아까우냐?"

"……."

"가장이나 애비의 목숨보다 논이 더 소중하냐?"

"그 땅이 다른 땅과도 달라서……."

"정히 그렇게 아깝거던 고만두는 것이고."

"논문서만 가져다 바치면, 정녕 모면을 할까요?"

"아니 될 노릇을 시킬까?"

"그럼 이 길로 나가서 가지고 오겠습니다."

"밤에 조용히 내아(內衙: 관사)로 오도록 하여라. 나도 와서 있을 테니. 그리고 네 논이 두 자리가 있겠다?"

"네."

"열서 마지기와 일곱 마지기."

"네."

"그 열서 마지기를 가지고 오느라."

"열서 마지기를요?"

"아까우냐?"

"……."

"아깝거들랑 고만두려무나."

"그걸 바치고 나면 소인네는 논 겨우 일곱 마지기를 가지고 수다한 *권솔에 살아갈 방도가……."

권솔
한집에 거느리고 사는
식구.

"당장 가장이나 애비의 목숨은 어데로 갔던지?"

"……."

1910년, 한일합병 이후
총독부 고관들과 찍은
사진. 가운데가 고종
황제.

"땅이야 다시 장만도 할 수가 있는 것이 아니냐?"

모자는 서로 돌아보면서 말하였다.

"바칩시다."

"바치자."

사흘 만에 한태수는 놓여 나왔다.

다른 일곱 명도 이방이 각기 사이에 들어, 각기 얼마씩의 땅을 바치고 놓여 나왔다.

그 뒤 경술(庚戌)년에 일본이 조선을 합방하여 나라는 망하였다.

사람들이 나라 망한 것을 원통히 여길 때, 한생원은,

　"그깐 놈의 나라, 시언히 잘 망했지."

하였다. 한생원 같은 사람으로는 나라란 백성에게 고통이지 하나도 고마운 것이 아니었다. 또 꼭 있어야 할 요긴한 것도 아니었다.

　그런 나라라는 것을, 도로 찾았다고 하여, 섬뻑 감격이 일지 아니한 것도 일변 의당한 노릇이라 할 것이었다.

　논 스무 마지기에서 열서 마지기를 빼앗기고 나니, 원통한 것도 원통한 것이지만, 앞으로 일이 딱하였다. 논이나 겨우 일곱 마지기를 가지고는 어림도 없었다.

　하릴없이 남의 세토를 얻어, 그 보충을 하여야 하였다. 그러나 남의 세토는 도지를 물어야 하는 것이라, 힘은 내 논을 지을 때와 마찬가지로 들면서도 가을에 가서 차지를 하기는 절반이 못 되는 것이었었다. 그렇지만 그렇다고 남의 세토를 소작 아니할 수는 없었다.

　이리하여 한생원네는 나라 명색이 망하지 않고 내 나라로 있을 적부터 가난한 소작농이었다.

　경술년 나라가 망하고, 삼십육 년 동안 일본의 다스림 속에서도 같은 가난한 소작농이었다.

　그리고 속담에, 남의 불에 게 잡기로 남의 덕에 나라를 도로 찾기는 하였다지만 한국 말년의 나라만을 여겨 그 나라가 오죽할 리 없고, 여전히 남의 세토나 지어 먹는 가난한 소작농이기는 일반일 것이라고 한생원은 생각하던 것이었었다.

　일본이 항복을 하던 바로 전의 삼사 년에, 공출이야 징용이야 하면서 별안간 군색함과 불안이 생겼던 것이지, 그 밖에는 나라가 망하여 없어지고서 일본의 속국 백성으로 사는 것이, 경술년 이전 나라가 있어 가지고 조선 백성으로 살 적보다 별양 못할 것이 한생원에게는 없었다. 여전히 남의 세토를 지어, 절반 이상이나 도지를 물고 그 나머지를 *천신하는 가난한 소작인이요, 순사나 일인이나 면서기들의 교만과 압박보다 못할 것도 없거니와 더할 것도 없었다.

독립이 된 이 앞으로도, 그것이 천지개벽이 아닌 이상 가난한 농투성이가 느닷없이 부자장자 될 이치가 없는 것이요, 원·아전·토반이나 일본놈 대신에, 만만하고 가난한 농투성이를 핍박하는 '권세 있는 양반들'이 생겨날 것이요 할 것이매, 빼앗겼던 나라를 도로 찾아 다시금 조선 백성이 되었다는 것이 조금도 신통하거나 반가울 것이 없었다.

원과 토반과 아전이 있어, 토색질이나 하고 붙잡아다 때리기나 하고 교만이나 피우고, 하되 세미(稅米: 납세)는 국가의 이름으로 꼬박꼬박 받아 가면서 백성은 죽어야 모른 체를 하고 하는 나라의 백성으로도 살아 보았다.

천하 오랑캐, 애비와 자식이 맞담배질을 하고, 남매간에 혼인을 하고, 뱀을 먹고 하는 왜인들이, 저희가 주인이랍시고서 교만을 부리고 순사와 헌병은 칼바람에 조선 사람을 개 도야지 대접을 하고, 공출을 내어라 징용을 나가거라 *야미를 하지 마라 하면서 볶아 대고, 또 일본이 우리나라다, 나는 일본 백성이다, 이런 도무지 그럴 마음이 우러나지를 않는 억지춘향이 노릇을 시키고 하는 나라의 백성으로도 살아 보았다.

결국 그러고 보니 나라라고 하는 것은 내 나라였건 남의 나라였건 있었댔자 백성에게 고통이나 주자는 것이지, 유익하고 고마울 것은 조금도 없는 물건이었다. 따라서 앞으로도 새 나라는 말고 더한 것이라도, 있어서 요긴할 것도, 없어서 아쉬울 일도 없을 것이었다.

천신하다
차지하다.

야미
뒷거래.

2

신해(辛亥)년…… 경술합방 바로 이듬해였다. 한생원은―때의 젊은 한덕문은―빼앗기고 남은 논 일곱 마지기를 불가불 팔아야 할 형편에 이르렀다.

칠팔 명이나 되는 권솔인데, 내 논 일곱 마지기에다 남의 논이나 몇 마지기를 소작하여 가지고는 여간한 규모와 악의악식이 아니고서는 도저히 현상 유지를 하기가 어려웠다.

한덕문은 그 부친과는 달라 살림 규모가 없었다. 사람이 좀 허황하고 헤픈 편이었다.

부친 한태수가 죽고, 대신 *당가산(當家産)을 한 지 불과 오륙 년에 한덕문은 힘에 넘치는 빚을 졌다.

이 빚은 단순히 살림에 보태느라고만 진 빚은 아니었다.

한덕문은 허황하고 헤픈 값을 하느라고, 술과 노름을 쏠쏠히 좋아하였다.

일 년 농사를 지어야 일 년 가계가 번연히 모자라는데, 거기다 술을 먹고 노름을 하니 늘어 가느니 빚밖에는 있을 것이 없었다.

빚은 갚아야 되었다.

팔 것이라고는 논 일곱 마지기 그것뿐이었다.

한덕문이 빚을 이리 틀어막고 저리 틀어막고, 오늘로 밀고 내일로 밀고 하여 오던 끝에, 마침내는 더 꼼짝을 할 도리가 없어 논을 팔기로 작정을 대었을 무렵에, 그러자 용말[龍田] 사는 일인 길천(吉川)이가 요새로 바싹 땅을 많이 사들인다는 소문이 들렸다. 그리고 값으로 말

당가산(當家産)
집안일을 주관하여 일으킴.

논 이야기 325

상답
상등답. 토질이 썩 좋은 논.

박토(薄土)
거칠고 메마른 땅.

고래실 논
바닥이 깊고 물길이 좋아 기름진 논.

토리
메마르거나 기름진 흙의 성질.

곡우(穀雨)
청명과 입하 사이에 들며, 봄비가 내려서 온갖 곡식이 윤택하여진다는 뜻. 4월 20일경.

상거(相距)
서로 떨어져 있는 거리.

하여도, 썩 좋은 *상답면 한 마지기(200평)에 스무 냥으로 스물닷 냥(이십 냥 이상 이십오 냥: 사 원 이상 오 원)까지 내고, 아주 *박토라도 열 냥(이 원) 안짝은 없다고 하였다.

땅마지기나 가진 인근의 다른 농민들도 다들 그러하였지만, 한덕문은 그 중에서도 귀가 반짝 뜨였다.

시세의 갑절이었다.

*고래실 논으로, 개똥배미 상지상답이라야 한 마지기에 열 냥으로 열두어 냥(이 원~이 원 사오십 전)이요, 땅 나쁜 것은 기지개 써야 닷 냥(일 원)이었다.

'팔자!'

한덕문은 작정을 하였다.

일곱 마지기 논이 상지상답은 못 되어도 상답은 되니, 잘 하면 열 냥은 받을 것. 열 냥이면 이 칠 십사 일백마흔 냥(이십팔 원).

빚이 이럭저럭 한 오십 냥(십 원) 되니, 그것을 갚고 나면 아흔 냥(십팔 원)이 남아. 아흔 냥을 가지고 도로 논을 장만해. 판 일곱 마지기만 한 *토리 논을 사더라도 아홉 마지기를 살 수가 있어.

결국 논 한 번 팔고 사고 하는 노름에, 빚 오십 냥 거저 갚고도 논은 두 마지기가 늘어 아홉 마지기가 생기는 판이 아니냐.

이런 어수룩한 노름을 아니하잘 머리가 없는 것이었었다.

양친은 이미 다 없는 때요, 한덕문 그가 대주(大主: 호주)였으므로, 혼자서 일을 결단하여도 간섭을 받을 일은 없었다.

*곡우(穀雨) 머리의 어느 날 한덕문은 맨발 짚신 풀상투에 삿갓 쓰고 곰방대 물고, 마을에서 십 리 *상거의 용말 출입을 나갔다. 일인 길천이가 적실히 그렇게 후한 값으로 논을 사는지, 진가를 알아보자 함

이었다.

금강(錦江) 어귀의 항구 군산(群山)에서 시작되어 동북간방(東北間方)으로 임피읍(臨陂邑)을 지나 용말로 나온 행길이, 용말 동쪽 변두리에서 솜리〔裡里〕로 가는 길과 황등장터〔黃登市〕로 가는 길의 두 갈랫길로 갈리는, 그 샅에 가 전주집이라는 주모가 업을 하고 있는 주막이 오도카니 호올로 놓여 있었다.

금강 어귀의 군산

한덕문은 전주집과는 생소치 아니한 사이였다.

마당이자 바로 한길인, 그 마당 앞에 섰는 한 그루의 실버들이 한창 푸르른 전주집네 주막, 살진 봄볕이 드리운 마루에 나란히 걸터앉아 세상 물정 이야기, 피차간 살아가는 이야기, 훨씬 한담을 하던 끝에 한덕문이 지날 말처럼 넌지시 물었다.

"참, 저, 일인 길천이가 요새 땅을 많이 산다구?"

"많얼게 아니라, 그 녀석이 아마, 이 근처 일판을, 땅이라구 생긴 건 깡그리 쓸어 사자는 배폰가 봅디다!"

"헷소문은 아니루구먼?"

"달리 큰 배포가 있던지, 그러잖으면 그 녀석이 상성(발광)을 했던지."

"?……"

"한서방 으런두 속내 아는 배, 이 근처 논이 물 걱정 가뭄 걱정 없구, 한 마지기에 넉 섬은 먹는 논이라야 열 냥이 상값 아니우? 그런 걸 글쎄, 녀석은 스무 냥 스물댓 냥을 퍼주구 사는구랴. 제마석(한 두락에 한 석)두 못 먹는 자갈 바탕의 박토라두, 논 명색이면 열 냥 안짝 잽히는 건 없구."

"허긴, 값이나 그렇게 월등히 많이 내야 일인한테 논을 팔지, 그러잖구서야 누가."

"제엔장, 나두 진작에 논이나 시늉만 생긴 거라두 몇 섬지기 장만해 두었드라면 이런 판에 큰 횡잴 했지."

"그래, 많이들 와 파나?"

"대가릴 싸구 덤벼든답디다. 한서방 어른두 논 좀 파시구랴? 이런 때 안 팔구, 언제 팔우?"

"팔 논이 있나?"

이유와 조건의 어떠함을 물론하고, 농민이 논을 판다는 것은 남의 앞에 심히 떳떳스럽지 못한 일이었다. 번연히 내일 모레면 다 알게 될 값이라도, 되도록 그런 기색을 숨기려고 드는 것이 통정이었다.

뚜벅뚜벅 말굽 소리가 나더니, 말 탄 길천이가 주막 앞을 지난다. 언제나 그러하듯이, 깜장 됏박모자(中山帽子)에 깜장 복장(양복:*쓰메에리)을 입고, 깜장 목 깊은 구두를 신고, 허리에는 *육혈포를 차고 하였다.

한덕문은 길에서 몇 차례 본 적이 있어 그가 길천인 줄을 안다.

"어디 갔다 와요?"

전주집이 웃으면서 알은체를 하는 것을, 길천은 웃지도 않으면서,

"응, 조─기. 우리, 나쁜 사레미 자바리 갔소 왔소."

길천의 *차인꾼이요 통역꾼이요 한 백남술이가 밧줄로 결박을 지은 촌 젊은 사람 하나를 앞참 세우고 뒤미처 나타났다.

죄수(?)는 상투가 풀어지고 발기발기 찢긴 옷과 면상으로 피가 묻고 한 것으로 보아, 한바탕 늑신 두들겨맞은 것이 역력하였다.

됏박모자

쓰메에리
깃의 높이가 4센티미터쯤 되게 하여, 목을 둘러 바싹 여미게 지은 양복.

육혈포
탄알을 재는 구멍이 여섯개 있는 권총.

차인꾼
남의 장사하는 일에 시중드는 사람.

"어디 갔다 오시우?"

전주집이 이번에는 백남술더러 인사로 묻는다.

백남술은 분연히,

"남의 돈 집어먹구 도망 댕기는 놈은 죽어 싸지."

하면서 죄수에게 잔뜩 눈을 흘긴다.

그러고 나서 전주집더러,

"댕겨오께시니, 닭이나 한 마리 잡구 해놓게나. 놈을 붙잡느라구 한

*승강했더니 목이 컬컬허이."

그러느라고 잠깐 한눈을 파는 순간이었다. 죄수가 밧줄 한끝 붙잡힌

것을 홱 뿌리치면서 몸을 날려 쏜살같이 오던 길로 내뺀다.

"엇!"

백남술이 병신처럼 놀라다 이내 죄수의 뒤를 쫓는다.

길천의 탄 말이 두 앞발을 번쩍 들어 머리를 돌리면서 땅을 차고 달

린다. 그러면서 길천의 손에서 육혈포가 땅…… 풀씬 연기가 나면서

*재우쳐 땅…….

승강하다
서로 자기 주장을 고집
하여 옥신각신하다.

재우치다
몰아치거나 재촉하다.

논 이야기 **329**

죄수는 그러나 첫 한 방에 그대로 길바닥에 가 동그라진다. 같은 순간 버선발로 뛰어내려간 전주집이 에구머니 비명을 지른다.

죄수는 백남술에게 *박승 한끝을 다시 붙잡히어 일어난다. 길천은 피스톨 사격의 명인(名人)은 아니었었다.

박승
죄인을 잡아 묶는 노끈.

일인에게 빚을 쓰는 것을 왜채(倭債)라고 하고, 이 젊은 친구는 왜채를 쓰고서 갚지 아니하고 몸을 피해 다니다가 붙잡힌 사람이었다.

길천은 백남술이가,

'이 사람은 논이 몇 마지기가 있소.'

하고 조사보고를 하면, 서슴지 아니하고 왜채를 주곤 한다. 이자도 *항용 체계나 *장변보다 헐하였다.

항용
늘. 항상.

장변
장에서 꾸는 돈의 이자.

빚을 주는 데는 무른 것 같아도, 받는 데는 무서웠다.

기한이 지나기를 기다려, 채무자를 제 집으로 데려다 감금을 하고, 사형(私刑)으로써 빚 채근을 하였다.

부형이나 처자가 돈을 가지고 와서 빚을 갚는 날까지 감금과 사형을 늦추지 아니하였다.

논문서를 가지고 오는 자리는 '우대'를 하였다. 이자를 탕감하고 본전만 쳐서 논으로 받는 것이었었다. 논이 있는 사람은, 돈을 두어 두고도 즐거이 논으로 갚고 하였다.

한덕문은 다시 끌려가고 있는 죄수의 뒷모양을 우두커니 바라다보면서,

'제엔장, 양반 호랑이도 지질한데, 우환 중에 왜놈 호랭이까지 들어와서 이 등쌀이니, 갈수록 죽어나는 건 만만한 백성뿐이로구나.'

'쯧, 번연히 알면서 왜채를 쓰는 사람이 잘못이지, 누구를 원망하나.'

'참새가 방앗간을 거저 지날까. 이왕 외상술이라도 한잔 먹고 일어

설까, 어떡헐까?'

이런 생각을 하고 앉았는 차에, 생각잖이, 외가편으로 아저씨뻘 되는 윤첨지가 퍼뜩 거기에 당도하였다. 윤첨지는 황등장터에서 제 논 섬지기나 지니고 *탁신히 사는 농민이었다.

아저씨 웬일이시냐고, 조카 잘 있었더냐고, 항용 하는 인사가 끝난 후에 이 동네 사는 길천이라는 일인이 값을 후히 내고 땅을 사들인다는 소문이 있으니 적실하냐고 아까 한덕문이 전주집더러 묻던 말을, 윤첨지가 한덕문더러 물었다.

그렇단다는 한덕문의 대답에, 윤첨지는 이윽고 생각을 하고 있더니 혼잣말같이,

"그럼 나두 이왕 *궐(厥)한테다 팔아야 하겠군."
하다가 한덕문더러,

"황등이까지 가서두 살까? 예서 이십 리나 되는데."
하고 묻는다.

"글쎄요…… 건데 논은 어째 파실 영으루?"

"허, 그거 온 참…… 저어 공주 한밭〔大田〕서 무안 목포(木浦)루 철로〔鐵道〕가 새루 나는데, 그것이 계룡산(鷄龍山) 앞을 지나 연산(連山)·팥거리〔豆溪〕루 해서 논메〔論山〕·강경(江景)으루 나와 가지구, 황등장터를 지나게 된다네그려."

"그런데요?"

"그런데 철로가 난다 치면 그 십 리 안짝은 논을 죄 버리게 된다는 거야."

"어째서요?"

"차가 댕기는 바람에 땅이 울려 가지구 모를 심어두 뿌릴 제대루 잡

지 못하구 해서, 벼가 자라질 못한다네그려!"

"무슨 그럴 리가……."

"건 조카가 속을 몰라 하는 소리지. 속을 몰라 하는 소린 것이, 나두 작년 정월에 공주 한밭엘 갔다 그놈 차가 철로 위루 달리는 걸 구경했지만, 아 그 쇳덩이루 만든 집챗더미 같은 시꺼먼 수레가 찻길 위루 벼락치듯 달리는데, 땅바닥이 사뭇 *움죽움죽하드라니깐! 여승 지동〔地震〕이야…… 그러니, 땅이 그렇게 지동하듯 사철 들이 울리니, 근처 논이 모가 뿌리를 잡을 것이며, 자라기를 할 것인가?"

"……."

듣고 보니 미상불 근리한 말이었다.

"몰랐으면이거니와 알구두 그대루 있겠던가? 그래 좀 덜 받더래두 팔아넘길 영으루 하구 있는데, 소문을 들으니 길천이라는 손이 요새 값을 시세보담 갑절씩이나 내구 논을 산다데나그려. 정녕 그렇다면 철로 조간이 아니라두 팔아 가지구 딴 데루 가서 판 논 갑절 되는 논을 장만함직두 한 노릇인데, 항차……."

"철로가 그렇게 난다는 건 아주 적실한가요?"

"말끔 다 칙량을 하구, 말뚝을 박아 놓구 한걸…… 황등장터 그 일판은 그래, 논들을 못 팔아 난리가 났다니까."

3

일인 길천이에게 일곱 마지기 논을 일백마흔 냥(28원)에 판 것과, 그중 쉰 냥(10원)은 빚을 갚은 것, 이것까지는 한덕문의 예산대로 되었다.

움죽움죽
몸을 움츠리거나 펴거
나 하며 자꾸 움직이는
모양.

그러나 나머지 아흔 냥(18원)으로 판 논 일곱 마지기보다 *토리가 못하지 아니한 논으로 두 마지기가 더한 아홉 마지기를 삼으로써 빚 쉰 냥은 공으로 갚고, 그러고도 논이 두 마지기가 붙게 된다던 것은 완전히 허사가 되고 말았다.

아무도 한덕문에게 상답 한 마지기를 열 냥씩에 팔려는 사람은 없었다. 이왕 일인 길천이에게 팔면 그 갑절 스무 냥씩을 받는고로 말이었다.

필경 돈 아흔 냥은 한덕문의 수중에서 한 반년 동안 구르는 동안 스실사실 다 없어지고 말았다.

이리하여 한덕문은 논 일곱 마지기로 겨우 빚 쉰 냥을 갚고는, 아무것도 남은 것이 없이 손 싹싹 털고 나선 셈이었다.

친구가 있어 한덕문을 책하면서 물었다.

"어떡허자구 논을 판단 말인가?"

"인제 두구 보게나."

"무얼 두구 보아?"

"일인들이 다 쫓겨 가면 그 땅 도로 내 것 되지 갈 데 있던가?"

"쫓겨 갈 놈이 논을 사겠나?"

"저이놈들이 천지운수를 안다든가?"

"자네는 아나?"

"두구 보래두 그래."

한덕문은 혼자 속으로는 아뿔싸, 논이라야 단지 그것뿐인 것을 팔고서, 인제는 송곳 꽂을 땅도 없으니 이 노릇을 어찌한단 말이냐고, 심히 후회하여 마지 아니하였다.

그러면서도 남더러는 그렇게 배포 있이 장담을 탕탕 하였다.

한덕문은 장차에 일인들이 쫓기어 가리라는 것을 확언할 아무런 근

토리
메마르거나 기름진 흙의 성질.

논 이야기 **333**

거도 가진 것이 없었다. 따라서 자신도 없었다. 오직 그는 논을 판 명예롭지 못함과 어리석음을 싸기 위하여, 그런 *희떠운 소리를 한 것일 따름이었다.

한덕문이, 일인들이 다 쫓기어 가면 그 논이 도로 제 것이 될 터이라서 논을 팔았다고 한다더라, 이 소문이 한 입 두 입 퍼지자 듣는 사람마다 그의 희떠움을, 혹은 실없음을 웃었다.

하는 양을 보느라고 위정,

"자네 논 팔았다면서?"

한다 치면,

"팔았지."

"어째서?"

"돈이 좀 아쉬어서."

"돈이 아쉽다구 논을 팔구서 어떡하자구?"

"일인들이 다 쫓겨 가면 그 논 도루 내것 되지 갈 데 있나?"

"일인들이 쫓겨 간다든가?"

"그럼 백 년 살까?"

또 누구는 수작을 바꾸어,

"일인들이 쫓겨 간다지?"

한다 치면,

"그럼!"

"언제쯤 쫓겨 가는구?"

"건 쫓겨 가는 때 보아야 알지."

"에구 요 맹추야, 요 허풍선이야, 우리나라 상감님을 쫓아 내구 저이가 왕 노릇을 하는데 쫓겨 가?"

"자넨 그럼 일인들이 안 쫓겨 가구 영영 그대루 있으면 좋을 건 무언가?"

"좋기루 할 말이야 일러 무얼 하겠나만, 우리 좋구푼 대루 세상 일이 돼준다던가?"

"그래두 인제 내 말을 이를 때가 오너니."

"괜히, 논 팔구섬 할 말 없거들랑 국으루 잠자꾸 가만하나 있어요."

"체에, 내 논 내가 팔아먹는데, 죄 될 일 있니?"

"걸 누가 죄라니?"

"길천이한테 논 팔아먹은 놈이 한덕문이 하나뿐인감?"

"누가 논 판 걸 나무래? 희떤 장담을 하니깐 그러는 거지."

"희떤 장담인지 아닌지 두구 보잔 말야."

이로부터 한덕문은 그 말로 인하여 마을과 인근에서 아주 호가 났고, 어느 겨를인지 그것이 한 속담까지 되었다.

가령 어떤 엉뚱한 계획을 세운다든지 허랑한 일을 시작하여 놓고서는, 천연스럽게 성공을 자신한다든지, 결과를 기다린다든지 하는 사람이 있다 치면,

만주사변(1931년)

"흥, 한덕문이 길천이게다 논 팔아먹던 대 났구나."

하고 비웃곤 하는 것이었었다.

그 호, 그 속담은, 삼십오 년을 두고 전하여 내려왔다. 전하여 내려올 뿐만이 아니었다. 일본 제국주의의 조선에 있어서의 지반이 해가 갈수록 *완구한 것이 되어 감을 따라, 더욱이 만주사변 때부터 시작하여 중일전쟁을 거쳐 태평양전쟁으로 일이 거창하게 벌어진 결과, 전쟁수단으로서 조선의 가치는 안으로 밖으로, 적극적으로 소극적으로, 나날이 더 커감을 좇아 일본

완구(完久)한
완전하여 오래 견딤.

중일전쟁(1937년)

태평양전쟁(1941년)

이 조선에다 박은 뿌리는 더욱 깊이 뻗어 들어가고, 가지와 잎은 더욱 무성하여서 일본이 조선으로부터 물러간다는 것은 독립과 한 가지로 나날이 더 잠꼬대 같은 생각이던 것처럼 되어 버려 감을 따라, 그래서 한덕문의 장담하던 (일인들이 다 쫓겨 가면……) 이 말이, 해가 가고 날이 갈수록 속절없이 무색하여 감을 따라, 그와 반비례하여 그 말의 속담으로서의 가치와 효과만이 멸하지 않고 찬란히 빛을 내었다.

바로 팔 월 십사 일까지도 그러하였다. 팔 월 십사 일까지도,

"흥, 한덕문이 길천이한테 논 팔아먹던 대 났구나."

는 당당히 행세를 하였었다.

그랬던 것이, 팔 월 십오 일에 일본이 항복을 하고, 조선은 독립(실상은 우선 해방)이 되고 하였다. 그리고 며칠 아니하여 '일인들이 토지와 그 밖 온갖 재산을 죄다 그대로 내어놓고 보따리 하나에 몸만 쫓기어 가게 되었다'는 데까지 이르렀다.

한생원의,

"일인들이 다 쫓겨 가면……."

은 이리하여 부득불 빛이 환하여지고, 반대로,

"한덕문이 길천이한테 논 팔아먹던 대 났구나."

는 그만 얼굴이 벌개서 납작하고 말 수밖에 없었다.

4

"여보슈 송생원?"

한생원이 허연 탑삭부리에 묻힌 쪼글쪼글한 얼굴이 위아래 다섯 대

밖에 안 남은 누런 이빨과 함께 흐물흐물 자꾸만 웃어지는 웃음을 언제까지고 거두지 못하면서, 그러다 별안간 송생원의 팔을 잡아 흔들면서 아주 긴하게,

"우리 독립 만세 한번 부르실까?"

"남 다아 부르구 난 댐에, 건 불러 무얼 허우?"

광복의 기쁨

송생원은 한생원과 달라 길천이한테 팔아먹은 논도 없으려니와, 따라서 일인들이 쫓기어 가더라도 도로 찾을 논도 없었다.

"송생원, 접때 마을에서 만세를 부를 제, 나가 부르셨던가?"

"난 그날, 허리가 아파 꼼짝못하구 누었었는걸."

"나두 그날 고만 못 불렀어."

"아따 못 불렀으면 못 불렀지, 늙은 것들이 만세 좀 아니 불렀기루 귀양살이 보내겠수?"

"난 그래두 좀 섭섭해 그랬지요…… 그럼 송생원 우리 술 한잔 자실까?"

"술이나 한잔 사주신다면."

"주막으루 나갑시다."

두 늙은이가 지팡이를 짚고 마을에 단 한 집밖에 없는 주막으로 나갔다.

"에구머니, 독립두 되구 볼 거야. 영감님들이 술을 다 자시러 오시구."

이십 년이나 여기서 주막을 하느라고 인제는 중늙은이가 된 주모 판쇠네가, 손님을 환영이라기보다 다뿍 걱정스러워한다.

"미리서 외상인 줄이나 알구, 술 좀 주게나."

한생원이 그러면서 술청으로 들어가 앉는 것을, 송생원도 따라 들어가 앉으면서 주모더러,

운덤
예상 밖에 생기는 운수.

"외상 두둑히 드리게. 수가 나섰다네."

"독립되는 *운덤에 어느 고을 원님이나 한 자리 해 가시는감?"

"원님을 걸 누가 성가시게, 흐흐……."

한생원은 그러다 다시,

"거, 안주가 무어 좀 있나?"

"안주두 벤벤찮구 술두 막걸린 없구 소주뿐인걸, 노인네들이 소주 잡숫구 어떡허시게."

"아따 오줌은 우리가 아니 싸리."

젊었을 적에는 동이술을 사양치 아니하던 영감들이었다. 그러나 둘이가 다 내일 모레가 칠십. 더구나 자주자주는 술을 입에 대지 않던 차에, 싱겁다고는 하지만 소주를 칠팔 잔씩이나 하였으니 과음일 수밖에 없었다.

송생원은 그대로 술청에 쓰러져 과연 소변을 저리기까지 하였다.

한생원은 송생원보다는 아직 기운이 조금은 좋은 덕에, 정신을 놓거나 몸을 가누지 못할 지경은 아니었다.

"우리 논을 좀 보러 가야지, 우리 논을. 서른다섯 해 만에 우리 논을 보러 간단 말야, 흐흐흐."

비틀거리면서 한생원은 술청으로부터 나온다.

주모 판쇠네가 성화가 나서,

"방으루 들어가 누섰다, 술 깨신 댐에 가세요. 노인네들 술 드렸다구 날 또 욕허게 됐구먼."

"논 보러 가, 논. 길천이게다 판 우리 논. 흐흐흐, 서른다섯 해 만에 도루 찾은, 우리 일곱 마지기 논, 흐흐흐."

"글쎄 논은 이 댐에 보러 가시면 어디루 가요?"

"날, 희떤 소리 한다구들 웃었지. 미친놈이라구 웃었지, 들. <u>흐흐</u>, 서른다섯 해 만에 내 말이 들어맞일 줄을 누가 알았어? <u>흐흐흐</u>."

말은 혀꼬부라진 소리로, 몸은 위태로이 비틀거리면서, 한생원은 지팡이를 휘젓고 밖으로 나간다. 나가다 동네 젊은 사람과 마주쳤다.

"아, 한생원 웬일이세요?"

"논 보러 간다, 논. <u>흐흐흐</u>, 너두 이 녀석, 한덕문이 길천이한테 논 팔아먹던 대 났구나, 그런 소리 더러 했었지? 인제두 그런 소리가 나오까?"

"취하셨군요."

"나, 외상술 먹었지. 논 찾았은깐 또 팔아서 술값 갚으면 고만이지. 그럼 한 서른다섯 해 만에 또 내 것 되겠지, <u>흐흐흐</u>. 그렇지만 인전 안 팔지, 안 팔아. 우리 용길이놈 물려줘여지, 우리 용길이놈."

"참, 용길이 요새 있죠?"

"있지. 길천이한테 팔아먹었을까?"

"저, 읍내 사는 영남이가 *산판(山坂) 하날 사서 벌목(伐木)을 하는데, 이 동네 사람들더러 와 *남구 비어 주구, 그 대신 *우죽〔枝葉〕 가져가라구 하니, 용길이두 며칠 보내서 땔나무나 좀 장만하시죠."

"걸 누가…… 논을 도루 찾았는데."

"논만 찾으면 땔나문 없어두 사시나요?"

"논두 없어두 서른다섯 해나 살지 않었느냐?"

"허허 참, 그러지 마시구 며칠 보내세요. 어서서 다 비어 버려야 할 텐데, 도무지 사람을 못 구해 그러니, 절더러 부디 그럭허두룩 서둘러 달라구, 영남이가 여간만 부탁을 해싸여죠. 아, 바루 동네서 가찹겠다, 져 나르기 수얼허구…… 요 위 가잿골 있는 길천농장 멧갓이래요."

"무어?"

산판(山坂)
멧갓. 나무를 함부로 베지 못하게 가꾸는 산.

남구
나무.

우죽〔枝葉〕
나무와 대나무의 우두머리에 있는 가지.

한생원은 별안간 정신이 번쩍 나면서 대어든다.

"가잿골 있는 길천농장 멧갓이라구?"

"네."

"네라니? 그 멧갓이…… 가마안자, 아니, 그 멧갓이 뉘 멧갓이길래?"

"길천농장 멧갓 아녜요? 걸, 영남이가 일인들이 이번에 거들이 나는 바람에 농장 산림감독하던 강서방한테 샀대요."

"하, 이런 도적놈들, 이런 천하 불한당놈들, 그래, 지끔두 벌목을 하구 있더냐?"

"오늘버틈 시작했다나 봐요."

"하, 이런 천하 날불한당놈들."

한생원은 천방지축으로 가잿골을 향하여 비틀걸음을 친다.

솔은 잘 자라지 않고, 개간하여 밭을 만들자 하니 힘이 부치고 하여, 이름만 멧갓이지, 있으나마나 한 멧갓 한 자리가 있었다. 한 삼천 평 될까말까, 그다지 크지도 못한 것이었었다.

낙엽송

이 멧갓을 한생원은 길천이에게다 논을 팔던 이듬해지 그 이듬해지, 돈은 아쉽고 한 판에 또한 어수룩이 비싼 값으로 팔아넘겼었다.

길천은 그 멧갓에다 낙엽송을 심어, 삼십여 년이 지난 지금 와서는 아주 헌다한 산림이 되었다.

늙은이의 총기요, 논을 도로 찾게 되었다는 것에만 정신이 팔려, 깜빡 멧갓 생각은 미처 아직 못 하였던 모양이었다.

마침 전신주 감의 쪽쪽 곧은 낙엽송이 총총들이 섰다. 베기에 아까워 보이는 나무였다.

한 서넛이나가 한편에서부터 깡그리 베어 눕히고, 일변 우죽을 치고 한다.

"이놈, 이 불한당놈들, 이 멧갓 벌목한다는 놈이 어떤 놈이냐?"

비틀거리면서 고함을 치고 쫓아오는 한생원을, 사람들은 영문을 몰라 일하던 손을 멈추고 뻐언히 바라다보고 섰다.

"이놈 너루구나?"

한생원은 영남이라는 읍내 사람 벌목 주인 앞으로 달려들면서, 한 대 갈길 듯이 지팡이를 둘러멘다.

명색이 읍사람이라서, 촌 농투성이에게 무단히 *해거를 당하면서 *공수하거나 늙은이 대접을 하려고는 않는다.

"아니, 이 늙은이가 환장을 했나? 왜 그러는 거야, 왜."

"이놈, 네가 왜, 이 멧갓을 손을 대느냐?"

"무슨 상관여?"

"어째 이놈아, 상관이 없느냐?"

"뉘 멧갓이길래?"

"내 멧갓이다. 한덕문이 멧갓이다, 이놈아."

"허허, 내 별꼴 다 보니. 괜시리 술잔 든질렀거들랑, 고히 삭히진 아녀구서, 나이깨 먹은 것이, 왜 남 일하는 데 와서 이 행악야, 행악이. 늙은인 다리뼉다구 부러지지 말란 법 있나?"

"오냐, 이놈, 날 죽여라. 너구 나구 죽자."

"대체 내력을 말을 해요. 무엇 때문에 이 *야론지, 내력을 말을 해요."

"이 멧갓이 그새까진 길천이 것이라두, 조선이 독립됐은깐 인전 내 것이란 말야, 이놈아."

"조선이 독립이 됐는데, 어째 길천이 멧갓이 한덕문이 것이 되는구?"

"길천인, 일인들은, 땅을 죄다 내놓구 간깐, 그전 임자가 도루 차지하는 게 옳지, 무슨 말이냐?"

"오오, 이녁이 이 멧갓을 전에 길천이한테다 팔았다?"

"그래서."

"그랬으니깐, 일인들이 땅을 다 내놓구 가니깐, 이녁은 팔았던 땅을 공짜루 도루 차지하겠다?"

"그래서."

"그 개 뭣 같은 소리 인전 엔간치 해두구, 어서 없어져 버려요. 난 뻐젓이 길천농장 산림관리인 강태식이한테 시퍼런 돈 이천 환 주구서 계약서 받구 샀어요. 강태식인 길천이가 해준 위임장 가지구 팔구. 돈 내구 산 사람이 임자지, 저, 옛날 돈 받구 팔아먹은 사람이 임잘까?"

8·15 직후, 낡은 법이 없어지고 새로운 영이 서기 전 혼란한 틈을 타서, 잇속에 눈이 밝은 무리들이 일본인 농장이나 회사의 관리자와 *부동이 되어 가지고, 일인의 재산을 부당 처분하여 배를 불린 일이 허다하였다. 이 산판 사건도 그런 것의 하나였다.

5

그 뒤 훨씬 지나서.

일인의 재산을 조선 사람에게 판다, 이런 소문이 들렸다.

사실이라고 한다면 한생원은 그 논 일곱 마지기를 돈을 내고 사지 않고서는 도로 차지할 수가 없을 판이었다. 물론 한생원에게는 그런 재력이 없거니와, 도대체 전의 임자가 있는데 그것을 아무나에게 판다는 것이 한생원으로 보기에는 불합리한 처사였다.

한생원은 분이 나서 두 주먹을 쥐고 *구장에게로 쫓아갔다.

"그래 일인들이 죄다 내놓구 가는 것을, 백성들더러 돈을 내구 사라 구 마련을 했다면서?"

"아직 자세힌 모르겠어두, 아마 그렇게 되기가 쉬우리라구들 하드 군요."

해방 후에 새로 난 구장의 대답이었다.

"그런 놈의 법이 어딨단 말인가? 그래, 누가 그렇게 마련을 했는구?"

"나라에서 그랬을 테죠."

"나라?"

"우리 조선 나라요."

"나라가 다 무어 말라비틀어진 거야? 나라 명색이 내게 무얼 해준 게 있길래, 이번엔 일인이 내놓구 가는 내 땅을 저이가 팔아먹으려구 들어? 그게 나라야?"

"일인의 재산이 우리 조선 나라 재산이 되는 거야 당연한 일이죠."

"당연?"

"그렇죠."

"흥, 가만 둬두면 저절루 백성의 것이 될 걸, 나라 명색은 가만히 앉 었다, 어디서 툭 튀어나와 가지구, 걸 뺏어서 팔아먹어? 그따위 행사가 어딨다든가?"

"한생원은, 그 논이랑 멧갓이랑 길천이한테 돈을 받구 파섰으니깐 임자로 말하면 길천이지 한생원인가요?"

"암만 팔았어두, 길천이가 내놓구 쫓겨 갔은깐, 도루 내 것이 돼야 옳지, 무슨 말야. 걸, 무슨 *탁에 나라가 뺏을 영으루 들어?"

"한생원한테 뺏는 게 아니라, 길천이한테 뺏는 거랍니다."

"흥, 둘러다 대긴 잘들 허이. 공동묘지 가보게나. 핑계 없는 무덤 있

탁
마땅히 그리하여야 할 까닭이나 이치. 그만한 정도나 처지.

던가? 저, 병신년에 원놈(군수) 김가가 우리 논 열두 마지기 뺏을 제두 핑곈 다 있었드라네."

"좌우간, 아직 그렇게 지레 염렬 하실 게 아니라, 기대리구 있느라면 나라에서 다 억울치 않두룩 처단을 하겠죠."

"일없네. 난 오늘버틈 도루 나라 없는 백성이네. 제길, 삼십육 년두 나라 없이 살아왔을려드냐. 아—니 글쎄, 나라가 있으면 백성한테 무얼 좀 고마운 노릇을 해주어야, 백성두 나라를 믿구, 나라에다 마음을 붙이구 살지. 독립이 됐다면서 고작 그래, 백성이 차지할 땅 뺏어서 팔아먹는 게 나라 명색야?"

그리고는 털고 일어서면서 혼자말로,

"독립됐다구 했을 제, 내, 만세 안 부르기, 잘했지."

『잘난 사람들』, 민중서관, 1948.

낙조

1

모처럼 별식으로 닭 국물에 칼국수를 해서 식구가 땀을 흘려 가며 먹고 있는 참이었다.

"이런 때 느이 황주 아주머니나 오셨다 한 그릇 훌훌 자셨드라면 좋았을 걸 그랬구나…… 맘이야 없겠느냐마는, 그 마나님두 인저 전과 달라 여름 삼복에 병아리라두 몇 마리 삶아 소복이라두 하구 할 엄두를 낼 사세가 되들 못하구. …… *내남적없이 모두 살기가 이렇게 하루하루 쪼들려만 가니……."

어머니가 생각이 나, 걸려해 하는 말이었다.

어머니는 의가 좋고 해서 그러던 것이지마는, 아버지는 어머니와 달라 황주 아주머니가 별반 직성이 맞지를 않는 편이었다.

"그래두 그 마나님넨 느는 게 있어 좋습디다."

"온 영감두. 지금 사는 그 일본 집두 삼십만 환에 내놨다는데 그래요? 한 삼십만 환 받아, 사글세 집을 얻든지, 문 밖으루다 조그마한 걸 한 채 장만하든지 하구서, 남겨진 거 가지구 얼마 동안 *가용이라두 쓰구 할 영으루다……."

"느는 게 조옴 많으우……? 자아, 몸집이 늘지. 희떠운 거 늘지. 시끄런 거 늘지. 말 능란한 거 늘지. 따님 양개화(洋開化) 늘지. 아마 그 마나님은, 한때 그 국회의원이라드냐 하는 걸 선거하는 데 내세우구서 누굴 추천하는 연설 같은 걸 시켰으면 아주 일등으루 잘했을 거야."

"난 또, 무슨 말씀이라구……."

어머니는 그만 웃고 만다.

내남적없이
'내남없이'의 잘못.

가용(家用)
살림살이에 사용하는 비용.

아버지도 따라 웃으면서,

"난 정말이지, 그 생철동이 하두 시끄러 골치가 아파 못 하겠습디다."

"아따, 생철동인 생철동이루 씨어 먹게스리 마련 아니우? 세상 사람이나 세상 일이 다 그렇게 제제끔이요, 제곬이 있는 법 아니우?"

어머니는 이렇게 원만하였다.

어머니가 만일 원만치 못한 어른이었다면 그런 대답이 나오는 대신,

'영감두 말씀 마시우. 황주 마나님더러 느느니 몸집이네, 희떰이네, 시끄럼이네, 말 능란해 가는 거네 하시지만, 영감은 느느니 괴벽과 편성입디다. 난 영감, 그 남 비꼬아 대기 잘하는 거, 미운 소리 잘하는

박절
인정이 없고 쌀쌀하다.

거, 하두 *박절해 골치가 아파 못 하겠습디다.'

하고 오금을 박았을 것이었다. 그리고 그 끝에, 말이 오고 가고 티격태격하다, 필경 싸움이 되고. 결과는 불화가 일고.

생각하면 어머니의 그렇듯 원만함은 우리 집의 고마운 보배였다. *솔성이 심히 박절하고 옹색한 아버지를 모시어 *규각이 나지 않고 잘 평화가 지탱되어 나가기는, 오로지 어머니의 그렇듯 남의 흠점이나 과실을 탄하지 않고 너그러이 보는 원만함의 덕이었다.

솔성
타고난 성질.

규각
말이나 뜻, 행동이 서로 맞지 아니함.

아버지는 나를 가리켜 어머니의 성정을 닮아 세상 만사를 좋도록만 보려 들고, 그래서 사나이 자식이 소견이(시야가) 좁고 진취성(적극성)이 적으니라고 하였다.

미상불 나는 내가 생각하여도, 아버지의 편협하고 박절한 성품보다 어머니의 너그럽고 원만한 성품을 물려받은 것 같고, 따라서 모든 사물을 호의적으로만 보며, 인하여 시야가 좁고 진취성이 적음도 사실인 성싶었다. 그러나 나는 아버지보다는 차라리 어머니를 닮았음을 복되게 여기기를 꺼려하지 않는다.

아버지의 편협하고 박절함은 유난한 것이 있었다.

아무 이해상관이 없는 일이건만, 당신의 비위에 맞지 않는다든가 눈에 거슬린다든가 한다는 것으로, 미운 소리를 하고 비꼬아 대고 하여, 남에게 *실인심을 하고 *경원을 당하고 하였다.

실인심
남에게 인심을 잃음.

경원
겉으로는 공경하는 체하면서 실제로는 꺼리어 멀리함.

아버지는 크고 작은 일에 있어 당신이 보기에 그른 것에 대하여 둘러 생각을 한다거나, 관용이라는 것이 전혀 없었다.

그르다…… 혹은 보기 싫다…… 여기까지는 그래도 상관이 없었다.

아버지는 그른 것을 그르다고 단정하는 데 그치고 말거나, 보기 싫은 것을 보기 싫어하는 데 그치고 말거나 하는 것이 아니라, 반드시 미운 소리를 하고 비꼬아 대고 하기를 좋아하였다. 일종의 악취미랄 것이 있었다.

해방까지는 아무려나 그것이 타고난 천품에서 오는 단순한 성격적인 것이요, 악취미나마 취미적인 것이요 함에 불과하였으나, 해방을 *고패로 아버지의 그 비꼬는 솔성은 경제적인 이해관계에서 우러나는 바로 육체적인 것으로 변하게 되었다.

고패
고비. 한창 막다른 때의 상황.

삼백 석 추수거리와 계동(桂洞) 복판에 있던 터전 넓고 고래등 같이 큰 상하채의 기와집과, 이것이 해방 전의 우리 집의 재산이었다.

이 집을 지니고 삼백 석 추수를 받아 식량을 하고, 가용을 쓰고 하면서 우리는 넉넉지는 못하나마 남에게 옹색한 거동을 보이거나 *황차 빚 같은 것은 통히 모르고 편안하고도 만족한 세상을 살아왔었다.

황차
하물며.

별안간 해방이 되었다.

소작료를 전 수확의 삼분지 일만 받도록 마련이 나, 삼백 석 추수가 이백 석으로 줄었다. 기본 수입이 삼분지 이로 줄어, 우리 집에서는 이백 석 추수를 가지고 일년 가계를 삼아야 하였다.

추수는 삼분지 이, 이백 석으로 줄었는데 다른 물가는 다락같이 올라만 갔다. 삼분지 이로 준 이백 석의 추수를 가지고, 옛 가용의 삼분지 이조차 대기가 까마득하게 어려웠다. 추수한 벼 이백 석은 소위 공정가격으로 고스란히 *공출을 하고서, 그 대금을 받아 가지고, 용은 소위 야미 값으로 사 대어야 하기 때문이었다.

공출
국민이 국가의 수요에 따라 농업 생산물이나 기물 따위를 의무적으로 정부에 내어 놓음.

하기야 일제 말기에도 소작료 받는 벼를 죄다 공출에 바치고, 한 섬 십 원씩의 공정 가격으로 받지 아니한 바는 아니었으나, 그때의 야미 시세는 시방처럼은 공정 가격과 사이에 엄청난 차이가 없었기 때문에,

겨우겨우 제 털 뽑아 제 구멍을 메꿀 수가 있었다.

해방 후에는 그러나 도저히 안 될 말이었다.

지난해 가을에 이백 석에서 소작료 공출 대금으로 도합 이십오만 몇 천 원인가를 받았다. 그 중에서 토지 그것에 따르는 지세니 무어니를 까고 나면, 이십만 원 남짓이 *옹근 수입이었다.

식량 그 밖의 모든 비용을 줄이고 줄여도, 1948년 현재의 화폐로 매 달 사만 원의 가용이 든다. 이십만 원이라 치면 다섯 달 치 가용이었다.

그 나머지 일곱 달은⋯⋯?

내가 국민학교의 교원으로, 다달이 받는 월급이 한 칠팔천 원은 된 다. 그러나 그 월급을 가지고 나의 일신에 관한 용(用), 가령 담배를 사 피운다든가, 책을 산다든가, 술은 먹지 않아서 그 방면엔 낭비는 없다 지만, 가다오다 친구 만나 점심 낱 먹고 찻잔 마시고 양말 켤레 사 신고 한다든가 하노라면, 오히려 부족이 나서 옹색한 일을 당하는 적이 있을 지경이니, 단돈 백 원이라도 집안에 들여놓질 못하는 형편이었다.

아버지는 드러내 놓고 말을 아니하나, 이왕 월급벌이를 할 바이면, 아무 변통성 없는 초등학교의 교원질보다도, 종종 가다 뒷길로 딴 수 입이 있고, 배급 물자 같은 것도 동떨어지게 후하고, 그리고 권도(권 력)도 부릴 수가 있고, 그 권도를 묘리 있이 잘 부리거드면 큰수를 잡 아 일조에 팔자를 고치는 수가 있고⋯⋯ 이런 관리 방면으로 터를 바 꾸어 앉았으면 하는 눈치가 없지 않았다.

나는 그러나 아버지의 그런 뜻을 받들 생각이 없었다.

관리 그것이 나쁠 며리는 없었다. 그렇지만 관리를 다니면서, 사를 써주고서 뒷길로 딴 수입을 보고 하는 것은 마땅히 군자의 할 도리가 아니었다.

옹글다
조금도 축가거나 모자 라지 아니하다.

더욱이, 지체를 이용하여 아닌 권세를 부린다든가, 황차 권세를 부리어 불의한 재물을 긁어들인다는 것은, 남이야 어떠했든 나로서는 감히 범하고 싶지 아니한 불의였다.

의 아닌 부와 귀는 나에게 뜬구름과 같으니라…… 이 공자님의 말씀은 정히 나의 변할 수 없는 심경이요 태도였다.

관리가 됨으로써 그러한 불의를 범하고 하기가 뜻에 없을 뿐만 아니라, 반면 나는 현재의 교원이라는 직업을 천직으로 여기고 있는 자이었다.

천진난만한 어린이들을 데리고 그들을 가르치며 잘 지도한다는 것, 이것은 내가 사람으로서 할 바의 다시 없는 사명이었다.

지금은 나라를 새로이 세우는 아침이었다. 앞으로 새로운 우리 나라를 두 어깨에 메고 나갈 사람은, 시방 내가 가르치고 지도하는 어린 사람들인 것이었다. 그런, 새로운 우리나라의 일꾼을 가르치고, 지도하고 한다는 것은 한결이나 기쁘고 자랑스러운 노릇이었다.

나는 장차에 우리 집안이 더욱더 몰락이 되어, *가사 조석이 어려운 지경에 이른다고 하더라도, 나는 끼니를 주리고 누더기를 걸치면서라도 이 천직을 지키되 버리지 아니할 터이었다.

가사
가령.

우리집은 빚을 지기 시작하였다. 1946년 봄부터 1948년(금년) 봄까지 만 이 년 동안에 진 빚이 삼십만 원이 넘었다.

토지는 팔자 하니, 작인들이 장차에 토지 분배가 있을 것을 생각하고서 값만 잔뜩 깎고 앉아 사려고를 아니하였다. 작인들로는 당연한 타산이었다.

할 수 없이 계동 집을 팔아 지금 사는 가회동의 이 방 세 개의 단채

집을 사고 빚을 대강 갈무리하였다.

큰 집을 팔아먹고 작은 집으로 옮아 앉아, 빚을 갚고 하였다고 그것으로써 전과 같이 수지의 균형이 도로 맞고, 생활이 안정이 되었느냐 하면 아니었다.

수입보다 지출은 여전히 컸다. 금년 일 년을 지나고 나면, 또다시 몇 십만 원의 빚이 앞채일 참이었다.

다시 집을 팔거나, 아주 헐값으로 토지를 팔거나 하는 수밖에 없었다. 우리집은 앞으로 삼 년이 못 하여, 토지는 물론이요 집도 터도 없는 철빈이 되고 말 번연한 운명의 선 위에 *당시랗게 놓여 있는 것이었었다.

당시랗다
맵시 있게 덩그렇다.

일반 가용은 말할 것도 없거니와 아버지는 당신의 모든 씀씀이를 줄이고 갈기었다.

봄과 가을 두 철, 친구들과 작반하여 승지로 유람 다니는 것을 뚝 끊어 버렸다.

다달이 한 번씩 모여 놀고 하는 *시회(詩會)를 한 달 혹은 두 달씩 거르곤 하였다.

시회(詩會)
시인이나 시의 애호가들이 시를 짓거나 시에 대하여 토론·감상·연구하기 위하여 모인 모임.

정월과 팔월의 양 명절 때를 비롯하여 한식, 단오, 구 월 구 일, 동지, 그리고 시 월 초사흘 날인 당신의 생신날, 이렇게 일 년이면 대여섯 차례를 좋은 술과 안주 많이 장만하여 더러는 기생까지 곁들여 친한 친구 청하여다 대접하면서 풍월(시) 읊어 가며 *흥그롭게 놀던 것을, 처음에는 양 때 명절과 시 월 초사흘 날의 당신 생신날과의 세 차례로, 그 다음엔 당신 생신날의 한 차례로 줄이었다. 그러나마 음식 차림새도 극히 간소하게 하고 기생은 일체로 부르지 아니하였다.

흥그롭다
마음에 여유가 있고 흥 겹다.

간구한 친구가 출출해서 찾아왔을 때, 석양배 한잔 내기에도 두루 주저를 하지 아니치 못하였다.

　친구와 술과 풍월과 승지 찾아 유람 다니기와, 이것이 아버지에게서 일시에 전부 혹은 태반이 없어진 셈이었다.

　친구와 술과 풍월과 승지 찾아 유람 다니기와, 이것이 있음으로 해서 아버지는 노래(老來)의 인생이 즐거웠었다. 그리고 그것이 없어짐으로 해서 아버지는 위안과 낙을 잃어버리고 만 것이었었다.

　집안 살림은 나날이 졸아들어, 끝장이 눈앞에 내어다보이고…… 친구도 술도 풍월도, 승지 찾아 유람도 죄다 잃어버린, 그래서 세상 살아가는 재미라고는 하나도 없이 다 없어진 만년…… 아버지는 이른바 ※앙앙불락(怏怏不樂)이었다.

　아버지는 세상의 크고 작은 모든 일이 당신에게 직접 이해 상관이 있는 일이고 없는 일이고 간에 하나도 정당하거나 당연한 것이 없고, 모두가 옳지 못한 일이요, 사리에 어그러지는 일이요 하였다.

　아는 사람이고 모르는 사람이고 간에 남이 하는 일, 하는 말 치고, 하나도 마음에 맞거나 비위에 거슬리지 않는 것이 없었다.

　아버지는 그래서 불평이요 불만인 것이었었다.

　이 앙앙한 심사라든지 불평과 불만은, 그러나 어디다 대고 어떻게 부르댈 바가 없는 울분이요 불평과 불만이었다.

　천품으로 이미 좁고 비꼬인 것이 있는 아버지였다. 가뜩이나 거기에 당신의 허물이라고 생각되지 않는 외부적인 원인으로 하여 당하는 몰락과, ※불여의(不如意)에서 오는 울분과 불평불만이―그러나마 풀 길도, 부르댈 대상도 마땅히 없는 울분과 불평불만이 앞채이고 보매, 비꼬인 솔성이 더욱 심각하여질 것은 차라리 당연한 노릇이었다.

　친한 여러 친구 중에서도 유난히 더 친하고, 아버지를 잘 알고 하는

앙앙불락(怏怏不樂)
매우 마음에 차지 아니하거나 야속하게 여겨 즐거워하지 아니함.

불여의(不如意)
일이 뜻과 같이 잘되지 아니함.

낙조 353

윤씨라는 이가 있었다.

"용 못 된 이무기가 심술만 남드라구…… 가사 세상이 좀 불여의하기로소니, 장부가 마음을 좀 활달히 가지는 게 아니라 복닥복닥 속을 고이구, 사람이 그 왜 그렇드람? 그리군 무단히 남더러 미운 소리나 하구…… 그게 그대지 쾌할 건 무어람."

그 윤씨라는 이가 핀잔 삼아 권고 삼아 아버지더러 한 말이었었다.

아무튼 아버지가 그런 어른이고 보매, 황주 아주머니만 하더라도 도무지 여자답지 못하게 시끄럽고 실속없이 말이 많고도 능하고, 그리고 번접스럽고 한 것이 작히 아버지의 눈에 벗음직도 하기는 한 것이었다.

2

호랑이도 제 말을 하면 오더라고, 막 그렇게 이야기를 하고 있는데 당자 황주 아주머니가 거기에 당도를 하였다.

"아유, 아우님은 그래, 어쩌면 그렇게두 꼼짝두 아녀신단 말씀요?…… 난 하두우 고만 궁금해서……."

일본 씨름

일본 씨름꾼이 생각날 만큼 거창한 몸집으로 대문 안을 들어서면서, 그 동네가 울리도록 큰 목소리로 우선 인사가 이쯤 요란하였다.

황주 아주머니는 한 달이면 적어도 세 번 좋은 우리 집엘 오곤 하였다. 반드시 와야 할 볼일이 있어서 온다느니보다도, 황주 아주머니의 말대로 그 아우님이 보고가 싶어서 자주 그렇게 다니곤 하던 것이었었다.

어머니가 출입이 없네 없네 하여도, 한 달에 한 번 종은 역시 황주 아주머네 집을 가곤 하였다.

두 분은 그래서, 멀어야 열흘, 잦으면 대엿새에 한 번은 으레 만나는 터이었었다. 그 대엿새에 한 번, 열흘에 한 번이 황주 아주머니는 하도 그만 궁금하였고, 그것을 아버지의 말을 빌리면, 황주 아주머니는 그쯤 엄살이 대단한 것이 있는 마나님이었다.

"형님, 어서 오시오, 그리지 않아두 지끔 형님 이야길 하든 참이드라우."

어머니가 반겨 일어서면서 이렇게 맞이를 하고,

황주 아주머니는 뒤우뚱거리고 마당을 걸어 들어오면서 일변 분주히,

"온 어쩐지, 귀가 가렵드라니. ……아재두 마침 기시군. 아잰 요새 이 더위에 어떻게나 지나시죠? 날두 하두우 극성으루 더우니깐……오오, 조카님두 집에 나와 있군. 참, 요새 방학을 해서 한가하겠군……오냐, 새아기, 잘 있었드냐? 난 널 보면 꼭 귀여 죽겠드라!……뫼시구, 더위에 얼마나 앨 쓰느냐?…… 어멈은 여전히 부지런하군. 아무렴, 나야 늘 태평이지. ……그래, 아우님은…… 아니, *신관이 좀 못하셨구려? 사람들이 너나없이 더위에 부대껴 그래."

식구라는 식구는 있는 대로 깡그리, *흠선하고도 붙임성 있이 인사를 건네고 받고 하면서 황주 아주머니는 마루로 올라왔다.

어머니와는 두 분이 연방 아우님, 형님 해쌓는데, 남이 듣기엔 퍽 가까운 집안간인 듯도 하겠으나, 실상 촌수를 따진다면 훨씬 먼 일가끼리였다.

어머니와 열두 촌인가, 열네 촌인가 된다고 하였다. 나와는 그래서, 외가로 열세 촌이나 열다섯 촌뻘의 아주머니였다. 그러니 일가를 내

신관
'얼굴'의 높임말.

흠선(欽羨)하다
우러러 공경하고 부러워하다.

어도 그만, 아니 내어도 그만일 일가요, 혼인도 하여 무방한 집안끼리
였다.

　일가란 그러나 대체가 촌수야 좀 멀고 하더라도 가까이 살면서 상종
이 서로 잦고, 일변 뜻이 맞는 데가 있고 하게 되면, 사이도 자연 가까
워지고 하는 것이어서, 이 황주 아주머네와 우리가 정히 그러하였다.

　황주 아주머니가 지나간 기사년(1929년) 아이들을 데리고 서울로 올
라와 살다, 맏아들 박부장 재춘(朴部長 在春)을
뒤쫓아 황해도 황주로 내려가던 경진년(1940
년)까지의 열두 해 동안과, 그리고 황주에서 살
기 칠 년 만인 병술년(1946년), 그 전해의 8·15
해방으로 생겨진 방해선(妨害線) 38선을 넘어
서울로 다시 온 이후 오늘날까지, 우리 두 집안
은 한 서울 안에서 살면서, 남의 사촌이나 친숙

38선

질 부럽지 않게, 서로 왕래가 잦고 가까이 지냈다.

　황주 아주머니는 황주로 내려가 사는 동안에도 일 년에 두세 차례는
아우님—우리 어머니가 보고 싶어서 (더 많이는 서울서 출가하여 서
울서 살고 있는 맏딸 송자가 보고 싶어서) 이름난 황주 사과를 몇 상자
씩 가지고 서울을 다니러 오기를 즐겨서 하였다. 출입이 어려운 어머
니도, 두 번인가 세 번인가 황주로 그 형님을 찾아갔었고.

　어머니와 황주 아주머니는 성품으로나 외양 생김새로나 전연 딴판
으로, 두 분이 서로 공통된 점이라곤 별로 없었다.

　황주 아주머니는 몸이 크고 뚱뚱하고 얼굴도 우툴두툴한 것이 수염
만 났다면 여자보다도 남자에 더 가까운 양반이었다.

　어머니는 몸이 가냘프고 여자답게 *곱살한 얼굴이었다. 올에 쉰두

곱살하다
얼굴이나 성미가 예쁘
장하고 얌전하다.

살인데 아직도 젊었을 적의 고운 태가 가시지 않고 많이 그대로 남아 있었다.

생김새가 그러한 것과 같이 성질도, 하나는 남성적으로 괄괄하고 적극적이요 활동적이요 하고, 하나는 여성적으로 차분하고 소극적이요 내면적이요 하였다.

이렇게 서로 공통된 점이 없고 상극진 성격과 생김새의 두 분 마나님이었으면서, 그러나 잘 직성이 맞고 의가 좋고 하였다.

두 분이 의가 좋은 것에는 단순히 직성이 서로 맞는다는 것 외에, 어머니가 성품이 너그러워 남을 잘 포용을 한다는 것과, 황주 아주머니가 우리 집—특히 어머니에게서 받은 바 조그마한 경제상의 원조에 대하여 은혜를 저버리지 않는 의리와, 이것의 영향이 일변 작지가 아니하였다.

황주 아주머니가 서른네 살의 늙도 젊도 못 한 나이에 남편을 여의고, 열여섯 살을 맨 맏이로, 열한 살, 여섯 살, 갓에 첫돌이 지난 젖먹이, 이렇게 바구니에 주워 담게 생긴 네 아이를 데리고, 아이들을 잘 기르고 교육하고 하겠다는 열망은 크나, 당장 살아갈 길은 막연하고 하여, 시집〔媤家〕황주로 좇아 서울로, 그 네 어린아이를 올망졸망 거느리고 올라왔을 때에, 만일 어머니의 알뜰한 돌봄이 아니었더라면 황주 아주머니는 *각다분한 중에도 더욱 각다분한 경우를 겪게 되었을는지를 몰랐다.

황주 아주머니는 아버지의 *폄(貶)이 아니라도, 그야 흠이 없는 바가 아니었다. 무단히 시끄럽고 희떱고 번접스럽고 다변하고……

그러나, 그런 반면 족히 취할 점도 없는 것이 아니었다.

여장부라는 말이 있거니와, 가사 여장부토록은 몰라도 대단히 씩씩하고 용감한 것이 있었다.

각다분하다
일을 해나가기가 힘들고 고되다.

폄(貶)
남을 나쁘게 말함.

맞겯다
양쪽에서 서로 보고 어
긋나게 짜거나 걸치다.

좋은 조건 밑에서건 절박한 조건 밑에서건 생활과 *맞겯고 서서 굽
힐 줄을 모르고, 퇴각이라는 걸 모르는 황주 아주머니였다.

소도 언덕이 있어야 비빈다고 하거니와, 그러나 아무리 언덕이 있기
로니 소가 대들어서 비비지 않는다면 언덕은 소용이 없는 것이었다.

어머니가 아버지의 양해를 얻어 계동 복판의 우리 집 가까이, 방이
안방 말고 다섯 개가 있는 집 한 채를 전세로 얻어 준 것이 기사년 그
해 봄에 *상부를 하고, 이어서 가을에 젖먹이를 등에 업고 세 아이를
손목 잡고 서울로 올라온 황주 아주머니를 위하여 우선 조그마한 언덕
이었었다.

상부(喪夫)
남편을 여읨.

황주 아주머니는 당신이 꽁꽁 허리춤에 매어 가지
고 온 이백 원을 풀어, 그릇과 밥상과 수저를 장
만하여 가지고 학생 하숙을 시작하였다.

방이 다섯이면 다 제대로 차야 열 명의
학생을 쳐, 너댓 식구가 겨우 목구멍을
얻어먹을까 말까 한 영세한 벌이였다.

황주 아주머니는 겨우 목구멍이나
얻어먹자는 데에 만족하려고 아니
하였다.

목구멍을 얻어먹어 가면서
한옆으로 자녀를 교육시켜
야 한다는 더 큰 대망이랄
것이 있었다. 황주 아주머
니는 허리띠 졸라매고 대
들었다.

학생들이 먹다 남기는 찬밥덩이를 마다 아니하였다.

옷은 겨우 살을 가릴 정도로써 만족을 하였다.

물 한 지게 일 전 하는 물을, 물장사를 대지 않고 손수 머리로 여날랐다.

젖먹이 영춘을 밤이나 낮이나 등에 매어달고 밥 짓고, 밥상 나르고, 설거지하고, 다섯 아궁이에 군불 지피고, 물 긷고, 빨래하고 하였다.

세탁장이를 거절하고, 열 명 학생의 빨래를 죄다 맡아 빨아 줌으로써 아이들의 월사금이며 학자를 벌었다.

기사년(1929년)으로부터 경진년(1940년), 시집 고향 황주로 다시 내려가기까지, 열두 해 동안을 그렇게 약삭빠르고도 *부라퀴로 납뛰었고, 납뛴 보람이 역력히 있었다.

갑술년(1934년)에는 맏아들 재춘이 좋은 성적으로 중학을 졸업하였다.

재춘은 재주도 있고 영리하기도 하였고, 겸해서 모친의 격려와 열성에 감동이 되고 하여 부지런히 공부를 하였었다.

스물한 살에 중학을 마친 재춘은 이어서 전문학교로 올라갈 수가 있기는 있었으나, 모친이 그런 희망이요 그럴 각오였으며, 재춘 자신도 마음이 당기지 아니함은 아니었으나, 영리한 그는 집안의 형편이며 모친의 고생을 생각하여 일찌감치 실생활 방면으로 나아가기로 하였다.

졸업하던 그해 바로 순사시험을 보아 교습을 마친 후 서울 본정경찰서에 근무를 하였고, 다음다음해 병자년(1936년)에는 백주(百株)짜리 사과밭이 딸린 고향의 황주 규수와 결혼을 하였다.

무인년(1938년)에는 마침 재춘의 칠촌숙(七寸叔) 되는 사람이 해주(海州)에서 경부를 다니며 서둘러 준 덕에 재춘은 고향 황주로 전근이 되어 젊은 내외가 우선 환고향을 하였고. 재주가 있고 영리하고, 그리고 뒷줄 좋은 칠촌숙이 있고 하여, 이듬해 기묘년(1939년)에는 부장으로 승차를 하여 이웃 고을 중화(中和) 경찰서에서 근무를 하였다.

황주 아주머니의 맏딸 송자(松子)는 오라비 재춘이 황주로 내려가던 무인년(1938년)에 고등여학교를 마치었고, 이듬해 기묘년(1939년)에는 은행에 다니는 전문학교 출신과 결혼을 하여 지금까지 서울서 잘 살고 있고.

황주 아주머니가 맏아들 재춘을 뒤따라 황주로 내려가던 경진년(1940년) 현재로 둘째딸 춘자(春子)는 고등여학교 이년급이요, 막내동이—젖 먹으면서 어머니의 등에 업히어 고달프게 서울로 올라오던 그 막내둥이 영춘은 나이 이미 열세 살에 국민학교 오년급이었고.

이만하면 황주 아주머니는 거의 맨손이다시피, 올망졸망 *동서불변의 사남매를 데리고 막막히 서울로 올라와, 그 먹지 않고 입지 않고 자지 않고 쉬지 않고 그러면서 부라퀴로 납뛰며 열두 해 동안 고생을 한 보람은 넉넉히 났다.

동시에 혼자엣 남의 어머니로써, 인생으로써, 팔구분 성공이었다고 하여도 무방하였다.

오로지 황주 아주머니의 그, 생활과 맞부딪쳐 굽히지 않고 씩씩하게 싸워 마지않는 기개의 덕이었다.

3

몸집이 부대한 사람은 추위를 덜 타는 혜택이 있는 반면, 여름이면 남달리 더위를 타고 땀을 많이 흘리는 대갚음을 치르게 마련이어서, 황

주 아주머니도 아버지와 나만 아니더면 적삼 치마 단속곳 다 벗어
던지고, *속곳 바람으로 앉았고 싶어할 만큼 더워하면서 부채질
이 바빴다.

아내가 칼국수를 한 대접, 딴 상에 김치 등속과 함께 놓아 올리
는 것을, 어머니가 받아 황주 아주머니의 앞으로 놓으면서 권을 한다.

"형님, 어여 좀 드시우…… 혼자 먹으려니깐 걸려, 뫼시러래두 보낼
까 하는 참인데."

"발이 효자야, 허어허허허."

황주 아주머니는 웃음 웃는 것도 남자처럼 걸걸하고 너털스러웠다.

한바탕 너털웃음을 웃고는 수저를 들면서,

"여름엔 이게 젤이지…… 더운 국물 해서 먹구 난다 치면, 먹을 땐
더워도 속이 후련하구, 더위가 가시구."

"자시구 더 자시우, 형님. 많이 있으니."

"양대루 먹죠. 내가 언제 이 댁에 와 먹는 거 사양합디까?"

마침 아버지가 수저를 놓고 상을 물렸다.

황주 아주머니가 건너다보면서,

"아재는 벌써 다 자셨수?"

한다.

혹시 당신이 와 자시기 때문에 식구의 차지가 덜린 것이나 아닌가
싶어 하는 말이었다.

아버지는 트림을 걸게 하고 나서,

"내야 이걸 어디 질겨하나요? 전엔 저깔두 아니 댄걸…… 지끔은 마
참 궁졸해지니깐, 입두 궁기가 들어 그런지 이런 것두 곧잘 걸어 들이
군 하지만서두."

모시적삼

속곳
치마의 가장 안쪽에 받
쳐 입던 작은 속옷.

"아따, 가만 기시우. 아재네두 인전 도루 옛날처럼 기 펴구 힘 펴구 사실 날이 가차웠으니."

황주 아주머니는 자신 있이 그러다 문득 기쁨이 얼굴에 넘치면서,

"참 이승만 박사루 대통령 난 거, 들 아시죠?"

"?……"

초대 대통령 선거모습
(1948. 5. 10)

"아, 이승만 박사가 대통령으루 올라앉으셨다구, 나지오루 곧장 방송두 하구, 신문사선 호월 들입다 박아 돌리구 했는데, 여태들 모르구 기셨어? 알뜰두 하시지들."

오늘 국회에서 대통령 선거를 한다는 것은 미리서 알았으나, 라디오의 스위치를 꽂지 않고 있었다는 것은 미상불 책망을 들어 싼 일이었다.

범연하다
차근차근한 맛이 없이
데면데면하다.

아버지야 *범연한 어른이라지만 적어도 나만은 적지 아니한 등한이 아닐 수 없었다.

"아무튼 그러면, 아주머니의 그 예언이 영락없이 들어맞인 심이군요?"

이윽고 아버지가 하는 말이었다.

빈정대는 말씨가 역력하였으나, 황주 아주머니는 그런 눈치를 채기보다는 신이 나서,

"아, 영락없이 들어맞구말구요. 내가 그날두 무어랍디까?"

유래가 있는 말이었다.

한참 선거로 사람이 둘만 모여도 그 이야기로 판을 짜던, 지나간 사월 그믐께의 어느 날이었다.

석양 때, 그날도 역시 아버지도 계시고 나도 학교로부터 돌아왔고 한 자린데, 그 자리에 황주 아주머니가 와 참석을 하여 역시 선거 이야기가 벌어졌었다.

"거저, 덮어놓구 이승만 박사한테 투표해야 합넨다. 이승만 박사한테 투표해서, 그 으런을 대통령으루 뫼셔 앉혀야 우리 죄선 사람 살 길 나서지, 그러잖구는……."

그러면서, 황주 아주머니는 그야말로 덮어놓고 이승만 박사에게 대통령 투표를 해야만 한다는 것이었다.

아버지는 어처구니가 없어서 물끄러미 앉아 듣다가,

"난, 이번 선거가 국회의원을 뽑는 선거루 알았드니, 이승만 박사 대통령 뽑는 선거로군요?"

"글쎄, 인제 두구 보시우. 한 열흘 남았으니 두구 보시우마는, 38 이남의 죄선 사람은 열에 아홉까지는 이승만 박사한테루 투푤 해서, 당장 그 자리서 대통령으루 뽑힐 테니 두구 보세요."

그날 저녁, 황주 아주머니가 저녁을 자시고 돌아간 뒤에 아버지는 혼자말처럼,

"허! 반식자 우환이라드니, 섣불리 조끔 아는 게 탈야. ……그런 우 김속, 그런 떡심, 그런 어거지. ……병중에 만일 그 마나님 같은 사자 귀신을 만났단, 한 시간 못 배겨나구 끌려가구 말 게야."
하고 짐짓 고개를 내저었다.

38 이남의 조선 사람이, 열에 아홉까지가 오 월 십 일의 선거에 이승만 박사에게 대통령 투표를 하였거나 그런 것이 아니요, 그 뒤에 국회에서 국회의원끼리 이승만 박사로 대통령을 선거하였거나, 아무러튼 이승만 박사가 대통령으로 뽑히기는 뽑혔은즉, 황주 아주머니는 장담을 쳐도 좋은 것이었다.

황주 아주머니는 땀을 물 쏟듯 흘려 가며, 후루룩후루룩 먹성 좋게 칼국수를 자시면서 어깨가 으쓱하였고, 아버지는 담뱃대에 담배를 붙

여 물고 앉아,

"그래 이승만 박사가 아주머니 예언대루 대통령이 되구 했으니깐, 인전 그럼 우리 조선 사람이 살 길두 생기겠군요?"

"살 길이 생기구말구요."

"아주머니, 오시는 길에 *싸전이랑 나뭇장이랑 들러 보셨습디까?"

"싸전엘요? 나뭇장엘요?"

"쌀 *금새가 천 원 넘든 것이 한 오백 원으루 떨어지구, 남구두 한 마차 한 이천 원으루 떨어지구, 광목두 한 자 오륙십 원으루 떨어지구, 다 그랬어야 할 게 아녜요?"

"무슨 물건 금새가 별안간 그렇게 떨어지구 합니까?"

이승만 초대 대통령 취임식

"이런 답답한…… 이박사가 대통령으루 뽑혀야만 조선 사람은 살게 되느니라구 접때두 그리셨죠? 오늘두 방금 이박사가 대통령으루 뽑혔으니깐, 인전 살 길이 생겼느니라구 하시구."

"그야 그렇죠."

"그 동안 백성이 못 살구 죽을 지경을 한 것이 달리 그랬나요? 쌀은 한 말 천 원이 넘구, 남군 한 마차 육칠천 원이죠. 광목 한 자에 사백 원이요, 설렁탕 한 그릇이 백 원이요, 다 이래, 백성들이 살기가 어려 웠든 게여든요. 그러니깐 아주머니 말씀대루, 이박사가 대통령으루 뽑혀 백성이 살 길이 나서자면, 제일 첫째, 백반 물가가 뚝뚝 떨어져야 할 게 아니겠냐구요?"

"오온 우물에 가서 숭늉 달래시겠수. 오늘 겨우 대통령이 났는데, 오 늘루 당장 물건 금새가 떨어지는 수야 있나요?"

"들은다 치면 외국선 나라가 어지럽구, 물가가 비싸 백성들이 살기가 어렵다가두, 훌륭한 사람이 임금이든 대통령이든 된다 치면, 그 시각 그 당장에 물가가 떨어진다구 하길래 하는 말이죠."

"정부나 생기구 그래야죠. 지끔은 아직두 미국 사람이 자기네 맘대루 이럭저럭하는 군정 아녜요."

"옳아, 정부가 생기면이라…… 정부만 생기면 그땐 쌀 금새두 내리구, 장작이랑 광목두 금새가 내리구 해서, 백성들이 살게 되는 판이군요?"

"그러믄요."

"작히나 고마운 노릇이겠소…… 저 거시키, 그, 멀쩡한 도둑놈들— 탐관오리, 그것들두 죄다 엮어 감옥소루 보낼 테죠?"

"엮어 보내구말구요, ……지끔두 연방 붙잡히잖아요? 여니 관리들은 *새려 이번참엔 즉 참, 헌다헌 경찰관이 다 들려났나 봅디다. 노(盧) 무엇이라구, 수도경찰청 무슨 과장이라드냐……."

"노덕술이 말씀인감? 그 사람은 독직사건은 독직사건이라두, 뇌물 먹은 독직이 아니라 사람을 붙들어다 고문을 해 죽인 사건이랍디다."

"그래요……? 그렇지만 그것두 죈 죄죠. 뇌물 먹은 거허군 좀 달라두."

"공산당을 고문해 죽였대지, 아마?"

"공산당을요? 그렇다면 잘했죠. 잘했죠. 죽여예죠. 고문 아냐 찢어라두 죽여예죠. 그리구 노씨 그인 상금을 줘서 당장 놔줘예죠. 공산당 때려죽인 게 죄가 무슨 죕니까?"

닿으면 썩둑 베어질 만큼 졸지에 황주 아주머니의 기세는 맹렬한 것이 있었다.

"과히 염려하실란 마시우. 본다 치면 대개 앞문으루 묶여 들여, 뒷문으루 풀어 놔 주군 하니깐."

새려
'새로에'의 잘못. 그만두고, 커녕의 뜻.

낙조 365

아버지는 그러고 나서 잠깐 사이를 떼었다 다시,

"이왕 그 공산당 말이 났으니 말이지만, 나는 실상 금년허구 명년허구 이태만 지나구 나서 내명년쯤일랑, 거, 공산당을 좀 해볼까 하는 참인데……."

"오온 말씀만이래두."

황주 아주머니는 기급을 하게 놀란다. 입에 국수를 듬뿍 문 채 야단스럽게 고갯짓, 눈짓, 손짓을 갖추 하며 아버지를 가로막으면서,

"제발 덕분, 제발 덕분, 말씀이래두 그런 끔찍하구 숭헌 말씀일랑 애야 입 밖에 내지두 마시우. 오온 글쎄, 어떡허시자구 세상에 그런, 세상에 그런."

"그야 낸들 어디 그, 내 토지 약간 조금 있는 걸 거저 뺏어설랑 촌 무지랭이 농사꾼눔들한테 노나 주자구 드는, 멀쩡한 불한당패엘, 하 그리 탑탑해 참엘 하자구 들겠소만."

"그럼! 그러시다뿐이겠에요? 불한당허구두 그런 불한당이 어딨에요!"

"내가 금년엔 이 집, 이걸 마저 팔아먹구. 명년엔 토지 이백 석거리 그걸 안 팔아먹구, ……할 수 있나요. 집이래두 팔구, 논이래두 팔아, 위선 당장 입에 풀칠을 해야죠. ……그래, 그렇게 다 팔아먹구 난다 치면, 내명년쯤 가선, 한푼 껀지 없는 가난뱅이가 될 판이어든요. 뺏길래 뺏길 거 없는 사람이니 공산당 두럴 거 없잖아요?"

"공산당, 좌익, 빨강이, 그눔들 말만 들어두 난 치가 떨려요! 에이, 불공대천지 원수. ……그눔들은 내가 갈아 먹어두 분이 아니 풀려."

황주 아주머니는 과연 몸을 푸르르 떨었다.

눈에서는 곧 불이 튀어나오는 것 같았다.

아버지는 그냥 못 본 체,

우격
억지로 우김.

"그런데, 듣자니깐 공산당은 가난방이끼리 모여 부잣눔의 걸 *우격으루 뺏어설랑 고루 노나 먹잔 노름이라구요. 집 팔아먹구 논 팔아먹구, 한푼 껀지 없이 된 가난방이가 게라두 들어서 부잣눔의 걸 뺏어, 노나 먹는 축에 끼면, 조옴 좋아요? 목구멍이 포도청이라구 않습디까?"

"거짓말예요. 새빨간 거짓말예요. 속임수루 마련해낸 새빨간 거짓말예요. 그눔들이 빨강이가 돼놔서, 새빨간 거짓말을 잘 지어내거든요…… 아무렴 뺏기야 뺏지요. 있는 사람의 걸, 들이 뺏구말구요. 그렇지만 고루 노나 먹는닷 소린 멀쩡한 거짓말예요. 노나 먹을 게 어딨에요. 저이끼리, 저이들 두목 서는 눔들끼리만 노나 가지구 저이눔들이 새루 부자질을 해요. 새루 부자질을…… 그러니깐 고루 노나 먹는다는 바람에, 속구 들어간 진짜 가난방이들은 그만 헷대릴 짚구 나가 떨어지죠."

황주 아주머니는 단숨에, 그리고 불을 뿜는 듯 주욱 그렇게 이야기를 한다기보다도 고함을 치고 나더니, 조금 사이를 두었다 별안간 목소리를 뚝 띨어뜨려 지성스럽게,

"아잰 그런 생각 저런 생각 하실랴 마시구 한국민주당이나 독립촉성회에 드시우. 그게 젤 숩넨다."

"허어 낼 모레 집두 터두 없는 가난방이가 될 사람이, 부잣양반들끼리 모여 수군덕거리는 한국민주당이나 독립촉성엔 들어 무얼 하나요? 가, 청지기나 살련다면 몰라두. ……난 그 한푼 껀지 없는 녀석들이, 한국민주당에 들어 어쩌구 어쩌구 하는 녀석들, 천하 시러베 개아들 녀석들입데다. 없는 놈 한국민주당 하는 건 부잣눔이 공산당 하는 거보담두 더 소갈머리 빠진 짓야."

"아재네야 어째 가난방이우? 집이 있구, 전답이 있구."

"한국민주당두 소위 그 강령이란 걸 본다 치면, 토진 분배한다구 그랬습디다. 독립촉성은 별거겠소?"

"거저 뺏나요? 처억척 값을 주구 사서, 농민한테 값을 받구 노나 준다는데요."

"땅값으루 돈이나 몇십만 원 받으면, 그걸 가지구 평생 먹구 살아가나요? 원체 큰 부자루, 땅값이라두 몇천만 원 받는다면 몰라두."

"아따, 걱정 마시구 이승만 박사만 믿구 기세요. 오늘 그 으런이 대통령으루 들어앉으셨으니깐, 다 사는 길이 생깁니다."

"이승만 박사가, 소작률 삼분지 일만 받든 걸 삼분지 이루 올려 받으란 영이나 내리기 전엔, 날 같은 사람은 온 살길이 트일까 싶지두 않습디다."

"그래두 인제 두구 보시우, 아재. ……이승만 박사루 대통령이 났으니깐, 이내 곧 정부가 생기구, 이어서 독립이 되구, 그리군 국방경비대가 쏟아져 나가서 38선을 뚜드려 부시구. ……우리 영춘인, 이박사께서 쳐랏, 호령만 내리시면 지금 당장이래두 뛰어가, 38선을 무찌를 테라구, 저이 동간들허구두 늘 얘기하느니 그 얘기라구, 비번날 집일 다니러 오는 족족 그러면서 벼른답니다. 아유, 난 그 원수의 공산당 그놈들 잡아죽일 일을 생각하면 사흘 아니 먹어두 배가 부르니."

다른 일에는 엄살과 허풍이 노상 없다고는 할 수가 없었으나, 황주 아주머니의 공산당―좌익에 대한 증오와 반감은 지금 보이는 분노 그대로였지, 조금치도 에누리가 없는 것이었었다.

1945년 8·15의 해방 바로 전 칠 월 달에, 나는 은율(殷栗)의 처가엘 다녀오던 길에 황주에도 들러 이틀이나 묵으면서 눈으로 보고 하였지만, 황주 아주먼네는 소리치게 잘 하고 살고 있었다. 그 전 해 가을에도 어머니가 다녀와 잘 하고 살더란 이야기를 하여 대강 짐작을 하기는 하였었으나 실지로 보고는 깜짝 놀랐다.

넓은 터전에다 기와집을 상하채로 날아갈 듯 지어 놓았었다.

물자가 극도로 귀할 그 무렵에 그 좋은 재목하며 유리하며 고급의 도배지와 장판지며, 어디서 골고루 그렇게 구해다 썼는지 몰랐다.

방방이 들여논 조선식 서양식 일본식의 각종 가구며, 벽에 붙이고 걸리고 한 고전 미술이며 모두가 귀하고 값진 것이었다.

마침 붉은 벽돌로 빙 둘러 담을 쌓고 있는데, 흙 파다 쓰듯 흔하게 쓰는 시멘트를 보고 나는 시멘트 한 됫박을 구하지 못해 부뚜막을 맨 흙으로 바르고 지내는 우리집을 생각하였다.

설탕, 상품의 왜간장, 옥 같은 *입쌀밥, 생선, 고기, 맥주, 일본주, 나라 상감님이 구해 바치라고 하여도 구하기 어려운 물건만 마치 예사 엣것처럼, 그리고 풍부히 있었다.

고무신, *광당목, 순모의 양복천, 각종의 비단, 양말, 고급의 화장품 또한 없는 것이 없었다.

이런 의복감이야, 아무려면 장롱 속을 열고 보았을까마는 황주 아주머니가 자랑삼아선지 모두 구경을 시켜 주었다.

그 끝에, 안주 항라로 아버지의 두루막 한 감, 어머니의 치마 적삼 한 감, 나에게는 옥양목으로 와이샤쓰 두 감, 이렇게를 선사로 주었다.

그 옥양목으로 만든 와이샤쓰는 아끼고 아껴 지금까지도 나는 입고 있다.

아무튼 그렇게 황주 아주먼네는, 일반으로 하여금은 양말 한 컬레 제대로 얻어 신지 못하고 *비웃 한 꽁댕이 반반히 얻어먹지 못하게 할 만큼 물자의 바닥을 내다시피 하는 그 전쟁이, 대체 어느 구석에서 전

입쌀
멥쌀을 보리쌀 따위의 잡곡이나 찹쌀에 상대하여 이르는 말.

광당목
광목(무명실로 서양목처럼 너비가 넓게 짠 베)과 당목(두 가닥 이상의 가는 실을 되게 한 가닥으로 꼰 무명실로 나비가 넓고 발이 곱게 짠 피륙)을 아울러 이르는 말.

비웃
'청어'를 식료품으로 이르는 말.

낙조 **369**

쟁 바람이 부느냐 할 지경이었다.

사과밭

사과밭이, 박재춘이 결혼 때에 *처재(妻財)로 탄 백 주짜리 말고도, 팔백 주짜리가 또 하나 있었다.

결실이 잘 되었고, 모두 봉지를 지었고, 이른 종자는 오래잖아 딸 것도 있었다.

사과밭 외에 논이 *고래실 상답으로 사천 평 가량이나 되는 것이 있었다.

황주 아주머니의 설명을 들으면, 집과 새로 샀다는 사과밭과 논과 이런 것이 모두가 재춘이 처재로 탄 사과밭에서 나온 수입과, 재춘이 연말 상여금이니 출장 여비니 임시수당이니 하는 월급 이외의 수입을 저축한 것과, 그리고 황주 아주머니가 서울서 내려오면서 몽똥그려 가지고 온 이천 원과 이렇게들 가지고 장만한 것이라고 하였다.

박재춘은 계미년(1943년)에는 다시 *경부보로 승차를 하는 동시에 중화경찰서로부터 겸이포경찰서로 전근하여, 햇수로 삼 년째 경제계 주임의 요직에 앉아 있었다.

창씨(創氏)를 박촌(朴村)이라 하였다.

박촌 경부보는 황주에다 집을 짓고 사과밭과 논을 사고 하여 영주의 근거를 장만하면서, 근무하는 겸이포에는 간단한 세간을 가지고 내외 양주만 가서 관사에 들어 살고 있었다.

박촌 주임은 내가 당도하던 날 소식을 듣고 석양에 자동차를 몰고 와 나를 데리고 겸이포로 가서, 큰 일본 요릿집에다 일본 기생, 조선 기생 많이 불러 크게 잔치를 배설하고 나를 환대하였다.

그 자리에서 술이 거나하니 취한 박촌 주임은, 이 몇 가지를 몇 번이고 강경하게 주장하고 맹세하고 하였다.

처재(妻財)
아내가 친정에서 가지고 온 재산.

고래실
바닥이 깊고 물길이 좋아 기름진 논.

경부보
대한 제국 때에, 경부의 아래, 순사 부장의 위에 있던 판임 경찰관.

조선 사람은 일본과 떨어져 살지를 못한다는 것. 그러므로 조선 사람은 하루바삐 진심으로 일본 사람이 되어야만 그는 하루바삐 행복할 수가 있다는 것. 그리고 박촌 주임 자신은 서른세 살까지엔 기어코 경부가 되고 서른아홉 살까지엔 기어코 경시가 되고 한다는 것. 이런 것이었다.

때의 그의 나이 겨우 서른한 살이요 나보다 두 살이나 아래였었다.

가을에는 전검시험(전문학교 검정시험)을, 명춘 일찍이는 고문시험(*고등문관시험)을 칠 터이고, 준비는 다 되어 있노라는 말도 하였다.

그의 발랄한 재기와 영리함과 그리고 민첩한 수완과 넘치는 패기와에 나는 *경복치 아니치 못하였다.

나이 두 살이나 위요, 명색이 전문학교까지 나왔으면서 아무런 광채도 야심도 패기도 없이 한낱 국민학교의 교원 자리에 만족하고 있는 나를 생각할 때에 한편으로는 부끄럽기도 했고, 그에게 비하여 어린아이 같기도 하였다.

잔치가 파하고 나서는 밉지 않게 생긴 일본 기생 하나를 자꾸만 나에게 떠안기려고 갖은 수를 부려 쌓았다.

술은 먹기로 들면 쑬쑬히 먹는 편이나, 서른세 살의 나이가 되기까지 남의 계집이라고는 손목 한번 본 좋게 붙잡아 본 일이 없는 나였다.

팔자에 없는 오입 대접을 모면하기에 한동안 땀을 뺐다.

둘째딸 춘자는 스물두 살이요, 그 전 해에 고등여학교를 마치고 시방 결혼 준비를 하는 참이라고 황주 아주머니가 말하였다.

춘자는 다른 남매와 달라, 어머니를 닮지 않고 아버지 편을 닮아 본시도 예쁘장스런 얼굴이었다.

황주로 내려오던 열일곱 살 적에 갈리고 이번이 처음인데, 그 동안

고등문관
일제 강점기에, 판임관보다 높은 등급에 속하는 문관.

경복(敬服)
존경하여 복종하거나 감복함.

낙조 371

활짝 피어 좋은 신부감이었다.

그러나 무슨 일인지 몹시 침울한 기색을 드리우고 있었다.

나는 이 춘자가 무척 반가웠다.

그렇도록 춘자가 반가우리라고는 나 스스로도 생각지 못한 노릇이었다.

짧은 동안이었지만, 제일 많이 춘자와 사과밭을 거닐면서 이야기하고 놀고 하였다.

춘자도 나를 깜빡 반가워하였고, 나와 함께 있는 시간만은 그 침울한 기색이 가시고 명랑하게 웃으면서 이야기하고 놀고 하였다.

막내둥이 영춘은 그 동안 벌써 나이 열일곱에 몰라볼 만큼 자랐고, 겸이포의 일본 사람 중학엘 통학하고 있었다.

영춘은 일본 사람 중학엘 다니게 하는 형, 박촌 경부보에 대하여 나더러 불평 이야기를 하였다.

일본 아이들한테 갖은 구박을 받는 설움을 갖추 호소하면서……

하여커나 그런 사소한 것은 말고, 이렇게 황주 아주머니는, 네 남매가 다 잘 자라났고, 공부도 하고 하여 남의 축에 빠지지 아니할 만큼 성장을 하였다.

그 중에서도 맏아들 재춘은 겨우 삼십에 그만한 지체에 올랐고, 앞으로 더욱 대성할 길이 환히 트여 있었다.

재산이 이루어졌다.

이 판국에, 백만금을 누리는 부자로도 감히 *생의치 못할 풍족한 생활을 하였다.

열여섯 해 전 기사년(1929년) 가을의 어느 날, 젖먹이 등에 업고, 세 아이 걸려 가지고 막막히 서울 거리에 서던 날의 일을 생각하면, 참으

생의(生意)
어떤 일을 하려고 마음을 먹음. 또는 그 마음.

로 감개 없을 수 없는 노릇이었다.

오늘의 이 기초는, 그날로부터 시작하여 먹지 않고, 입지 않고, 자지 않고, 쉬지 않고, 심지어 한 지게 일 전 하는 물까지도 등에다 아이 업은 머리로 여다 먹으면서 열 명이나 되는 남의 집 선머슴 아이들의 밥 심부름을 열두 해 동안 두고 하루같이 하여 온 거기에 있는 것이었다.

그러한 노력과 초고를 기초로 하여 이루어진 바가 오늘이었음을 생각할 때에 황주 아주머니로서는, 오늘의 안정과 성취가 남달리 더 뜻이 깊고 소중하였을 것은 당연한 일이었다.

따라서 그것을 하루 아침 꿈결같이 잃어버렸음에 대한 안타까움과 노염이 한결이나 컸을 것도 또한 당연한 인정일 것이었다.

황주에, 최라고 하는 국민학교 적의 제자 하나가 있었다.

보통학교를 오 학년부터 육 학년까지 내가 맡아 가르쳤고, 중학이 내가 다닌 ××중학이요, 하여서 최군은 나의 제자인 동시에 중학 후배 동창이기도 하였다.

그런 관계도 있고 하여 의가 서로 자별한 것이 있었다.

최군은 본시 서울 태생이었으나, 최군의 말로써 하면, 일본 제국의 기만적인 폭압정치—불합리하고 추악한 세상과 타협·굴종하기가 싫어 특히 학병(學兵)을 기피하기 위하여 병을 *칭탈하고 전문학교를 중도에 폐한 후, 동무의 반연으로 황주에다 조그마한 사과밭을 마련하여 가지고 홀어머니와 함께 과수나 가꾸면서 죽은 듯 엎드려 독서와 사색으로 때를 기다리고 있는 청년이었다.

칭탈
무엇 때문에 핑계를 댐.

사과밭 가운데의 모종에서, 최군은 뜻하지 아니한 나를 반가이 맞이하여 주었다.

조촐한 술상이 나오고, 손 닿는 사과나무에서 아직 맛이 덜 든 대로

사과를 따 소주잔을 주고받고 하면서, 오래 *적조한 이야기로, 먼 소학
교 시절의 회고담으로, 때의 시국에 대한 비판으로, 둘이는 시간 가는
줄을 몰랐다.

　최군은, 독일이 패전을 하여 일본과의 동서호응작전(東西呼應作戰)
의 전열로부터 떨어져 나간 것과, 그 영향 말고도 일본이 독자적으로
도 지칠 대로 지친, 여러 가지의 구체적인 실증, 소비에트 러시아가
대일작전에 참가할 것과, 이런 여러 가지의 사실을 기초로 일본이 머
지않아 항복을 하고 말 것을 자신 있이 단언하였다.

　최군은 또 단지 소극적으로 세상을 피하여 과수 재배나 하면서 독서
와 사색으로 무료히 세월을 보내고만 있거니 여겼던 것은 나의 잘못
짐작이었고, 실상은 그러한 *캄플라지 밑에서 적극적으로 무엇인가를
일하고 있는 눈치가 보이는 것 같았다.

　중국 연안(延安)에 독립동맹(獨立同盟)이라는 조선 사람의 적색 해
방 투쟁단체가 있고, 조선 안에서는 *여운형이 그와 기맥을 통하고 있
다는 꿈같은 이야기를 나는 얼마 전에 서울서 들은 것이 있었다.

　당시의 나에게는, 별을 따려고 드는 사람들의 일같이 허황하고 부질
없는 이야기였었다.

　최군이 그런데, 역시 그 독립동맹에 대한 이야기를 하였다.

　이야기를 하되, 들은 풍월로, 제삼자적인 처지에서 이야기 삼아 옮기
는 그런 것이 아니라, 어디라 없이 그 자신이 일맥의 간여가 없고는 그
토록 절절하게 이야기를 할 수가 없을 아주 육체적인 것이 엿보였다.

　나는 어젯밤, 겸이포의 요정에서 이름 드날리는 경부보 박재춘의 앞
에서와는 한 다른 의미에서, 이 최군의 앞에서도 나 자신이 하잘것없
는 위인임을 또한 뼈아프게 느끼지 아니치 못하였다.

최군은 나의 제자요, 후배요, 나이 십 년이나 어린 사람이건만, 시국과 세계 대세에 대하여 세밀하고도 예리한 관찰을 하는 밝음이 있고, 그것을 명석하게 판단·결론하는 정확한 판단력이 갖추어져 있었다.

거기에 대면 나는 맹추였다.

적의 군함을 몇 척을 깨트리고, 비행기를 몇십 대를 쏘아 떨어트리고, 몇백 명을 죽이고, 몇천 명을 사로잡고 하였고, 그리고 '아방의 피해 근소하다' 고 하는 소위 *대본영 발표를 그대로 곧이듣는 멍텅구리였다.

최군은 침략자 일본에 대하여 어떠한 정도의 힘인지는 모르겠으되, 가사 그것이 지극히 미약한 것이라고 하더라도 종시 부질없고 허황한 노릇이어서 성과에 기대를 둘 것이 못 되는 것이라고 하더라도, 그러나 아무튼 그는 민족의 해방을 위하여 한몫을 거들고 있는 사람인 것만은 사실이었다.

반대로 나는 조선의 어린 사람들에게 일본이 조선을 침략 정복한 것이 옳은 짓이라는 것을 가르치고, 조선말을 금하여 일본말을 쓰도록 나무라고, 조선 사람이기를 버리고서 일본 사람이 되기를 강요, 혹은 유인하고 매일같이 *고고쿠신민노세이시(皇國臣民の誓詞)를 외우게 하고 덴노헤이카반사이(天皇陛下萬歲)를 부르게 하지 아니치 못하는 한 비루하고 무력한 인간에 지나지 못하였다.

조선의 어린 사람들을 잘 가르치고 지도하고 하겠다는 그 관념은, 역사의 앞에 이미 그 내용의 발전을 구속하는 방해물로 전화가 되었건만, 그것을 뿌리치고 일어서지 못하는 것이 나의 타성적인 용렬스런 지아비임을 말하는 것이었다.

날이 어느덧 저물었고, 최군의 집으로 들어가 저녁을 같이 하

대본영
태평양 전쟁 때에, 일본 천황의 직속으로 군대를 통솔하던 최고 통수부.

황국신민의 서사
1937년 10월 총독부 학무국에서 교학쇄신, 국민정신함양을 목적으로 보급했다. 학교와 관공서 등 모든 직장의 조회와 각종 집회 의식에서 낭송이 강요되었다. 아동용과 중등학교 이상의 학생용·일반용의 2종류가 있는데, 아동용은 "①나는 대일본제국의 신민이다. ②나는 마음을 합해 천황폐하께 충의를 다한다. ③나는 인고단련(忍苦鍛鍊)하여 훌륭하고 강한 국민이 된다" 고 되어 있다.

면서였다.

　최군은 지날 말처럼,

　"그 박씨네완 가차운 일가신가요?"

하고 물었다.

　나도 심상히,

　"두 집 마나님끼리 사이가 가차워 그렇지, 나완 외가루 열오륙 촌이라니깐 무어……."

　"그럼, 남이나 다름없군요?"

　"그렇겠지."

　"……."

　최군은 무엇을 생각하면서 잠깐 말이 없다가,

　"여러 날 묵으시나요?"

　"내일 아침차루 떠날 예정은 예정인데, 그 집에서 자꾸만 더 놀다 가라구 만류 해싸서……."

　"선생님?"

　"응."

　"눈칫밥 잡숫지 마시구 내일 아침차루 떠나시죠."

　최군의 말에는 자못 단정적인 것이 있었다.

　나는 뻐언히 최군을 건너다보다가 물었다.

　"눈칫밥이라니? 설마 그 집에서……."

　"설마 그 집에서 눈칠 할 리야 없을 테죠. ……남들이 눈칠 합니다."

　"남?"

　"며느리가 미우면 발꿈치가 달걀 같은 것두 숭이라구 아니 합니까? 이 황주, 중화, 겸이포, 세 고장 사람들치구, 그 박씨네가 밉지 아니한 사람이 없답니다. 박씨네가 미우니깐, 그 집 일가나 손님으루 온 사람 두 밉구요."

"오오!"

나는 비로소 깨칠 수가 있었다.

"아모리나 일가간이요, 큰사모님과는 사이가 가찹다시는 선생님 면전에서 차마 박절합니다만서두, 박재춘이 그 사람, 잘못하다 인제 *와석종신하기 어려울 겝니다. 옛날 민××가 평양감사루 와 하든 갈퀴질이, 어데 박재춘일 따릅니까? 신랄하구 악착하구 광범위하구, 그리구 *단작스럽구. ……오죽해 순사 적엔, 정거장 앞에서 채밀 팔구 있는 *채미장사 껄 다 갉아먹었대잖습니까?"

"……."

"그 집 사과밭, 큰 거 있는 것 보셨을 겝니다. 겸이포 사람의 것인데, 그 사람을 옭아 넣군, 거저 빼앗다시피 했죠. 이 황줏바닥에서두 젤 치는 좋은 사과밭이죠. 정당한 매매라면 십만 원에두 내놓지 아녈 사과밭입니다. ……대체, 매달 사십 몇 원의 월급이나 받구 처재루 탄 백주짜리 사과밭, 그러나마 삼급 사급밖에 아니 되는 그 백 주짜리 사과밭에서 나는 걸 가지구, 대관절 그런 홀란스런 집이 지어지며, 십만 원짜리 사과밭이 사지며, 일등 옥답으루 사천 평의 논이 사지며 합니까? 또, 제왕두 어려운, 그런 호화로운 식생활을 하며, 옷치레를 합니까?"

"……."

듣고 생각하니 미상불 그러하였다. 박재춘의 월급 수입과 처재로 탄 사과밭에서의 수입과 황주 아주머니의 이천 원과, 이것만으로는 도저히 흉내도 내지 못할 노릇인 것을 알겠었다.

"황주, 중화, 겸이포 세 고장 사람으루 박재춘이 좋다는 인간 녀석이

와석종신(臥席終身)
제 명을 다하고 편안히 자리에 누워서 죽음.

단작스럽다
하는 짓이 보기에 치사하고 더러운 데가 있다.

채미
참외.

낙조 377

없습니다. 가슴에 칼을 머금구, 북북 이를 갈아 대는 사람이 얼만지를 모릅니다. ······겉으룬 다들 흔연하구 내색을 아니 합니다. 잘못하다 애꿎인 봉변을 할 테니깐요. 저두 실상, 종종 만나 바둑두 두구 술두 먹구 보비위두 해주구, 명절 땐 잊지 않구 두둑이 선살 하구 하면서, 절친히 지나는 척합니다. 그리구 그 덕분에, 아직껏은 증용두 아니 가구, 주목두 아니 받구, 무사히 지나긴 합니다. 그렇지만, 박재춘이가 만일 그 집 그 전장을 지니구 늙두룩 편안히 살다 와석종신을 한다면, 그야말루 천도가 무심하죠. ······박재춘이 별명이 이완용이 서잡(庶子)이다. 이완용이 똥방자라구두 부르구요. 역적놈 이완용이가 일본에다 나라 팔아먹은 뒷추릴 하는 녀석이래서 생긴 별명이죠. 조선말 절대루 아니 씁니다. 심지어 제 계집허구두 일본말루다 곧잘 지껄이는걸요. 일본이라면 덮어놓구 위대하구 좋구, 조선놈은 다 도둑놈이요 나쁜놈입니다."

"······."

"이십여 일 전에, 평양 있는 친구한테서 편지가 왔어요. 박춘자의 집안에 관한 것을 정확 세밀히 알려 달라구. 박춘자가 평양으루 혼인이 얼린다구 하더니, 아마 그 친구의 집안 누구던가 봐요. 처지가 퍽 곤란하겠죠. 해두, 거짓말을 했다, 남의 일생의 큰일을 그르쳐 주어선 아니 되겠어서 사실대루 편질 했죠. 아마 그 혼인 깨졌기 쉴 겝니다. *벼랑 큰 죄두 없는 박춘자 그 당자한테야 미안한 노릇이지만, 어떡헙니까?"

"연앨 했던가?"

나는 춘자가 결혼할 준비를 한다면서 몹시 침울하던 것을 생각하고 그렇게 물어 보았다.

"연애나 했다면 저두 차라리 덜 미안하죠. 연애하는 남녀 사이라면야 가정이 좀 무엇하더래두, 그래서 반대가 있더래두 저이끼리 우겨

벼랑
'별로'의 방언.

혼인이 그런대루 얼리는 수두 있으니깐요. ……양편 집안에서 서둘러서 하는 혼인이던가 봐요. 맞선은 보았다드군요."

이튿날 아침, 나는 황주 아주머니가 못내 섭섭하여 하는 것을 겨우 뿌리치고 예정대로 황주를 떠났다.

춘자와 동행이 되었다.

내가 행장을 수습하여 가지고 나서려니까, 춘자가 저도 마침 챙겨놓았었던 모양으로, 보스턴백을 들고 양장으로 차리고서 따라 나섰다.

황주 아주머니는 잠깐 저마를 하더니, 데리고 가 집에 두어 두고 한 달만 있다 내려보내라면서, 춘자의 가방에다 여비를 두둑이 넣어 주었다.

춘자는 한 보름 우리 집에서 있다, 나와의 그 편지 사단이 있던 날 우리 집을 나가 어디론지 가버렸다.

가슴에 울화를 품은 처녀를 함부로 지향없이 나가게 하기가 조심이 되고 황주 아주머니한테 민망한 노릇이었으나, 그렇다고 *부둥부둥 나가는 사람을 허리 매어 두는 수도 없었다.

부둥부둥
억지를 쓰며 자꾸 우기는 모양.

며칠 있다 8·15의 해방이 오고, 38 방해선이 생기고 하였다.

서울서 사는 송자가 하루 걸러큼씩 와서 고향집 소식을 몰라— 모른다기보다도 어떤 불길한 예감에 울며불며 조바심을 쳤다.

이윽고 소식이 들려 오기 시작하였다.

정확성도 없고, 겸해서 먼저 소식과 나중 소식 사이에 공통성이나 연락성도 없고 한 것은 한 것이었으나, 심히 상서롭지가 못하다는 한 점에는 일치가 되었다.

나는 아무에게도 입 밖에 내지는 아니하였으나 무시로 최군의 하던 말,

"박재춘이 와석종신을 한다면……."

하던 그 말이 머리에 떠오르면서, 참담한 광경이 눈에 선히 밟히곤 하였다.

박재춘은 *양주가 겸이포에서는 요행 무사히 몸을 빠져나왔으나 황주로 오기가 잘못이어서, 황주 경내의 어떤 동네에서 형체를 분간키 어려울 만큼 참혹한 죽음을 당하였다는 구체적이요 자상한 경위는 이듬해 봄 황주 아주머니가 영춘을 데리고 서울로 올라와 직접 이야기를 하여서야 비로소 알았었다.

황주 아주머니는 산산이 부서진 바 된 집에서, 그래도 집과 전장을 부둥켜잡고 늘었으나, 재산을 몰수하고 추방을 시킨다는 강제 명령의 앞에서는 어떻게 하는 도리가 없어, 집에다 두었던 현금 십만 원만 지니고 영춘과 함께 월남을 하여 온 것이었었다.

사람이란 대개가 자신이 저지른 바 원인으로 하여 그 필연적인 *보과(報果)를 받음에 있어서, 그 저지른 바 원인일랑 고려에 넣지를 아니하고, 받는 바 보과만을 억울타 하는 약점을 가지도록 마련인 듯싶어, 황주 아주머니도 그 테를 벗어나지 못하는 이였다.

황주 아주머니는 어찌해서 박재춘이 양주가 함께 그처럼 참혹한 죽음을 당하였으며, 어찌해서 재산을 *적몰을 당하고 쫓기어 왔으며 하였다는 그 원인에 대하여는 전혀 참작함이 없었다.

다만, *생때 같은 아들이 *애탄가탄 길러 그만큼이나 성장을 하였고, 앞으로 더욱 발신이 될 훌륭한 아들이 난민의 손에 참살을 당한 것이, 이것만이 원통하고 분할 따름이었다.

평생 두고 잘살고, 대대손손 물려 가며 잘살 수 있는 재산을, 온갖 신고를 다 하던 끝에 겨우 그만큼이나 이루어 논 재산을, 하루 아침 꿈

양주
바깥주인과 안주인이라는 뜻으로, '부부'를 이르는 말.

보과(報果)
어떤 일의 보답으로 돌아오는 결과나 보람.

적몰(籍沒)
중죄인의 재산을 몰수하고 가족까지도 처벌하던 일.

생때 같다
몸이 튼튼하고 병이 없다.

애탄가탄
힘에 겨운 일을 이루려고 온 힘을 쏟는 모양.

결같이 빼앗겨 버린 것이, 그것만이 미련겨웁고 안타깝고 *절통하고
한 것이었었다.

　그리고, 그리하여 공산당은, 좌익은, 빨갱이는, 황주 아주머니와는
하늘을 더불어 일 수 없는 원수요, 갈아 먹어도 분이 풀리지 않는 원한
의 과녁이요 한 것이었었다.

절통(切痛)
뼈에 사무치도록 원통함.

4

　사흘인가 지나서였다.

　점심 후, 진고개〔舊本町通〕의 헌책사를 들러 명동 거리를 내려오
다, 국방경비대의 소위의 복장으로 차린 영춘을 퍼뜩 만났다.

1950년 명동

　반가워하면서, 그러지 않아도 상의할 말이 있어 일간 나를 한번
찾아오려던 참이라고 하여, 골목 안의 조용한 다방으로 데리고 들
어갔다.

　손위의 형도 없거니와 손아래로 동생이 없는 나는 이 영춘을 친동생
처럼 귀애하였고, 영춘도 나를 잘 따르고 신뢰를 하고 하였다. 더러 복
잡한 일이 있든지 하면, 나를 찾아와 상의를 하곤 하였다.

　탁자를 사이에 두고 마주 앉아 나는 곰곰이 영춘을 바라다보았다.

　키가 *후릿하고 살이 알맞추 있고 표정은 분명하였다.

후릿하다
조금 후리후리한 모양.

　이 알맞은 살과 분명스런 표정은, 삼 년 동안의 군대적인 강력한 훈
련으로 다져진 것이었으리라.

　체격과 기상은 그렇게 좋고, 국방경비대의 소위에 나이는 이십……
거동은 그러나 나이보다 훨씬 어른스러웠다.

헌헌장부(軒軒丈夫)
외모가 준수하고 풍채
가 당당한 남자.

이렇게 어느덧 *헌헌장부가 된 영춘이, 지금으로부터 열아홉 해 전 겨우 첫돌이 지난 젖먹이의 유아로 삐악삐악 울면서 어머니인 황주 아주머니의 등에 업혀 고향 황주로부터 살 길을 찾아 막막히 서울 거리에 나타나던 그 영춘이던가 하면, 희한도 하려니와 일변 감회 깊은 것이 없지 못하였다.

이십이라는 어린 나이로는 흔치 못한 곡절의 연속이었다.

첫돌에 아버지를 여의고, 홀어머니의 등에 업혀 막막하고 고달픈 생애를 출발하였다는 것이 벌써 심상치 아니한 운명이었다.

열두 해를 가난과 고로(苦勞)와 싸우는 어머니 밑에서 찬밥덩이를 먹고 누더기를 걸치고 함께 고초를 겪으면서 자랐다.

고향 황주로 돌아가 살던 해방까지의 다섯 해 동안은 경제적으로는 매우 윤택하게 지낼 수 있는 시절이었다.

그러나 우울하고 늘 불안한 날을 보내야 하던 시절이었다.

형 박재춘이 일본인 소학교에다 전학을 시켰고, 중학도 일본인 중학에 입학을 시켰고 하였기 때문이었다.

일본 아이들은 '센징', '요보'를 텃세하고 구박하였다. 함께 휩쓸려 놀아 주지를 않고 돌려놓았다.

센징구사이
'조선인 더러운 놈아'
란 뜻의 일본말.

마늘 냄새가 난다고 *센징구사이' 하다면서, 옆에 가까이 오지도 못하게 하는 아이까지 있었다.

숙제 같은 것을 잘하여 선생의 칭찬을 받는다 치면 시새워 한결 더 구박을 하였다.

편역
역성.

한 아이와 시비가 나면, 먼저 잘못이야 어느 편에 있든지 동족인 일본 아이의 *편역을 들어 여러 놈이 몰매를 때리곤 하였다.

해방되던 해요, 중학 삼년급에서 사년급으로 진급하던 무렵이었다.

그날 치 한 학과에 예습이 미흡한 것이 있어 통학하는 차중에서 노트에 적기를 하다 연필심이 분질러졌다.

둘러보는데 마침 저편짝 구석자리에서 역시 통학생인 일본인 고등여학교 생도 하나가 연필을 깎고 있었다.

열서너 살이나 되었을까 한 소녀였었다.

영춘은 가, 칼을 빌러다 연필을 깎고는 이내 돌려주었다.

이날 학교가 파하여 정거장으로 오는 길에서, 영춘은 여남은이나 되는 일본인 생도들에게 으슥한 곳으로 끌려가 *늑신 매를 맞았다.

늑신
'늘씬'의 잘못.

표방하는 죄목은, 중학생 녀석이, 더구나 주둥이가 새파란 녀석이 벌써부터 그런 풍기 아름답지 못한 거동을 하니 괘씸하다는 것이었었다.

저희들은 아주 노골하고 심각한 장난을 여생도들과 하면서…… 그러므로, 풍기 어쩌고 하는 수작은 억지엣구실일 따름이었다.

두들겨패면서 그들은 연방 '센징노 구세니, 나이치진노 죠세이토니 모숑오 가케루난테 나마이키(조선인 주제에 내지인 여학생한테 수작을 걸다니 건방지게)' 라고, '요보노 구세니, 붕기오 시라나이 야쓰(조선인 주제에 풍기가 뭔지도 모르는 녀석)' 라고 하였다.

정히, 민족적인 집단성을 띤 성적 질투였었다.

영춘은 억울한 매를 맞고도 분함을 꿀꺽꿀꺽 삼켜야 하였다.

형 재춘더러 말을 하면 그야 분풀이를 하여 주기는 할 것이었다. 그러나 그 대신 영춘은 형에게 못생긴 녀석이라는 가혹한 꾸지람과 무서운 매를 맞아야 할 것이매, 차라리 혼자 꿍꿍 참고 말기만 못한 노릇이었다.

처음 입학하던 일년급 때에 일본 아이들한테 몰매를 맞고 돌아와 형에게 일렀다, 사정없는 꾸지람과 매를 맞은 *전감이 있었기 때문이었다.

아무튼 그리하여 소년 영춘은 학업이 싫은 바는 아니면서도 학교가 싫어 우울하고 늘 불안한 마음을 놓지 못하였다.

8·15의 해방이 왔다.

영춘은 해방의 고마움을 살이 아프도록 느낀 사람 가운데 한 사람이었다.

그 *기승스럽고 야속히 굴던 일본 아이들이 그만 풀이 꺾여 버리는 것이며, 죽은 소리도 못 하고 봇짐을 싸는 것이며…… 주먹덩이 같은 것이 여러 해 동안 뭉쳤던 가슴이 단박에 후련히 씻겨 내려가는 것 같았다.

해방의 기쁨은 그러나 순간이었다. 형 박재춘이 형수와 함께 참살을 당하였다.

현장에 가, 시체를 거두어 올 엄두조차 못 하고 있는데 군중이 집을 습격하였다.

모자가 피하여 산에서 이틀을 지내고 내려왔을 때는 집은 지붕과 기둥만 앙상하니 남아 있었다.

사람은 없고 맹수만 *시글시글한 고장에 있는 듯싶은 공포와 불안 속에서 해가 바뀌고, 이듬해 이 월에는 재산의 몰수와 추방명령이 내리었다.

시글시글하다
물건이 사방에 깔려 있을 정도로 많다.

모자는 꿈에도 뜻하지 아니한 고달픈 남행(南行)을 다시 한번 해야만 하였었다.

영춘은 타고난 천품도 천품이었지만, 아울러 일찍부터 그러한 생활상의 신고와 곡절을 유난히 치른 것으로 하여, 그는 이십이라는 나이보다 훨씬 어른스러워진 것이 있던 것이었었다.

영춘은 월남하여 와서 이내 국방경비대에 들었다.

돈이나 조금 가지고 왔다곤 하지만, 그것을 *장대고 배포 유하게 공부나 하고 앉았을 수도 없고, 그렇다고 취직을 하자 하니 중학도 미처 마치지 못한 이력이매 우난 직업 자리가 얻어질 리가 없고, 그래서 차라리 군인이라도 될까 하는데 형님은 의견이 어떠시요, 하고 나에게 상의를 하였었다.

장대다
마음속으로 기대하고 잔뜩 벼르다.

나는, 그렇더라도 학업을 계속하는 편이 옳겠다고 하였으나, 고쳐 생각하겠노라고 하더니 역시 경비대엘 들어가고 말았다.

삼 년 반이나마 중학을 다닌 기초가 있고, 체격이 좋고 다부진 구석도 있고 한 것으로 연해 술술 승차를 하더니, 오늘은 본즉 소위였었다.

시원한 차를 마시면서 피차의 집안 안부를 묻고, 그리고는 시국 돌아가는 이야기도 하고, 훨씬 그런 뒤에 영춘은 비로소 애틋한 황해도 사투리와 악센트가 섞이는 말로,

"형님을 좀 뵙자든 것은 다름이 아니구요……."

하고 상의엣말이라는 것을 꺼내었다.

"전 아무래두 집에서 나와야 할 거 같애요."

"……"

모친 황주 아주머니와 뜻이 와락 맞지를 않아 가끔 의견의 충돌이
있고 한 줄은 나도 알고 있었다.

나는 잠자코 다음 말을 기다렸다.

"첨에 제가 *경비대에 들어간 것은, 형님두 아시다시피 뚜렷한 목적
이나 어떤 신념이 있어 가지구 그랬던 거가 아니라, 막연히 그저 들어

경비대
국방경비대. 1946년 1
월 창설한 우리나라의
군대. 오늘날 국군의
모체가 되었다.

1948년 김천훈련장으로
이동 중인 국방경비대

가 보았던 게 아니나요? ……했던 것이 지끔 와선
저두 조금은 철두 들구, 또 군인이라는 것에 대한
인식이라든지 자각이라던지가 그동안 서진 것이
있구 해서, 전 제 한몸을 군인으루서 나라에 바치
겠다는 굳은 각오가 생기구 말았어요. 그런데 오
마인 글쎄 자꾸만 절더러 경비댈 고만두구 나오라
구 조르구 성활 대시느만요."

"어머니가?"

나는 부지중 이마를 찡그리면서 되물었다. 엊그저께 황주 아주머니
가 와 칼국수를 자시면서,

"……이승만 박사루 대통령이 났으니깐, 이내 곧 정부가 생기구, 이
어서 독립이 되구, 그리군 국방경비대가 쏟아져 나가서 38선을 뚜드려
부시구. ……우리 영춘인, 이박사께서 쳐랏, 호령만 내리시면 지끔 당
장이래두 뛰어가서 38선을 무찌를 테라구. 저이 동간들허구두 늘 얘기
하느니 그 얘기라구, 비번날 집일 다니러 오는 족족, 그러면서 벼른답
니다……"

하던 말로 미루어 아들 영춘이 국방경비대로 있는 것을 은연중 자랑도
스러워하는 눈치였지 마땅치 않아하는 기색은 전혀 없지 않았던가.

"오마이 말씀은 이거야요. 오래잖아 인제 국방경비대가 북조선을 치게 될 텐데, 네가 만일 나갔다 죽기나 한다면 나는 누구를 바라구 살더란 말이냐? 그러니 일찌감치 지끔 나오구 말게 해라, 이거야요."

"어머니의 처지루 생각한다면 그럭허시는 것두……."

"형님……."

영춘은 급히 말을 가로막으면서,

"전 오마이 생각과 태도가 대단히 불순(不純)하다구 보아요. 오마인 늘 말씀이, 어서 바삐 이승만 박사께서 북조선을 쳐라 하는 영을 내리셔야 우리 국방경비대가 38선을 직쳐 넘어가서 그놈들 공산당—살인 강도 놈들을 모주리 쳐 죽여, 형의 원술 갚구 우리 재산을 도루 찾구 하느니라구, 머, 노래 부르듯 하신답니다. 그리시면서두 절더런 북조선을 치다 죽으면 안 되겠으니, 슬며시 지끔 빠져나오라구 졸라대시니 말씀이죠, 형님. 나는 위험한 데서 빠지구, 남이 피 흘려 가면서 일해 놓는다 치면, 가만히 앉았다 그 덕이나 보자는 교활한 타산이 아냐요? 그렇잖아요, 형님?"

"……."

"그것이 우리 오마이뿐만 아니라, 우리 조선 사람들의 아주 나쁜 버릇이야요. 나는 안전한 곳에 편안히 앉어 구경이나 하다, 나중 가서 떡이나 얻어먹자구 드는 심보. 그거가 나랄 망해 먹은 장본예요. 조선 사람이, 그 버릇 그 심보 내다버리기 전엔, 독립이 돼두 이내 또 망하죠. 대체, 희생 정신과 민족 관념이 없는 민족이 어떻게 자주 독립을 길게 지탱하나요?"

"……."

"오마인 불순한 것이 또 있어요. 오마인, 남조선이 북조선을 치게 되면, 공산당을 모조리 잡아죽이구 그래서 죽은 형의 원술 갚구, 그리구 뺏긴 집이랑 사과밭이랑 논이랑 다 도루 찾구 할 테니깐, 그래 오마인 밤이나 낮이나 앉아서, 어서 바삐 북조선을 들이쳐야지 하구, 노래 부르듯 하는 거야요. 그러니깐 오마인, 남조선이 북조선을 친 그 결과를 관심하는 거지, 아들의 원술 갚구, 뺏긴 재산을 도루 찾구 한다는 것이 문제의 중심이지, 남조선이 북조선을 치는 사실 그 자체에 대해선 아무런 관심두 흥미두 없거든요. 또 남조선이 북조선을 치는 것이 옳으냐, 옳지 못하냐 하는 것두 전혀 오마이한텐 문제가 아니구요······ 그러니깐 오마인 결국 남의 불에 겔〔蟹〕 잡자는, 아주 게으르구 이기적인 그런 타산 아냐요? 내 아들은 죽을까 무서니깐 슬며시 빼돌리구, 남이 필 흘려 주길 기대려 가만히 앉았다 원술 갚구, 재산을 도루 찾구 하는, 덕만 보자는 교활하구 이기적인······ 그렇잖아요, 형님? 형님은 오마이의 그런 맘상과 행동에서, 조선 사람 전체에 배 있는 망국 민족의 기질을 발견하신다구 생각지 않으시나요?"

"······."

"물론 전 명령 일하에 총을 잡구 나설 테야요. 38선을 무찌르구, 북조선을 치구 할 테야요. 그렇지만 지가 북조선을 치는 데에 흔연히 참가하는 건, 그것이 통일 독립이라는 우리 조선 민족의 지상 명령, 그 지상 명령을 실현하는 수단이라는 걸 잘 알구 있기 때문야요. 다른 건 없어요. 형의 원술 갚는다든가, 그런 건 저한텐 문제가 아냐요······ 그야 저두 사람인 이상······."

영춘은 부지중 흥분하였던 음성을 차악 가라앉히면서 곰곰,

"필 노눈 형이, 그런 악착스런 죽음을 당한 것이 분하기두 하구, 애처로운 맘두 없지 않아 있구 하긴 해요. 해두, 전 복술 할 생각은 없어

요. 도대체 형이 잘못을 했으니까요. 너무 무도한 짓을 했으니까요. 방법이 좀 잔인했을 따름이지, 형은 자기가 저지른 죄과의 당연한 대가를 치른 거야요. 제가 그 고장 사람들이라구 하더래두, 도저히 박재춘일 용서하고픈 도량까지는 나질 않았을 거야요. 재산은 더구나 말할 것두 없어요. 정당한 재산이라구 한다면, 형이 처가에서 탄 백 주짜리 사과밭 한 떼기허구 오마이가 서울서 가지구 내려가신 돈 이천 원허구 그것뿐야요. 월남할 때 현금 십만 원 가지구 왔으니깐, 그 두 가지만큼은 넉넉히 찾은 심이 아냐요? 그 밖에, 집이라든지 논이라든지 큰 사과밭이라든지는 다시 찾구퍼 하는 맘부터가 벌써 죄야요. 이 다음 그것이 우리 것으루 돌아올 기회가 있다구 하드래두 전 절대루 그걸 받지 않을 테야요, 절대루……."

"으음……."

나는 저절로 이런 탄성이 흘러져 나오면서 몇 번이고 고개를 끄덕이었다. 영춘을 좋게 본 나의 눈이 무디지 않았음이 기뻤다.

일변, 그러나 나는 마음이 문득 어두워지는 것이 있었다.

'남조선이 북조선을 치는 날이면?'

혹은 북조선에서 남조선을 먼저 칠는지도 모르는 것인데, 한번 사단이 이는 날 우리는 남북을 헤아리지 않고 대규모의 동족상잔, 골육상식이라는 피의 비극 속에 휩쓸려 들고라야 말 것이었다. *제주도의 사태가 전조선적인 규모로 확대가 되는 것이었다.

"영춘아?"

"네?"

"너허구 나허구쯤 백날 앉아서 그런 걱정을 한댔자 아무 소용두 없는 노릇은 노릇이지만서두, 그 남조선이 북조선을 친다는 것

제주도 4·3사건
광복 이후 남한만의 단독 정부 수립에 반대한 남로당 제주도당의 무장봉기와 미군정의 강압이 계기가 되어 1948년 4월 3일 제주도에서 일어난 민중항쟁.

강제 소개된 어린이와 노약자

해안지역으로 소개된 제주도민들

말이다. 그런 수단이 아니군 달린 남북통일을 할 도리가 없을 꺼냐? 동족 동포끼리 서루 죽이구 필 흘리구 하질 말구서 말이야."

"그야 슬픈 일이죠. 허지만 그밖엔 아무 도리가 없을 땐 그렇게라두 해서 남북은 통일을 해놓아야 할 게 아니겠어요?"

"남북이 반드시 통일이 돼야만 한다는 건 나두 절대 주장이지만, 아무래두 필 흘려야만 된다?"

"전, 최고지도잘 믿습니다. 이승만 박살 믿습니다. 평화적인 방법으루다 하다 하다 못 하는 날이면, 그때 비로소 비상수단을 취한다는 어짊과 총명이 있을 줄 믿습니다. 그리구, 그러니깐 전 명령이 나리는 날이면 이건 어쩔 수 없는 최후의 수단, 피치 못할 막다른 수단인 걸루 전적 신뢰를 하구서, 총 잡구 38선으루 달려간다는 것뿐입니다. 핀 흘리드래두, 통일을 하는 편이 차라리 나을 테니깐요."

"……."

"형님은 어떻게 생각하시나요?"

"영춘아?"

"네?"

"남조선이 북조선을 치다 만약 불행해서 실팰 하는 날이면?"

"글쎄요, 전 그럴 리가 없다구 생각합니다만……."

"무슨 근거루? 미군이 남조선에 그대루 주둔해 있을 테란 걸루?"

"형님?"

부르는 영춘의 기색은 문득 강경한 것이 있었다.

"형님은 우리 남조선에 미군이 앞으루 언제까지구 주둔해 있길 희망하십니까? 정부가 서구, 독립이 되구, 국제적으루 승인을 받구, 그런 독립국가 조선에 말씀야요. 형님은 미군이 그대루 주둔해 있길 희망하십니까?"

"희망토록은 아니지만…… 희망이라느니보다두, 지끔 형편 돌아가는 눈치가 어쩐지……."

"외국 군대가 주둔해 있는 독립두, 그것두 독립이나요? 보호국이지, 독립국은 아닌 거 아냐요?"

"그야 물론……."

"이승만 박사께서, 미국 신문기자한테 남조선에 독립정부가 서드래두, 미군은 눌러 그대루 주둔해 있어 달라구 할 테라구 말씀을 하셨다는 신문 기살, 허긴 저두 보긴 봤습니다. 그렇지만, 전 이승만 박살 믿는 만침, 그 으런이 절대루 그런 말씀을 하셨으리라군 믿구 싶질 않어요. 그 으런이 그런 생각을 가지구 기실 이치가 없어요. 아마 미국 자신이 어떤 정치적 필요에서, 의식적으루 꾸며 낸 정치적 제스추어기쉴 겁니다."

"그럴까?"

"소위 북조선 인민해방군이 남조선을 친다는 걸 가상하구서 난 말인 것이 분명한데 말씀이죠. ……형님, 가사 그런다구 합시다. 그런다구 하드래두, 우린 사상이나 정치 노선은 상극이라두, 다 같은 우리 조선 사람한테 압박이면 압박, 창피면 창필 받구 살아야 합니까? 내 땅을 외국 군대가 차지하구 있는 총칼 밑에서, 이름만 독립이요, 실상은 보호국 노릇을 하구 살아야 합니까? ……전 *노골한 말이지, 요새두 연방 북조선에서 남조선으루 오구 있는 사람들더러, 저 *독도사건(獨島事件)을 비롯해서 개인적인 살인, 강도질, 강간, 천시, 모욕, 비방, 중상 이런 갖추갖추의, 우릴 개 도야지만큼도 못 여기는 그런 밑에서 살기와, 북조선에서 노동자 농민에 의한 독재 밑에서 핍박받구 살기와, 그

노골
숨김없이 모두 있는 그대로 드러냄.

독도사건
1948년 6월 8일 독도 인근 해역에 대한 미군의 무차별 폭격으로 조업중이던 어민 200여 명이 몰살한 사건.

어느 편이 더 괴롭구 원통하구 섧구 하느냐구, 전 그 월남해 오는 북조선 동포들더러 한번 물어 보구파요."

"……."

나는 영춘의 말이 노상 편협한 감정인 것이라고만 볼 수는 없었다.

"그러니깐 이상적으루야 외국 군대가 물러가구, 남조선이 자력으루 북조선을 쳐 *뻐젓하게 남북통일을 해치우구 하는 게 이상적이긴 이상적인데 말이다, 그러니깐 우선 그럼, 미국 군대가 물러갔다구 가정을 하자꾸나. 하구서, 남조선이 북조선을 치는데…… 치다, 그만 불행해서 실팰 하는 날이면, 어떡헌다?"

뻐젓하다
남의 시선을 의식하여
조심하거나 굽히는 데
가 없다.

"그런 것두 한번은 생각을 해봄직한 일은 일이죠만, 전 자신이 있습니다."

"넌 군인이니까 신념이 그래야 할 것이지만, 전쟁이란 실력으루 승패가 결정나는 거지, 감정이나 희망으루 되는 건 아니니깐. 너나 나나 남조선이 북조선을 쳐 승리하길 바라구, 또 그래야만 하긴 하지만, 지끔 남조선의 실력두 미지수, 북조선의 실력두 미지수, 따라서 승패두 미지수가 아닌가? 그러니 불행히 북조선을 쳤다, 실팰 하는 날이면…… 이것두 한번은 생각해 볼 문제가 아니냔 말야?"

"남조선이 승릴 하면, 남조선 정부의 호령이 압록강 두만강까지 미칠 테구, 실팰 하는 날이면 북조선 정권이 제주도까지 미치구 할 테죠. ……남북 사이에 전단이 이는 날이면 그날루 38선이란 건 아무튼지 없어지구서, 다신 유지되진 못할 테니깐요. 미국의 남북전쟁이 그랬구, 신라의 백제에 대한 통일전쟁이 그랬구 한 것처럼, 이번의 남북통일 전쟁두 둘 중에 하나가 결정적으루 쓰러지구 마는 그날까지 계속이 될 것이지, 그래서 남조선이 없어지거나 북조선이 없어지거나 하구서 단지 조선이 남구 말 것이지, 절대루 둘이 다시 남아 있겐 아니 될 게 아니겠어요?"

"당연히, 북조선이 없어질 것이요, 그러길 우리는 희망하구 있지만, 아차 해서 북조선의 정권이 제주도에까지 미친다면……? 생각만 해두 안타까운 노릇이 아냐?"

"그렇드래두 통일은 된 거 아냐요?"

그러면서 영춘은 딴속 있이 벌쭉 웃는 것이었다.

그리고는, 내가 퍼뜩 놀라 *짯짯이 저의 얼굴을 건너다보는 것을 보고는 또 한번 벌쭉 웃으면서,

"염려하실 거 없어요. 빨갱이가 된 건 아니니깐요. 전 공산주인 절대루 싫어요."

하고 잠깐 말을 끊었다가 다시,

"그렇지만, 형님, 제가 공산주의가 싫다는 것과 대세완 다르지 않어요? 가령 여름날이 더워서 더운 것이 육체상으루 고통이요 싫다는 것과, 그러나 여름이란 더웁기루 마련이라는 것과, 즉 더운 것이 대세라는 것과는 다르드끼 말씀야요. 저 한 사람이 공산주의가 아무리 싫다구 하드래두 북조선 정권이 제주도까지 오는 것이 모든 조건에서 대세란다면 전, 그것을 적어두, 이론상으룬 승인을 해야 하는 거라구 생각해요."

짯짯하다
성미가 딱딱하고 깔깔
하다.

북한 정권의 수립 장면

"……."

나는 그것을 부인할 아무런 조건도 가진 것이 없었다.

"그러니깐 형님, 전 불행히 북조선 정권이 제주도까지 온다면, 감정상으룬 싫으나따나 이론상으룬 승인을 하긴 하겠지만, 한 가지 조건이 있어요. ……소련의 *위성국가루써의 조선인민공화국이 아니라, 어떤

위성국가
강대국의 주변에 위치
하여 정치적 경제적 군
사적으로 그 지배 또는
영향을 받는 국가.

방면에 있어서두 소연방의 간섭이나 그 제압을 받지 않는 완전 자주
독립의 조선인민공화국이란 조건에서 승인을 하겠어요."

"……."

"그리구 말씀예요, 형님, 전 비단 북조선 정권에 대해서만 그러는 것
이 아니라, 이 남조선, 대한민국에 대해서두 마찬가지야요. 옛날 *비
율빈처럼, 실권은 여전히 미국 재벌이 쥐구 앉었는 그런 독립은 일없
어요. 일제 시대의 만주국 독립 같은 그런 독립은 일없어요…… 만일
어떤 놈이구 간에, 그따위 정불 만들어 가지구 내용으룬 외국에다 나
라와 민족을 팔아먹으면서 수염을 쓰다듬구 앉어선 독립을 했습네 하
구 국민을 호령하는 놈이 있다면, 전 그런 놈 먼점 때려죽이구서 북조
선을 치러 갈 테야요, 단연코 용설 안 해요."

비율빈
필리핀의 한자 표현.

탁자 위에 놓였던 주먹을 하마 터질 듯 불끈 쥐면서 푸르르 떨었다.
눈은 활활 타는 것 같았다. 그러면서 덧붙여 하는 말이었다.

"제가 만일 일한합병 때 나서 있었다면, 이완용이, 이용구, 송병준이
그런 놈들을 살려 두질 않아요."

차를 다시 가져오게 하여 마시면서 오래도록 서로 말이 없었다.

나는 여기서도 '무서운' 후진을 봄과 아울러 *범속(凡俗)하고 용렬
한 나 자신을 다시금 발견하였다.

범속(凡俗)
평범하고 속됨.

훨씬 만에 영춘은 조용한 음성으로 새로운 말을 꺼내었다.

"춘자 누나를, 걸 어떻게 했으면 좋아요?"

"……."

춘자라면 나는 여러 가지 착잡한 감정이 일지 아니할 수가 없었다.

"동기간 의리에 불쌍하다군 생각을 해요. 그렇지만 차라리 전, 청산
가리 같은 거라두 앵겨 주구파요."

"......."

"인전 도저히 헤어날 수 없는 데까지 타락이 되구 말았어요."

"......."

"해방되던 해 형님이 황주 오셨을 때, 제가 왜놈의 학교엘 다니면서 온갖 구박과 설움받는 이애기 하지 않았어요? 그리구 통학열차에서 일본 계집아이한테 칼을 빌려 쓰군, 왜놈의 아이들한테 무리맬(몰매) 맞인 이애길 했죠? 들으셨죠?"

나는 잠자코 고개를 끄덕이었다.

"전 그때, 왜놈의 아이들이 절 그렇게 몹시 때린 심정이 지금야 이해가 되는 것 같아요. ……대체 연애면 연애, 유희면 유흴, 조선놈허구나 한다면 구태라 누가 무어래겠어요? ……어째서 그, ××놈들허구……."

춘자가 바람이 나기는 재작년 겨울부터였다.

미국 사람과 팔을 끼고 거리를 걸어오는 춘자와 딱 마주친 일이 있었다. 나는 알은체를 해야 옳을지, 모른 체해야 옳을지를 몰라 주춤주춤하는데, 춘자는 보아란 듯이 고개를 꼿꼿이 쳐들고 지나가 버렸다.

미국 사람과 찌프카에 앉아 달리는 것도 두세 차례 보았다.

춘자네 집 아래 찌프카가 놓여 있는 것을 보았다는 사람이 종종 있었다.

마침내, 지나간 유월인가는 춘자가 아이를 뱄다는 소문이 좌악 퍼졌다.

그 소문이 퍼지면서, 춘자의 그림자는 거리에서 보이지 아니하였다. 나도 그 뒤로는 만나지 못하였다.

춘자가 타락이 되고 만 데는 그 책임이 한 부분은 나에게 있다면 있을 수가 없지 아니할 내력이 있었다.

황주서 맞선까지 보았다는 그 평양 청년과의 혼인이 깨어진 것은 춘자에게 커다란 타격이었음일시 분명하였다.

연애는 없었다고 하더라도 맞선까지 보았고, 저편은 모르겠으나 적어도 춘자만은 그 사람이 마음에 들었던 모양이고, 혼담이 상당히 익었고 했던 것을, 남자편에서 파혼을 선언하였으니, 셈 들 대로 다 든 숫처녀로서 당하기엔 견딜 수 없는 실망이 아닐 수 없을 것이었다.

나를 따라 서울로 올라와 한 보름 동안 우리집에 있으면서 차차로 나에게 하는 태도가 매우 자연스럽지 아니한 것이 있었다. 생각건대 한 잠자던 감정이 문득 파혼의 *앙앙한 반감과 절망에서 오는 하나의 자포적이며 의식적인 반동으로 인하여, 그것이 비로소 불붙어 오른 것일는지도 몰랐다.

우리 집에서 나가던 바로 그날 아침이었다.

아내는 여느 때대로 부엌에서 어멈과 함께 조반 분별을 하였고, 나만 건넌방에서 혼자서 책을 읽고 있는데, 그러자 앞문 밖에서 춘자의 음성으로,

"오빠, 나 어제 신문 좀 주세요."

하였다. 그러면서 앞미닫이가 손 하나 드날 만큼 *바깃이 열렸다. 그 열린 사이로, 툇마루에 가 모로 걸터앉았는 춘자의 소매 짧은 폴로샤쓰 소매 아래로 포동포동 드러난 팔이 내어다보였다.

처음 보는 바도 아니었으면서, 그렇게 보는 춘자의 팔은 그날 아침 따라 심히 매혹적인 것이 있었다.

책상 위에서 신문을 집어 열린 문 사이로 내밀어 주는 신문과 바뀌어 무엇이 문턱 안으로 사뿟 떨어졌다.

배 볼록한 하얀 각봉투였다.

앙앙하다
매우 마음에 차지 아니하거나 야속하다.

바깃이
아주 조금.

나는 가슴이 울렁거리고 피가 와락 얼굴로 솟쳐 올랐다.

얼른 미닫이는 닫혔으나, 편지—각봉투는, 기쁘면서도 일변 방바닥에 흘린 숯불덩이같이 뜨거울 것이 무서워 손이 옴츠러들었었다.

아까 춘자의 폴로샤쓰를 입은 드러난 팔이 매혹적이어 보인 것이나, 시방 그 편지를 바라다보면서 기뻐하는 것이나, 그것은 한 가지로 나의 가슴속에서 진작부터 움터 가지고 있던 어떤 특수한 한 개의 감정 상태에서 우러나는 것이었다. 일컬어, 연애라고 하는 것이었다.

세상에 난 지 삼십삼 년에, 처음이었다.

나는, 그리고 춘자보다도 내가 먼저 춘자에게 연애를 하고 있었던 것이 속일 수 없는 사실이었다.

1945년 여름 황주에 갔을 때, 그때부터였던지 모른다. 아니, 그보다도 더 멀리 춘자가 서울서 황주로 내려가던 열일곱 살 적, *햇물의 은어처럼 발랄하고 귀염성스럽고 나를 따르고 하던 그 춘자 적부터였을는지 모른다.

나는 떨리는 손으로 편지를 집어 들었다. 앞에다 '송선생님', 뒤에다 '춘' 이렇게 썼다.

나는 편지를 뜯을 용기를 문득 내지 못하였다.

그 속에는 내가 일찍이 들어가 본 적이 없는 화려한 세계가 담겨 있을 터이었었다. 그러나 그것은 동시에 무서운 세계이기도 한 것이었다.

은어

나는 눈을 감았다.

나는 나 스스로가 몸을 단정히 가져 나의 어린 사람들에게 본받이가 되어야 할 직책에 있는 사람이었다. 의 아닌 행동을 하면서 어린 사람들을 가르친다는 것은 양심의 자살이었다.

나는 아내가 있는 사람이었다.

도탑다
서로의 관계에 사랑이
나 인정이 많고 깊다.

나의 아내는 연애를 한 것도 아니요, *도타운 애정이 서로간 있는 바도 아니었다. 보통학교를 겨우 마쳤을 뿐이니, 속에 든 것도 없고 인물도 별반 보잘것이 없었다.

그렇지만 그는 나의 아내임에 틀림이 없고, 나는 그의 남편임에 역시 틀림이 없었다. 좋으나 낮으나, 아내가 있는 사람이 한 다른 여자와 연애를 하고 어쩌고 한다는 것은, 나의 윤리로는 허락할 수 없는 *패덕(悖德)이었다.

패덕(悖德)
도덕이나 의리 또는 올
바른 도리에 어긋남.
또는 그런 행동.

고운 장미꽃을 *완상하기 위하여 꽃에 달린 가시에 살을 찔려야 하느냐, 꽃을 내다버려야 하느냐 하는 것을 가지고, 비록 삼십 분에 지나지 못하는 시간이었으나 심각하기로는 다시 없이 심각한 암투를 치러야 하였다.

완상(玩賞)
즐겨 구경함.

나는 편지를 종이에 싸가지고 춘자가 거처하는 뜰 아랫방으로 내려갔다.

춘자는 내가 대뜰에 서는 것을 보더니 고개를 푹 숙이고 들지 못하였다. 옆 볼때기로, 귀로, 부끄럼이 새빨갛게 달아올라 있었다.

나는 그, 고개를 폭 숙이고 볼때기와 귀밑이 새빨개서 앉았는 이때처럼 춘자가 어여뻐 보인 적이 없던 것 같았다.

"왜, 쓰잘데없는 장난을 하는 거야?"

낮은 음성으로 나무라면서 나는 종이에 싼 편지를 들여뜨리고 돌아섰다.

나는 나의 음성과 말씨가 내가 들어도 몹시 매섭고 얼음같이 찬 데에 스스로 놀랐다. 결코 그다지 냉혹하게 말을 할 생각인 것은 아니었었는데 말이었다.

남들도 그런지는 몰라도 연애란 이상한 물건이었다. 그렇게 드는 칼로 베듯 선 자리에서 잘라 버렸으면서도, 그날 그 시각 이후로 춘자의 영상은 나의 가슴에 지진 듯 박혀지고 말았다.

나 혼자서 나 자신도 모르게 연애를 하고 있던 연애에다 춘자가 비로소 그런 모션을 보인 것으로 하여 불에다 기름을 부은 소치라고나 할 것인지.

잊으려고 하나 잊혀지지가 아니하였다. 무시로 불현듯 생각이 나고, 심한 때는 좌우간 얼굴이라도 좀 보았으면 싶을 적도 있었다.

늘 거취가 궁금하고, 행동이 염려스럽고 하였다.

타락한 줄을 알았을 때는, 나는 울기까지 하면서 일변 가슴 아프게 책임도 느꼈다.

조반을 먹었는지 아니 먹었는지, 춘자는 행장을 챙겨 가지고 우리 집을 나갔다. 우리 집에서 나간 춘자는 일자로 발걸음을 끊었다.

그 뒤, 황주 아주머니가 월남하여 와 살면서부터는 종종 만날 기회가 저절로 있고 하기는 하였다.

춘자는 가족이나 아는 이가 있는 자리에서는 인사도 하고 이야기도 하면서 내색을 아니 하였으나, 혹시 나와 단둘이 만나는 때는 뾰로통해 가지고 인사도 변변히 하지 않았다. 겨우 마음 내켜야 한단 소리가, 피 도덕군자님 행차시군이었다.

5

이승만 박사로 대통령이 선거가 되고, 황주 아주머니가 마침 왔다 칼국수를 자시면서 믿고 기다렸던 대로, 이승만 박사가 대통령으로 들어앉았은즉, 인제는 조선이 독립이 되는 정부나 조직이 되고 하면, 그때는 조선 사람도 살길이 나서느니라고 말만 들어도 갈증이 개는 푸짐한 이야기를 한바탕 늘어놓고 간 것이 칠 월 스무날.

이어서 며칠 있다 국무총리가 나고, 달이 바뀌어 팔월이자 바로 이틀 사흘날에는 *조각이 발표되었고.

조각(組閣)
내각을 조직함.

십삼 일은 미국과 중국이 우리 대한민국 정부를 승인하였고.

그리고, 해방 기념일인 팔 월 십오 일의 복날을 날 받아, 일본 동경으로부터 온 맥아더 장군까지 참석한 자리에서, 대한민국 정부는 국민과 외국에 대하여 정식으로 한국의 독립을 선포하는 성대한

대한민국 정부 수립

식전을 거행하였다.

이로써 우리 조선은 위선 남쪽 한 토막이나마 우리의 정부를 가진 독립국이 된 것이었다.

한편 북조선에서는, 거기서도 팔 월 이십오 일날 총선거를 할 것을 선포하였다. 이 북조선의 총선거는 북조선에만 실시하는 것이 아니다, 남북조선의 전체적인 선거로 하기 위하여 남조선에서는 소위 지하선거라는 비밀선거를 한다고 하였다.

그러는가 하면, 삼남지방에는 큰비가 와 논밭이 휩쓸리고, 집이 떠내려가고 사람이 많이 상하고 하였다. 범위의 넓고, 또한 큰 품이 근년에 드문 재앙이었다.

그리하여, 이래저래 세상과 감격과 아울러 인심은 겉으로 혹은 속으로, 한결 더 심각한 갈등과 긴장과 소란과 초조와 불안 가운데서 용솟음치고 있었다.

나는 팔 월 십오 일날, 일찌감치 학교의 아이들께 태극기를 들려 데리고 기념식장에 나아가, 해방과 대한민국의 탄생을 함께 축하하는 축하를, 진심으로 축하하였다.

누가 무어라고 하건 나에게는 뜻깊고 감격스런 날이었다.

석양녘에는 어머니의 전갈을 가지고 황주 아주머니네 집엘 갔다.

장충단 공원을 가까이 끼고, 조촐한 정원을 가진 아담스런 일산 주택이었다.

위치, 정원, 집 재목과 모든 꾸밈새, 이런 것들에 고비 샅샅이 집을 진 주인의 알뜰한 마음성이 깃들어 있는 주택이었다.

누구였던지는 모르겠으나, 정복한 이 땅에서 이 집을 지니고 백년 천년 살 마음으로 집도 이렇게 정성을 들여 오밀조밀 잘 지어 놓았던 것이거니 하면, 인사의 *영고(榮枯)가 문득 감회스럽기도 하였다.

황주 아주머니는 재작년 봄, 이 집을 권리금으로 삼만 원을 주고 물려받았다.

십만 원 지니고 온 것에서 삼만 원으로는 집을 장만하고, 한 칠만 원 남은 걸 가지고 금년 봄까지 그럭저럭 살아 나왔다.

황주 아주머니쯤의 규모와 억척으로 하다못해 야미 보따리라도 싸 들고 나섬직한 노릇이지, 수중에 있는 돈을 곶감 빼먹듯 빼먹고만 앉았다니 모를 소리라고 하겠으나, 첫째로 황주 아주머니는 믿고 기다리는 것이 있었다.

오래지 않아 곧, 오래지 않아 곧 38선이 터지고, 황주로 돌아가 빼앗긴 집과 전장을 찾아 가지고 산다…… 이렇게 믿으면서 날이면 날마다 그것만 기다리고 있었다.

그러하기 때문에 황주 아주머니는 가진 돈이 하루하루 졸아드는 것

영고(榮枯)
번영하고 쇠퇴함.

도 그다지 마음에 시장스런 줄을 몰랐다.

황주 아주머니는 일변 또, 늙기도 하였다. 올해 쉰셋.

일찍이 네 아이를 데리고 맨손 쥐다시피 하고서 서울로 올라와 학생 하숙을 하면서, 생활과 단판씨름을 하던 서른넷으로부터 마흔너댓, 그때와는 이미 다른 것이 있었다. 좀처럼 시방은 그럴 체력도, 용기도 낼 기력이 없었다.

오늘 내일, 이 달 새 달 하고, 금년 봄까지 만 이태 동안을 기다리는 동안에 수중의 돈은 다 [*]밭아 버렸다.

금년 봄부터는 큰딸 송자의 도움, 그리고 춘자의 소위 노린내 나는 수입으로 입에 풀칠을 하였다.

춘자는 그 동안까지는 단순히 방탕을 위한 방탕이었다.

파혼과 뒤미처 다시 실연, 이 거듭하는 타격의 반동으로 생긴 실망과 자포자기, 그리고 천품의 불량성, 거기에다 호기심, 이런 것으로 인한 장난이요, 방종이요, 오입에 불과한 것이었다.

그러다 춘자는 생활이 절박하여지자 장난과 오입을 손쉽게 직업으로 바꾸었다.

미군의 옷, 피륙, 화장품, 담배, 설탕, 과자, 만년필, 약품, 이런 것들을 버터제(물물교환제)로 받아, 남대문 옆댕이와 배오개 장터의 소위 사설 피엑스(PX) 꾼들을 불러, 조선은행권으로 바꾸고 하였다.

이 노린내 나는 춘자의 수입은, 그러나 지나간 유월부터는 배가 너무 불러 올랐음으로 하여 일단 수입이 막히지 아니치 못하였다.

황주 아주머니는 오로지 큰딸 송자의 가느다란 도움으로 겨우 연명을 해야 하였다. 막상 어려운 노릇이었다.

이런 군색한 사정이며 춘자에 대한 이야기는, 앞서 번 명동의 다방

밭다
말라 붙거나 없어지다.

에서 영춘에게서 자상히 들어 안 것이었다.

황주 아주머니는 여전히 희망을 버리지 아니하였다. 여전히 오래지 않아 곧, 오래지 않아 곧 38선이 트이고, 트이는 그날로 공산당이 몰살을 당한 이북 땅 황주로 달려가, 집과 전장을 도로 찾아 가지고 편안히 다시 살 것을 믿으며 기다리기를 마지 아니하였다. 그것은 눈앞의 생활이 궁하여짐에 따라 반비례하여 더욱 조급성을 띠고 강화되었다.

거기에다 겹쳐서, 객관적으로 남조선에 5·10 선거가 실시되어 국회가 생기고, 이승만 박사가 의장이 되어 헌법을 마련하고, 마침내 이승만 박사가 대통령으로 들어앉고 하는 것으로써 황주 아주머니의 희망과 기대는 드디어 움직여지지 않는 일종의 신앙이 되었다.

그러나 내일 황주로 가 떵떵거리고 살망정이라도 오늘을 굶을 수는 없었다.

그리하여 아쉬운 대로 우선 집을 팔아 작은 것으로 줄이든지, 이왕 오래지 않아 곧 서울은 뜨게 될 터인즉, 조그마한 사글세 집을 얻든지 하고서, 처지는 돈으로 한동안 생활을 지탱할 마련을 하기로 한 것이었다.

가회동 우리집에서 한참 올라가, 조그마한 집이 한 채가 사글세로 난 것이 있었다. 안방 간 반, 부엌 간 반, 마루와 건넌방이 각 한 간, 도합 다섯 간짜리의 소꿉 같은 집으로, 육만 원 보증금에 월세가 삼천 원이었다.

납작한 고가에 마당은 손바닥만하고, *수통은 멀고, 두루 마음에 어설프기는 하나 단출한 식구니 구태여 큰 집이라야 할 며리도 없고, 겸하여 전세나 아주 사는 것이 아니니, 아무 때라도 서울을 훌 떠나기에 집 처분으로 붙잡혀 앉히울 까닭도 없고 해 황주 아주머니한테는 차라

수통
물이 통하는 관.

리 제격이었었다.

　어제 오후에 어머니는 나를 데리고 가 집을 둘러보고 돌아오는 길에 이만한 자리도 쉽기가 어려우니 속히 서둘러 놓치지 말고 붙잡도록 하라고, 내일 부디 가서 전갈을 하여 주라고 하였다.

　시방 사는 집은 삼십만 원은 몰라도 이십오만 원이면 당장이라도 살 사람이 있다고 하였다.

　이십오만 원 받아 한 삼만 원 들여서 명의 변경시켜 주고, 육만 원 보증금 주고, 이사 *비발이 돈 만 원이나 날 것이고, 십오만 원은 고스란히 떨어질 것이다.

　십오만 원 가졌으면 일년은 견딜 터.

　그 안에 38선이 트이면, 돈으로 가지고 가서 해로울 까닭 없는 것이고.

　나는 황주 아주머니가 대한민국이 탄생하는 오늘을 누구보다도 희망과 기쁨으로써 맞이하였을 것이려니 하는 생각을 하면서 현관문을 열었다.

　내가 현관을 열고 무심코 한 걸음 들어서는 것과, 안의 열려 있는 장지문 뒤로 좇아 알락달락한 원피스 안에다 둥근 *청동호박을 한 덩이 밀어 넣은 것 같은 무서운 배가 불쑥 나오는 것과가 거의 동시였었다.

　배는, 다음 순간 질겁을 하여 나오던 *장지문 뒤로 도루 들어가 버리고.

　나는 그 괴물 같은 배가 불쾌하기보다는 눈시울이 매우면서 가슴이 뿌듯하여 오름을 어찌하지 못하였다.

　잠깐 진정을 하여,

　"아주머니."

비발
비용.

청동호박
늙어서 겉이 굳고 씨가 잘 여문 호박.

장지문
지계문에 장지 짝을 덧들인 문.

하고 불렀다.

　황주 아주머니의 대답 대신 춘자의 히스테릭한 음성이,

　"뭣 허러 오는 거예요? 당장 가요!"

하였다.

　망설이다가 나는 또 한번 아주머니, 하고 불렀다. 종시 황주 아주머니의 대답은 없고 일단 더 높은 춘자의 음성이,

　"괜히 물 끼얹을 테니깐 알아 해요."

하였다.

　황주 아주머니는 집에 있지 않은 모양이었다.

　나는 *저마를 하다가 구두를 벗고 올라갔다. 기다려서 황주 아주머니를 만나자 함이 아니었다. 춘자를 만나자 함이었다. 그러나 만나서 어떻게 한다는 것은 없었다.

　내가 방으로 들어오는 것을 본 춘자는, 아까처럼 질겁하여 피하는 대신 똑바로 서서 나를 쏘아보면서 쌔근쌔근하였다.

　춘자는 만삭 된 임부(姙婦)가 대개 그러하듯이, 부석부석하고 광택을 잃은 얼굴은 삐뚤어지고, 눈시울은 틀어지고 하였다. 그 이쁘장스럽던 모양을 찾을 길이 없었다.

　저 뱃속에서 시방 눈 새파랗고, 머리터럭 노랗고, 코 오똑하고 한 것이, 수만리 태평양 저편짝을 향수(鄕愁)하면서 꼼틀거리고 있거니 할 때에, 비로소 나는 견딜 수 없는 혐오와 추악감이 솟아오르고, 하마 구역이 넘어오려고 하였다.

　나는 전후를 생각지 않고 제풀에 말이 흘려져 나왔다.

　"차라리 죽어 버리구 말지!"

　탄식조의 차악 갈앉은 구슬픈 음성이었다. 나는 의식하고서 그런 구

저마
주저 할까 말까 망설임

슬픈 말로써 말을 한 것은 아니었다.

나의 눈에서는 눈물이 글썽거렸다.

춘자의 표정은 암상으로부터, 잔뜩 시니컬한 것으로 돌변을 하였다.

"흥! 도덕군자님, 장하십니다. ……××놈한테 ××했다구? ××놈의 자식 애뱄다구? 그래 더럽다구? ……흥, 더러우니 어쩔단 말씀이신구, 말씀이. 박춘자년이 더러운 양갈보면, 어떤 양반 출세 못 하실 일 났나? 정가 맥히실 일 났나?"

"……."

"흥! 나더러 죽으라구? 더럽다구 죽으라구? ……왜? 어째서 죽어? 더러울 게 어딨어? 이 세상 깨끗한 사람 별루 없습디다. 별루 없어."

"……."

"외국놈한테 정줄 팔아먹는 년이 더러면, 외국놈한테 절갤 팔아먹는 서방님네들은 무엇일꾸? 외국놈의 자식을 애밴 년이 더러운 년이면, 제 뱃속으루 난 제 자식을 외국놈을 만들 영으루 하는 서방님네들은 무엇일꾸? ……말을 해봐요. 바루 터진 입으루 말을 해봐요."

춘자는 어느덧 다시 한번 변하여 눈은 분노로 불타고, 사납게 들이 육박이었다.

"흥, 할 말이 없기두 할 테지. 그럼 내가 대신 말을 하지. ……자기가 데리구 가르치는, 철없는 어린아이들더러 왜놈이 되라구 시킨 건 누구신구? 조선말을 내다버리구 왜말을 쓰라구 딱딱거린 건 누구신구? 하루두 몇 번씩 황국신민서살 외우게 하구, 걸핏하면 덴노 헤이카 반사일 불러 준 건 누구신구? ……그뿐인감? 왜놈이 물러가니깐 이번엔 왜놈 대신 온 ××놈한테 붙어서, 조선 아이들을 ××놈의 노예를 만드느라구 온갖 짓 다 하구 있는 건 누구신구?"

"……."

"난 양갈보야. 난 ××놈한테 정좔 팔아먹었어. ××놈의 자식 애뱄어. 그러니깐 난 더런 년야. ……그렇지만서두 난 누구들처럼 정신적 매음은 한 일 없어. 민족을 팔아먹구, 민족의 자손까지 팔아먹는 민족적 정신 매음은 아니 했어. 더럽기루 들면 누가 정말 더럴꾸? 이 얌체 빠진 서방님네들아!"

생각하면 춘자의 공박도 노상 억지엣공박은 아니었다. 차라리 지당한 말일 수가 있었다.

이조 초에 고려의 유신으로서 이씨 조정에 벼슬을 한 한 사람이, 말을 아니 듣는 기녀(妓女)더러, *동가식 서가숙(東家食西家宿)하는 몸으로 사람을 가릴까 보냐고 꾸짖었더니, 계집이 *천연히 대답하기를, 왕씨를 섬겼다 이씨를 섬겼다 하기와 다를 거냐고 하여서, 그만 *무렴을 당하였다는 이야기를 나는 생각하고 있었다.

"내가 잘못했으니 노염 풀구려."

진작부터 떨어뜨리고 섰던 고개를 들고 겨우 폭 죽은 목소리로 이 한 마디를 하고는, 나는 돌아섰다.

춘자가 우르르 앞을 가로막았다.

눈과 눈이 마주친 채 한참 서 있었다.

춘자의 얼굴에서는 분노가 물 쓰이듯 가시면서 대신 조용히 슬픔이 퍼져 올랐다.

"무슨 원수라구, 두구두구 날 이다지 모욕이세요? 두구두구."

음성은 힘없이 차악 갈앉은 음성이었다.

"편지 뜯어 보지두 않구서 도루 집어 내던져 주는 거, 숫기집애루 그런 부끄럼이 또 있어요? 모욕이면 이만저만한 모욕예요?"

동가식 서가숙
(東家食西家宿)
동쪽 집에서 밥 먹고 서쪽 집에서 잠잔다는 뜻으로, 일정한 거처 없이 떠돌아다니며 지냄을 이르는 말.

천연하다
생긴 그대로 조금도 꾸밈이 없다.

무렴
염치가 없음을 느껴 마음이 부끄럽고 거북함.

그것이 모욕이었으리라고는 나는 꿈밖이었다. 그러나 듣고 보니 또한 지당한 말인 것도 같았다.

눈물 글썽글썽한 눈으로, 똑바로 나의 눈을 보면서 넋두리하듯 말을 이었다.

"이 배만은, 당신한테만은 보이구 싶잖었어요. 당신한테만은, 이 배만은. 당신은 더럽다구 죽으라구 했지만, 난 부끄러워서 죽어야 해요, 당신이 부끄러서."

목이 메더니, 울음이 터지면서 두 손으로 얼굴을 싸고 그대로 접질려 쓰러지면서 흐느껴 울었다.

창자가 끊이는 듯 애달픈 울음이었다.

나는 울기조차도 못 하여 등신처럼 망연히 선 채 있었다. 망연히 서서 열린 유리창 밖으로 보는 데 없이 눈이 가는 곳, 정원의 해당화 가지에 매달린 두어 송이의 시들고 퇴색한 월계꽃이 눈에 들어왔다. 넘어가는 햇살이 힘없이 그 위에 드리웠고.

우연한 일치였지만 심술스러운 *부합이었다.

월계꽃

부합
서로 맞대어 붙임.

드르릉 현관문이 열리었다.

이어서 시끄럽하게,

"아유—더워, 사람이 곧 미치겠구나! ……작은아이, 나와, 이거 좀 받아라. ……대체 쌀 한 말에 일천오백 원이니, 이런 무도한 녀석에 세상이 있단 말이냐? 쌀장산 죄다 공상당인 게야, 분명……."

하고 떠드는 소리는 묻지 않아도 황주 아주머니였다.

매정스런 까마귀가 까옥까옥 지붕 위로 울고 지나간다. 시든 월계꽃에는 낙조(落照)가 마지막 가물거리고.

『잘난 사람들』, 민중서관, 1948.

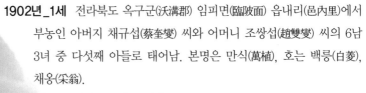

1902년_1세 전라북도 옥구군(沃溝郡) 임피면(臨陂面) 읍내리(邑內里)에서 부농인 아버지 채규섭(蔡奎燮) 씨와 어머니 조쌍섭(趙雙燮) 씨의 6남 3녀 중 다섯째 아들로 태어남. 본명은 만식(萬植), 호는 백릉(白菱), 채옹(采翁).

1910년_9세 임피보통학교 입학.

1914년_13세 임피보통학교 졸업.

1918년_17세 서울 중앙고등보통학교 입학.

1920년_19세 집안 어른들의 권유로 동향의 은선흥(殷善興)과 결혼.

1922년_21세 중앙고등보통학교 졸업. 일본 와세다 대학 부속 고등학원 문과 입학. 동경 대지진으로 대학 중퇴 후 귀국. 단편 「과도기」 집필.

1924년_23세 『조선문단』에 이광수 추천으로 처녀작 단편 「세길로」 발표. 첫아들 무열 탄생.

1925년_24세 《동아일보》 기자 근무, 단편 「불효자식」이 『조선문단』에 추천됨.

1926년_25세 《조선일보》 학예부 기자 및 『개벽』 기자로 활동.

1928년_27세 둘째 아들 계열 탄생. 단편 「생명의 유희」 탈고.

1929년_28세 단편 「산적」을 「별건곤」에 발표함.

1932년_31세 카프(KAPF)에 참여하지는 않았으나, 이갑기와 동반자 작가 논쟁을 벌임.

1933년_32세 《조선일보》에 장편 「인형(人形)의 집을 나와서」 연재.

1934년_33세 「신동아」에 단편 「레드메이드 인생」 발표.

1936년_35세 기자생활을 청산하고 개성으로 옮겨, 셋째 형 준식의 일(금광업)을 도우며 창작에 전념. 「문장」, 「인문평론」 등에서 본격적으로 작품을 발표하며 중견작가의 위치를 굳힘.

1937년_36세 《조선일보》에 장편 「탁류」를 연재하였으며, 그 밖에 중편소설·희곡·평론 등을 발표함.

1938년_37세 「조광」에 「천하태평춘(天下太平春)」으로, 장편 「태평천하」 연재.

1939년_38세 장편 「금(金)의 정열」《매일신보》 연재. 「탁류」 단행본 출간.

1940년_39세 안양으로 이사. 「순공(巡公) 있는 일요일」 등 여러 편의 단편 발표.

1942년_41세 《매일신보》에 장편 「아름다운 새벽」 연재. 셋째 아들 병훈 출생.

1944년_43세 딸 영실 출생. 장편 「여인전기(女人戰記)」 연재.

1945년_44세 부친 별세, 첫아들 무열 사망. 고향 임피로 낙향. 해방 후 서울 충정로로 이사.

1946년_45세 고향 임피로 낙향, 단편집 「제향날」 간행.

1947년_46세 넷째 아들 영훈 출생. 어머니 조씨 사망. 이리시 고현동으로 이사.

1948년_47세 『태평천하』 출간.

1949년_48세 소설집 『잘난 사람들』 간행. 이리시 주현동으로 이사. 무리한 창작활동으로 6월 득병.

1950년_49세 49세인 6월 11일, 이리시 마동 10번지에서 지병으로 사망.

풍자에 의한 식민지 현실 비판과 사회주의 사상의 밀도
─ 채만식론

문 홍 술 (서울여자대학교)

1. 세계관으로서의 사회주의 사상과 소부르주아 의식

白菱 혹은 采翁 채만식(1902~1950)의 작품 세계는 동반자적 작품, 풍자소설류, 세태소설류 등으로 매우 다양하게 전개되고 있다. 이처럼 다양한 작품 세계를 보다 심도 있게 이해하기 위해서는 무엇보다 먼저 그의 작가적 세계관에 대한 검토가 필요하다.

채만식의 세계관은 몰락한 중산 계층으로서의 소부르주아 의식과 사회주의 사상이 결합된 것으로 요약될 수 있다. 그는 1902년 6월 7일 전라북도 옥구군 임피면 읍내리에서 5남 1녀 중 막내로 태어났다. 그의 가계는 처음에 농촌의 소지식인이었지만 경제적으로는 빈농이었다. 그러다가 개항 이후 자본제적 상품경제와 조우하면서 근농군으로 자수성가하여, 1905년경 합리적인 농업 경영에 성공함으로써 중농부농으로 성장하였다. 그러나

1920년대 초경 그가 와세다 대학 예과에 재학 중일 때, 일제가 산미증식계획의 일환으로 벌인 대지주 중심의 수리조사사업으로 인해 몰락하고 만다.

이후 1923년 귀국 후 그는 교원, 신문사 정치부 기자, 잡지 편집 위원 등을 역임하면서, 스스로를 근거 박약한 민족적 적개심과 야욕적 자유주의에 침체된 몰락 중산 계급의 테두리에 머물고 있다고 자각한다. 그러면서 그는 사회주의 사상의 창시자인 마르크스와 무정부주의자로 알려진 크로포드킨의 저서를 탐독하면서 사회주의 사상을 받아들인다.

마르크스와 엥겔스에 의해 주창된 사회주의는 자본주의를 전복시키려는 사상이다. 그것은 자본주의를 지배계급(부르주아)과 피지배계급(프롤레타리아)의 계급대립과 전자에 의한 후자의 지배와 착취로 보고, 피지배계급의 투쟁과 혁명에 의해 지배계급을 타파하고 피지배계급만의 사회를 이루고자 한다. 일제 강점기에 이 사상을 전면적으로 받아들인 문학이 프로 문학이고 그들의 단체가 카프(KAPF)이다. 일제 강점기에 이러한 사회주의 사상이 지식인의 호응을 크게 받은 이유는, 당시의 지배계급이 일제에 기생하는 경우가 대부분이었고, 따라서 이들 지배계급에 대한 공격이 곧 일제에 대한 공격과 맞물려 있었기 때문이다.

채만식도 이러한 사회주의 사상을 작가 정신의 한 축으로 받아들인다. 그러면서 그는 카프에 동참하지 않는다. 채만식처럼 사회주의 사상에 동조하되 그 단체와는 일정한 거리를 유지하는 작가로 유진오와 이효석을 들 수 있는데, 이들을 동반자 작가라고 부른다.

채만식은 사회주의 사상을 받아들인 뒤, 동반자 작가 논쟁(1931. 1~1932. 8)을 거치면서 카프 주도에 의한 프로 문학의 도식성과 추상성을 비판하고, 창작행위를 전제로 한 구체적인 작가의식을 지향하게 된다. 그것이 「인형의 집을 나와서」(1933. 5. 27~1933. 11. 14)인데, 여기서 그는 '생활의 문학'을 천명한다. 이때의 생활은 소부르주아 지식인의 생활이 아니라, 지금까지 서적과 이론을 통해 파악한 프롤레타리아적 세계관에 입각한 구체적 현실성에 기반한 생활을 의미하는데, 그는 이런 '생활의 문학'을 통해, i) 소부르주아 지식인의 몰락 과정, ii) 부르주아와 그 계급의 정치 및 경제적 폭로, iii) 기성 문화의 폭로를 주장하고 있다.

이 과정을 거쳐 그는 문학을 장님 코끼리 만지기 식이 아니라, 사물을 전체적이고 발전적인데서 인식, 파악(무엇을: 리얼리즘)하여 그 사상(事象)을 문장적 수단(어떻게: 풍자문학)으로 구상화한 것이라 보고, 풍자적 리얼리즘을 주창한다. 풍자적 리얼리즘이란 세계관으로서의 리얼리즘과 양식(창작방법)으로서의 풍자를 의미한다.

1936년 이후 그는 조선일보사를 사직하고 개성에 칩거하면서 창작에만 전념한다. 그 결과 그는 1936년 7월부터 1930년대 말까지 그의 대표작들이 할 수 있는 「명일」, 「탁류」, 「태평천하」, 「치숙」, 「제향날」 등을 발표한다. 이후 그는 1940년 개성에서 안양으로 이사하여, 「냉동어」, 「당랑의 전설」 등의 희곡을 발표하고 해방 이후 1950년 6월 11일에 사망한다.

이러한 작가의식의 변모 과정을 통해, 채만식에게 있어서는 몰락한 중농계층으로서의 소부르주아 지식인 의식과 그 지양을 위한 매개항으로서의 사회주의 사상(동반자적 성격)이 세계관의 기반임을 알 수 있다. 몰락한 중농계층의식에 기초한 돈 콤플렉스로 인해 가진 자(윤직원으로 대표되는 대지주)에 대한 비판(풍자적 수법)이 가해지며, 한편 정치부 기자로서의 현실감각(소부르주아 지식인 의식)과 사회주의 사상이 결합된 동반자 작가 성격에 의해 식민지 한국 사회구조를 치밀하게 비판한다. 그에게 있어서 사회주의 사상은 그를 현실안주적인 소부르주아 지식인의 범주에서 벗어나 식민지의 비참한 현실에 대한 인식과 그 비판을 가능하게 하는 매개항에 해당된다.

그의 작품은 매개항으로서의 사회주의 사상의 밀도에 따라 그 특질을 달리한다. 「레디메이드 인생」(1934)에는 미미하게나마 사회주의적 사상이 존재하고 있다. 이에 따라 진보적 의식을 가진 긍정적 인물 P가 제시되는데, 그는 자조적 성격의 소유자이지만 당당히 신문사 K사장의 불의에 맞선다. 그러나 「명일」(1936)의 경우를 보면, 「레디메이드 인생」에 비해 사회주의적 이념의 열도가 크게 저하되어 있음을 볼 수 있다. 그 결과 이 작품의 주인공 '범수'는 「레디메이드 인생」에 나타나는 주인공의 진보적 의식과는 달리, 가족이 부여하는 생활의 책임을 감당하지 못해 도둑질의 충동을 받는 등, 심하게 좌절된 의식을 드러내고 있다. 한편 「치숙」(1938)은 세속적인 젊은이의 눈에 비친 오촌고모부(좌익운동하다 징역 살고 나옴)의 모습을 역설적으로 풍자하고 있다. 이러한 풍자에는 식민지 우민화 교육 정책에 대한 비판이 잠복되어 있는데, 이러한 비판은 작가의 세계관의 한 축인 사회주의 사상이 작품의 배면에서 작동하고 있기 때문에 가능하다.

2. 부정적 인물의 군상과 그 비판

장편소설 『태평천하』는 채만식의 대표적인 작품으로, 잡지 『조광』에 발표(1938.

1~1938. 9)될 당시에는 『天下太平春』이라는 제목으로 실렸다. 『태평천하』는 비슷한 시기에 발표된 『탁류』(1937)와 함께 일제강점기에 있어서 작가의 현실비판 의식이 첨예하게 드러나고 있는 작품으로, 채만식 문학을 해명함에 있어서 그 중요한 위치를 차지하고 있다. 『탁류』는 전반부에서는 군산을 무대로 하여 미두를 통한 정주사 일가의 몰락상을, 후반부에서는 서울을 무대로 하여 초봉의 몰락 과정을 보여주면서, 일제 강점기의 황폐한 현실을 직설적으로 묘사하고 있다. 반면, 『태평천하』는 반민족적이고 반역사적인 인물들을 전면에 내세워 당대 친일 및 부유 계층의 타락상과 함께 이들에 의한 식민지 궁핍화 현상을 풍자적으로 다루고 있다.

가족사소설 내지 풍자소설로 평가받는 『태평천하』는 부정적 인물을 전면에 내세우고 긍정적 인물을 감추고 있는 풍자적 리얼리즘에 충실하면서, 채만식의 세계관으로서의 사회주의 사상이 강하게 작용하고 있는 작품이다. 곧 이 작품은 사회주의 사상에 기초하여 식민지 현실의 모순을 첨예하게 인식하고, 이를 풍자적인 수법으로 신랄하게 비판하고 있는 것이다.

이 작품은 시간상 정축년(1937년) 9월 열 ××날 석양이 질 무렵에서부터 다음 날까지의 이틀 동안, 계동 윤직원 영감 집을 배경으로 하여, 윤용규→윤직원→윤창식→윤종수→윤경손으로 이어지는 5대에 걸친 윤직원 일가의 비정상적인 삶을 풍자적 수법으로 보여주고 있다. 5대에 걸쳐 등장하는 인물 중에서 윤종학을 제외한 나머지 인물들 모두가 부정적인 인물로 풍자의 대상이 되고 있는데, 이를 구체적으로 살펴보면 다음과 같다.

먼저, 지주 겸 고리대금업자인 윤직원이다. "만석 추수에 천명 작인"을 가진 대지주인 윤직원은 올해 72세로 자신의 재산과 일신의 영달만을 중요시하며, 당대 일제 강점기의 비참한 민족적 상황에 대해서는 전혀 무관심한 반역사적, 반민족적 인물이다. 그는 일제 식민지 치하의 현실을 "태평천하"라 주장한다. 일제 식민지 치하야말로 자신의 재산과 안정을 그 어느 때보다 확실하게 지켜주는 시대라는 인식 하에, 그는 민족이 처한 암울한 역사적 상황과 비참한 사회적 현실에 대한 배려는 눈곱만치도 가지고 있지 않다. 그러한 인식은 "우리만 빼놓고 어서 망해라"라는 그의 발언에 함축되어 있는데, 요컨대 그는 식민지 조선의 비참한 현실에는 무관심한 채, 오로지 일제에 기생하면서 자신과 집안의 영달만을 추구하는 인물이다.

윤직원의 이러한 가치관은 그의 재산의 축적 과정에서 배태된 필연적 결과물이다. 실상 윤직원이 "계동의 이름난 장자"로 행세할 수 있었던 계기는 그의 부친인 윤용규로부터 비롯된다. 윤직원은 윤용규가 '화적패'에게 죽던 해인 계묘년(1903)에 '3천 석 거리'의 재산을 물려받아 30년 동안 착실히 가산을 늘려 지금의 부를 축적한 것이다. 그런데 부친 윤용규는 30대인 조선조 말에만 하더라도 "탈망바람으로 삿갓 하나를 의관삼아 촌 노름방으로 으실으실 돌아다니면서 개평푼이나 뜯으면 그걸로 되돌아 앉아 투전장이나 뽑기, 방퉁이질이나 하기, 또 그도 저도 못하면 가난한 아내가 주린 배를 틀어쥐고서 바느질품을 팔아 어린 자식과 입에 풀칠을 하는 것을 얻어먹고는, 밤이나 낮이나 질펀히 드러누워, 소대성(蘇大成)이 여대치게 낮잠이나" 자는 "판무식꾼"이었다. 그러던 그가 어느 해, 출처는 분명치 않지만 갑자기 돈 '이백 냥'이 생기면서 "칼로 벤 듯 노름방 발을 끊고, 논을 산다, 대변푼 돈놀이를 한다, 곱장리를 놓는다"하면서 일조에 착실한 살림꾼이 되어 당대에 3천 석 재산을 모았던 것이다. 그 재산을 물려받은 윤직원은 더욱 가산을 늘려 지금으로부터 10년 전(1927년) 서울로 이사 오기 전에 만석꾼이자 현금 10만원을 은행에 예금한 거부가 되었던 것이다. 이들 양 대에 걸친 재산 축적 과정을 작가는 다음과 같이 압축적으로 표현해놓고 있다.

> 양대(兩代)가, (i) 그 어둔 시절에 그처럼 치산을 하느라고(시절이 어두우니까 체계변이며 장리변의 이문이 숫지고, 또 공문서(空文書:空土地)가 수두룩해서 가산 늘리기가 좋았던 한편으로 말입니다) (ii) 욕심 사나운 수령(守令)한테 걸려들어 명색 없이 잡혀 간혀서는, 형장(刑杖)을 맞아 가며 토색질을 당한 것도 한두 번이 아니요, 화적(火賊)의 총부리 앞에 목숨을 내걸고 서서 재물을 약탈당하기도 부지기수요, 그러다가 말대가리 윤용규는 마침내 한패의 화적의 손에 비명의 죽음까지 한 것인즉슨, 일변 생각하면 피로 낙관(落款)을 친 치산이지, 녹록한 재물이라고 할 수는 없을 것입니다.(37쪽)

위 인용문에서 윤용규와 윤직원의 양 대에 걸친 재산 축적 과정에서 (i)과 (ii)의 두 가지 점에 주목할 필요가 있다. 첫째, (i)에서 보듯, '어둔 시절의 체계변, 장리변의 이문과 공문서'를 통한 재산 축적이다. 이는 일제의 식민지 조선에 대한 수탈정책과 맞물려 있다. 이를 보다 자세히 고찰하면 다음과 같다.

조선 후기 사회에 들어서면서, 근대 자본주의의 맹아라 할 수 있는 경영형 부농이 등장한다. 근대 이전의 조선 사회에는 봉건적인 지주와 소작인 관계만이 있었기에, 자신의 땅을 가지고 농사를 짓는 자영 농민이 없었다. 그러다가 조선 후기에 들어 중세신분제 질서가 흔들리면서, 자신의 땅을 가지고 농사를 지어 부농으로 성장하는 경영형 부농이 등장하였고, 이들에 의해 조선 사회는 자율적인 근대화의 초석을 마련해가고 있었다. 그러나 일제의 식민지 지배가 시작되면서 조선사회는 일제의 조선 수탈 정책에 의해 자생적 근대화의 발판을 상실하게 되는데, 그 중추적인 역할을 담당한 것이 일제에 의해 세워진 '동양척식회사'이다. 곧 일제는 동양척식회사를 설립하여 토지신고제를 시행하는데, 이것은 경영형 부농으로 등장한 농민들이 자신이 가진 토지를 신고하도록 하는 제도이다. 그런데 당시의 열악한 정보 체제와 농민들의 무관심과 무지로 인해 신고가 제대로 이루어지지 않았고, 이를 악용해 일제는 신고되지 않은 토지를 전부 동양척식회사의 소유로 전환함으로써, 경영형 부농들은 자신의 토지를 잃고 다시 소작인으로 전락하게 된다. 말하자면, 조선 후기에 등장한 자생적 근대화의 싹은 꺾여지고, 조선 사회는 일제에 의해 다시 지주와 소작인의 관계라는 봉건적 경제구조로 후퇴하게 되는 것이다. 동양척식회사는 귀속된 토지를 봉건적 지주들에게 불하함으로써 지주들을 일제의 앞잡이로 끌어들였고, 이들을 통해 식민지 통치와 농촌 수탈을 용이하게 수행하였다.

　일제는 식민지 전 기간에 걸쳐 조선 사회를 수탈하였는데, 그 과정이 토지조사사업(1910. 3~1918. 11), 산미증식계획(1920~1934), 경공업화(1930년대)로 이어진다. 이 과정에서 배태된 것이 식민지 기생 지주와 매판자본가들이며, 일제는 이들에 의해 식민지 조선의 반봉건적 경제 구조(지주와 소작인)를 강화하고, 또한 이들을 통해 식민지 지배의 제도적 장치를 마련하였다.

앞의 인용문에서 제시된 '공토지'는 바로 동양척식회사에 귀속된 토지를 의미하는 바, 윤직원 일가의 축적은 이처럼 동양척식회사에 의한 식민지 수탈 정책에 힘입어 가능했던 것이다. 말하자면, 식민지 기생 지주의 전형인 윤직원의 치부는 그 배후에 일제의 비호를 업고 있는 것이다.

다음, (ii)에서, 윤직원은 자신의 부친을 죽인 동학당과 재산을 약탈해 간 조선조 토색 수령(백용규)를 화적패 내지 부랑당으로 보고 있다는 점이다. 그 이유는 그들이 자신의 부친을 죽이고 재산을 빼앗으려 했기 때문이다. 그런데 일제 식민지가 되면서 일제는 이들 부랑당들을 몰아내었을 뿐만 아니라, 자신의 재산을 축적하게 여러 제도를 만들고 그것을 조장하고 있다.

이 두 가지 이유로 말미암아 윤직원은 철저한 친일 지주가 된다. 그는 "자기가 찬미하는, 가령 경찰행정 같은 그런 방면의 사업에다가 자진하여 무도장 건축비를 기부"한 반면에 민간 측의 사업이나 구제에는 한 푼도 쓰지 않는다. 그는 일제 시대를 '태평천하'라고 규정하고, 그런 일제에 기생하면서 일제의 식민지 수탈 정책을 이용해 자신의 재산을 더욱 더 늘려간다. 그 방법이 고율의 소작료, 농촌의 장리쌀과 체계돈의 이용, 수형이다.

먼저, 고율의 소작료이다. 당시 부재지주들은 지주→사음(마름)→타작관→소작인으로 이어지는 계서제(階序制)를 이용하여, 자신은 서울에 거주하면서 농촌에는 마름을 두고 마름으로 하여금 자신 대신에 토지경영을 했는데, 윤직원 역시 그러한 방법을 택하고 있다.

지주가 소작인에게 토지를 소작으로 주는 것은 큰 선심이요, 따라서 그들을 구제하는 적선(積善)이라는 것이 윤직원 영감의 지론이던 것입니다. 윤직원 영감의 신경(神經)으로는 결코 무리가 아닙니다. 논이 나의 소유라는 결정적 주장도 크지만 소작경쟁이 언제고 심하여, 논 한 자리를 두고서 김서방 최서방 이서방 채서방 이렇게 여럿이, 제각기 서로 얻어 부치려고 청을 대다가는 필경 그 중의 한 사람에게로 권리가 떨어지고 마는데, 김서방이나 혹은 이서방이나 또는 채서방이 나에게로 줄 수 있는 논을 최서방 너를 준 것은 지주 된 내 뜻이니까, 더욱이나 내가 네게 적선을 한 것이 아니냐……? 이 것이 윤직원 영감의 소작권에 의한 자선사업의 방법론입니다.(238~239쪽)

소작인에 토지를 나누어주는 것 자체가 선심이자 적선이자 자선사업이라는 윤직원의 생각은 조선조 지주−소작인의 관계에 입각하여 절대적 권한을 가진 봉건적 지주로서의 측면을 단적으로 보여주고 있는 대목이다. 그는 수해가 나서 소작료를 감해달라는 소작인들의 요구에 대해 "만약 흉년이라고 도조를 감해주기로 든다면, 그러면 그 반대로 풍년이 들어서 벼가 월등 많이 나는 해는 도조를 처음 정한 석수(石數)보다 더 받아도 된다."라는 반문을 하면서, 소작인들의 그러한 요구를 "공연한 떼"에 불과하다고 본다. 봉건적 지주로서의 윤직원에 의한 소작인에 대한 수탈이 얼마나 심한가는 다음 대목에 잘 제시되어 있다.

(i) 몇백 명이나 되는 윤직원 영감의 소작인 중엔 윤직원 영감만한 체질을 타고난 사람이 몇은 없을 이가 있다구요.

그렇건만 그 사람네는 온전히 도조를 해다가 바치기에 정력이 죄다 말라 시들고, 보약 한 첩 구경도 못 했기 때문에 자연의 섭리(攝理) 이하로 오히려 떨어지고 만 것이 아니겠습니까.

또 가령 특별한 예외나 기적으로, 윤직원 영감네 소작인 가운데 윤직원 영감처럼 칠십이로되 능히 계집을 다룰 정력을 지탱하고 있는 자 있다 치더라도, 그가 감히 첩질과 계집질을 할 팔자며, 그럴 생심인들 하겠습니까.

그러니 결국 그것은 늙은이한테는 생물적 필연이라는 관용도 안 될 말이요, 타고난 선천이니 체질이니 하는 것도 다 여벌이고, 주장은 한갓 팔자(시체말로는 환경) 그놈이 모두 농간을 부리는 놈입니다.

소작인이 바빠 벼가 만 석이 그득 쌓이기 때문에, 그의 생리와 건강과 행동과 이 모든 것이 화합되어(혼합이 아니라 화합이 되어) 오늘날의 싱싱한 윤직원 영감을 창조한 것이니라…… 이런 해석도 그러므로 고집은 해볼 만합니다. (150쪽)

(ii) 시골 있는 사음한테로 기별만 할 양이면, 더는 몰라도 조그마한 소녀 유치원 하나는 꾸밈직하게 열서너 살짜리 계집애를 한 떼 쓸어 올 수가 있으니까요.

작인들이야 저네가 싫고 싫지 않고는 문제가 아니요, 어린 딸은 말고서 아니할말로 늙어 쪼그라진 어미라도 가져다가 바치라는 영이고 보면, 여일히 거행하기는 해야 하게끔 다 되질 않았습니까.(141쪽)

(i)에서, 소작인들에 대한 수탈을 통해 자신의 부를 축적하고 칠십 노인임에도 불구하고 누구 못지 않는 건강을 유지하고 있는 것과, (ii)에서 윤직원이 어린 동기(童妓)들을 꼬여서 육욕을 채우려다가 다섯 번이나 실패한 뒤 시골 마름을 통해 어린 소녀들을 구할 생각을 하는 것을 통해, 지주로서의 윤직원의 횡포와 수탈이 얼마나 심한가를 짐작할 수 있다.

둘째, 농촌의 장리쌀(봄에 꾸어 준 곡식에 대하여 가을에 그 절반을 이자로 쳐 받는 변리)과 체계돈(장에서, 비싼 변리로 돈을 꾸어주고, 장날마다 원금의 일부와 변리를 함께 받아들이는 일)을 이용한 축적이다.

> 돈을 모으는 데 무얼 어떻게 해서 모았다는 거야 윤직원 영감으로는 상관할 바 아닙
> 니다. 사실 착취라는 문자를 가져다가 붙이려고 하면, 윤직원 영감은 거 웬 소리냐고
> 훌훌 뛸 겝니다.
> 다 참, 내가 부지런하고 또 시운이 뻗쳐서 부자가 되었지, 작인이며 체계돈 쓴 사람
> 이며 장리벼 얻어다 먹은 사람이며가 무슨 관계가 있느냐서 말입니다.(53쪽)

지주-소작인 제도 하에서 소작인들은 가을에 추수한 쌀을 지주에게 고율의 소작료로 바치고, 잡곡 등의 대용 식량으로 근근히 끼니를 이어가다가, 보릿고개 춘궁기가 되면 술을 거르고 남은 찌꺼기인 재강을 먹는 것은 물론이고 초근목피로 목숨을 겨우 연명한다. 그러다가 그것마저 불가능해지면서 급기야 배고픔을 참지 못해 지주에게 높은 이자로 식량(장리쌀) 내지 돈(체계돈)을 빌리게 되는 것이다. 그러나 그것을 상환할 재력이 없기에,

다시 추수기가 되면 소작료에다가 빌린 식량 내지 돈을 높은 이자로 반제(返濟)함으로써 남는 것이 거의 없게 된다. 그래서 다시 높은 이자로 식량과 돈을 꾸게 되고, 그런 악순환이 되풀이되면서 소작인들은 점점 동물 이하의 궁핍한 삶을 살아가는 것이다. 윤직원은 이런 고율의 장리쌀과 체계돈을 통해 급속히 부를 축적한다.

셋째, 수형의 이용이다. 수형은 어음을 지칭하는 것으로, 일제가 식민지 수탈을 위해 발전시킨 금융경제의 하나이다. 윤직원은 서울로 이사온 후 주로 이 수형을 이용하여 부를 축적한다. 그는 "종로 일대와 창안 배오개 등지와, 그밖에 서울 장안의 들뭇들뭇한 상고들을 뽑아 신용 정도를 조사해둔 블랙리스트"를 가지고 수형을 끊고 돈을 빌려주고 이자를 받는다.

　　윤직원 영감은 시골 사람, 그 중에도 부랑자가 돈을 쓴다면 으레 매도계약까지 첨부한 부동산을 저당 잡고라야 돈을 주지만, 시내에서 장사하는 사람들한테는 대개 수형을 받고서 거래를 합니다. 그는 수형의 효험과 위력을 잘 알고 있으니까, 안심을 합니다.

　　세상에 수형처럼 빚 쓴 사람한테는 무섭고, 빚 준 사람한테는 편리한 것이 없답니다. 기한이 지나기만 하면 거저 불문곡직하고 수형 액면에 쓰인 만큼 차압을 해서 집행딱지를 붙여 놓고는 경매를 한다나요.

　　가령 그게 사기에 걸린 돈이라고 하더라도, 수형이고 보면 안 갚고는 못 배긴다니, 무섭지 않고 어쩌겠습니까.

　　윤직원 영감은 이 편리하고도 만능한 수형장사를 해서 매삭 이삼만 원씩 융통을 시

키고, 그 이문이 적어도 삼천 원으로부터 사천 원은 됩니다.(98~99쪽)

윤직원이 매달 2, 3만원의 수형을 끊고 받는 이자가 3, 4천원이 되며, 일년을 합치면 이자만으로 약 4만원을 벌게 되는 셈이다. 이른 바 "쇠가 쇠를 낳는 것"이다. 윤직원은 이 수형을 철저하게 이용하여 엄청난 축적을 한다.

윤직원은 이처럼 친일지주로 일제 권력의 비호 아래 고율의 소작료, 농촌의 장리쌀과 체계돈, 수형을 통해 엄청난 재산을 축적하면서, 한편으로는 삼십 년간 '동변'으로 눈을 씻고 정종 비슷한 오줌을 새벽마다 정성스럽게 마시면서 건강을 유지하고, 열다섯 살 먹은 동기 춘심이를 애인 삼아 "홍안 백발의 좋은 풍신"을 자랑하면서 인생을 즐긴다. 그러면서 그는 양반이 되고자하는 신분상승의 욕망에 집착한다.

그는 문벌을 높이기 위해 "필생의 사업으로 네 가지 방책"을 추진한다. 첫째 "족보에다 도금"하기이다. 둘째 윤직원 스스로 벼슬을 얻는 것으로, 향교의 맨 우두머리인 직원(直員)이 되는 것인데, 직원 밑의 장의에게 사음이나 농토를 주고 대신 직원 직함을 얻는 것이다. 셋째, 양반과 혼인하기로, 딸은 서울 어느 양반집에 시집보내고, 맞손 며느리는 충청도 양반집 박씨 문중에서, 둘째 손주 며느리는 조대비와 먼 친척인 시구문 밖 조씨 집에서 데려온다. 넷째 "집안에서 정말 권세 있고 실속 있는 양반을 내놓는 것"으로, 두 명 있는 손자 중에서 큰 손자 종수는 군수로, 둘째 손자는 경찰서장으로 만드는 것이다. 윤직원은 이런 계획을 실행했거나 실행하면서 '태평천하'로서의 일제의 권력에 기생하면서 자신의 영달만을 추구한다.

윤직원 집안의 다른 인물들도 윤직원처럼 부정적인 인물로 묘사되고 있다. 윤직원의 장남 창식은 개화기에 신식 교육을 받은 세대로 향락만을 추구하는 인물이다. 그는 "밤이나 낮이고 하는 일이라고는 쌍스럽지 않은 친구 사귀어 두고 술 먹으러 다니기, 활쏘기, 제철 따라 승지(勝地)로 유람다니기, (중략) 이 첩의 집에서 술 먹다가 심심하면 저 첩의 집으로 가서 마작하기"등, "첩질이나 하고, 마작이나 하고, 요정으로 밤을 도와 드나드는 걸 보면 갈데없는 불량자"이다. 그리고 윤직원의 맏손자 종수는 일제 시대 교육을 받은 세대로, 고향에서 군 서기 노릇을 하지만 "군에 다니는 건 명색뿐이요, 매일 술타령에 계집질"을 하는 방탕한 인물이다. 그는 주색질을 위해 돈을 마련할 때, 할아버지 윤직원의 도장으로 "우라가끼"를 해서 돈을 구한다. 윤직원은 그런 손자의 돈을 울며 겨자 먹기로 다 갚아주는데, 그 이유는 종수가 징역을 가면 "바라던 군수가 영영 떠내려" 가기 때문이다. 윤직원의 증손자인 경손이도 이런 집안의 분위기에 휩쓸려 머지않아 방탕한 생활을 할 조짐을 보이고 있다. 그는 집안사람들이 모두다 "하나도 사람 같은 건 없고, 그래서 누가 무어라고 하건 죄끔도 무섭지가 않"아 하면서, 윤직원이 욕심을 품고 있는 춘심이와 몰래 연애질이나 하는 인물이다.

　윤직원부터 사대에 걸친 인물들이 이처럼 모두 부정적일 뿐만 아니라, 집안의 며느리를 비롯하여 하인까지도 부정적인 인물들뿐이다. 윤직원의 15살 된 서출인 차남 태식을 비롯하여, 윤직원의 며느리 고씨, 손부들, 딸, 그리고 하인 등 모두가 성격적으로나 육체적으로 결함을 지닌 비정상적인 인물들이다. 이들은 서로 간의 반목과 질시로 하루도 빠짐없이 싸움을 일삼는다. 이들에 의해 윤직원 집안은 "싸움 싸움 싸움, 사뭇 이 집안은 싸움을 근저당(根抵當)해놓고" 있는 상태이다. 한마디로 윤직원 집안은 물질적으로는 풍요로울지 모르지만, 정신적으로 수많은 결함을 지니고 있는 "마음의 빈민굴"과 같은 곳이다.

3. 풍자의 서술방식

작가는 윤직원 일가의 부정적 인물들을 작품 전면에 내세우고 그들의 타락한 모습을 풍자함으로써 일제 강점기 비참한 민족적 현실을 망각하고 살아가는 계층들에 대해 신랄한 비판을 가한다. 이 작품에서 풍자는 부분적이거나 단편적으로 일어나는 것이 아니라, 작품 전체 구조에서 일어나고 있다. 이들 인물들에 대한 풍자는 다양한 방식에 의해 전개되는데, 크게 다음 다섯 가지 방법을 들 수 있다. 경어체의 사용, 판소리 사설의 차용, 아이러니, 과장에 의한 희화화, 동물적 비유가 그것이다.

첫째, 경어체의 경우이다. 작품 전편의 주된 서술어조인 '―입니다'식의 경어체는 서술자가 독자와의 거리를 좁혀 양자가 거의 일치된 상태에서 작중 현실을 전달함으로써, 독자로 하여금 작중인물보다 우위에 서서 마치 작중인물들을 무대에 올려놓고 그들의 행동을 속속들이 구경하고 조롱하는 기능을 한다.

둘째, 판소리 사설 기법의 차용이다.

(i) 아무려나 이래서 조손간에 계집애 하나를 가지고 동락을 하니 노소동락(老少同樂)일시 분명하고, 겸하여 규모 집안다운 계집 소비절약이랄 수도 있겠습니다.

그렇지만, 소비절약은 좋을지 어떨지 몰라도, 안에서는 여자의 인구가 남아 돌아가고(그래 한숨과 불평인데) 밖에서는 계집이 모자라서 소비절약을 하고(그래 칠십 노옹이 예순다섯 살로 나이를 야바위도 치고, 열다섯 살 먹은 애가 강짜도 하려고 하고) 아무래도 시체의 용어를 빌려 오면, 통제가 서지를 않아 물자배급에 체화(滯貨)와 품부족(品不足)이라는 슬픈 정상을 나타낸 게 아니랄 수 없겠습니다.(188쪽)

(ii) 이 이야기를 쓰고 있는 당자 역시 전라도 태생이기는 하지만, 그 전라도 말이라는 게 좀 경망스럽습니다.(13쪽)

(iii) 이렇게 생과부, 통과부, 떼과부로 과부 모를 부어 놓았으니 꽃모종이나 같았으면 춘삼월 제철을 기다려 이웃집에 갈라 주기나 하지요. 이건 모는 부어 놓고도 모종으로 갈라 줄 수도 없는 인간 모종이니 딱한 노릇입니다.(62쪽)

판소리는 창과 아니리(음률, 장단에 의하지 않고 그저 일상적 어조의 말로 하는 부분)가 교체 연속되는 것으로, 긴장-이완의 반복이라는 서사구조를 지니고 있다. 창자는 작중 현실 속에 일치되거나(대사) 깊이 밀착되어(서술, 묘사), 현재 진행형의 대사를 통해 사태를 마치 청중에게 현전하는 것처럼 느끼도록 한다. 또한 서술과 묘사도 객관적이라기보다는 창작가 작중 현실에 대한 호(好), 불호(不好), 정(正), 부정(不正), 미(美), 추(醜) 등의 정서적 태도를 뚜렷이 채색하여 청중의 심리적 작용을 이끌어간다.

위 인용문 (i)에서 서술자는 판소리의 창자처럼 작중 현실에 밀착하여 서술과 묘사를 진행하면서, 대상에 대한 호, 불호의 정서적 태도를 보이고 있다. (ii)에서는 서술자가 직접 자신을 드러내면서 평을 하고 있으며, (iii)에서는 판소리에서 볼 수 있는 공식구(과부)의 반복어법을 통해 인물의 비정상적인 모습을 제시하고 있다.

셋째, 아이러니이다. 아이러니는 표면적 의미와 이면적 의미가 모순되는 경우인데, 이 작품에서 아이러니는 풍자의 주된 수법으로 활용되고 있다. 작품 제목인 '태평천하'를 보자. 일제의 통치는 윤직원에게 있어서 자신의 재산과 안정을 유지해주기에 '태평천하'에 해당되지만, 작품 전체를 통해 윤직원이 부정적 인물로 풍자됨으로써 실제로는 일제 하 민족의 삶이 그 정반대의 상황에 놓여 있음을 폭로하고 있다. 또한 이 작품에서 서술자는 인물들에 대해 겉으로는 긍정하는 척하면서 실제로는 부정하는데, 다음 대목이 그 한 예이다.

나이……? 올해 일흔두 살입니다. 그러나 시삐 여기진 마시오. 심장 비대증으로 천식(喘息)기가 좀 있어 망정이지, 정정한 품이 서른 살 먹은 장정 여대친답니다. 무얼 가지고 겨루든지 말이지요.

그 차림새가 또한 혼란스럽습니다. 옷은 안팎으로 윤이 지르르 흐르는 모시 진솔 것이요, 머리에는 탕건에 받쳐 죽영(竹纓) 달린 통영갓(統營笠)이 날아갈 듯 올라앉았습니다.

발에는 크막하니 솜을 한 근씩은 두었음직한 흰 버선에, 운두 새까만 마른신을 조그맇게 신고, 바른손에는 은으로 개대가리를 만들어 붙인 화류 개화장이요, 왼손에는 서른네 살배기 묵직한 합죽선입니다.

　이 풍신이야말로 아까울사, 옛날 세상이었더면 일도(一道) 방백(方伯)일시 분명합니다. 그런 것을 간혹 입이 비뚤어진 친구는 광대로 인식 착오를 일으키고 동경, 대판의 사탕장수들은 캐러멜 대장감으로 침을 삼키니 통탄할 일입니다.(12쪽)

　윤직원의 외모를 묘사하면서 '일도의 방백'이라고 겉으로는 추켜세우지만, 실제로는 '광대' 내지 '캬라멜 대장감'으로 격하시키고 있다.

　넷째, 과장에 의한 희화화이다.

　(i) 열다섯 살이라면서, 몸뚱이는 네댓 살배기만큼도 발육이 안 되고, 그렇게 가냘픈 몸 위에 가서 깜짝 놀라게 큰 머리가 올라앉은 게 하릴없이 콩나물 형국입니다.(64쪽)

　(ii) 서울 태생이요 조대비의 서른일곱촌인지 아홉촌인지 되는 양반집 규수요, 시구문 밖이 친정이기는 하지만 배추장수 딸은 아니라도 학교라곤 근처에도 못 가보았고 얼굴은 얇디얇은 납작바탕에 주근깨가 다닥다닥 박혀서, 그닥 출 수는 없는 인물입니다.

　그런 중에도 더욱 안된 건 잡아 뽑아 놓은 듯이 뚜하니 나온 위아랫입술입니다. 이 쑤욱 나온 입술로, 그 값을 하느라고 그러는지 새수빠진 소리를 그는 퍽도 잘 합니다.(59쪽)

(iii) 이마가 좁고 양미간이 넓고 콧잔등은 푹신 가라앉고, 온 얼굴에 검은 깨를 끼 얹어 놓았고 목이 옴츠라지고, 이런 생김새가 아닌게아니라 청승맞게는 생겼습니 다.(61쪽)

(iv) 이놈이 썩 묘하게 생겼습니다. 우선 부룩송아지 대가리같이 머리가 곱슬곱슬하 고 노랗기까지 한 게 장관이요, 그런 대가리가 어쩌면 그렇게도 큰지 남의 것 같습니 다. 눈은 사팔이어서 얼굴을 모로 돌려야 똑바로 보이고, 코는 비가 오면 고개를 숙여 야 합니다.(33쪽)

서출인 태식이(i), 둘째 손자 며느리(ii), 딸(iii), 삼남이(iv) 등의 인물의 모습을 과장하 여 희화화시킴으로써 인물의 부정적 특징을 강조하고 있다. 이처럼 과장에 의한 희화화 는 인물의 묘사에서뿐만 아니라 인물의 행동에도 적용되고 있다. 가령, 윤직원이 건강을 위해 동변으로 눈을 씻고 오줌을 마시는 장면, 윤직원이 욕심을 품고 있는 춘심이를 증손 자 경손이 꼬여내는 부분, 윤창식의 첩 옥화와 윤창식의 아들 종수가 사창가에서 동침할 뻔 한 것, 윤직원과 며느리 고씨가 양반 여부를 두고 싸움을 벌이는 장면, 태식이가 "비-, 비-가, 오-오"라는 발음을 하는 부분, 대복이가 "입신의 묘기"로 돈을 절약하는 방법 등 작품 전편에 걸쳐 제시되고 있다.

이러한 인물의 모습과 행동의 희화화는 이 작품의 대표적인 부정적 인물이라 할 수 있 는 윤직원에게 특히 집중되어 있다. 윤직원이 며느리에게는 "짝 찢을 년"으로, 남자에게는 "잡어 뽑을 놈"이라고 늘 욕을 하는 부분, 윤직원이 향교에서 "대체 거 공자님허구 맹자님허구 팔씨름을 하였다면 누가 이겼으꼬?"라고 묻는 부분, 인력거 삯을 깎는 장면, 시내버스 차비를 떼어먹는 장면, 명창대회에서 명창 이동백으로 오인 받는 장면, 라디오에서 남도 소리나 음률 가사가 방송되지 않을 때 대복이게 "밥은 남같이 하루에 시 그릇썩 먹으면서, 그래, 어떻기 사람이 멍청허면, 날마당 나오던 소리를 느닷없이 나오게 헌담 말인가"라고 호통을 치는 장면 등은 모두 윤직원의 모습과 행동을 과장하여 희화화하는 것으로, 서술자는 이를 통해 윤직원의 부정적 측면을 신랄하게 비판, 풍자하고 있다.

다섯째, 동물적 비유이다. 서술자는 작중의 부정적 인물들 대부분을 동물에 비유함으로써 그들의 부정적 측면을 부각시키고 있다. 윤용규는 "말대가리"로, 윤직원은 "두꺼비"로, 발음을 잘 하지 못하는 미숙아 태식이의 발음을 "왕머구리(큰개구리) 우는 소리"로 비유하는 것이 그것이다. 한마디로 윤직원 일가의 삶은 인간의 삶이라기보다는 비정상적인 동물들의 삶과 같다는 의미이다. 다음 인용문은 윤직원의 입을 빌린 서술자의 풍자적 진술에 해당되는 것으로, 윤직원과 그 일가의 삶을 '개'라는 동물에 비유하고 있다.

그저 날 같언 사람은 말이네, 그저 도둑놈이 노적(露積)가리 짊어져 가까 버서, 밤새 두룩 짖구 댕기는 개, 개 신세여! 허릴없이 개 신세여!"(102~103쪽)

윤직원의 삶은 자신의 재산과 영달만을 추구하는 '개'와 같은 생활이며, 나아가 일제의 앞잡이 노릇을 하는 '주구(走狗)'와 같은 존재라고 서술자는 동물적 비유를 통해 풍자하고 있는 것이다.

결국 이 작품은 여러 가지 풍자 수법을 동원해 윤직원 일가의 부정적 모습을 비판함으로써 독자들로 하여금 인물들에 대해 경멸적인 웃음을 보내게 하고 있다. 독자들은 이 웃음을 통해, 일제 강점기에서 자신의 영달만을 추구하는 이들의 삶이 얼마나 모순되고 타락한 것인지를 감지하게 되고, 나아가 비참한 민족의 현실에 대해 뼈아픈 자각을 하게 되는 것이다.

4. 역사의 방향성으로서의 사회주의 사상

이 작품은 윤직원 일가의 비정상적인 삶이 작품 전면에 풍자적으로 묘사되다가, 윤종학의 피검을 정점으로 급격히 하강하는 구조를 띠고 있다. 실상 윤종학은 작품에 숨어서 나타나지 않고, 작품 결말 부분에서 잠깐 언급될 뿐이다. 그러나 윤종학은 이 작품에서 중요한 기능을 담당하고 있는데, 그것은 윤직원 일가의 몰락을 암시하면서 동시에 조선 사회가 나아갈 올바른 방향을 제시하고 있다는 점이다. 먼저 윤직원 일가의 몰락을 암시하는 것이다.

절대로 영생불사…… 진시황과 같이, 간절하게 영생불사를 하고 싶습니다.
윤직원 영감이 재산을 고이고이 지키면서 더욱더욱 늘리고, 일변 양반을 만들어 내고자 군수와 경찰서장을 양성하고 하는 것은, 진시황으로 치면 오랑캐를 막아 진나라를 보전하기 위해 만리장성을 쌓던 역사적이요 세계적인 그 토목사업과 다름없는 역사적인 정신적 토목사업입니다.

만리의 장성을 높이 쌓아, 나라를 천지로 더불어 길이길이 지키고, 나는 불사약을 먹어 이 나라의 주재자로 이 영광을 무궁토록 누리고…… 하자던 진시황과, 만석꾼의 가산을 더욱 늘려 가면서 천지로 더불어 길이길이 지키고, 양반을 만들어 가문을 빛내되, 나는 오줌을 먹고 보건체조를 하고 보약을 먹고 하여, 이 집안의 가장으로 이 영광을 무궁토록 누리고…… 하자는 윤직원 영감과, 그 둘은 조금도 서로 다를 바가 없는 것입니다.(225~226쪽)

진시황처럼 윤직원은 태평천하의 시대를 오래오래 누리고 싶어 한다. 진시황은 진나라를 망하게 할 것이 '호(胡: 오랑캐)'라는 예언을 듣고 만리장성을 쌓았지만, 실제 진나라를 망하게 한 것은 그의 자식 '호해'였다. 마찬가지로 윤직원 일가의 몰락을 가져 온 것은 외부의 어떤 것이 아니라, 집안사람이자 윤직원이 가장 기대를 걸었던 손자 '윤종학'이다.

그러나 윤종학은 진나라를 멸망시킨 호해처럼 방탕한 인물이 아니다. 그는 조선사회가 나아갈 올바른 방향이 무엇인지를 암시하는 역할도 하고 있다. 그것은 다름 아닌 채만식의 세계관의 한 축을 이루고 있는 사회주의 사상이다.

"화적패가 있너냐아? 부랑당 같은 수령(守令)들이 있더냐……? 재산이 있대야 도적놈의 것이요, 목숨은 파리 목숨 같던 말세넌 다 지내가고오…… 자 부아라, 거리거리 순사요, 골골마다 공명헌 정사(政事), 오죽이나 좋은 세상이여…… 남은 수십만 명 동병(動兵)을 히여서, 우리 조선놈 보호히여 주니, 오죽이나 고마운 세상이여? 으응……?
제 것 지니고 앉아서 편안허게 살 태평세상, 이걸 태평천하라구 허는 것이여, 태평천
하……! 그런디 이런 태평천하에 태어난 부자놈의 자식이, 더군다나 왜 지가 떵떵거리
구 편안허게 살 것이지, 어찌서 지가 세상 망쳐 놀 부랑당패에 참섭을 헌담 말이여, 으
응?"(249~250쪽)

친일지주인 윤직원이나 그를 비호하는 일제에게 있어서 사회주의 사상은 조선조 토색
수령(백용규)이나 화적(동학당) 떼와 같은 부랑당으로, '태평천하'를 위협하는 존재이다.
작가는 이러한 윤직원 일가의 삶을 작품 전면에 등장시키면서, 식민지 조선 사회의 궁핍
화 과정을 신랄하게 비판하는 '풍자적' 진술 방식을 택하고 있다. 그 풍자는 단순한 기법
의 풍자가 아니라, 미적 방법으로서의 풍자이다. 전도된 세계를 첨예하게 의식하면 할수
록 풍자적 태도는 강화되며, 그 극점(절정)이 결말 부분에서 종학의 피검으로 나타나고
있다.

일제 강점기에서 경찰서장이라는 위치와는 극단의 자리에 있는 사회주의 선택은 작가
채만식의 동반자적 성격에 다름 아니다. 곧 몰락중산계층인 작가의 소부르주아 의식을
극복할 수 있는 매개항으로서의 사회주의 사상의 드러남이라 볼 수 있다. 이 점은 가족사
형식의 희곡으로 할머니(최씨)와 외손자와의 대화로 전개되는 『제향날』을 통해 살펴볼 수
있다. 이 작품은 총 3막으로 되어 있는데, 1막은 최씨의 남편의 제향날로 동학당 접주인
남편 김성배의 처형과정을, 2막은 자(子)인 영수가 주동이 되어 3·1 운동을 일으킨 내용

을, 3막은 손자인 상인이 사회주의자가 되는 과정을 묘사하고 있다. 여기서 작가는 동학 혁명→3·1운동→사회주의를 조선 사회가 나아갈 올바른 역사의 방향성으로 선택하고 있음을 알 수 있다.

그러나 카프 해체(1935. 5. 28), 조선사상범 보호관찰령 공표(1936. 12. 12) 중일전쟁(1937. 7. 7) 조선사상보국연맹조직(1938)으로 이어지는 객관적 정세의 악화로 인해 일체의 사상운동이 금지(전망으로서의 사회주의 이념 상실)되었고, 여기에 작가의 '되다가 찌부러진 찌스러기주의자(소부르주아 의식)'로서의 한계로 인해, 사회주의 사상을 역사의 방향성으로 선택한 『제향날』은 더 이상 이어질 수 없는 것이다. 실상 이 작품이 중도에 쓰다가 만 인상을 주고, 허무주의적 색채마저 주는 것은 이에 기인한다.

이후, 채만식은 사회주의 사상이 거의 미미해지면서 파시즘이라는 시대적 강풍에 부딪쳐 표류하게 된다. 그는 사회주의 사상으로 무장하고 시대의 강풍과 맞서 싸우기를 포기하고, 소부르주아 지식인의 한계에 주저앉아 일상성에 매몰되고 만다. 사회주의 사상이 작가 정신으로 기능할 때에는 현실에 대한 비판과 나아갈 방향에 대한 탐색이 가능했지만, 사회주의 사상이 미미해지면서 채만식은 역사의 방향성을 상실한 채 일상성에 매몰되어 모든 의식이 얼어붙는 의식(삶)의 냉동상태(영도화)에 머물게 된다. 결국 그는 일제 말기 사회주의 사상에 입각한 현실비판의식이 결여되면서 친일로 나아가고, 해방공간의 남북 분단 상황에서는 사상 선택의 압박을 받으면서 허무주의로 치달리게 된다.